Brennender Fluss

Das Buch

Detective Macy Greeley wohnt mit ihrem kleinen Sohn wieder bei ihrer Mutter. Nur so kann sie als Alleinerziehende ihren Beruf bewältigen. Ray Davidson, der Vater ihres Sohns und zu allem Überfluss Macys Chef, lässt sich nie blicken. Obwohl Macy weiß, dass Ray bei seiner Frau bleiben wird, kann sie sich nicht von ihm lösen, so unglücklich sie auch ist.

Daher ist es ihr ganz recht, dass sie ins Flathead Valley gerufen wird. Eine Hitzewelle hat das Tal im spärlich besiedelten Montana erfasst, und ein Brandstifter terrorisiert die Farmer. Als ein ehemaliger Soldat tot aufgefunden wird, soll Macy der örtlichen Polizei weiterhelfen. Die Bewohner des Tals, sonst Fremden gegenüber misstrauisch und verschlossen, freunden sich langsam mit Macy an. Doch plötzlich taucht Ray auf und bedrängt sie. Macy muss feststellen, dass er tiefer in die Ereignisse verstrickt ist, als sie es sich je hätte vorstellen können …

»Salvalaggio ist eine beeindruckende neue Stimme in der Spannungsliteratur.« *Deborah Crombie*

Die Autorin

Karin Salvalaggio wurde in den USA geboren und ist in Alaska, Florida, Kalifornien und im Iran aufgewachsen. Seit zwanzig Jahren lebt und schreibt sie in London. Sie hat zwei Kinder und einen Schnauzer namens Seamus. *Brennender Fluss* ist der zweite Band der erfolgreichen Krimiserie um Ermittlerin Macy Greeley.

Weitere Informationen finden Sie auf *www.karinsalvalaggio.com*

Von Karin Salvalaggio sind in unserem Hause bereits erschienen:

In der Serie Macy-Greeley-Krimi:

Eisiges Geheimnis
Brennender Fluss

Karin Salvalaggio

BRENNENDER FLUSS

Kriminalroman

Aus dem Englischen
von Sophie Zeitz

List Taschenbuch

Besuchen Sie uns im Internet:
www.list-taschenbuch.de

Ungekürzte Ausgabe im List Taschenbuch
List ist ein Verlag der Ullstein Buchverlage GmbH, Berlin.
1. Auflage Oktober 2016
© für die deutsche Ausgabe Ullstein Buchverlage GmbH,
Berlin 2015 / Marion von Schröder
Titel der amerikanischen Originalausgabe:
Burnt River (Minotaur Books, New York, 2015)
Umschlaggestaltung: bürosüd° GmbH, München,
unter Verwendung einer Vorlage von Cornelia Niere, München
Titelabbildung: Acker: © Corbis; Farm: © Shutterstock
Satz: Pinkuin Satz und Datentechnik, Berlin
Gesetzt aus der Minion
Druck und Bindearbeiten: CPI books GmbH, Leck
Printed in Germany
ISBN 978-3-548-61329-1

Zwischen dem Wunsch und der Sache wartet die Welt.
Cormac McCarthy, All die schönen Pferde

Die Frau fiel am Fuß einer hohen Kiefer auf die Knie und betete zum dritten Mal an diesem Tag. Der Rauch war so dicht, dass sie kaum Luft bekam. Sie blinzelte, suchte nach einem Durchkommen, aber da war nichts, was irgendwie nach einem Weg aussah. Der Wald brannte lichterloh, spiralförmige Flammen loderten empor, und das Laubdach explodierte. Das Kreischen der berstenden Bäume schmerzte in ihren Ohren. Sie hielt sich den Ärmel vors Gesicht, rappelte sich auf und lief auf die einzige Lücke zu, die sie erkennen konnte. Glühende Asche versengte ihr Haar und ihre Kleider. Ihre Augen brannten, ihre Haut schlug Blasen. Gestrüpp zerkratzte ihre nackten Beine. Sie folgte einem schmalen Pfad, der auf einer Klippe endete. Tief unten lag das felsige Flussbett; im Osten blitzte blauer Himmel auf. Sie hielt sich an den nackten Baumwurzeln fest und kletterte über die Kante. Ihre linke Schulter pochte, und ihre Hände waren nass von Schweiß und Blut. Auf halber Höhe rutschte sie ab. Sie stürzte und prallte gegen spitze Felsvorsprünge. Als sie wieder erwachte, lag sie im seichten Wasser, die Augen geschlossen, aber sie atmete noch. Langsam nahm die Welt wieder Formen an. Sie hörte, wie das Wasser über die Felsen plätscher-

te. Dann schlug sie die Augen auf. Das Stück blauer Himmel war verschwunden. Der schwarze Rauch wurde immer dichter. Das Feuer verzehrte alles, was ihm in den Weg kam. Flammen schlugen über den schmalen Canyon. Am Ufer loderten die Pappeln auf, und die Waldblumen welkten und zerfielen zu Staub. Ihre Arme und Beine lagen reglos unter der Wasseroberfläche. Ihre Hilfeschreie wurden vom Feuer verschluckt.

Kapitel 1

Die Sonne kletterte über die Hügel und umriss die östlichen Hänge des breiten Tals. Granitblöcke, so groß wie Häuser, leuchteten gespenstisch weiß auf, und über den Kiefernwäldern stieg Dampf auf. Im Schatten schimmerte der Flathead River wie ein silbriges Band, schmal, wo er breit sein sollte, ein Rinnsal, wo sonst ein Strom war. Es war Ende Juli, und die Hitzewelle nahm einfach kein Ende. Ein ätzender Dunst verschleierte den weiten Himmel, und weiter oben im Tal stiegen die Rauchschwaden über dem jüngsten Waldbrand fast einhundert Meter hoch in die Luft.

Dylan Reed ritt auf seiner Fuchsstute in leichtem Trab den Uferweg hinauf. Bei jedem Ruckeln verzog er das Gesicht. Er hielt die Zügel mit einer Hand, mit der anderen massierte er sich den Oberschenkel. Vor sechs Monaten war er in Afghanistan bei einer Razzia verwundet worden. Er wusste, dass er Glück gehabt hatte. Um Haaresbreite wäre er in einer Kiste zurückgekommen. Er schob seinen Hut zurück und richtete den Blick auf die Böschung. Bis zu den Klippen am Nordufer des Darby Lake war es noch ein halbstündiger Ritt. Über sich hörte er das monotone Brummen einer zweistrahligen

Maschine. Der See diente den Löschflugzeugen als Tankstelle. Sie zogen Schleifen über dem Tal, dann glitten sie über das Wasser, um ihre Tanks zu befüllen. Schon den ganzen Sommer waren sie ununterbrochen in der Luft. Dylan trieb seine Stute zu mehr Tempo an.

Die Route 93 lag noch in der stillen Kühle des Morgens, doch über ihm surrten die Hochspannungskabel. Er ritt auf die wuchtige Stahlbrücke zu, die den Flathead River überspannte. Die Hufe schlugen auf den Asphalt und schreckten die Stare auf, die in den Brückenbögen nisteten. Der Vogelschwarm erhob sich mit einem Rauschen, dann tauchte er zwischen den Metallstreben ab. Sie flogen tief über dem steinigen Flussufer, bevor sie weiter oben in einem Pappelhain verschwanden.

Ein rostiges, verbogenes Tor versperrte den Weg zu einem ehemaligen Aussichtspunkt. Seine Freunde John und Tyler wollten sich um sechs Uhr hier mit ihm treffen, doch von beiden gab es weit und breit keine Spur. Dylan führte sein Pferd in den Wald, um nach etwa zwanzig Metern auf den Weg zurückzukehren, dann folgte er den engen Serpentinen hinauf. Der Boden hatte tiefe Risse, und die trockenen goldenen Grasstellen erinnerten an Bartstoppeln. Weiter oben öffnete sich der Blick ins Tal. Noch lagen die flachen Hügel im Osten völlig im Schatten, doch Lichtsäulen zerschnitten den Nebel über dem Fluss. Durch die Bäume erkannte er das regelmäßige Straßennetz von Wilmington Creek. Ein Streifenwagen raste mit Blaulicht über die Route 93. Er verschwand am südlichen Ende in Wilmington Creek.

Nach der letzten Serpentine ritt Dylan auf die offene Kuppe des Steilhangs hinaus und näherte sich der Kante, bis das stille dunkle Wasser des Darby Lake vor ihm lag. Der Weg endete in einem unbefestigten Wendekreis, der einst als

Parkplatz des Aussichtspunkts gedient hatte. In den Bäumen flatterten zerfetzte Plastiktüten, zwischen den Zwergkiefern und Felsbrocken sahen die Bierdosen und Whiskeyflaschen wie Wildblumen aus. Vor Jahren war das Geländer abgestürzt, als ein Erdbrocken von der Größe eines Omnibusses in den See gerutscht war. Seitdem standen überall Warnschilder herum. Das ganze Gebiet wurde als unsicher eingestuft. Knapp zehn Meter vor dem Klippenrand stieg Dylan ab, um sein Bein auszuruhen. Es war vom Knie bis zur Hüfte taub, doch der Schmerz würde bald wiederkommen. Er kramte seinen Feldstecher aus der Satteltasche. Tiefe Risse taten sich im felsigen Grund zwischen ihm und dem Klippenrand auf. Er tastete sich vorsichtig über die nackte Erde vor. An manchen Stellen konnte er durch die Spalten den See sehen. Er beugte sich über den Abhang, und Geröll prasselte mehr als zwanzig Meter in die Tiefe, wo blanke Felsen wie riesige Würfel am Nordufer lagen. Er streifte sich den Riemen des Feldstechers über den Kopf und betete, dass die Klippe hielt. Der Wasserstand war noch niedriger als beim letzten Mal. Er konnte die Umrisse auf dem Seegrund erkennen. Vor einer Gruppe von Felsen hob sich ein dunkles Rechteck ab. Es war nur eine Frage der Zeit, bis die Piloten der Löschflugzeuge Ethan Greens Pick-up entdeckten. Dylan legte seine Wange an die warme Erde und lauschte dem leisen Knistern der überhängenden Klippe. Ein Wolf heulte, und er richtete den Feldstecher auf das Ostufer des Sees. Es dauerte eine Weile, bis er das Rudel entdeckte. Ein paar Kilometer weiter kamen die Wölfe aus dem Kiefernwald und verteilten sich am Ufer. Insgesamt waren es sechs ausgewachsene Tiere und drei Welpen. Dylan beobachtete sie, bis sie wieder unter den Bäumen verschwanden.

Dann kehrte er auf sicheres Terrain zurück und setzte sich

an einen Felsen gelehnt in die aufgehende Sonne. Er war erst gegen eins ins Bett gegangen und saß seit fünf Uhr auf dem Pferd. Ihm war flau im Magen, und sein Kopf tat weh. Aus Gewohnheit klopfte er sein Hemd nach Zigaretten ab, bis ihm wieder einfiel, dass er aufgehört hatte. Er schloss die Augen und wünschte, er hätte es auch geschafft, mit dem Trinken aufzuhören. Er spürte die Sonne auf seinen Lidern. Er lauschte den Geräuschen von fern und nah. Das Land erwachte im heller werdenden Licht. Es dauerte nicht lang, dann lief ein Schauer durch seinen Körper, und sein Kopf fiel nach vorne. Er atmete regelmäßig. Sein Brustkorb hob und senkte sich. Seine Beine zuckten, und die Stiefelabsätze kratzten im Sand, während er im Schlaf vor sich hin murmelte. Ein weiteres Flugzeug flog vorbei, und seine Lider flatterten kurz, dann schlossen sie sich wieder. Schließlich wurde sein Atem langsamer, die Beine kippten nach außen, eins angewinkelt, das andere steif.

Eine vertraute Stimme drang in seine Träume. »Wach auf, fauler Sack.«

Instinktiv griff Dylan nach dem Gewehr, das auf seinem Schoß hätte liegen müssen, und erschrak, als er es nicht fand. Er hob seine Hände hoch, aber im blendenden Licht konnte er nichts sehen. Ein Schatten trat zwischen ihn und die aufgehende Sonne, und blinzelnd erkannte er das Gesicht, das ihm seit der Kindheit vertraut war.

Tylers Mund verzog sich zu einem Grinsen. »Raus aus den Federn, du Penner.«

Dylan trat mit dem gesunden Bein nach ihm. »Tyler, das war echt scheiße, Mann.«

Tyler stand mit den Händen in den Hosentaschen da und beobachtete seinen Freund. Er war kleiner, aber doppelt so breit. Seine massigen Arme waren mit Tätowierungen und

Brandnarben übersät. Sein kahler Schädel hatte so viele Granatsplitter abbekommen, dass er aussah wie ein gesprenkeltes Ei. Er hockte sich vor Dylan und zog an seiner Zigarette.

»Bei dir sollte ich mir meine Witze wohl lieber sparen.«

Dylan konnte das Zittern in seiner Stimme kaum verbergen. »Ja.« Er sah sich um. »Wo ist John?«

Noch ein Zug, gefolgt von einem festen Blick. »Ich hatte gehofft, er wäre bei dir.«

»Wahrscheinlich schläft er noch.« Dylan zog das Kinn an und verschränkte die Arme. Ihm war nicht kalt, aber er konnte das Zittern nicht abstellen. »Hast du gesehen, was ich mit dem Wasserstand gemeint habe?«

»Ja, wir haben ein Problem. Wie lange, schätzt du, haben wir noch?«

»Weniger als eine Woche, bevor man es aus der Luft sehen kann.« Er stand umständlich auf und zeigte zum Himmel. Ein Löschflugzeug kam genau auf sie zu. Es zog eine Schleife über dem Steilhang, bevor es zur Wasseroberfläche abtauchte. »Einer der Piloten könnte es melden.«

»Das glaube ich nicht. Ich schätze, es ist nicht der erste Truck, der im See gelandet ist. Er könnte seit Jahren da unten liegen.«

»Wir sollten kein Risiko eingehen.«

»Es soll bald regnen.«

»Das sagen sie seit Wochen.«

Tyler warf einen Stein in Richtung See. »Ich wusste, dass uns dieser Scheiß noch mal einholt.«

»Es war eine Reihe von falschen Entscheidungen.«

»Ich erinnere mich nicht, irgendwas entschieden zu haben.« Tyler zupfte sich einen Tabakkrümel von den Lippen, dann stellte er sich an den Klippenrand. Seine Stiefelspitzen ragten über den Abgrund hinaus. Kurz sah es aus, als wollte er springen. »John hat recht. Wir müssen den Rest der Klippe sprengen.« Er hüpfte ein paarmal auf und ab, als testete er, wie viel Gewicht der Vorsprung aushielt. »Ein paar gut platzierte Ladungen in den Spalten, und unser Problem ist für immer begraben.«

»Die Detonation hört man kilometerweit.«

»Na und? Die graben bestimmt nicht den ganzen See um.« Tyler schwieg einen Moment und sah dann zu Dylan. »Und dann ist da noch Jessie.«

»Was ist mit ihr?«

»Du musst mit ihr reden. Rausfinden, was sie sagt, falls uns das alles um die Ohren fliegt.«

»Jessie war blau in der Nacht. Sie hat keine Ahnung.«

Tyler kam auf Dylan zu, bis ihre Nasen fast zusammenstießen. »Das hab ich ihr nie abgekauft. Ich glaube, sie hat Spielchen gespielt. Sie wusste, wie ihr Vater reagiert hätte, wenn er rausgefunden hätte, dass sie mit Ethan rumhing.« Er zog lange an seiner Zigarette. »Wir müssen dafür sorgen, dass sie den Mund hält, auch wenn sie unter Druck gesetzt wird.«

»John sagt, sie redet nicht.«

»John hat keine Ahnung. Er will nicht, dass sie sich aufregt.«

»Jessie hat recht, wenn sie die Sache hinter sich lassen will.«

Tyler packte Dylan am Kragen. »Hör zu, es ist mir scheißegal, was sie angeblich durchgemacht hat«, knurrte er und griff noch fester zu, als Dylan versuchte, sich loszumachen. »Entweder du kümmerst dich um sie oder ich mach es.«

Dylan riss sich los. »Wenn du Jessie anrührst …«

»Hab ich etwa einen Nerv getroffen?«

»Ach, leck mich.«

Tyler hielt schützend die Hand vor das Feuerzeug und zündete sich die nächste Zigarette an. »Ich hab mich immer gefragt, ob du ihren Zustand damals in der Nacht nicht ausgenutzt hast. Sie hat bei dir übernachtet, in deinem Bett geschlafen.« Er blies eine dünne Rauchfahne in Dylans Richtung. »John ist nicht hier. Mir kannst du's sagen, Bruder.«

Dylan humpelte zu seinem Pferd und zog eine Wasserflasche aus der Satteltasche. »Du bist echt krank, weißt du das?«

Tyler ging an den Klippenrand zurück. »Reg dich ab, Kleiner. War nur ein Witz. Ob es John passt oder nicht, wir müssen Jessie klarmachen, was los ist. Wenn der Truck entdeckt wird, hat sie am meisten zu verlieren.«

»Ich weiß.«

»Sie ist kein Kind mehr.«

»Schon kapiert.«

»Also redest du mit ihr.«

Dylan drückte die Stirn gegen den Sattel. »Ja.«

»Gut. Übrigens habe ich meinen Kumpel Wayne angerufen.«

»Den Typ von der Skipatrouille?«

»Ja, er schuldet mir einen großen Gefallen. Er gibt mir, was wir brauchen, um die Klippe hochzujagen. Hortet seit Jahren Sprengstoff.«

»Wie schafft er das?«

»Er ist bei der Lawinenpatrouille. Anscheinend schreiben sie nicht auf, wie viel Dynamit sie brauchen, wenn sie die Pisten instand setzen.«

»Es muss diese Woche passieren.«

»Schon klar.«

»Kannst du dich auf ihn verlassen?«

»Entspann dich. Ich hab ihn am Sack. Er sagt kein Wort.«

Dylan band sein Pferd los und hievte sich wieder in den Sattel. »Ich will nach Hause. Kommst du mit?«

»Ja«, sagte Tyler, den Blick starr auf die dichten Rauchschwaden gerichtet, die im Süden den Himmel verfinsterten. »Ich komm gleich nach.«

Kapitel 2

Sheriff Aiden Marsh stand mit dem Hut in der Hand auf dem Bürgersteig vor dem Wilmington Creek Diner. Mit einem Meter achtzig und keinem Gramm Fett zu viel wirkte er nüchtern und effizient. Er war mit einem älteren Herrn ins Gespräch vertieft und bemerkte Detective Macy Greeley nicht, die mit ihrem Einsatzwagen auf den freien Parkplatz hinter ihm rollte. Sie blieb bei geöffnetem Fenster hinter dem Lenkrad sitzen und nippte an ihrem Kaffee. Die Männer sprachen leise, doch als Macy den Motor abstellte, verstand sie jedes Wort.

»Jeremy, es tut mir schrecklich leid.«

Der Mann, den Macy für Jeremy Dalton hielt, lehnte am Türrahmen und strich sich mit der fleischigen Hand über seinen ordentlich gestutzten Bart. Er hatte die Baseballkappe tief ins Gesicht gezogen, so dass seine Augen im Schatten lagen. Das lange graue Haar fiel ihm über die Schultern.

»Bei allem Respekt, Aiden, ich brauche dein Beileid nicht. Ich brauche Antworten.«

»Ich verspreche dir, dass ich Antworten finde.«

Der ältere Mann schluckte und rang sichtlich um Fassung. »Ich kann nicht glauben, dass mein Junge tot ist.«

»Bald sollte Detective Macy Greeley hier sein. Sobald sie sich umgesehen hat, bringe ich sie zu dir.«

»Kommt mir komisch vor, dass sie eine Frau raufschicken.«

»Greeley ist eine der Besten.«

»Kennst du sie?«

Aiden wählte seine Worte mit Bedacht. »Ich habe sie kennengelernt, auch wenn wir noch nie zusammengearbeitet haben. Sie war drüben in Collier, als sie vor ein paar Jahren den ganzen Ärger hatten.«

»Ich hoffe, ich bin dir nicht auf den Schlips getreten, als ich den Gouverneur angerufen habe. Ich dachte, er schickt ein paar Männer mehr rauf. Ich wusste nicht, dass er dir eine Polizistin aus Helena vor die Nase setzt.«

Aiden drückte Jeremys Schulter. »Schon gut, Jeremy. Ich bin für jede Hilfe dankbar. Ich will das hier schnell aufklären.«

Jeremys Kinn bewegte sich kaum. »Beeil dich. Ich muss nach Hause. Ich will nicht, dass Annie und die Mädchen es von jemand anderem erfahren.«

Die Tür des Diners fiel zu, und Aiden ging ein paar Schritte über den Bohlenweg. Dann blieb er stehen und starrte über die Straße. Macy war ihm vor fünf Jahren in Las Vegas bei einem Polizeikongress begegnet, und seitdem hatten sich ihre Wege nicht mehr gekreuzt. In seiner siebenjährigen Amtszeit als Sheriff von Wilmington Creek hatte es so gut wie keine Verbrechen gegeben. Macys Kollegen in Helena staunten darüber, aber sie ließ sich nicht so schnell beeindrucken. Sie war zu sehr Zynikerin, um an solche Idyllen zu glauben. Im Gegensatz zu den meisten Gesetzeshütern in Montana hatte Aiden relativ langes Haar, aber seine Uniform war tadellos und frisch gebügelt. Er trug eine Sonnenbrille, und hinter den verspiegelten Gläsern konnte sie seine Augen nicht sehen. Doch sie erinnerte sich daran, dass sie hellblau und hübsch waren.

Macy trank noch einen Schluck Kaffee und sank tiefer in den Sitz. Seit sie aus dem Haus gegangen war, kämpfte sie gegen Kopfschmerzen. Sie gab dem dritten Glas Rotwein die Schuld, das sie gestern statt eines Abendessens getrunken hatte. Die letzten paar Stunden hatte sie sich mit einem Bagel über Wasser gehalten, aber wenn sie diesen Tag durchhalten wollte, brauchte sie etwas Handfesteres. Der Chief der State Police hatte sie in der Nacht angerufen. Erst hatte sie gedacht, Ray Davidson wollte aus persönlichen Gründen mit ihr sprechen; es war drei Wochen her, dass sie sich das letzte Mal privat gesehen hatten. Aber sie hätte es besser wissen müssen. Eine halbe Stunde später verließ sie das Haus, das sie mit ihrer Mutter Ellen und ihrem anderthalbjährigen Sohn Luke bewohnte. Sie stellte einen kleinen Koffer in den Kofferraum und rief sich noch einmal Rays Worte in Erinnerung.

Macy, der Gouverneur hat persönlich angerufen. Der Druck ist groß, dass die Sache richtig gemacht wird. Du musst sofort nach Wilmington Creek.

Alles Weitere hatte sie über die Freisprechanlage erfahren, als sie auf der Route 93 nach Norden fuhr. John Dalton war kurz vor Weihnachten ehrenhaft aus der Armee entlassen worden und in sein Elternhaus zurückgekehrt. Er war sechsundzwanzig Jahre alt und ein hochdekorierter Kriegsveteran, der drei Einsätze an einigen der gefährlichsten Orte der Welt hinter sich hatte. Laut Zeugenaussagen hatte er in der Nacht um Viertel nach eins an einer Bar namens The Whitefish gehalten, um Zigaretten zu kaufen. Eine halbe Stunde später lag er tot in der Gasse. Er hatte eine Schusswunde am Hinterkopf und zwei im oberen Rückenbereich. Die Gerichtsmedizinerin war eher zurückhaltend, daher war Macy überrascht, als sie zu diesem frühen Zeitpunkt äußerte, das Ganze sehe nach einer Hinrichtung aus.

Macy folgte Sheriff Aiden Marshs Blick. Eine Gruppe von Polizisten bewachte die Gasse zwischen dem Whitefish und der örtlichen Bausparkasse. Irgendwo hinter dem niedrigen Sichtschutz lag John Dalton mit dem Gesicht im Kies.

Es klopfte ans Fenster, und Macy stellte ihren Kaffee ab. Aiden stand an der Fahrertür. Er hatte die Sonnenbrille abgenommen und starrte auf den Asphalt. Erst als er den Kopf hob, sah sie, dass er mit den Tränen kämpfte. Sie nahm ihre Tasche und stieg aus. Ihr langes rotes Haar war zu einem Pferdeschwanz gebunden, und statt Make-up trug sie eine immer dichter werdende Schicht Sommersprossen. Es war kühler, als sie erwartet hatte, auch wenn ein Teil der Schaufenster nach Osten schon im Licht der aufgehenden Sonne glühte. Bis zum Vormittag würden die Temperaturen auf knapp 30 Grad klettern. Bis Mittag hätten sie 40 erreicht.

Sie schüttelten sich die Hände, ohne zu lächeln. »Schön, Sie wiederzusehen, Detective Greeley. Ich wünschte, die Umstände wären erfreulicher.«

»Ja, ich weiß. Ich schätze, Sie kannten das Opfer und seine Familie.«

Aiden nickte in Richtung des Diners und sprach in kurzen Sätzen. »Ich kenne die Daltons seit Jahren. Johns Vater Jeremy wartet da drin. Ihm die Nachricht zu überbringen … Das war das Schwerste, was ich je getan habe.«

Seite an Seite überquerten sie die Main Street. Wilmington Creek war ein hübsches Städtchen. Niedrige Häuser säumten in regelmäßigen Abständen die Straße. Die Bürgersteige wurden von alten Bäumen beschattet. In großen, gepflegten Vorgärten leuchteten bunte Blumenbeete vor weißen Gartenzäunen. Drei Häuserblocks weiter westlich folgte die Route 93 dem mäandernden Bett des Flathead River. Auf der Fahrt von Helena hatte Macy Heufelder passiert, deren Halme sich zart im Wind bogen und kilometerweit bis zum Fuß der Berge erstreckten. Dort endete die Aussicht. Die Whitefish Range war in Rauchschwaden gehüllt. In den letzten zwei Monaten hatte es in der Gegend drei Waldbrände gegeben. Der jüngste wütete südwestlich der Stadt.

Macy zog sich ein Paar Füßlinge über und schob die Sonnenbrille auf den Kopf. Die Beamten, die den Tatort bewachten, wichen zur Seite, als sie und Aiden näher kamen. Keiner von ihnen blickte auf.

»Erzählen Sie mir von der Familie.«

»Jeremy Dalton, der Vater des Opfers, ist der Besitzer einer der größten Ranches hier im Tal. Auch John hat auf der Ranch gearbeitet, seit er aus Afghanistan zurück ist.«

»Was ist mit der Mutter? Ich habe gehört, sie ist krank.«

»Annie leidet seit ein paar Jahren unter Demenz.«

»Geschwister?«

»Eine Zwillingsschwester namens Jessie, auch wenn man es ihnen nicht ansieht. Sie sind vollkommen unterschiedlich.« Aiden hob das Absperrband hoch, und Macy bückte sich darunter durch, während sie ein Paar Latexhandschuhe überzog. »Die Familie ist ziemlich einflussreich hier oben.«

»Habe ich mir gedacht, nach den Anrufen, die ich mitten in der Nacht bekommen habe.«

»Jeremy und der Gouverneur kennen sich schon ewig. Jagen, Fischen, solches Zeug.«

»Wann ist die Spurensicherung hier?«

»Sind unterwegs. Die Gerichtsmedizinerin und der Fotograf sind seit ungefähr einer Stunde fertig.« Er reichte Macy eine Beweismitteltüte mit einem Portemonnaie. »Wir haben seinen Geldbeutel in der hinteren Hosentasche gefunden. Das Geld ist da. Es war kein Raubmord.«

»Was ist mit dem Handy?«

»Lag neben ihm auf dem Boden. Es hat ein bisschen gelitten. Ich habe es runter nach Helena geschickt.«

Macy ging auf den Eingang der Bar zu. »Wenn es Ihnen recht ist, würde ich gern hier anfangen.«

Aiden zeigte auf die zwei Überwachungskameras an der Dachrinne. »Sie sind auf den Eingang gerichtet. Gasse und Parkplatz werden nicht überwacht.«

Macy spähte durch die Glastür. Eine einzelne Lampe brannte über dem Tresen. Sie entdeckte keine Fenster. Nach kurzer Überlegung entschied sie, nicht hineinzugehen.

»Ich schätze mal, auf den Videos war nichts zu sehen.«

»Bisher nicht. Die Bank nebenan und ein paar Läden weiter unten haben auch Kameras. Wir sehen sie uns alle an.«

Sie wandte sich zur Gasse und versuchte, ihre Nerven zu beruhigen. Sie kam nicht drum herum. »Also los.«

Der bleiche Kies blendete im Morgenlicht, das zwischen die Gebäude fiel. Macy setzte ihre Sonnenbrille wieder auf. Der Personaleingang der Bar stand offen. Aus dem Innern drangen gedämpfte Stimmen, die Macy von der Radiosendung erkannte, die sie auf der Fahrt gehört hatte. Die Gasse führte zu einer Anliegerstraße, über die die Geschäfte an der Ostseite der Main Street versorgt wurden. Auf der anderen Seite stand ein niedriger weißer Bungalow mit grünem Rasen und einer Terrasse, die rundum mit Fliegengitter verschlossen war. Hinter dem Fliegengitter war die Silhouette eines Mannes zu erkennen. Er saß kerzengerade da und schien sie direkt anzusehen.

Macy zeigte auf den Bungalow. »Ich möchte auch mit dem Mann auf der Terrasse sprechen. Vielleicht hat er etwas gesehen.«

Aiden schirmte seine Augen gegen die Sonne ab. »Das

muss Mr Walker sein. Ich schicke einen Beamten zu ihm, aber freuen Sie sich nicht zu früh, er ist fast blind.«

Macy zog an der Plastikplane. An John Daltons Hinterkopf war deutlich die dunkle Einschusswunde zu erkennen. Unter seinem Gesicht sickerte eine Blutlache in den lockeren Kies, und sie war froh, dass sie die Austrittswunde nicht sehen konnte. Auch ohne das Briefing hätte sie erraten, dass der junge Mann beim Militär gewesen war. Sein Haar war kurz geschoren, und die Details seiner Kleidung ließen auf jahrelange Disziplin schließen. Das blutgetränkte T-Shirt spannte über den breiten Schultern; am rechten Schulterblatt waren in einem Abstand von wenigen Zentimetern zwei Einschusswunden zu sehen. Keine Tätowierungen oder sonstige Kennzeichen. Keine Hautabschürfungen an den Händen oder Fesselspuren an den Handgelenken. Die Bluejeans waren verwaschen, doch die Stiefel sahen nagelneu aus. Macy zog das Portemonnaie aus der Tüte. Es enthielt einen Führerschein und einen Militärausweis, dazu ein paar Fotos, ein paar Kreditkarten und mehr als einhundert Dollar in bar. In einem Fach steckte die Visitenkarte einer Psychotherapeutin in Collier.

Macy hob eine Taschenlampe auf, die auf dem Boden neben der Leiche lag, und las, was darauf stand: Auf einen Streifen Klebeband war mit schwarzem Marker *Whitefish* geschrieben.

»Kannten die Leute aus der Bar das Opfer?«

»Ja, aber zur Tatzeit war nur ein Gast da, und der ist immer noch betrunken. Nach Aussage des Managers hat John die meiste Zeit mit seiner On-Off-Freundin Lana Clark gesprochen.«

Sie hielt die Taschenlampe hoch. »Sie haben die Schüsse gehört und kamen heraus, um nachzusehen?«

»Sie haben etwas gehört, das wie Schüsse klang, aber die Musik lief, und sie dachten sich nicht viel dabei. Sie haben es für eine Fehlzündung gehalten oder für irgendeinen Rowdy, der Quatsch macht. Der Manager hat die Leiche erst entdeckt, als er draußen eine Zigarette rauchen wollte.«

Auf den Betonstufen des Personaleingangs glitzerten winzige Glasscherben zwischen den Zigarettenstummeln. Die Lampe über der Tür war kaputt. »Irgendeine Ahnung, wann das passiert ist?«

»Nach Aussage des Managers muss es gestern Abend gewesen sein.«

»Ein toter Winkel, eine kaputte Glühbirne, kein Hinweis auf einen Raub. Sieht nicht nach einem Zufall aus.«

»Das habe ich auch gedacht.«

»Drei Einsätze in Afghanistan, und dann wird er in seinem Heimatort erschossen.«

Macy überflog ihre Aufzeichnungen. »Die Frau in der Bar, Lana Clark? Ist sie die ›On-Off-Freundin‹?«

»So erzählt man sich.«

»Wo ist sie jetzt?«

»Ein Streifenwagen hat sie nach Hause gebracht, weil sie ein paar Sachen brauchte. Sie ist ziemlich durch den Wind.«

»Wann ist sie wieder da?«

»Dauert sicher noch eine Stunde. Sie wohnt ganz schön weit draußen.«

»Können wir uns John Daltons Wagen ansehen? Hat man die Autoschlüssel gefunden?«

»Die brauchen Sie nicht. Der Wagen war offen.«

An den Kotflügeln von John Daltons Pick-up klebten zwanzig Zentimeter getrockneter Matsch, und der Wagen sah aus, als hätte er sich mindestens einmal überschlagen. Über die Windschutzscheibe lief ein Netz feiner Risse, und Grasspuren waren zu sehen. Auf der Tür stand: *Dalton Ranch – Qualitäts-Viehzucht seit 1863*. Hinter dem Fahrersitz war ein Gewehrhalter, in den eine Schrotflinte eingeschlossen war. Am Boden lagen leere Lebensmittelpackungen und Colaflaschen. Alles war voller Sand und Hundehaare. Es roch wie in einem Stall.

»Sieht aus, als hätte er hier gewohnt.«

»Bei der Größe der Ranch hat er wahrscheinlich die meiste Zeit hier verbracht.«

»Was läuft mit Lana Clark?«

»Seit seiner Rückkehr gab es Verwirrung um Johns Beziehungsstatus. Insbesondere waren da zwei Frauen. Die eine war Lana, die andere Tanya Rose.«

»Sie kennen die Daltons gut.«

»Wilmington Creek ist eine Kleinstadt, die Leute reden gern. Anscheinend war Lana der Grund, warum Tanya mit John Schluss gemacht hat. Es heißt, seitdem versucht er sie zurückzubekommen.«

»Mit ihr muss ich auch sprechen.«

»Ich sage ihr Bescheid.«

»Wissen wir, mit wem John Dalton früher am Abend zusammen war?«

»Mit ein paar Freunden. Wir bestellen sie zur Befragung ein.«

»Könnte es sein, dass er etwas gesehen hat, das er nicht sehen sollte? Wird der Parkplatz hier manchmal von Drogendealern benutzt?«

»Wir sind hier auf dem Land. Ein paar Kilometer weiter nach Norden oder Süden, und kein Mensch merkt, wenn man eine Bombe zündet. Es gibt bessere Stellen, um Drogen zu verkaufen, als einen Parkplatz mitten im Ort.«

»Hatten Sie einen Eindruck davon, wie er mit der Heimkehr zurechtkam? Drei Kampfeinsätze können ziemlich belastend sein.« Macy öffnete das Handschuhfach und fand eine halbautomatische Pistole. Sie war geladen. Sie hielt die Waffe hoch. »Vielleicht war er auf Ärger aus.«

»Nach Aussage seines Vaters hat er viel gearbeitet. Er hat die Arbeit auf der Ranch sehr ernst genommen.«

»Er war mit zwei Frauen zusammen. Für Ärger hatte er also trotzdem Zeit.«

Aiden zuckte die Schultern. »Wir sollten mit Jeremy reden. Er will so schnell wie möglich nach Hause zu seiner Familie, bevor sie aufwachen und von jemand anderem erfahren, was passiert ist.«

Macy schob die Pistole in eine Beweismitteltüte und schlug die Wagentür hinter sich zu. »Wenn die Spurensicherung einen Blick darauf geworfen hat, soll der Truck zur weiteren Untersuchung nach Helena.«

Macy vermutete, dass Jeremy Dalton die schwieligen Hände auf dem Tisch gefaltet hatte, damit keiner sah, wie stark sie zitterten. Sein gebräuntes Gesicht war von feinen Linien durchzogen. Draußen auf der Straße war Bewegung, als die Spurensicherung in die Gasse einbog. Jeremy hob den Blick, doch er hielt die Hände weiter verschränkt. Schweigend starrte er hinaus, und mit den Sekunden, die verstrichen, wurden die Furchen in seinem Gesicht tiefer.

Macy zog ein dünnes Notizbuch aus der Tasche. »Mr Dalton, ich bin Detective Macy Greeley. Ray Davidson, der Polizeichef, hat mich persönlich mit diesem Fall beauftragt. Normalerweise arbeite ich in Helena, aber ich habe auch schon hier oben im Flathead Valley ermittelt.«

Jeremy räusperte sich. »Ich habe gerade mit Sheriff Warren Mayfield telefoniert. Er hat nur Gutes über Sie zu sagen.

Hat ihm gefallen, wie Sie an die Sache in Collier rangegangen sind.«

»Da habe ich ihm wohl zu danken.« Macy schob ihre Visitenkarte über den Tisch. »Ich verspreche Ihnen, dass ich alles tue, um den Mörder Ihres Sohnes zur Rechenschaft zu ziehen.«

Jeremy strich sich über den Bart. Er trug keinen Ehering, und seine Augen waren blass und rotgerändert. »Als John in Afghanistan war, habe ich vor Sorge nachts oft nicht geschlafen. Seit er endlich wieder daheim ist, schlafe ich wie ein Baby.«

Macy wartete.

»Er musste nicht gehen, aber er hat sich freiwillig gemeldet. Er hat es für seine Pflicht gehalten.«

»Wie ich gehört habe, war er ein guter Soldat. Sie müssen sehr stolz auf ihn gewesen sein. Waren Sie auch bei der Armee?«

»Ich war zu jung für Vietnam und zu alt für den nächsten Krieg.« Seine Stimme zitterte. »Hab wohl Glück gehabt.«

Ein paar Tische weiter saß ein älterer Herr. Er trug staubige Jeans, ein langärmeliges Hemd und Arbeitsstiefel. Sein weißes Haar war kurz geschoren, und er beobachtete Macy mit dunklen Augen, seit sie den Diner betreten hatte. Außer Jeremy war er der einzige Gast, der nicht zur Polizei gehörte.

Macy erwiderte den Blick des älteren Mannes. »Sind Sie allein hier, Mr Dalton?«

Jeremy nahm die Mütze ab und drehte sie in den Händen. »Ich habe meinen Vorarbeiter Wade geweckt, als der Anruf kam. Er ist gefahren.«

»Stört es Sie, wenn er bei unserem Gespräch dabei ist?«

»Wade Larkin gehört zur Familie.«

Macy notierte sich Wades Namen. »Wann haben Sie John zum letzten Mal gesehen?«

»Gestern beim Abendessen. Wir haben gegen sechs gegessen. Er hat gesagt, er wollte sich mit Freunden treffen.«

»Jemand Bestimmtes?«

»Ich schätze, es waren die üblichen.« Er warf Aiden einen Blick zu, bevor er die Namen aufzählte. »Dylan Reed, Tyler Locke, Chase Lane. Wer sonst noch dabei war, weiß ich nicht.«

»Ist John unter der Woche öfters abends länger weggegangen?«

»Normalerweise nicht. Aber heute war sein freier Tag.«

»Fällt Ihnen jemand ein, der Interesse hätte, Ihrem Sohn zu schaden?«

»Falls er irgendwelchen Ärger hatte, hat er nie was davon gesagt.«

Macy dachte an das, was sie über die Daltons wusste. »Was ist mit der Ranch? Gab es je irgendwelche Streits, die hässlich geworden sind?«

»Wir sind schon lange im Geschäft. Natürlich hatten wir auch unzufriedene Angestellte. Wir wurden mehr als einmal verklagt, aber in den letzten Jahren ist nichts gewesen.«

»Probleme mit der örtlichen Bürgerwehr? In anderen Teilen des Landes hat es Konflikte gegeben. Sie hatten ein paar der großen Landbesitzer im Visier.«

Jeremy sah auf seine Hände. »Das sind nur ein paar radikale Spinner, die Unruhe stiften. Wenn Sie mich fragen, tun sie sich mit ihren jüngsten Forderungen keinen Gefallen.«

»Wie meinen Sie das?«

»Sie haben was dagegen, dass Nutzflächen in Privatbesitz sind. Aber damit kommen sie hier bei niemandem gut an. Ich überlasse meine Ranch doch keinem Haufen Irrer, die Soldat spielen wollen.«

»Wurden Sie bedroht?«

»Nur ein paar nächtliche Anrufe.«

»Sind Sie zur Polizei gegangen?«

»Ich kann diese Trottel nicht ernst nehmen.« Er schwieg kurz. »Es gibt da eine Frau, die über die Milizen hier im Tal recherchiert. Ich glaube, sie heißt Patricia Dune. Wenn Sie mehr darüber wissen wollen, sollten Sie die fragen. Meiner Meinung nach weiß sie ein bisschen zu gut Bescheid.«

Macy sah Aiden an. »Haben Sie von dieser Frau gehört?«

»Sie hat vor ein paar Monaten ein Interview mit mir geführt. Sie recherchiert für eine Doktorarbeit. Sie scheint korrekt vorzugehen, aber es gab Gerede.«

»Was für Gerede?«

»Die Leute finden, sie wirbelt unnötig Staub auf. Sie haben Angst …«

Jeremy unterbrach ihn. »Vor einem Monat kam sie raus, um mich zu interviewen. Hat ziemlich viele Fragen über Ethan Green gestellt. Ich musste sie bitten zu gehen.«

Macy runzelte die Stirn. Der Name Ethan Green war ihr wohlbekannt. Er hatte eine der ersten Bürgerwehren in Montana gegründet. »Ich dachte, Ethan Green wäre untergetaucht, seit er per Haftbefehl gesucht wird.«

Aiden antwortete. »Ethan Green wird im Zusammenhang mit einer Vergewaltigung letztes Jahr in Collier gesucht. Seitdem hat ihn keiner mehr gesehen.«

Macy machte sich Notizen, bevor sie Jeremy die nächste Frage stellte.

»Warum, glauben Sie, interessiert sich Patricia Dune so für Ethan Green?«

»Keine Ahnung. Das müssen Sie sie fragen.«

»Wissen Sie, ob Green auch an die Kollektivierung von Nutzflächen glaubte?«

»Irgendwann hat er daran geglaubt. Was er jetzt glaubt, weiß ich nicht. Er hat seine Meinung immer wieder geändert.«

»Könnte er der nächtliche Anrufer gewesen sein?«

»Er war es nicht.«

»Sie scheinen sich sicher zu sein.«

»Ich kenne Ethan mein Leben lang.«

»Hat John vielleicht Kontakt zu ihm gehabt?«

»Meine Kinder halten sich von ihm fern. Sie hatten nichts mit ihm zu schaffen.«

»Diese Spannung zwischen Ihnen und Green. Gab es da Gewaltpotential?«

»Unser Streit ist älter als meine Kinder. Ich glaube nicht, dass einer von uns heute noch einen Gedanken daran verschwendet.«

»Ich weiß, dass es sehr schwer für Ihre Familie ist, aber wir müssen mit allen sprechen, auch mit den Leuten, mit denen Ihr Sohn zusammengearbeitet hat. Vielleicht hat er sich jemandem anvertraut.«

Jeremy rang um Fassung. »Ich muss los. Ich habe keine Ahnung, wie ich es ihnen sagen soll …«

Er drückte sich die Handballen an die Augen und weinte. Macy war die Einzige, die den Blick nicht abwandte. Dieser Mann hatte seinen einzigen Sohn verloren. Sie wehrte sich dagegen, sich in ihn hineinzuversetzen. Ihr Sohn Luke war so weit weg. Plötzlich hatte sie das Bedürfnis, aus dem Restaurant zu laufen und nach Hause zu fahren. Wie konnte sie Luke beschützen, wenn sie nie da war? Macy reichte Jeremy ein Taschentuch und winkte Wade Larkin heran.

»Mr Dalton, ein paar Beamte begleiten Sie nach Hause. Wir haben eine Opferbetreuerin aus Helena hier. Sie heißt Sue Barnet und kümmert sich um Sie. Ich habe Ihnen meine Visitenkarte gegeben. Sie können mich jederzeit anrufen. Vielleicht fällt Ihnen noch was ein. Selbst wenn es Ihnen nicht wichtig vorkommt, bitte sagen Sie es mir trotzdem.«

Macy hängte sich ihre Tasche über die Schulter. »Ich komme heute Nachmittag raus zu Ihnen und Ihrer Familie. Ich muss mit jedem sprechen, der John nahestand.«

Er steckte ihre Karte in die Hemdtasche, bevor er den Stuhl vom Tisch schob. Seine Beine knickten ein, als er aufstand, doch Wade war da, um ihn zu stützen. In der Stille, die folgte, klingelte plötzlich sein Telefon.

Kapitel 3

Jessie Dalton rieb sich den Schlaf aus den Augen, dann drehte sie sich um und sah auf die Uhr. Es war kurz nach sechs, und im Zimmer war es noch dunkel. Sie sank in die Kissen zurück und starrte an die niedrige Decke. Fast die ganze Nacht hatte sie wach gelegen und sich im Kopf Listen gemacht, und jetzt war sie zu müde, um irgendwas zu erledigen. Sie legte ihre Hand auf die Brust. Ihr Herz schlug noch. Manchmal hatte sie das Gefühl, das Klopfen ihres Herzens wäre das Einzige, was ihr bewies, am Leben zu sein. Plötzlich knarrte eine Diele, und sie setzte sich auf.

»Wer ist da?«

Ihre Mutter Annie trat in den Lichtstreifen, der durch den Spalt zwischen den Vorhängen fiel. Sie trug einen geblümten Morgenmantel, und ihr langes graues, perfekt gescheiteltes Haar wippte geschmeidig. Sie fasste sich an den Hals.

»Habe ich dich geweckt?«

Jessie beobachtete ihre Mutter und versuchte, ihre Stimmung einzuschätzen. Nicht, dass es eine Rolle spielte. Annies Temperament war unberechenbar. Wie eine verirrte Kugel konnte es jederzeit die Richtung wechseln.

Annie setzte sich auf den Bettrand und malte mit dem Zeigefinger Muster auf die dünne Steppdecke. Ihre Worte folgten dem Takt ihres Fingers. »Dein. Bruder. John. Ist. Tot.«

Jessie wartete auf die verwirrten Erklärungen, die den haarsträubenden Behauptungen ihrer Mutter gewöhnlich folgten, doch diesmal kamen keine. Also reagierte sie wie immer: Sie sprach beruhigend auf sie ein und lächelte, auch wenn ihr zum Heulen war.

»John ist aus Afghanistan zurück. Du musst keine Angst mehr haben.«

Annie hielt ihr Telefon hoch. Ihre Fingernägel waren eingerissen, und ihre Knöchel waren geschwollen. Sie hielt sich das Display vor die Nase und runzelte die Stirn.

»Ich verstehe das nicht. Wenn er tot ist, wie kann er mir eine Nachricht schicken?«

Jessie dachte an Annie vor zehn Jahren und mit fünfzehn Kilo mehr auf den Rippen. Die Frau, die vor ihr saß, log. Jessie war zu müde, um sich auf das Spiel einzulassen, und veränderte ihren Ton. Das Lächeln war fort.

»Das muss ein Witz sein.«

»John war der einzige ernsthafte Mensch in der Familie. Er hätte über so was keine Witze gemacht.«

»Sprich nicht in der Vergangenheit von ihm.«

Annie sah sich im Kommodenspiegel an. Sie strich sich durchs Haar und runzelte die Stirn. »Unzählige Male habe ich mir vorgestellt, dass er gefallen ist. Immer wenn es klingelte, war ich überzeugt, es wäre jemand von der Armee, der kam, um uns zu sagen, dass er tot ist. Es wurde so schlimm, dass ich die Klingel aus der Wand gerissen habe.«

»Niemand macht dir Vorwürfe. Wir hatten alle Angst.« Jessie streckte die Hand aus. »Zeig mir mal die Nachricht.«

Doch Annie drückte das Telefon an ihre Brust. »Woher

weiß ich, dass du nicht auch meine anderen Nachrichten liest? Sie sind privat. Ich will nicht, dass du sie siehst.«

»Ich verspreche dir, ich lese nur die von John.«

»John ist tot. Er konnte sie nicht schicken.«

»Gibst du mir bitte das Telefon?«

»Du hast mich schon so oft belogen.«

»Ich habe dich nie belogen.«

»Jetzt weiß ich, dass du lügst.«

»Mom, ich versuche zu helfen. Du sollst nicht traurig sein. Ich bin mir sicher, John ist drüben in seiner Wohnung und schläft.«

»Es hat niemand in seinem Bett geschlafen. Er ist gestern nicht nach Hause gekommen.«

John wohnte in einem Wohnmobil draußen bei den Ställen. Jessie sah wieder auf die Uhr. Es war erst halb sieben. Eigentlich galt die Regel, dass ihre Mutter das Haupthaus nicht verlassen durfte. Sie hatten Angst, dass sie sonst einfach lossief und sich in den tiefen Canyons hinter der Ranch verirrte oder, schlimmer noch, zum Flathead River aufbrach. Zweimal war sie schon entwischt. Beide Male hatten sie sie oben an den Bridger Falls gefunden, den Blick in die Tiefe gerichtet.

»Er hat wahrscheinlich bei Tyler übernachtet. Hast du mit Dad gesprochen?«

»Jeremy ist auch nicht da.« Ihre langen Finger zitterten, bevor sie sich ans Kinn fasste. »Wahrscheinlich ist er bei dieser Frau. Ich habe dir gesagt, dass es irgendwann passiert. Irgendwann hat Jeremy die Nase voll von mir. Ich habe gehört, wie er mit dem Arzt geflüstert hat. Er will mich einweisen lassen.«

»Ich verspreche dir, dass ich deine anderen Nachrichten nicht lese. Ich will nur die von John sehen.«

»Vielleicht würde er noch leben, wenn ich das Klingeln gehört hätte, aber ich schlafe so fest. Es sind diese Pillen. Ein Wunder, dass ich überhaupt noch träumen kann.«

»Mom, gib mir das Telefon.«

»Du gibst es mir gleich zurück?«

»Natürlich.«

Annie hielt Jessie das Telefon hin. »Er ist tot. Du kannst nichts daran ändern.«

»Hör auf damit. Du machst mir Angst.«

Annie ließ das Telefon in Jessies Schoß fallen und sah zum Fenster. »Zu Recht.«

Das Telefon war warm vom Griff ihrer Mutter. Jessie las die Nachricht.

Tut mir leid, Annie. John hat mir keine Wahl gelassen. Er musste sterben.

Sie wiederholte die Worte ein paarmal leise, bevor sie sie laut flüsterte. In der Stille des Zimmers klangen sie wie ein Gebet. Annie schlug nach einem Moskito. Jeder in Wilmington Creek wusste, dass Annie krank war. Seit bei ihr als Teenager eine bipolare Störung diagnostiziert worden war, lebte sie mit wechselnden Medikamentencocktails. Doch es war das frühe Einsetzen der Demenz, die alle überrascht hatte. Nachdem die Diagnose feststand, konnte man nichts mehr tun. In einem verzweifelten Versuch, an der Realität festzuhalten, hatte Annie begonnen, jeden Gedanken aufzuschreiben. Jessie erinnerte sich an das Gesicht ihres Vaters, als er hinten im Schrank unter der Treppe die Stapel der Hefte gefunden hatte. Sie hatten sie sich zusammen angesehen, während Annie mit den Fäusten gegen die abgeschlossene Arbeitszimmertür gehämmert hatte. Das Einzige, was ihre Mutter je aus der Stadt verlangte, waren Stifte und Papier. Drei Jahre später waren ihre Finger schwarz und ihre Augen kaputt.

Jessie versuchte, ihren Bruder anzurufen, aber er antwortete nicht.

»Das ist nur ein geschmackloser Streich«, wiederholte sie.

Annie kaute an ihren Nägeln. »Ich muss überlegen, was ich bei der Beerdigung anziehe. Alle meine Kleider sind mir viel zu groß. Ich will schön sein.«

»Es gibt keine Beerdigung. John lebt.«

Annie packte ihre Tochter am Kinn und zwang sie, ihr in die Augen zu sehen. »Warum glaubst du mir nicht dieses eine Mal? Das ist kein Wettbewerb. Jeremy und du müsst nicht immer recht haben.«

Jessie riss sich los. »John ist nicht tot.«

»Wenn du mir nicht glaubst, ruf Jeremy an. Er weiß ja anscheinend immer, was los ist.«

Gedankenverloren tippte Jessie auf die Tasten. Mit dem Tageslicht sickerten Zweifel durch die Vorhänge. Jessie tat ihr Bestes, um sie nicht hereinzulassen. John lebte. Er war aus dem Krieg zurückgekehrt. Er war endlich in Sicherheit.

Annie ging vor dem Fenster auf und ab, das sie von hinten beleuchtete. »Mach schon. Ruf Jeremy an. Wovor hast du Angst?«

Jeremy war nach dem ersten Klingeln am Apparat. »Hallo, Liebes«, sagte er leise, als müsste er sich beherrschen.

Jessie wurde ganz anders zumute. Die Stimme ihres Vaters klang falsch. Er sprach leise. Jeremy sprach niemals leise. Jeremy war wie ein Stier. Er betrat einen Raum nicht, er stürmte ihn. Er redete nicht, er brüllte. Sie schloss die Augen. Sie wusste jetzt schon, dass ihre Mutter recht hatte. Jeremy nannte sie nie Liebes.

»Wo bist du?«, fragte sie.

»In der Stadt. Es ist etwas passiert.«

»Es ist John, oder? Es ist ihm etwas zugestoßen.«

»Ich bin gleich zu Hause. Ich erzähle dir alles, wenn ich da bin.«

»Ist er wirklich tot?«

Jeremys Stimme brach. »Es tut mir so leid, dass du es von jemand anderem erfahren musstest. Ich wollte es dir sagen …«

Jessie schrie auf. »Wann?«

»Mitten in der Nacht.«

»Jemand hat Mom eine Nachricht von Johns Telefon geschickt.«

»O Gott. Wie geht es Annie?«

Jessies Stimme wurde leiser. »Sie ist hier bei mir.«

»Was tut sie?«

»Sie geht auf und ab. Sie ist völlig fertig.«

»Ich komme sofort nach Hause.«

»Warum passiert das alles?«

»Ich weiß es nicht, Jessie. Ich weiß es wirklich nicht.«

Annie Dalton packte die Vorhänge und lachte. »Ich habe dir gesagt, dass ich recht hatte.«

Jessie las die Nachricht noch einmal. Sie konnte nicht atmen, geschweige denn sprechen. Sie hatte keine Worte. Ihre Mutter warf die Arme in die Luft und riss die Vorhänge auf. Als stünde sie auf einer Bühne, streckte sie die Arme der Sonne entgegen.

»Es ist ein guter Tag zum Sterben. Findest du nicht?«

»Hör auf.«

»Komm, schau dir die wunderbare Aussicht an. Wer kann an einem Tag wie heute traurig sein?«

Jessie sprang aus dem Bett. Sie stieß Annie gegen den Schrank, gab ihr eine Ohrfeige und hielt ihren Kopf fest.

»Ich habe gesagt, hör auf.«

Ein Lächeln spielte über Annies Lippen. »Und ich habe dir gesagt, dein Bruder ist tot.«

Jessie schrie. »Hör endlich auf! Ich kann nicht mehr. Wir können alle nicht mehr.«

Annie sank zu Boden und griff sich mit tintenschwarzen Fingern an den Kopf. Jessie zitterte am ganzen Körper. Sie kroch zurück ins Bett und rollte sich unter die Decke. Auf dem Handrücken hatte sie ein primitives Rosen-Tattoo. Wenn sie nervös war, kratzte sie daran herum. Sie hatte keine Erinnerung an die Nacht in Reno, als sie sich die Tätowierung hatte stechen lassen. Im selben Nebel war auch ihre Tochter gezeugt worden. Inzwischen war Tara sechs. Jessie hatte vor einem Jahr das letzte Glas Alkohol getrunken, vor vier Jahren hatte sie mit Meth aufgehört. Langsam lichtete sich der Nebel.

Irgendwo im Haus quietschte eine Tür. Tara war wach. John hatte versprochen, mit ihr reiten zu gehen. Er hatte etwas von einem Pony gesagt, das ein Freund verkaufte und das er sich ansehen wollte. Jessie sah auf die Uhr. Es war noch früh. Sie hatten Zeit. Dann fiel ihr ein, dass John Tara nirgendwohin mitnehmen würde. Sie bohrte die Fingernägel in das Rosen-Tattoo und spürte, wie die Haut nachgab.

Annie sprach langsam. »John war mein einziger Sohn. Ich habe ihn mehr geliebt als jeden anderen Menschen auf der Welt.«

»Es tut mir leid. Ich hätte dich nicht schlagen dürfen.«

»Du warst nicht die Erste. Du wirst nicht die Letzte sein.«

»Du bist krank. Du kannst nichts dafür.«

»Als ich nicht schwanger wurde, hat Jeremy mir die Schuld gegeben, dabei stimmte bei ihm etwas nicht.« Sie senkte die Stimme. »Du und dein Bruder seid der Beweis. Ihr habt mich gerettet.«

»Ich habe noch niemanden gerettet.«

Annie stand auf und klopfte sich den Morgenmantel ab. Unten ging der Fernseher an. Tara sah immer bei voller Lautstärke fern. Wie Jessie und ihr Bruder John, als sie klein waren. So mussten sie die Streite ihrer Eltern nicht mit anhören.

»Ich hätte die Wahrheit am liebsten von den Dächern geschrien, aber ich hatte gelernt, den Mund zu halten. Ihr wart das Einzige, was Jeremy mir nicht wegnehmen konnte.«

Jessie stand auf und sammelte die Kleider ein, die sie am Abend auf den Boden geworfen hatte. »Tara ist wach. Ich muss mich anziehen.«

»Du lässt sie zu viel fernsehen. Wenn du nicht aufpasst, wird nichts aus ihr.«

Vielleicht würde Jessie Tara den ganzen Tag vor dem Fernseher sitzen lassen. Sie würde nicht mitbekommen, wie die Zeit verging. Sie würde nicht an nicht gehaltene Versprechen denken. Sie würde noch oft genug in ihrem Leben traurig sein. Sie wollte sie heute davor bewahren.

»Lass Tara in Ruhe. Es schadet ihr nicht.«

Annie starrte aus dem Fenster. Ihre Augen waren klar. Zum ersten Mal seit Ewigkeiten schien sie geistig voll da zu sein. »Wir bekommen Gesellschaft. Ich gehe besser runter und mache Kaffee. Es wird ein schwieriger Tag für uns alle.«

Ihre Mutter schlug die Tür hinter sich zu. Jessie stellte sich ans Fenster und beobachtete die vier Fahrzeuge, die die lange Auffahrt heraufkrochen. Von weitem sahen sie aus, als wären sie miteinander verbunden wie Eisenbahnwaggons. Blaulicht blinkte. Die Kolonne zog eine Staubwolke hinter sich her. Jessie hatte das Gefühl, gleich aufzuwachen, aber noch in einem Alptraum festzustecken. John konnte nicht tot sein. Er war ihr Zwillingsbruder, ihr bester Freund, ihr Beschützer. Er war einen Kopf größer als sie, und wenn er wollte, konnte er sie über seine Schulter werfen und kilometerweit laufen. Er hatte riesige Hände. Er konnte ihren Kopf damit umfassen wie einen Basketball.

Vor dem Haus blieb die Kolonne stehen, und das Blaulicht erlosch. Sie beobachtete, wie ihr Vater über den Kies lief und sich dabei die Hose hochzog. Sekunden später erfüllte seine Stimme das Haus. Er rief Jessies Namen, und die Resignation in seiner Stimme jagte ihr einen Schauer über den Rücken. Sie stand im Zimmer und scheute sich davor hinauszugehen. Jeremy konnte ihre Anwesenheit im Haus kaum ertragen. John hatte sich immer schützend vor sie gestellt und ihren Vater gemahnt, mehr Geduld zu haben, versöhnlicher zu sein. Sie wich von der Tür zurück. Sie trug immer noch das T-Shirt, in dem sie geschlafen hatte. Das dunkle, ungewaschene Haar fiel ihr ins Gesicht. So konnte sie nicht nach unten gehen. Ihr Vater rief wieder nach ihr, und sie griff zu den Shorts, die über der Stuhllehne hingen. Doch bevor sie sie anziehen konnte, hörte sie ihre Mutter schreien. Jessie stürzte aus dem Zimmer und stieß mit der Hüfte gegen den Türrahmen. Auf dem Weg nach unten sah sie ihre Eltern durchs Treppengeländer. Annie hatte Jeremy die Hände um die Kehle gelegt. Wade hielt Jeremys Arm fest, mit dem er versuchte, blind auf Annie einzuschlagen, und dabei die Bronzefigur eines Pferds vom Regal riss.

»Du bist schuld, Jeremy. Du bist schuld, dass mein Sohn tot ist.«

Ein uniformierter Beamter packte Annie, doch sie holte mit dem Ellbogen aus und traf ihn mit voller Wucht im Gesicht. Ein zweiter Beamter hielt sie mit beiden Armen fest, so dass sie sich kaum noch bewegen konnte. Sie trat nach Jeremy, der sich auf sie stürzen wollte, und stieß mit dem nackten Fuß gegen sein Brustbein. Jetzt war er nicht mehr aufzuhalten. Er war ein wilder Stier. Zwei Beamte warfen sich auf ihn, während Wade ihn und Annie anflehte, sich zu beruhigen.

Jessie nahm zwei Stufen auf einmal. Das Wohnzimmer war

leer und der Fernseher ausgeschaltet. Sie riss die Schranktüren auf. Ihre Stimme nahm wieder den beruhigenden Tonfall an.

»Alles ist gut, Tara. Du kannst rauskommen.«

Aiden Marsh tauchte in der Haustür auf. »Jemand ist bei Tara draußen. Ich glaube, sie hat nichts mitbekommen, falls das ein Trost ist.«

Jessie biss sich auf die Lippe. Sie konnte die Hände nicht still halten. Stöhnend hielt sie sich an der Sofalehne fest. Sie war am Ende ihrer Kräfte.

Aiden legte ihr die Hand auf die Schulter. »Nimm dir Zeit und beruhige dich.«

Sie hielt sich die Ohren zu. Das Gebrüll ging weiter. Durch die geschlossene Küchentür war zu hören, wie sich ihr Vater und ihre Mutter Beleidigungen an den Kopf warfen. Wade gab sich alle Mühe, Jeremy zur Vernunft zu bringen, aber ohne Erfolg.

Jessie schüttelte den Kopf. »Ich habe keine Zeit.«

»Tara ist jetzt das Wichtigste, und ihr geht es gut. Nimm dir Zeit.«

Jessie schwitzte. Sie strich sich das Haar aus dem Gesicht. Es klebte an ihren feuchten Händen wie Spinnweben. »Es tut mir leid. Annie ist vollkommen durchgedreht.«

»Dafür kann niemand etwas.«

Ein Streifenpolizist kam herein. Jessie erkannte das Gesicht, aber sie hatte seinen Namen vergessen. Seine rechte Wange war geschwollen, wo ihn Annies spitzer Ellbogen getroffen hatte.

»Etwas stimmt nicht mit Jeremy. Er ist einfach umgefallen.«

Jessies Knie wurden weich. Sie hatte das Gefühl, sie schaffte es nicht zur Tür. In der Küche gab ihre Mutter Anweisungen, wie man Kaffee kochte. Anscheinend hatte sie die Gebrauchsanleitung auswendig gelernt. Im Flur sah sie ihren Vater am Boden liegen. Sie war überrascht, dass sie nichts gehört hatte. Es hätte einen gewaltigen Schlag geben müssen.

Wade Larkin kniete neben Jeremy und sprach mit leiser Stimme auf ihn ein. Jessie setzte sich daneben und legte ihrem Vater die Hand auf die Brust. Sein Herz schlug wie ein Presslufthammer. Er hatte die Augen weit aufgerissen. Jessie starrte ihn an. Sie hatte ihn noch nie so verletzlich gesehen. Sie hätte ihm ein Kissen aufs Gesicht drücken können und er hätte sich nicht wehren können. Der Gedanke war seltsam tröstlich. Wades Stimme drang an ihre Ohren. Er roch nach Kaffee und Vieh. Tröstlich auf eine andere Art.

»Jessie ist hier. Alles wird gut.«

Sie legte ihrem Vater die Hand auf die Stirn. Unter dem Schweißfilm war die Haut kalt. Er fühlte sich nicht menschlich an.

»Jeremy, ab jetzt kümmern wir uns um dich.«

Aiden stand über ihnen. »Ein Rettungshubschrauber der Bergwacht war schon in der Luft. Er ist in fünf Minuten hier.«

Die Küchentür ging auf. Annie schrie nicht mehr. Man hatte ihr Handschellen angelegt. Auf dem Weg zur Haustür stolperte sie über den Saum ihres Morgenmantels. Jessie sah sie nicht an. Jeremy drückte ihre Hand. Wie John hatte er große Hände. Sie konnte sich nicht erinnern, wann er sie das letzte Mal berührt hatte. Sie blinzelte, und dann war ihre Mutter fort.

Jeremys Stimme klang gepresst. »Ich brauche keinen Scheißhubschrauber. Hauptsache, diese Frau verschwindet aus meinem Haus.«

Jessie zog die Hand zurück, und Jeremys Finger fielen auf den Boden. »Beruhige dich.«

Wades Knie knackten, als er das Gewicht verlagerte. »Würde nicht schaden, wenn dich ein Arzt ansieht.«

Jessie sah das Messer, das vor der Fußbodenleiste lag. Es gehörte zum Messerset in der Küche. »Was macht das hier?«

Jeremy versuchte, sich aufzusetzen. »Deine Mutter hat mich bedroht.«

Jessie gab Aiden das Messer. »Bitte, nimm es.«

Ihr Vater versuchte immer noch aufzustehen. »Endlich hat es mal Zeugen gegeben.«

Jessie schloss die Augen. »Es gab immer Zeugen.«

Jahrelang hatten John und sie Plätze in der ersten Reihe gehabt.

Die Fenster schepperten. Irgendwo in der Nähe landete der Hubschrauber. Die Haustür stand offen, und warmer Staub wehte ins Haus. Kurz darauf war das Rettungsteam da. Jessie lehnte sich an die Wand und zog ihr T-Shirt über die Knie. Sie merkte erst, dass sie weinte, als Aiden ihr ein Taschentuch reichte.

»Wo bringen sie meine Mutter hin?«

»Ich habe in der Psychiatrie im Collier County Hospital angerufen. Glücklicherweise hatten sie ein Bett frei.« Er nahm ihren Arm. »Du brauchst frische Luft.«

»Ich muss mich anziehen.«

»Ich warte vor deinem Zimmer.«

Jessie kämpfte mit den Hemdknöpfen, dann zog sie das Hemd wieder aus und nahm ein T-Shirt, weil ihre Hände zu stark zitterten. Sie streckte den Kopf aus dem Fenster und holte tief Luft. Durch die Bäume sah sie ihre Tochter schaukeln. Die Schaukel hing an einer der Eichen auf der Westseite des Hauses. Taras langes schwarzes Haar flog wie ein Umhang hinter ihr her, und sie lachte mit offenem Mund. Jessie kannte die rothaarige Frau nicht, die sie anschubste. Sie rief nach Aiden.

»Wer ist bei Tara?«, fragte sie, während sie in ein Paar Shorts schlüpfte. Sie war so dünn, dass ihre Hüftknochen hervorstachen.

»Das ist die Sonderermittlerin, die sie von Helena raufgeschickt haben. Anscheinend ist sie ganz in Ordnung.«

»Anscheinend?«

»Ich kenne sie nicht gut, deshalb weiß ich es nur vom Hörensagen. Sie erledigt ihren Job gut.«

»Warum ist jemand den ganzen Weg von Helena raufgekommen?«

»Dein Vater hat den Gouverneur angerufen.«

»Sieht ihm ähnlich.«

»Er meint es gut.«

Jessie band das dunkle Haar zu einem festen Pferdeschwanz und setzte sich auf die Bettkante. Sie wusste nicht, was als Nächstes kam. In wenigen Stunden war ihre ganze Welt aus den Fugen geraten. Sie versuchte, den Würgereiz zu unterdrücken.

»Es ist zu viel. Ich schaffe das nicht.«

Aiden setzte sich neben sie. »Wenn es jemand schafft, dann du. Falls es dir hilft, denk an Tara. Sei stark für sie.«

Jessie schlug sich die Hände vors Gesicht. »Warum John?«

»Das versuchen wir herauszufinden.«

»Er war wieder zu Hause. Er war in Sicherheit.«

»Denk bitte genau nach, Jessie. Fällt dir irgendein Grund ein, warum jemand so etwas tun könnte?«

Jessie holte tief Luft, als würde sie an einem Joint ziehen.

»Du und John habt euch nahegestanden. Er hätte dir erzählt, wenn etwas nicht gestimmt hätte.«

Sie hielt die Luft an. Sie würde den Rauch noch nicht rauslassen.

Aiden schüttelte sie. »Atme oder du fällst in Ohnmacht.«

Jessie sah verschwommen. Ihr war schwindelig. Sie atmete aus.

»Denk nach, Jessie.«

Sie konzentrierte sich auf Johns Foto und spürte den Blick seiner blassen Augen auf sich.

»Er war anders, seit er zurückgekommen ist.«

»Wie anders?«

»Er hat nie mit mir darüber geredet. Ich dachte, er bräuchte Zeit, aber jetzt ist die Zeit abgelaufen. Ich habe versucht, mit Jeremy zu reden, aber du weißt, wie er ist. Er hat gesagt, ich würde mich nur wichtigmachen. Nach der ganzen Scheiße, die ich gebaut habe, nehme ich es ihm nicht übel.«

»Hör auf, dich fertigzumachen. Du bist clean. Und du hast verdammt hart dafür gearbeitet. Mach das nicht kaputt.«

Sie lehnte den Kopf an seine Schulter. »Ich habe Angst.«

»Das haben wir alle.«

»Ich will nicht, dass ihr meine Mutter wegbringt.«

»Es tut mir leid, aber wir haben leider keine Wahl.«

Kapitel 4

Tara Dalton berührte mit den nackten Füßen die unteren Zweige der Eiche. Sie drehte sich auf der Schaukel um und bat Macy, sie noch kräftiger anzuschubsen. Macy war zu müde, um sich zu wehren. Auf der Fahrt zur Ranch war ihr übel gewesen. Aidens gelassene Art hatte etwas Beruhigendes, aber seine umständliche Redeweise machte sie ungeduldig. Sie musste sich auf die Zunge beißen, um nicht seine Sätze für ihn zu beenden. Sie hatte befürchtet, dass er die Nacht vor fünf Jahren erwähnen würde, als sie sich in Las Vegas kennengelernt hatten, doch er machte keinerlei Anspielungen. Das wiederum irritierte sie ebenfalls. Damals hatten sie sich auf einem Polizeikongress an der Bar kennengelernt. Es war ein Missverständnis gewesen. Macy hatte nicht mitbekommen, dass er verheiratet war, aber er hatte es auch nicht gerade deutlich gesagt. Danach war sie wütend gewesen. Fünf Jahre später befand sie sich in einer ähnlichen Situation. Seit acht Monaten behauptete Ray Davidson immer wieder, er lebe getrennt, doch er schien der Scheidung keinen Schritt näher zu kommen. Macy hatte den Verdacht, er log sie an.

Als Aiden in die lange Auffahrt zu der Ranch eingebogen

war, hatte sich Macy am Griff über der Tür festgehalten. Auf der Veranda des Haupthauses hatten sie die weinende Tara Dalton gefunden.

»Granny ist böse auf mich«, hatte sie geschluchzt.

Jeremy Dalton hatte seine Enkelin kaum beachtet. Er hatte ihr im Vorbeigehen den Kopf getätschelt, als würde er über das Korn auf dem Gerstenfeld streichen. Seine Frau Annie stand in der Küchentür. Nachdem Jeremy ein paarmal nach seiner Tochter gerufen hatte, ging er auf Annie zu und zog sich unterwegs die Hose hoch. Als er näher kam, wurde Annies Blick starr. In ihrer Hand blitzte ein Messer. Macy wartete nicht ab, was passierte. Sie rief eine Warnung, schnappte sich das Kind und ging mit ihm in die andere Richtung davon.

Macy erklärte Jeremys Enkelin, wer sie war, und zeigte ihr ihre Polizeimarke.

»Ich bin eine von den Guten.«

Tara Dalton war skeptisch, bis sie Macys Waffe sah. Macy entlud die Pistole und legte sie auf den Tisch.

»Glaubst du mir jetzt?«

Tara sah sich die Waffe an wie ein Profi. »Mein Onkel John hat auch so eine.«

Macy sagte nicht, dass sie über Onkel Johns Pistole Bescheid wusste. Sie lud ihre Waffe wieder und steckte sie ins Holster zurück. Im Haus hörte sie gedämpftes Geschrei, aber Tara schien nichts mitzubekommen. Das Mädchen spielte Frühstück mit Teilen von kaputtem, ehemals teurem Porzellan, das wahrscheinlich für Schießübungen benutzt worden war. Macy riss sich zusammen. Sie war schockiert. Sie hatte sich die Daltons als amerikanische Vorzeigefamilie vorgestellt. Dabei hätte sie es besser wissen müssen. Langsam befürchtete sie, den Sinn für Realität zu verlieren. Die Mutterschaft machte sie sentimental. Sie sah sich aufmerksam um.

Von seiner erhabenen Position bot das Ranchhaus einen weiten Ausblick auf das nördliche Flathead Valley. Die Daltons hatten 15 000 Stück Vieh auf 20 000 Morgen Land. Das hier war kein trautes Familienheim. Es war eine Firma. Macy fragte sich, ob der Besitz noch auf Jeremys Namen lief. Vielleicht hatte seine Ehe mit Annie finanzielle Motive gehabt. Auf der Fahrt hatte Aiden ihr erzählt, dass Annie aus einer wohlhabenden Ostküstenfamilie stammte. Ihre Liebe zu Montana stammte aus Kino- und Fernsehfilmen, und als sie herkam, hatte sie sich in einen Rancher verliebt. Doch die Realität des Alltags in Montana musste für Annie Dalton hart gewesen sein. Es war nicht alles Pferdeflüstern und Fliegenfischen. Die Ranch lag kilometerweit vom nächsten Ort entfernt, und für eine Außenseiterin wie Annie war es schwer, Freundschaften zu knüpfen. Sie hatte in Harvard studiert und in englischer Literatur promoviert. Macy sah wieder hinauf zu dem Haus. Es war so einsam. Vielleicht konnte man auch zu viel Zeit zum Lesen haben.

Auf dem Tennisplatz fehlte das Netz. Jemand hatte ihn als Schießplatz benutzt. Auf dem Belag glitzerten Glasscherben, und in den Rissen wuchs Unkraut. Der Tennisplatz war keine zehn Meter vom Haupthaus entfernt, und der Krach musste ohrenbetäubend gewesen sein. Neben dem Swimmingpool stand ein ausrangiertes Sofa, und jemand hatte einen großen Grill an den Beckenrand gezogen. Im Wasser trieb ein aufblasbares Krokodil. Pinkfarbene Flamingos standen auf der Wiese. Ein paar hatten Einschusslöcher. Bei manchen waren die Köpfe weggeschossen.

Am Zaun der Koppel standen ein paar Pferde und schienen sie zu beobachten. Macy schloss die Augen. Sie schlief zurzeit im Schnitt fünf Stunden pro Nacht, und der Schlafmangel forderte allmählich seinen Tribut. Sie konnte sich nicht konzentrieren. Ihr tat alles weh. Tara plapperte weiter, und Macy vermisste ihren Sohn umso mehr. Sie wollte nicht hier sein. Sie wollte zu Hause sein. Macy war die Fotos auf ihrem Handy durchgegangen, bis sie das fand, auf dem Luke auf der Veranda saß. Manchmal saß er dort und wartete, bis Macy von der Arbeit kam. Oft war er eingeschlafen, den Kopf auf dem Schoß seiner Großmutter.

Taras Stimme hallte in ihrem Ohr. Sie zeigte mit ihren kleinen pummeligen Fingern auf das Telefon. Sie roch nach Seife.

»Wer ist das?«

»Mein Sohn.«

»Wie heißt er?«

»Luke.«

Tara griff nach Macys Hand und sah sich ihren Ringfinger an. »Du bist nicht verheiratet.«

»Nein.«

»Genau wie Mommy.«

»Dann haben wir was gemeinsam.«

Tara nahm ein paar Strähnen von Macys rotem Haar, um sich die Farbe in der Sonne anzusehen. »Du hast schöne Haare. Wie Feuer.«

»Du hast auch schöne Haare.«

»Nein, habe ich nicht.«

Macy hob die kaputte Tasse hoch, damit Tara ihr Tee nachschenken konnte. »Warum wollte deine Granny nicht, dass du fernsiehst?«

Tara biss sich auf die Lippe. »Sie hat gesagt, Onkel John ist tot und es ist nicht richtig fernzusehen, wenn jemand stirbt.«

»Ach, ich glaube nicht, dass es schadet. Was meinst du?«

Sie zuckte die Schultern. »John hat gern ferngesehen.«

»Wart ihr Freunde?«

»Er hat mich oft in seinem Truck mitgenommen.«

»Wohin?«

»Überallhin. Er hat gesagt, wir fahren so lange, bis wir wieder nach Hause müssen.«

»Das klingt lustig.«

Sie sprach in einem Singsang und atmete dabei durch den Mund. »Manchmal haben wir Eis zum Abendessen gegessen. Aber er hat gesagt, es muss unser Geheimnis bleiben, sonst wird Mommy böse.«

»Hattet ihr viele Geheimnisse?«

Sie nickte theatralisch. »Da war mal ein Mann.«

»Was für ein Mann?«

Schulterzucken. »John und der Mann haben sich nicht gemocht. Er hat über meine Mommy geschimpft.«

»Wann war das?«

»Das ist schon lange her. Ich glaube, da war ich erst fünf.«

Tara nahm Macys Hand und zog sie in Richtung Schaukel. »Schubst du mich an?«

Macy hatte den Hubschrauber gesehen, der aus Nordwesten heranflog. Selbst aus der Entfernung erkannte sie die Markierung. Offenbar brauchte jemand einen Arzt. Der Hubschrauber landete auf der anderen Seite des Gebäudes, doch Tara war nicht neugierig. Sie hatte auf die Schaukel gezeigt.

»Die hat John für mich gebaut.«

Also schubste Macy Tara an, und Tara flog gen Himmel und streckte die nackten Füße ins Blau. Sie grinste von einem Ohr zum anderen. Macy wollte sich schon auf die Suche nach Aiden machen, als er mit einer jungen Frau auf der hinteren Veranda auftauchte. Sie war etwa so groß wie Macy, und anders als Jeremy, der blond war, hatte sie dunkle Augen und dickes schwarzes Haar. Außerdem war sie viel dünner. Ihre Arme und Beine wirkten wie Streichhölzer. An ihren

Handgelenken rasselte eine Vielzahl von Armreifen, und sie trug abgeschnittene Shorts und ein T-Shirt mit einem Bandnamen. Obwohl sie ihrem Zwillingsbruder kein bisschen ähnlich sah, war Macy klar, dass es sich um Jessie Dalton handeln musste.

Tara versuchte, die Schaukel mit den Füßen anzuhalten. Macy hielt die Seile fest, und das Mädchen rutschte vom Sitz und rannte auf seine Mutter zu.

Macy klopfte sich die Hände ab und ging hinterher. Jessie hatte sich Tara auf die Hüfte gesetzt. Sie war dünn, aber alles andere als ausgezehrt. Sehnige Muskeln definierten ihre Arme. Auf dem Handrücken hatte sie eine schlecht tätowierte Rose, und das Tattoo blutete ein bisschen.

Tara hielt sich die Hände vor den Mund und flüsterte ihrer Mutter etwas ins Ohr.

»Ja, das sehe ich«, sagte Jessie mit rauer Stimme und sah an Macy vorbei zum Tisch. »War es ein gutes Frühstück?«

Tara nickte nachdrücklich.

»Hoffentlich habt ihr mir was aufgehoben. Ich habe einen Bärenhunger.«

Tara nahm ihre Mutter an der Hand und zog sie weg. Macy konnte Jessies Erleichterung förmlich spüren.

Macy sah den beiden nach. »Was ist im Haus passiert?«

»Sie haben was verpasst.«

»Das glaube ich kaum. Ich will nur wissen, ob noch jemand gestorben ist.«

»Gott sei Dank hat Annie das Messer fallen lassen, bevor es Verletzte gab. Es ist ziemlich zur Sache gegangen. Zum Glück atmen beide noch.«

»Wozu der Hubschrauber?«

»Jeremy ist ein großer Mann mit einem schlechten Herz. Sie fliegen ihn rüber ins Collier County Hospital.«

»Was ist mit seiner Frau?«

»Sie kommt zur Beobachtung in die Psychiatrie, was dann passiert, entscheiden die Ärzte. Jessie ist ziemlich fertig.«

»Haben Sie das Handy ihrer Mutter?«

Aiden reichte es Macy. »Ich habe mit Jessie gesprochen. Anscheinend weiß sie nichts. Sie sagt, John sei distanziert gewesen, seit er aus Afghanistan zurück ist. Sie hätten kaum miteinander geredet. Sie hat keine Ahnung, ob ihm jemand schaden wollte.«

»Seit wann ist sie clean?«

»Ist es so offensichtlich?«

»Ist das Ihr Ernst? Sie ist ein Exjunkie, wie er im Buche steht.« Macy hielt inne. »Vielleicht hat es was mit dem Fall zu tun. Vielleicht hatte sie sich mit Leuten eingelassen, von denen man sich besser fernhält.«

»Unwahrscheinlich. Jessie Dalton hat vor vier Jahren mit Meth aufgehört, und mit allem anderen vor drei. Seit letztem Sommer trinkt sie keinen Alkohol mehr.«

»Was ist mit dem Kind? Wer ist der Vater?«

»Jessie hat keine Ahnung. Damals hat sie für Drogen alles gemacht. Nach dem, was man hört, kommen viele in Frage.«

»Nicht gerade der amerikanische Traum.«

»Die ganze Familie ist nicht der amerikanische Traum.«

»Ich hatte irgendwie was anderes erwartet.« Macy blickte hinaus auf die Felder. »Sie haben so gute Voraussetzungen und sind trotzdem verkorkst.« Sie las die Nachricht, die Annie erhalten hatte: *Tut mir leid, Annie. John hat mir keine Wahl gelassen. Er musste sterben.*

»Wer es auch ist, der Absender zeigt Reue.«

»So was habe ich noch nie gesehen. Warum nimmt sich der Mörder die Zeit, eine SMS zu verschicken? Wahrscheinlich kannte er die Familie.«

Aiden nahm die Sonnenbrille ab und rieb sich die Augen. »Oder es war jemand, der seine Hausaufgaben gemacht hat. Die Daltons kennt hier jeder. Es ist nicht schwer, Informationen über sie rauszukriegen.«

Macy ging die Anrufe und Nachrichten durch. »Eigentlich brauchen wir dafür einen Gerichtsbeschluss.«

»Das dürfte kein Problem sein. Was haben Sie die ganze Zeit gemacht? Sie waren plötzlich verschwunden.«

»Jemand musste das Kind da wegholen. War Annie Dalton immer gewalttätig, oder ist es eine Folge der Demenz?«

»In den vergangenen Jahren gab es ein paar Zwischenfälle, aber nichts, das so extrem war. Wenn Sie mich fragen, waren Jeremy und Annie nie ein tolles Paar.«

»Ich habe Tara nach ihrem Onkel gefragt.«

»Für das Telefon wollen Sie einen Gerichtsbeschluss, aber das Kind haben Sie ohne Erlaubnis verhört?«

»Ich bin nicht gerade für meine Konsequenz bekannt.«

»Verstehe. Haben Sie was erfahren?«

»Vielleicht ist nichts dran, aber sie sagte, einmal habe ihr Onkel sich mit einem Mann getroffen, als sie mit ihm unterwegs war. Anscheinend hat der Mann schlecht über Jessie geredet, und John hat sich aufgeregt. John hat zu Tara gesagt, es müsse ihr Geheimnis bleiben.«

»Wie lange ist das her?«

»Schwer zu sagen. Sie meint, es sei lange her, als sie noch fünf war.«

»Hm. Ich glaube, sie ist gerade erst sechs geworden. Sonst noch was?«

»Das war alles, was sie einfach so erzählt hat. Ich wollte nicht nachhaken. Die Befragung muss von einem Kinderpsychologen durchgeführt werden. Ich habe in Helena angerufen. Sie schicken jemanden aus Kalispell.«

»Fahren wir zurück. Die Kollegin von der Technik will uns die Überwachungsvideos zeigen, und Johns Freunde kommen aufs Revier.«

»Was ist mit Lana Clark?«

»Sie ist unterwegs.«

Aiden zeigte auf das zweistöckige Gebäude, in dem sich die Dienststelle des Sheriffs von Wilmington Creek befand. Es war nur einen Steinwurf vom Whitefish entfernt. Er parkte rückwärts ein und zog die Handbremse.

Macy schätzte, dass zwischen dem Tatort und dem Sheriff's Office höchstens einhundert Meter lagen.

»Ziemlich kaltblütig, jemanden in Rufnähe des Sheriffs zu erschießen.«

»Finde ich auch. Es ist das erste Mal, dass in Wilmington Creek so was passiert. Ich fürchte, mit der Ruhe hier ist nun endgültig Schluss.«

»Sind Sie hier groß geworden?«

Er ging die Nachrichten auf seinem Telefon durch. »Wenn Sie mich groß nennen wollen.«

»Im Ernst, haben Sie immer hier gelebt?«

»Jep, ich bin ein echter Wilmingtoner.« Er zeigte in Richtung Osten. »Vier Straßen weiter wohnen meine Eltern.«

»Oje.«

»O doch.«

»Ich meine nicht, dass es hier nicht hübsch ist.«

Er lachte. »Sie brauchen sich nicht zu entschuldigen. Ich weiß schon. Ich finde es auch manchmal eng hier.«

»Und was machen Sie dann?«

»Ich trinke einen über den Durst und sehe mir die Stellenausschreibungen im Internet an. Überlege mir, ob ich mich bewerben soll. Und dann schlafe ich ein.«

»Klingt wie mein typischer Samstagabend.«

»In Helena gibt es wenigstens Abwechslung. Sie sollten öfter ausgehen.«

Macy legte die Hand auf den Türgriff. »Sie klingen genau wie meine Mutter.«

»Nichts gegen Mütter. Meistens haben sie recht.«

»Mein Leben ist ein bisschen kompliziert.«

»Ein Mann?«

»Sind es nicht immer die Männer?«

»Wenn es kompliziert ist, ist es die Sache nicht wert.«

»Manchmal ist es eine Frage der Geduld.«

»Das hat meine Schwester auch mal gesagt. Ist anscheinend ein Euphemismus für *Er ist verheiratet*.«

Macys Gesicht verfinsterte sich. Sie hatte für heute genug preisgegeben. Sie ging auf das Revier zu. Die Sonne stand hoch am Himmel, und jede Fläche strahlte Hitze ab. Die Main Street war ein Backofen.

»Sehen wir uns die Überwachungsvideos an.«

Die Videotechnikerin hatte ihren Computer in einer Ecke des Büros aufgebaut, neben einer Mikrowelle aus den frühen 1980ern. Bedächtig ging sie das Bildmaterial mit ihnen durch. »Laut Timecode parkt John Dalton um 1 Uhr 3 auf dem Parkplatz. Er bleibt 36 Sekunden sitzen, dann geht er zur Tür der Bar.«

Macy beugte sich vor, um besser sehen zu können. »Er sieht nüchtern aus.«

»Er ist genau 14 Minuten und 32 Sekunden drin. Um 1 Uhr 18 verlässt er den Laden wieder.« Sie spulte ein Stück vor. »Das ist die Stelle, als John Dalton die Bar verlässt.«

»Und in der Zwischenzeit fahren keine anderen Fahrzeuge auf den Parkplatz?«

»Ich habe mir das Video fünf Mal angesehen. Das Aufregendste ist eine Plastiktüte, die über den Parkplatz geweht wird.« Sarah zeigte auf den Bildschirm. »Hier. Nachdem John rauskommt, geht er direkt in die Gasse. Aus diesem Winkel lässt sich unmöglich sehen, ob er mit jemandem gesprochen hat.«

Aidens Stimme war direkt in Macys Ohr. »Vielleicht hat er was gehört.«

Macy bat, sich den Ausschnitt noch einmal ansehen zu dürfen. »Aber er zögert nicht. Wenn jemand seinen Namen gerufen hätte, hätte er aufgeblickt.«

»Wir schicken die Daten nach Helena, um zu sehen, ob sie sie aufpolieren können, aber ich glaube nicht, dass es was bringt.«

»Schicken Sie sie trotzdem hin.«

»In Ordnung.«

Macy sah Aiden an. »Wie viel Uhr ist es?«

»Kurz nach elf.«

»Haben sich die Beamten schon gemeldet, die sich das Umfeld des Tatorts ansehen sollten?«

»Bis jetzt haben wir nichts bis auf den Mann auf der Veranda.«

»Sie sagten, er sei blind.«

»Stimmt, Phil Walker sieht fast nichts mehr. Aber er schläft auf der Veranda, weil es so heiß ist. Gegen eins hat er einen Wagen gehört. Zwanzig Minuten später die Schüsse.«

»Was ist mit dem Wagen? Kann er uns irgendwas darüber sagen?«

»Er tippt auf einen Achtzylinder, der dringend mal getunt werden müsste.«

»Ich möchte mit ihm reden, aber zuerst muss ich ein paar Anrufe erledigen. Kann ich einen Schreibtisch haben?«

»Leider ist der Platz bei uns knapp. Sie müssen sich das Büro mit mir teilen.«

Macy setzte sich an den kleinen Schreibtisch, der in der Ecke stand, und stieß die Tür zu. Sie spähte durch die Jalousien. Vor dem Whitefish parkten zwei Streifenwagen. Auf der Höhe des Tatorts stockte der Verkehr. Ein paar Passanten standen auf der anderen Straßenseite herum. An der Mauer lagen Blumensträuße. Der wachhabende Beamte nahm einen weiteren Strauß entgegen, den jemand beim Vorbeifahren durchs Wagenfenster herausreichte, und legte ihn zu den anderen.

Als Macys Mutter ans Telefon ging, klang sie, als wäre sie gerannt. »Wie lange bist du weg?«

»Ein paar Tage mindestens. Der Gouverneur hat sich eingeschaltet. Anscheinend ist er ein Freund der Familie.«

Ellens Stimme wurde scharf. »Layton Phillips ist niemandes Freund. Er will nur wiedergewählt werden.«

»Er ist mein Boss, ob es dir gefällt oder nicht. Wie geht es Luke?«

»Keine Sorge. Es geht ihm gut.«

»Ich mache mir keine Sorgen. Ich vermisse ihn nur.«

»Dann komm am Wochenende nach Hause.«

»Ich versuche es. Heute Abend weiß ich mehr.«

»Pass auf dich auf.«

Es klopfte an die Tür. »Ich muss aufhören, Mom. Ich rufe später noch mal an, wenn ich im Motel bin.«

Aiden hielt zwei Diet Coke hoch. Unter seinem Arm klemmte eine braune Papiertüte.

»Ich wusste nicht, ob Sie schon was gegessen haben.«

Macy nahm ihm eine Dose ab. »Unterwegs habe ich mir an der Tankstelle einen Bagel geholt, aber das ist eine Weile her.«

Er reichte ihr die Tüte. »Ich fürchte, hier ist noch ein Bagel.«

Sie redete zwischen den Bissen. »Hat jemand mit John Daltons Freunden gesprochen?«

»Sie sind heute bei Morgengrauen ausgeritten. Sie waren mit John verabredet. Sie hatten kein Netz, sonst hätten wir sie früher erreicht.«

»Wann kommen sie auf die Wache?«

»In einer halben Stunde oder so.«

»Ich gehe rüber zu Mr Walker.«

»Soll ich Sie begleiten?«

»Nein, nicht nötig. Sie müssen eine Einsatzzentrale einrichten. Jemand soll die Presse benachrichtigen und für morgen früh um zehn eine Erklärung ankündigen. Bis dahin redet keiner mit Reportern. Und besorgen Sie mir den Beamten, der Lana nach Hause gefahren hat. Wenn ich zurückkomme, will ich mit ihr reden.«

»Ach, nur damit Sie Bescheid wissen. Ich habe mehrmals versucht, Patricia Dune anzurufen, die Doktorandin, die über die Bürgerwehr recherchiert. Sie geht nicht ans Telefon.«

»Versuchen Sie es weiter«, sagte Macy mit der Hand am Türknauf. »Ich bin bald zurück.«

Macy war auf den plötzlichen Temperaturwechsel nicht vorbereitet. Das Thermometer über der Bank zeigte 39 Grad an.

Sie zögerte. Genauso gut könnte sie jemanden schicken, der Mr Walker abholte. Während der Mittagshitze hätte die Stadt wie leergefegt sein sollen, doch vor dem Whitefish hatte sich eine Menschentraube versammelt. Junge Leute hielten einander in den Armen; manche knieten, um die Karten zu lesen, die bei den Blumen lagen. Eine Journalistin, die Macy kannte, sprach in eine Kamera, die auf die Gasse gerichtet war, doch sie brach ab, als sie Macy sah. Macy starrte auf den

Boden und ging die Charlotte Street hinauf, ohne sie eines Blickes zu würdigen.

Sie betrat Mr Walkers Garten durch das Törchen. An den Stellen, die der Sonne am stärksten ausgesetzt waren, war das Gras gelb. Unter den Bäumen war ein Erdhügel, der aussah wie ein frisches Grab. Ein Hundehalsband hing an einem Kreuz.

Macy lehnte sich gegen die Fliegengittertür und rief: »Mr Walker, ich bin von der Polizei. Ich würde mit Ihnen gern über die letzte Nacht reden.«

»Ganz ruhig, Lady. Ich bin blind, aber nicht taub.«

Er streifte die Wand mit den Fingerspitzen, als er zur Tür kam. Mr Walker war ordentlich rasiert und gut angezogen, praktisch und adrett, genau wie sein Haus. Auf dem Kaminsims stand ein Foto eines jüngeren Mr Walker, Arm in Arm mit einer Frau, die seine verstorbene Gattin sein musste. Nachdem er Macy ein kühles Getränk angeboten hatte, führte er sie auf die Veranda, wo er letzte Nacht geschlafen hatte. Eine graue Katze döste mit offenen Augen auf der Liege. In der Ecke summte ein Ventilator, und bei jeder Umdrehung sträubte sich ihr Fell.

Macy sah hinaus auf die Straße. Obwohl John Daltons Leiche längst auf dem Weg in die Pathologie in Helena war, blieb die Gasse zur Hauptstraße abgesperrt. Die Spurensicherung arbeitete am Tatort. Macy erkannte Ryan Marshall und ein paar andere Gesichter. Der Personaleingang der Bar stand immer noch offen, und sie bildete sich ein, Musik zu hören.

Mr Walker lehnte sich auf das Fenstersims. »Schande, dass meine Augen nicht mehr mitmachen, sonst hätte ich vielleicht was gesehen, das Ihnen helfen könnte.«

»Schlafen Sie oft hier draußen?«

»Wenn es so heiß ist wie diesen Sommer. Dafür kann ich die Veranda im Winter als Tiefkühltruhe benutzen.«

»Kann ich mir vorstellen. Erzählen Sie mir von gestern Abend.«

»Ich habe mich früh hingelegt. Ich musste gestern meine Hündin beerdigen und war ziemlich erschöpft.«

»Tut mir leid, das zu hören.«

»Das arme Ding ist einfach zusammengeklappt. Ich glaube, es war die Hitze. Jedenfalls ist es ziemlich still nachts, jetzt, wo sie tot ist. Ich bin aufgewacht, weil ich aufs Klo musste, sonst hätte ich den Wagen wahrscheinlich gar nicht gehört. Polly hätte die ganze Nachbarschaft aufgeweckt, wenn sie da gewesen wäre. Sie hat immer viel gebellt.«

»Erinnern Sie sich, wie viel Uhr es war?«

»Kurz nach eins. Der Wagen kam die Anliegerstraße hinter den Geschäften herauf. Er fuhr Schritttempo. Ehrlich gesagt war es irgendwie unheimlich, wie er ohne Scheinwerfer die Straße heraufgekrochen kam.«

»Sind Sie sicher, dass er die Scheinwerfer nicht eingeschaltet hatte?«

»Die hätte ich gesehen. Ich kann Licht und Dunkel gut unterscheiden. Nur die Konturen machen mir Probleme.«

»Sie sagten, es sei ein Achtzylinder gewesen.«

»Es klang nach einem schweren Motor. Sie wissen schon, dieses tiefe Brummen, wenn man mit dem Fuß kaum das Gas berührt. Vielleicht ein Pontiac GTO oder ein Chevy Chevelle.«

»Sie kennen sich gut aus mit Autos.«

»Ich war Kfz-Mechaniker, und wie gesagt, meine Ohren sind noch gut.«

»Was haben Sie noch gehört?«

»Eine Stimme. Ich habe nicht verstanden, was geredet wurde, aber irgendwas an dem Tonfall kam mir bekannt vor.«

»Wie meinen Sie das?«

»Es hörte sich irgendwie wie eine Strafpredigt an.«

»Haben Sie die Schüsse gehört?«

»Ja. In der Stille klangen sie wie Kanonenschläge. Kurz darauf ist der Wagen weggefahren, und Kies schlug gegen meine Fliegengitter. Wenn der Typ das nächste Mal hier durch die Gasse schleicht, rufe ich sofort die Polizei. Ich dachte immer, es wären Kids, die ausgebüxt sind und deshalb ohne Scheinwerfer rumfahren.«

»Sie haben den Wagen schon öfter gehört?«

»Drei, vier Mal im letzten Monat. Immer mitten in der Nacht. Und er kam immer ohne Scheinwerfer.«

Aiden hatte das Telefon unters Kinn geklemmt und lehnte sich im Bürostuhl zurück. »Ihr kommt in mein Büro, sobald ihr da seid.« Er legte auf und fluchte.

Macy ließ die Tasche auf ihren Schreibtisch fallen. »Was ist? Haben wir unsere einzige Zeugin verloren?«

»Nein, sie sind unterwegs. Aber sie brauchen ewig. Lana musste zu Hause anscheinend noch ein paar Dinge erledigen. Gibt es was Neues von Mr Walker?«

»Er glaubt, er hat denselben Wagen in den letzten Wochen mindestens vier Mal gehört. Jedes Mal ist er ohne Licht die Anliegerstraße heraufgefahren.«

»Dann war es vielleicht Zufall. Vielleicht war John einfach zur falschen Zeit am falschen Ort.«

»Kann sein. Oder es ist ihm jemand gefolgt. John war bestimmt nicht das erste Mal im Whitefish, um Lana Clark zu sehen. Hat es in der Straße je irgendwelche Vorfälle gegeben?«

»Nicht dass ich wüsste. Über die Jahre ein paar Schlägereien. Aber ich glaube nicht, dass John daran beteiligt war.«

»Es war ziemlich riskant, so was in aller Öffentlichkeit abzuziehen. Vielleicht hat der Ort irgendeine Bedeutung.«

»Die Jungs sollen das Archiv durchgehen.«

»Fragen Sie auch in der Telefonzentrale nach. Vielleicht werden nicht alle Anrufe dokumentiert, die reinkommen, aber die Stadt ist klein, vielleicht erinnert sich jemand an etwas.«

»In Ordnung.« Aiden hielt einen Stapel Papiere hoch. »Der Bericht von der Gerichtsmedizin. Er ist noch vorläufig.«

»Überraschungen?«

»Nichts Erwähnenswertes. Zuerst traf ihn ein Schuss in den Schädel. Bei den Schüssen in den Rücken lag er bereits am Boden.«

»Kaliber?«

»9 Millimeter.«

Macy überflog den Bericht im Stehen. »Haben Sie das mit dem Steinchen im rechten Knie gelesen? In seiner Jeans war ein Loch.«

»Ja, sieht aus, als hätte John eine Weile gekniet.«

»Das oder er ist gefallen.«

»Keine Abschürfungen an den Händen, also eher nicht. Das Knien passt zu dem Exekutionsszenario. Wobei die beiden Kugeln im Rücken nicht nötig gewesen wären.«

»Der Mörder konnte Johns Wege nicht voraussehen. Er konnte nicht wissen, dass er um ein Uhr nachts hier auftaucht.«

»Es sei denn, jemand hat dem Mörder gesagt, wo er war, oder er wurde verfolgt.«

»Vielleicht jemand in der Bar oder einer der Jungs, mit denen er vorher unterwegs war.«

»Lanas Handy und das Telefon in der Bar haben wir schon überprüft. Keine ausgehenden Anrufe oder Nachrichten zwischen Johns Ankunft und dem Zeitpunkt, als er tot in der Gasse gefunden wurde.«

»Was ist mit John Daltons Handy? Habt ihr was gefunden?«

»Keine Fingerabdrücke. Es wurde abgewischt. Ansonsten gibt es ein paar SMS zwischen ihm und seinen Freunden wegen der Verabredung früher am Abend. Alles völlig unauffällig. Dylan Reed und Tyler Locke sitzen übrigens drüben in dem Diner, wo wir mit Jeremy geredet haben.«

»Führen wir jetzt alle Befragungen dort durch?«

»Nein, aber sie warten dort, bis wir hier so weit sind.«

»Was können Sie mir über sie sagen?«

»Tyler Locke war John Daltons vorgesetzter Sergeant, aber sie kennen sich schon seit ihrer Jugend. Locke hat sechs Einsätze hinter sich, und zurzeit ist er hier, weil seine Großmutter gestorben ist. Eigentlich wohnt er in Fort Benning in Georgia. Er ist zweiunddreißig und hat ein ausgezeichnetes Dienstzeugnis, auch wenn er als Vorbestrafter rekrutiert wurde.«

»Was hat er angestellt?«

»Ist als Teenager auf die schiefe Bahn geraten, aber er hat sich wieder gefangen. Die Daltons nahmen ihn unter ihre Fittiche. Leider hat er sie beklaut, wie irgendwann rauskam. Eine Streife hat ihn beim Rasen erwischt und hundert Kilo Ammoniumnitrat auf der Pritsche seines Trucks gefunden.«

»Dünger?«

»Ja, aber anscheinend hatte er was anderes damit vor. Jeremy sagte, er habe den Dünger geklaut, doch Annie behauptete, es wäre ein Missverständnis. Er bekam zwei Jahre auf Bewährung.« Aiden hielt eine Akte hoch. »Bis auf die Teenagergeschichten steht alles hier drin.«

»Was glauben Sie? War es ein Missverständnis?«

»Schwer zu sagen. Es ist über zehn Jahre her, und seitdem hat er sich nichts zuschulden kommen lassen. Im Zweifel für den Angeklagten.«

»Das merke ich mir.«

Aiden nickte. »Er ist ziemlich verunstaltet. In Afghanistan ist in seiner Nähe eine Sprengvorrichtung explodiert und hat ihn mit Splittern vollgehagelt. An den Armen hat er Verbrennungen, weil er versucht hat, einen Kameraden aus einem Humvee zu retten, der auf der Landstraße in die Luft flog. Er sieht ein bisschen unheimlich aus und kann etwas aggressiv wirken, aber es gibt keine Beschwerden über ihn.«

»Was ist mit Dylan Reed?«

»Dylan ist so alt wie John, sie sind Sandkastenfreunde. Sie haben sich gleichzeitig zur Armee gemeldet, aber Dylan ging nach der Grundausbildung in Fort Benning nach San Antonio, um sich zum Sanitäter ausbilden zu lassen. Nach fünf Monaten bei seinem vierten Einsatz hat ihn ein Schuss in den Oberschenkel erwischt. Es heißt, er hat Glück gehabt, dass das Bein noch dran ist.«

Es klopfte, und beide blickten auf. Ein Beamter gab Aiden einen Ausdruck. »Das ist gerade angekommen. Es ist Tyler Lockes Militärzeugnis.«

Aiden warf einen Blick darauf, bevor er es Macy weiterreichte. »Das ging schnell. Haben wir schon was über Dylan Reed?«

»Nicht dass ich wüsste.«

»Gut, halt mich auf dem Laufenden.«

Macy schlug Tylers Akte auf und begann zu lesen. »Wie sollen wir vorgehen? Ich habe das Gefühl, dass Sie manche der Zeugen vielleicht zu gut kennen.«

»Ich habe nichts dagegen, wenn Sie die Befragung allein durchführen. Ich sehe einfach zu.«

»Sind Sie sich sicher? Es ist Ihre Stadt. Ich will Ihnen nicht auf die Füße treten.«

»Keine Sorge, das würde ich Ihnen sagen.«

Kapitel 5

Dylan fühlte, wie Panik in ihm hochstieg, als er mit Tyler im Eingang des Restaurants stand. Er war kurz davor, wieder zu gehen, als eine Kellnerin, die ihm vage bekannt vorkam, seinen Arm nahm und ihn mitfühlend anlächelte. Sie führte die beiden zu einer Nische am Fenster. Er wusste nicht, was er tun sollte, als sie ihm die Speisekarte in die Hand drückte. Stocksteif saß er auf dem gepolsterten Sitz, und sein Blick huschte durch das Lokal, als würde er Minen suchen. Er schmeckte den beißenden Rauch. Roter Staub knirschte zwischen seinen Zähnen. Und er schmeckte Blut. Der Tag war wieder da. Er war mit seiner Einheit auf Streife. Die Häuser strahlten heiß und grell. Eben marschierte er noch. Dann fiel er zu Boden. Seine Kameraden zerrten ihn in eine nahe gelegene Schule. Die hohen Fenster waren gesprungen, der kaputte Himmel war blau. Unter den Tischen kauerten dunkeläugige Kinder. Die Lehrer flehten die Soldaten an zu gehen. Das Chaos. Der Lärm. Nur der Sanitäter war ganz ruhig. Er redete auf Dylan ein.

Jetzt fährst du nach Hause. Du bist in Sicherheit. Denk nur daran.

Dylan sah die anderen Gäste an, doch niemand war ihm vertraut. Jedes Geräusch hallte mit zehnfacher Lautstärke in seinem Kopf. Auf seiner Haut bildeten sich Schweißperlen. Er ballte die Fäuste, und auf seinem Unterarm schwollen die blauen Adern an. Er griff nach dem Messer, doch jemand riss es ihm aus der Hand.

Der Mann, der ihm gegenübersaß, sprach leise. Zusammenhanglose Wörter hingen in der Luft. Dylan versuchte, sie zu ordnen, aber nichts ergab einen Sinn. Ein großer runder Schädel beugte sich zu ihm.

»Dylan, was ist los? Alles klar?«

Dylan zuckte zusammen, als er seinen Namen hörte. Er öffnete den Mund, doch der Hilferuf blieb ihm im Hals stecken. Er schluckte. Jemand hielt seine Hand fest. Das Messer war weg. Die Gabel auch.

»Dylan, alles ist gut.«

Dylan blickte auf seinen Arm und sah die geschwollenen Adern. *Nichts ist gut.*

»Willst du hier raus?«

Er hätte *ja* sagen können.

Aber nicht durch den Haupteingang. Zu viele Menschen. Das schaffte er nie. Das runde Gesicht war nicht mehr vor ihm. Eine Stimme flüsterte ihm ins Ohr.

»Komm. Ich bringe dich raus.«

Der Mann zog an seinem Arm, und er stolperte aus der Nische. Eine Frau blickte von ihrer Zeitung auf und starrte herüber. Eine andere hielt sich das Telefon ans Ohr. Er hörte jedes Wort. Jemand heulte, ein Kind wurde hochgehoben und weitergereicht. Eine Glocke klingelte, als die Vordertür aufging. Noch mehr Menschen drängelten herein. Sie trugen Arbeitskleidung und wirkten fremd.

Dylan ließ sich führen. Sie gingen nach hinten. Im schmalen Gang vor der Küche strich er mit den Fingern über die Wand. Sein Hemd war nass geschwitzt, doch sein Mund war staubtrocken. Dann ging eine Tür auf, und er wurde ins Sonnenlicht gestoßen. Die weiße Wand gegenüber blendete ihn. Er wankte darauf zu, doch jemand drehte ihn um.

»Dylan, hör zu. Du bist zu Hause. Du bist in Sicherheit. Keiner wird dir weh tun. Hörst du mich, Dylan?«

Jetzt verstand Dylan jedes Wort. Er vergrub das Gesicht an Tylers Schulter und weinte.

Sie saßen in Tylers Suburban und starrten auf die Menge, die sich vor dem Whitefish versammelt hatte. Dylan zitterte trotz der Hitze. Er zog sich die Kapuze seines Sweatshirts über den Kopf und schloss die Augen. Jetzt, wo es vorbei war, wollte er nur noch schlafen.

Tyler sprach durch eine Rauchwolke. »Ich schätze, du willst nicht darüber sprechen, was da drin gerade passiert ist.«

»Ich habe es unter Kontrolle.«

»Nein, hast du nicht. Du hast ein echtes Problem. Wie lange geht das schon so?«

»Ich weiß nicht genau. Es hat langsam angefangen und wird immer schlimmer.«

»Nimmst du was dagegen?«

»Zoloft, Remeron, Xanax, Morphium, Prazosin ... soll ich weitermachen?«

»Scheiße, Dylan. Warum hast du mir nichts erzählt?«

»Ich rede nicht gerne darüber.«

»Diesen Mist darfst du nicht mit dir allein ausmachen.«

»Ich habe gesagt, dass ich es im Griff habe.«

»Da habe ich was anderes gesehen.«

»Es wird schlimmer, wenn ich Stress habe.«

Tyler deutete mit der Zigarette auf die Wache. »Die wollen

dich in ein paar Minuten in einen kleinen Raum setzen und verhören. In deinem Zustand musst du da nicht hin. Aiden versteht das. Du musst mir nur erlauben, dass ich ihm sage, was mit dir los ist.«

»Nicht nötig. Es geht schon wieder.«

»Dylan, du musst lernen, Hilfe anzunehmen.«

»Ich will nicht darüber reden.«

»Wenn ihr Jungs nur zuhören würdet. Ich bin für dich da.«

»Was? Glaubst du, ich höre nicht zu? Ich höre alles, Tyler. Alles.«

»Lassen wir das.«

Dylan nahm Tylers Feuerzeug und schnippte die Flamme an und aus. »Was, meinst du, ist gestern Nacht passiert?«

»Keine Ahnung. Ein misslungener Raubüberfall?«

»Das habe ich auch gedacht.«

»John hätte sich nicht so leicht umlegen lassen.«

»Ich war so sauer auf ihn, weil er heute Morgen nicht da war. Jetzt schäme ich mich. Ich hätte für ihn da sein sollen.«

»Sei nicht so hart zu dir. Mir geht es doch genauso.«

Dylan rieb sich das Gesicht. »Wir sollten zu Jeremy gehen. Unser Beileid bekunden.«

»Morgen ist früh genug. Ich schätze, die haben heute alle Hände voll zu tun.«

»Wann hast du Annie zum letzten Mal gesehen?«

»O Gott, Annie. Annie habe ich völlig vergessen. Das muss mehr als zwei Jahre her sein.«

»Ich war vor ein paar Monaten wegen einem Job bei Jeremy, und da kam sie in die Küche. Sie hat ihn wie Luft behandelt. Und sie ist so dünn geworden.«

»Ich habe gehört, sie zieht sich an wie eine Hexe.«

»Schätze, das trifft es.«

»Hat sie was gesagt?«

»Sie hat viel gesagt. Es hat nur keinen Sinn ergeben.« Dylan sprach leiser. »Sie hat versucht, mich anzufassen. Es wurde richtig peinlich. Jeremy musste mich bitten zu gehen.«

»Sie ist verrückt. Man sollte sie einweisen.«

»Das Gleiche kann man über mich sagen. Willst du, dass ich eingewiesen werde?«

»Nein, bei dir ist es was anderes. Dein Irrsinn ist berechtigt. Nach allem, was du erlebt hast …«

»Du bist normal. John war normal. Warum ich?«

»Erstens hat es uns nicht erwischt wie dich. Das macht einen Unterschied. Du musst jeden Tag damit leben. Ich habe Riesenrespekt davor, wie du das wegsteckst. Muss hart sein.«

»Es ist fast schlimmer, seit ich wieder hier bin. Ich mache mich verrückt wegen Ethans Truck. Immer wenn das Telefon klingelt, denke ich, es ruft jemand an, um zu sagen, sie haben die Leiche gefunden. Ich habe überhaupt nicht mehr daran gedacht, bis ich wieder hier war.«

»Es ist einfach zu ruhig hier«, sagte Tyler und drückte die letzte Zigarette aus. »Auf einmal haben wir zu viel Zeit zum Nachdenken. Und wenn wir Zeit haben, uns das Schlimmste vorzustellen, tun wir das auch.«

»Ich begreife es einfach nicht. John hätte uns alle überleben sollen.«

»Ich schätze, er wollte Lana sehen.«

»Mir hat er gesagt, sie wären nicht mehr zusammen.«

Tyler hob die Stimme. »Da hat er wohl gelogen, was?«

»Was, glaubst du, war mit ihm los?«

»Schwer zu sagen. Ich schätze, er musste ausbrechen.«

»So wild ist Lana gar nicht.«

»Ach nein? Wer, wenn nicht sie?«

»Wenn du mal mit ihr reden würdest, würdest du merken, dass sie ziemlich schlau ist.«

»Wenn sie schlau wäre, wäre sie wieder in Georgia und würde nicht hier in dieser Kaschemme arbeiten.«

»Ich glaube nicht, dass sie die Wahl hatte.«

»Das behauptet sie. Aber John hatte gestern Abend die Wahl, und er hat die falsche getroffen. Wäre er nach Hause gegangen oder zu Tanya, wäre er wahrscheinlich noch am Leben.«

»Meinst du, Lana hatte was damit zu tun?«

»Vielleicht.«

»Klingt nicht sehr überzeugend.«

Tylers Telefon klingelte. Er sah aufs Display, dann stellte er es ab. »Es ist Aiden. Bist du dir sicher, dass du das kannst?«

»Ja, ich schaffe das schon.«

»Ich bin für dich da. Wenn du mal jemanden zum Reden brauchst, kommst du zu mir.« Er packte Dylan an der Schulter. »Hast du mich gehört?«

Dylan streckte die Hand nach dem Türgriff aus. »Ja.«

Kapitel 6

Macy fand, Dylan Reed war viel zu dünn. Er hatte Handgelenke wie ein Vogel, und in seinem Gesicht traten seine Wangenknochen spitz hervor. Anders als John Dalton sah man ihm nicht an, dass er bei der Armee gewesen war. Das braune Haar fiel ihm ins Gesicht, und das Kapuzensweatshirt war ihm viel zu weit und schlackerte an seinen schmalen Schultern. Er richtete sich steif wie ein Klappmesser auf und streckte ihr die Hand entgegen. Macy stellte sich vor, und er nannte leise seinen Namen und erklärte, er werde tun, was er könne, um zu helfen.

Umständlich setzte er sich wieder, und als er saß, presste er die Lippen zusammen. Eine unerwartete Welle von Mitgefühl stieg in Macy auf.

»Sie sehen nicht aus, als ob Sie viel essen«, sagte sie.

»Meine Freunde erzählen Ihnen was anderes.«

»Wie schlimm ist es?« Sie zeigte auf sein Bein. Er hatte es seitlich abgestellt wie ein überflüssiges Gepäckstück.

»Ich habe Glück, dass es noch dran ist, also kann ich mich nicht beklagen.«

»Es dauert bestimmt seine Zeit, bis es richtig verheilt ist.«

»Die Ärzte sagen, heiler wird es nicht.«

»Haben Sie starke Schmerzen?«

»Ich habe Metallplatten im Bein, die das Ganze zusammenhalten. Die Ärzte sagen, ich werde immer Schmerzen haben.«

Macy sah in ihre Aufzeichnungen. »Sie haben sich zusammen mit John gemeldet?«

»Ja, wir sind zusammen nach Billings runter. Ich war noch blau vom Abend davor, sonst hätte ich es wahrscheinlich nicht gemacht.«

»Klingt nach einem Helden wider Willen.«

»Eigentlich wollte nur John zur Armee. Ich schätze, ich bin einfach so mitgefahren.«

»Haben Sie immer getan, was John sagte?«

»Mehr oder weniger.«

»Und jetzt?«

Er senkte die Stimme zu einem Flüstern. »Keine Ahnung.«

»Wie hat John sich in Wilmington Creek eingelebt? Nach so vielen Jahren im Ausland muss es schwer gewesen sein, sich wieder an zu Hause zu gewöhnen. Im Vergleich zu Afghanistan ist es hier ziemlich ruhig.«

»Im Vergleich zu allem ist es ziemlich ruhig hier.«

»Da haben Sie recht.«

»Ehrlich gesagt habe ich keine Ahnung, ob John glücklich war, was immer das heißen soll. Ich würde sagen, er wusste, was er wollte. Abgesehen von seiner Freundin Tanya hat er genau da weitergemacht, wo er aufgehört hatte. Er hat hart gearbeitet. Zeit mit Familie und Freunden verbracht. Überlegt, ob er in die Politik gehen soll.«

»Tanya ist seine Exfreundin?«

»Ich würde sie nicht Ex nennen. Sie waren mehr oder weniger wieder zusammen, auch wenn es nicht so wie früher war. Beide waren sehr vorsichtig.« Er zögerte. »Tanya hatte viel Geduld. Während seiner ersten beiden Einsätze ist sie in Fort Benning geblieben, aber in seinem letzten Urlaub hat er mehr Zeit mit seinen Freunden verbracht als zu Hause bei ihr. Sie war einsam, also ist sie hierher zurückgekommen.«

»Gab es Vorwürfe deswegen?«

»Ich kann nicht für sie sprechen, aber John hatte ein ziemlich schlechtes Gewissen. Er hatte immer was laufen, aber diesmal hat sie es rausgefunden. Irgendwer hat was im Internet gepostet.«

»Hatte es mit Lana Clark zu tun?«

»Ja, John hatte was mit ihr, aber sie hat es Tanya nicht unter die Nase gerieben. Ich glaube, John war völlig von den Socken, als er Lana kennenlernte. Sie ist klug, klüger als die meisten Mädchen hier. Sie hat in verschiedenen Städten gelebt. Sie sieht vieles anders. Dagegen ist Tanya ein Landei. Ich glaube, John wusste nicht mehr, was er wollte. Samstagabends feierte er mit Lana, und am Sonntagmorgen ging er mit Tanya in die Kirche. Die beiden Frauen könnten nicht unterschiedlicher sein.«

»Johns Leben hatte sich völlig verändert. Irgendwie verständlich, dass er nicht genau wusste, wie es weitergehen sollte.«

»Das habe ich auch gedacht, und ich glaube, Tanya hatte sogar auch Verständnis für ihn. Lana weniger. In letzter Zeit hatte ich den Eindruck, sie hat ihm ein Ultimatum gestellt. Ich vermute, sie wollte mehr von ihm, aber sie war nicht bereit, auf ihn zuzugehen.«

»Wo waren Sie gestern Abend?«

»Bei Tyler Locke zu Hause.«

»Wer war noch dabei?«

»Nur Chase Lane, Tyler, ich und John. Wir haben Videospiele gespielt, Bier getrunken. Solches Zeug. Wir wollten heute ganz früh aufbrechen, und ich bin gegen elf gegangen.«

»Sind Sie als Erster gegangen?«

»Ja, aber Chase kam gleich hinterher. Er arbeitet für Johns Familie. Der Vorarbeiter sieht es nicht gern, wenn man spät heimkommt.«

»Ich habe Wade Larkin kennengelernt. Tougher Typ.«

»Ich habe ein paar Sommer für ihn gearbeitet. Für ihn spricht, dass er John genauso behandelt hat wie den Rest von uns. Wenn man für Wade gearbeitet hat, ist die Grundausbildung ein Kinderspiel.«

»Kam Ihnen John gestern Abend irgendwie anders vor?«

»Mir ist nichts aufgefallen.«

»Was es normal, dass er auf dem Heimweg noch im Whitefish vorbeifuhr?«

»Das müssen Sie wahrscheinlich Lana fragen.«

»Reiten Sie oft frühmorgens aus?«

»Nicht so oft, wie mir lieb wäre.« Er legte sich die Hand auf das Bein.

»Wo waren Sie heute Morgen?«

»Oben am Darby Lake.«

»Ganz schön heiß für einen Ausritt.«

»Heute früh, als ich aufgebrochen bin, war es kalt.«

»Um wie viel Uhr war das?«

»Gegen fünf. Ich hatte eine lange Strecke vor mir, und ich bin nicht mehr so schnell wie früher.«

»Fällt es Ihnen schwer, sich zu Hause einzuleben?«

»Aiden hat Ihnen bestimmt von meinen Problemen erzählt.«

»Nein, das hat er nicht.«

»Hm. Das ist seltsam.«

»Was haben Sie für Probleme, Mr Reed?«

Dylan betrachtete seine Hände. »Als ich aus dem Veteranenkrankenhaus in Denver kam, konnte ich nicht allein leben, also bin ich bei meiner Mutter eingezogen. Sie hat den Fehler gemacht und kam in mein Zimmer, um mich zu wecken. Manchmal weiß ich nicht genau, wo ich bin. Ich erinnere mich nicht, wie ich sie geschlagen habe.«

»Ist ihr was passiert?«

»Es war nicht so schlimm. Aber jetzt schließt sie ihre Schlafzimmertür ab und bemüht sich, nicht wegzurennen, wenn ich den kleinen Finger hebe.«

»Klingt nicht gut.«

»Wir arbeiten daran.«

»Gab es noch mehr solcher Vorfälle?«

»Nichts Großes. Ein paar Schlägereien. Ich habe was auf die Schnauze bekommen, also kein Problem.«

»Hatten Sie mal Streit mit John?«

»Nein, zwischen uns war alles gut. Neben Tyler war John der einzige Mensch hier, der mich verstanden hat.«

»Ich habe in Johns Portemonnaie die Visitenkarte einer Therapeutin in Collier gefunden. Wissen Sie etwas darüber?«

»Ja, er hat sie von mir. Ich bin dort in Therapie.«

»Warum brauchte John einen Therapeuten? Sie haben gesagt, er war ausgeglichen.«

Dylan zögerte. »Mir ist nicht wohl dabei weiterzuerzählen, was er mir anvertraut hat.«

»Ich möchte verstehen, was in ihm vorging. Falls er Probleme hatte, sich ans Zivilleben zu gewöhnen, muss ich das wissen.«

»Darum ging es nicht. Es war seine Familie. Der Stress, mit seiner kranken Mutter zusammenzuleben, setzte ihm allmählich zu. Sie hat ihm irgendeinen Mist erzählt von wegen, Jeremy wäre nicht sein richtiger Vater. Anscheinend klang sie ziemlich überzeugend. Der Arme hatte Schuldgefühle, weil er überhaupt über die Möglichkeit nachdachte. Daher die Therapeutin.«

»Hat seine Mutter gesagt, wer der andere Mann war?«

»Nicht dass ich wüsste. Irgendwann hat John nicht mehr davon geredet.«

»Wusste seine Schwester Bescheid?«

»Er hat mich gebeten, Jessie nichts zu erzählen.«

»Meinen Sie, es könnte was dran sein?«

Dylan schüttelte langsam den Kopf. »Ich habe immer zu ihm gesagt, es ist die Krankheit seiner Mutter, die da spricht. Wenn man Zeit mit Jeremy und John verbracht hat, konnte man sehen, dass sie Vater und Sohn waren.«

»Und Sie sind sich sicher, dass Jessie nichts davon wusste?«

»Sie hat nie davon gesprochen. Ich fand es komisch, dass John solche Angst hatte, sie könnte es erfahren. Die Beziehung zwischen Jeremy und Jessie ist so kaputt, wahrscheinlich wäre sie froh, wenn rauskäme, dass sie gar nicht verwandt sind.«

»So schlimm?«

»Sie hat es ihm nicht leichtgemacht.«

»Fällt Ihnen jemand ein, der John schaden will?«

Dylan schwieg ein paar Sekunden. »Wenn wir um die Häuser ziehen, ist immer viel los. Vielleicht ist es in letzter Zeit ein bisschen ausgeartet, aber ich erinnere mich an kein einziges Mal, dass John sich Feinde gemacht hat. Verglichen mit Tyler und mir ist er ziemlich zahm.«

»Hatte John vielleicht eine Affäre mit einer verheirateten Frau oder einer Frau mit einem festen Freund?«

»Das hätten Tyler und ich mitbekommen.«

»Sie würden staunen, was die Leute für Geheimnisse haben.«

»So kenne ich John nicht.«

»Vielleicht hat er sich verändert.«

»Möglich.«

Macy schob den Notizblock zur Seite. »Vielen Dank, dass Sie gekommen sind. Sie haben mir sehr geholfen.«

»Ich wünschte, ich könnte mehr tun.«

Macy schüttelte Dylan die Hand. »Bitte melden Sie sich bei mir oder Sheriff Marsh, wenn Ihnen noch etwas einfällt.«

Tyler Locke kippte den Stuhl nach hinten und starrte Macy an. Seine Arme waren mit Verbrennungen dritten Grades und kaputten Tätowierungen bedeckt, und seine Kopfhaut war von Granatsplitternarben übersät. Sie kämpfte gegen den Impuls, sich abzuwenden. Im Gegensatz zu Dylan schien Tyler sie mit jedem Wort und jeder Geste herauszufordern. Jedes Mal wenn er sich bewegte, zuckte sie zusammen.

Macy stand auf und ging ans Fenster.

»Stört es Sie, wenn ich frische Luft reinlasse? Es ist ein bisschen stickig hier drin.«

Tylers Blick folgte ihr. »Wie Sie wollen. Ist Ihre Show.«

»Im Moment vielleicht.«

Sie zog die Jalousien hoch, und es wurde hell, doch das Fenster klemmte. Sie ruckelte mehrmals am Riegel, ohne dass er nachgab. Sie hatte nicht gehört, wie Tyler aufstand. Plötzlich stand er hinter ihr. Sie zuckte zusammen, und diesmal merkte er es.

»Lassen Sie mich mal«, sagte er.

Macy setzte sich und legte die Hände in den Schoß, damit er das Zittern nicht sah. Nachdem er das Fenster mit Gewalt geöffnet hatte, nickte sie anerkennend.

»Danke, das ist besser.«

Tyler blieb, wo er war, den Blick auf etwas vor dem Fenster gerichtet. »Ich hasse Klimaanlagen. Das Geräusch macht mich verrückt.«

»Ich schätze, in Afghanistan gibt es nicht viele Klimaanlagen.«

»Sie würden staunen.«

»Erzählen Sie mir davon.«

Er drehte sich zum Schreibtisch um. »Ein andermal vielleicht.«

»Was können Sie über Johns Erlebnisse drüben sagen? Soweit ich weiß, haben Sie in der gleichen Einheit gedient.«

»Ich nehme an, Sie wollen die geglättete Fassung, wie alle anderen auch?«

»John war einer Ihrer besten Freunde. Sie und Dylan standen ihm näher als sonst jemand. Ich muss wissen, ob es vielleicht eine Verbindung zwischen seiner Zeit beim Militär und seinem Tod in Wilmington Creek gibt. Ob er Probleme hatte. Wir müssen verstehen, in welcher Verfassung er war. Vielleicht hat er etwas getan, womit er sich unnötig in Gefahr gebracht hat.«

»Ich weiß, worauf Sie hinauswollen, aber meiner Meinung nach hatte John nicht das Zeug dazu. Verstehen Sie mich nicht falsch, am Anfang war John genauso tapfer wie wir alle.«

»Und am Ende?«

Tyler zögerte. »Am Ende hat er die Nerven verloren. Am Anfang konnte man sich auf ihn verlassen, aber plötzlich hatte er jedes Mal, wenn er das Gelände verlassen sollte, panische Angst. Ich schätze, wir haben alle ein Verfallsdatum.«

»Was, glauben Sie, ist passiert?«

Er rieb sich den Schädel. »Er hat gesehen, was mir passiert ist, und wir haben ein paar Kameraden verloren. Ich schätze, er fürchtete, als Nächster an der Reihe zu sein. Wir sind alle ziemlich abergläubisch, aber bei John war es mehr. Er hatte lauter kleine Rituale, bevor er auf Streife ging. Er versuchte, sie zu verbergen, aber ich habe gesehen, was los war. Irgendwann haben die Rituale nicht mehr gereicht. Ich musste ihn hart rannehmen, um ihn in den Humvee zu kriegen.«

»Also fuhr er nach Hause.«

»Nein. Ich behielt ihn da. Nichts davon landete in seiner Akte. Es gab nie einen Vorwurf gegen ihn. Letzten Sommer hatte er die Wahl, weiterzumachen oder nicht, aber er hat sich für die ehrenhafte Entlassung entschieden. Das ist keine Schande.«

»Warum erzählen Sie es mir dann?«

»Weil er gestern Abend genau dasselbe gemacht hat wie früher vor der Streife. Ganz ehrlich, ich glaube, es war ihm nicht mal bewusst.«

»Kann es sein, dass er es sich nie abgewöhnt hatte? Sie sind erst seit ein paar Wochen hier.«

»Ich habe mir Sorgen gemacht, deshalb hatte ich ein Auge auf ihn. Und gestern Abend war er anders. Vielleicht hätte Dylan es auch gemerkt, aber er ist eine gute Stunde vor John gegangen, also hat er nichts mitbekommen.«

»Haben Sie John darauf angesprochen?«

»Ich wollte, aber Connor hing an ihm dran, also kam ich nicht dazu.«

Macy sah in ihre Aufzeichnungen. »Wer ist Connor?«

»Ich habe gestern Abend auf meinen Neffen aufgepasst. Er übernachtet manchmal bei mir, wenn ich da bin. Connor vergöttert John. Das wird ihm das Herz brechen.«

»Ich glaube, es wird vielen das Herz brechen.«

»Connor ist erst sechs. Er versteht noch nicht viel. Ich schätze, das macht es leichter.«

»Ist John öfter noch im Whitefish vorbeigegangen?«

»Kann sein. Es ist der einzige Laden, der nach zehn noch aufhat.«

»Was ist mit der Frau, die dort arbeitet, Lana Clark? Wie ich höre, hatten die beiden eine Beziehung.«

Tyler schnaubte. »So kann man es nennen. Ich glaube, John wollte sich austoben. Aber Lana war nicht gut für ihn.«

»Warum nicht?«

»Na ja, zum einen ist sie gut im Manipulieren.«

»Könnten Sie das erklären?«

»John hat nicht gesehen, wie sie wirklich ist. Lange Haare, tolle Titten, toller Hintern. Wer steht da nicht drauf? Aber glauben Sie mir, die Frau ist eine echte Schlampe.« Er nahm ein Päckchen Zigaretten heraus und klopfte damit auf den Tisch. »John war ein guter Freund. Ich wollte nur das Beste für ihn.«

»Wie gut kennen Sie sie?«

»Ich kenne sie noch aus Georgia. Da haben wir sie alle kennengelernt. Sie wohnte in der Nähe von Fort Benning. Wir sind oft zusammen rumgehangen. Sie wusste, dass John mit Tanya zusammen war, aber das hat sie nicht gestört. Ich wusste, dass sie scharf auf ihn war.«

»Wusste John, dass Sie etwas gegen Lana haben?«

»Ich halte mit meiner Meinung nicht hinterm Berg.«

»Das merke ich.«

»John freute sich nicht darüber, aber das war mir egal. Ich war ja nicht sauer auf ihn oder so, weil er sich wegen Lana zum Affen machte. Ich dachte, irgendwann kommt er von selbst drauf, deshalb habe ich die Sache auf sich beruhen lassen.«

Macy sah auf die Uhr. »In Ihrer Akte steht, dass Sie bald zurück zu Ihrer Einheit müssen.«

»In genau zwei Wochen.«

»Afghanistan?«

»Ich wollte nach Hawaii, aber die hatten andere Vorstellungen.«

»Ihr Bataillon ist noch in Afghanistan. Wie kommt es, dass Sie so lange Urlaub haben?«

»Ich hatte jede Menge Urlaubstage gesammelt. Wenn ich sie nicht genommen hätte, wären sie weg. Ich habe einfach gefragt, ob ich den Urlaub verlängern kann.« Er sah ihr in die Augen. »Anscheinend hatten sie einen großzügigen Tag.«

»Tut mir leid, aber ich muss Sie nach den zwei Zentnern Ammoniumnitrat fragen, die man vor zehn Jahren auf der Pritsche Ihres Trucks gefunden hat.«

Er starrte sie mehrere Sekunden an, bevor er antwortete. »Entschuldigen Sie sich nie, wenn Sie Ihren Job machen.«

»Sie haben ausgesagt, Sie hätten keine Ahnung, wie das Zeug dort gelandet ist.«

»Das ist korrekt.«

»Der Richter hat Ihnen nicht geglaubt. Sie haben zwei Jahre auf Bewährung bekommen.«

»Er kannte mich noch aus der Zeit, als ich vor dem Jugendrichter stand. Im Zweifel gegen den Angeklagten.«

»Jeremy Dalton hat Ihnen auch nicht geglaubt.«

»Mit Jeremy habe ich vor Jahren das Kriegsbeil begraben. Er hat einen Fehler gemacht, aber ich habe beschlossen, ihm zu vergeben.«

»Kein Groll?«

»Kein Groll. Die Jahre bei der Armee waren die beste Zeit meines Lebens. Ich bereue nichts.«

Sie schob ihre Karte über den Tisch. »Bitte melden Sie sich bei Aiden oder bei mir, wenn Ihnen noch etwas einfällt, das uns weiterhelfen könnte.«

»Es war also kein Raubüberfall, oder?«

»Ich darf nicht über eine laufende Ermittlung sprechen.«

»Ich habe recht. Das höre ich Ihren Fragen an. Es passt nicht zusammen.«

Macy lehnte sich in ihrem Stuhl zurück. »Mr Locke.«

»Nennen Sie mich Tyler.«

»Ich bin Ihnen wirklich dankbar, dass Sie hergekommen sind, um mit mir zu sprechen, aber leider kann ich Ihnen keine Informationen geben. Vielleicht muss ich noch einmal mit Ihnen reden, und ich zähle auf Ihre Kooperation.«

Tyler schob seinen Stuhl zurück. »Dann beeilen Sie sich. Vor einem Einsatz vergehen zwei Wochen wie im Flug.«

Macy wartete, bis Tyler das Zimmer verlassen hatte, dann ließ sie den Kopf in die Hände sinken. Sie rieb sich die Augen. Es war noch nicht einmal Mittag. Tyler Locke war aus härterem Holz geschnitzt als Dylan Reed. Einer von ihnen hatte sich angepasst. Der andere war zerstört worden. Was die Zeit beim Militär aus John Dalton gemacht hatte, blieb ein Rätsel. Sie suchte in ihrem Notizbuch nach der Adresse der Therapeutin in Collier und griff zum Telefon.

Kapitel 7

Dylan saß im Haus seiner Kindheit auf dem Sofa und wartete, bis die Schmerzmittel wirkten. Tyler lehnte am Frühstückstresen und ging seine SMS durch. Dylan schloss die Augen. Die Befragung hatte ihn erschöpft. Macy Greeley meinte es gut, aber ihr Mitleid ärgerte ihn. Er brauchte kein Mitgefühl. Er brauchte Respekt. Er verlagerte sein Gewicht, doch es nutzte nichts. Sein Bein pochte. Es war, als wäre jedes Nervenende in seinem Körper mit seinem Schenkel verbunden. Manchmal stellte er sich vor, er würde eine Pistole nehmen und noch ein Loch hineinschießen. Er atmete langsamer. Noch fünf Minuten, höchstens zehn, und der rasende Schmerz würde nachlassen. Sein Arzt wollte, dass er lernte, den Schmerz ohne Medikamente zu ertragen. Er hatte Dylan Broschüren über alternative Medizin und die heilende Kraft der Meditation gegeben. Dylan musste den ganzen Weg ins Militärkrankenhaus in Helena fahren, um sich die kostbaren Pillen zu besorgen.

Tyler streckte sich. »Johns Eltern sind im Krankenhaus.«
Dylan dachte, er hätte sich verhört. »Was ist los?«
»Annie ist auf Jeremy losgegangen.«

»Das ist nicht dein Ernst.«

»Check deine Nachrichten. Anscheinend weiß es jeder.«

»Geht es ihnen gut?«

»Soweit ich weiß. Jeremy ist zur Überwachung da, und Annie ist in der Psychiatrie.«

»Ich rufe Jessie an.«

»Ich habe gerade eine SMS von ihr bekommen. Wir sollen in einer Stunde ins Collier County Hospital kommen.« Er warf einen Blick auf die Wanduhr. »Ich muss nach Kalispell, um Wayne zu treffen, du musst also ohne mich fahren.«

»So kann ich nicht fahren.«

»Wenn du was isst, geht's dir besser.« Er kam ins Wohnzimmer, hielt Dylans Medikamentenröhrchen hoch und schüttelte es. »Du sollst den Scheiß nicht auf leeren Magen nehmen.«

»Manchmal bist du eine richtige Glucke.«

»Einer muss ja.«

»Komm mit nach Collier. Wir müssen für Johns Familie da sein.«

Tyler ging in die Küche zurück und steckte den Kopf in den Kühlschrank. »Ich bin für sie da, indem ich mich mit Wayne treffe. Mit oder ohne John, wir müssen diesen Truck begraben.«

»Welchen Truck?«

Sarah Reed, Dylans Mutter, stand mit einer Einkaufstüte in der Tür. Sie hatte einen blonden Pferdeschwanz, und ihre Augen waren rot verweint. Sarah stellte die Tüte auf den Tresen und zog Tyler an sich. »Ich habe von John gehört. Das ist so furchtbar …« Sie begann zu schluchzen, und Tyler hielt sie fest, während er in Dylans Richtung eine Grimasse zog.

Dann ließ Tyler sie los. »Ich wollte uns gerade was zu essen machen.«

Sie schüttelte den Kopf. »Nein. Setz dich, ich koche. Es ist besser, wenn ich beschäftigt bin.« Sie hob die Stimme. »Dylan, nimmst du bitte die Füße vom Couchtisch?«

Dylan nahm das Bein herunter, aber statt sitzen zu bleiben, erhob er sich wackelig. »Ich muss los. Ich treffe Jessie in Collier. Ich besorge mir unterwegs was zu essen.«

Sarah legte Tyler die Hand auf den Arm. »Sag nicht, dass du auch gehen musst. Ich kann jetzt nicht allein sein.«

Dylan nahm den Autoschlüssel vom Haken in der Küche. »Tyler, ich melde mich später.«

Dylan fuhr auf den Krankenhausparkplatz und ließ den Motor laufen. Seit dem Tod seines Vaters vor ein paar Jahren war er nicht mehr hier gewesen. Es hatte eine Routineoperation sein sollen, doch sein Vater hatte sich eine Infektion geholt und war innerhalb einer Woche gestorben. Dylan drehte ein paar Runden auf dem vollen Parkplatz, bis er aufgab und sich auf den Behindertenparkplatz stellte. Er kramte seinen Ausweis aus dem Handschuhfach und warf ihn aufs Armaturenbrett. Es war fast fünf Uhr nachmittags, und die Sonne brannte immer noch vom Himmel. In der Ferne sah er die verschwommene Silhouette der Berge. In den Nachrichten hieß es, der Wind habe gedreht, und die Behörden hofften, dass sie den jüngsten Waldbrand endlich unter Kontrolle hätten.

Jessie saß mit angezogenen Beinen auf einer Bank vor dem Haupteingang und rauchte. Eine Weile saßen sie schweigend nebeneinander. Dylan schloss die Augen und inhalierte den Rauch. Jessie hielt ihm das Päckchen hin.

»Willst du eine?«

»Nein danke. Ich habe aufgehört.«

»Danke, dass du gekommen bist. Hätte ich nicht gedacht.«

»Du redest Quatsch.«

»Was hast du dieser Polizistin erzählt?«

»Alles, was ich weiß, und das ist nicht viel.«

»Du redest auch Quatsch.«

»Ich habe nicht gelogen.«

»Hat sie dich gefragt, ob du dir vorstellen kannst, warum jemand John umbringen will?«

»Ich habe nicht gelogen.«

Jessie beugte sich zu ihm und flüsterte: »Ich habe Ethan Green umgebracht, und John hat seine Leiche versteckt. Das ist ein Grund.«

»Das hat nichts damit zu tun, was John passiert ist. Niemand weiß von der Nacht außer dir, mir und Tyler, und wir halten dicht. Ethan ist weg. Er ist bestimmt nicht von den Toten auferstanden.«

»Vielleicht nicht, aber irgendwas ist los. Wenn Ethans Kumpel was rausfinden, sind wir alle tot.« Sie sah an ihm vorbei auf den Parkplatz. »Wo ist Tyler?«

»Es tut ihm leid. Er wäre gern gekommen.« Dylan erinnerte sich an den sehnsüchtigen Blick seiner Mutter und schloss die Augen. Tyler und Sarah schliefen seit Jahren miteinander. Es hatte angefangen, als Dylan noch ein Teenager war. Wie so oft war es für Dylan am leichtesten, wenn er es einfach ausblendete.

»Was war denn wichtiger?«

»Er muss jemanden treffen, um Sprengstoff zu besorgen. Er sprengt den Rest der Klippe. Damit Ethans Truck für immer verschwindet.«

»Er redet viel.«

»Ich glaube, er meint es ernst. Er besorgt es von seinem Freund Wayne.«

»Keine gute Idee, noch mehr Leute mit reinzuziehen.«

»Keine Sorge. Tyler hat alles unter Kontrolle.«

Jessie sah ihm direkt ins Gesicht. Ihre Augen waren rot und verweint. »Alle sagen immer, ich soll mir keine Sorgen machen. Wir hätten die Scheiße nicht am Hals, wenn ich einfach die Cops gerufen hätte, statt auf John zu hören. Wenn das rauskommt, sitze ich vielleicht für den Rest meines Lebens im Knast.«

»Es war Notwehr. Er wollte dir was antun.«

»Glaubst du, das weiß ich nicht? Aber wir haben die Sache vertuscht, oder? Jetzt geht Tyler in den Knast und du vielleicht auch. Und dann die Geschichte mit John. Ich weiß nicht. Irgendwie habe ich das Gefühl, die Sache mit John hat damit zu tun.«

»Das kommt dir nur so vor, weil du immer daran denkst.«

»Du etwa nicht?«

»Stimmt, ich denke auch daran. Es ist gut, dass Tyler sich darum kümmert. Auf ihn kann man sich verlassen.«

Sie fuchtelte mit der Zigarette herum, und Asche fiel auf ihr nacktes Bein. »Meine Familie zieht die Scheiße an. Wenn ich daran denke, läuft es mir eiskalt den Rücken runter.«

Er seufzte. »Ich weiß, was du meinst. Wie geht es Jeremy?«

»Leider gut.« Sie blies in die Glut ihrer Zigarette. »Er soll morgen nach Hause kommen.«

»Und deiner Mutter?«

»Sie wurde eingewiesen. Ich glaube, diesmal behalten sie sie eine Weile hier.«

»Vielleicht hast du dann ein bisschen Ruhe.«

»Hat dir die Polizei erzählt, was mit John passiert ist?«

»Nein, aber Tyler hat sich umgehört. Es ist echt verrückt, wie viel die Cops quatschen.«

»Wem sagst du das.« Sie drückte die Zigarette aus und schob sie in eine leere Coladose. »Alle zeigen auf Lana, aber ich glaube nicht, dass sie was damit zu tun hatte.«

»Klingt, als hätte Tyler das Gerücht gestreut. Er hat immer diese Verschwörungstheorien. Ich höre gar nicht mehr zu. Und du? Bist du immer noch clean?«

Jessie zündete sich die nächste Zigarette an. »Ich habe seit der Nacht am Darby Lake keinen Tropfen angerührt.«

»Ich glaube, es ist Zeit, dass du mir alles erzählst.«

»Warum?«

»Weil die ganze Sache stinkt, deswegen. Warum warst du überhaupt mit dem Arschloch zusammen da draußen? Du wusstest verdammt gut, dass er gefährlich ist. Wenn ich schon alles für dich riskiere, würde ich gern wissen, warum.«

»Das ist mehr, als John verlangt hat.«

»John ist Familie. Er hat dich nicht durchschaut wie ich.«

»Was soll das heißen?«

Dylan dachte ein paar Sekunden nach. Jessie war einer der wenigen Menschen auf der Welt, bei denen er das Gefühl hatte, er kannte sie besser als sich selbst. Er beobachtete sie seit Jahren. In den vier Jahren, als sie weg war, hatte er sich das Schlimmste vorgestellt, und er lag nicht weit daneben. Er hatte die Narben an ihren Handgelenken gesehen. Er hatte ihre Armreifen hochgeschoben, als sie zu besoffen war, um es zu merken. Jetzt beugte er sich vor und sah ihr in die Augen. Er musste die Wahrheit erfahren.

»Ich glaube, du hast Spielchen gespielt. Du bist mit Ethan mitgegangen, weil du wusstest, dass Jeremy durchdreht, wenn er davon erfährt.«

»Du hast es völlig falsch verstanden.«

»Dann erkläre es mir.«

»Ich saß vor dem Whitefish im Auto. Ich konnte nicht mehr fahren. Wenn mich die Bullen noch einmal betrunken am Steuer erwischt hätten, hätte Jeremy mich rausgeworfen und wieder die Vormundschaft für Tara übernommen. Aus irgendeinem Scheißgrund erinnere ich mich nicht mal mehr an die Begegnung mit Ethan, aber anscheinend hat er mir angeboten, mich nach Hause zu fahren. Ich weiß nur noch, wie ich dasitze und überlege, ob ich im Auto schlafen soll, und dann bin ich plötzlich in seinem Pick-up, und wir biegen auf den Picknick-platz am Darby Lake ein, und ich lache mich kaputt. So war es immer. Ich kenne meine Grenzen nicht, aber ich lande mit Sicherheit auf der anderen Seite. In einem Moment ist alles in Ordnung, im nächsten geht alles den Bach runter. Am Morgen danach konnte ich mich an fast nichts erinnern.«

»Komm schon. Irgendwas musst du noch gewusst haben.«

»Ich weiß, dass ich versucht habe zuzuschlagen, und ir-gendwann bin ich halbnackt mit dem Gesicht im Dreck auf-gewacht. Ethan war tot, und ich war immer noch blau. Ich war am ganzen Körper grün und blau, noch wochenlang.« Sie schloss die Augen. »Er muss mich windelweich geprügelt haben.«

»Ich erinnere mich. Du warst drei Tage bei mir. Und ne-benbei bemerkt, du warst eine Oberzicke.«

»Ich weiß nicht mehr, wer ich war. Wenn ich mich so auf der Straße treffen würde, würde ich mir eine reinhauen, das schwöre ich dir.«

»Manchmal war ich auch nahe dran.«

»Womit wir wieder am Anfang stehen. Ich bin erstaunt, dass du gekommen bist.«

Dylan nahm sich eine Zigarette aus ihrem Päckchen und steckte sie sich zwischen die Lippen, ohne sie anzuzünden.

»Ich meine, sieh dich um. Nicht mal meine Freundinnen sind gekommen.«

»Das ist doch Quatsch. Du hast eine Menge Freundinnen. Monica würde sofort kommen. Du hast sie nur nicht angeru-fen. Warum wolltest du, dass ich komme?«

»Du bist Johns bester Freund. Du weißt alles.«

Dylan nahm die Zigarette aus dem Mund und schob sie wieder in das Päckchen. Es war zwar nicht das, was er hören wollte, aber fürs Erste reichte es. »Ich fasse es nicht, dass er wirklich tot ist.«

»Ich muss ständig heulen.«

Sie schwiegen ein paar Minuten.

»Ist Annie wirklich auf Jeremy losgegangen?«

»Ich glaube nicht, dass sie ihm ernsthaft was tun wollte. Sie war einfach mit den Nerven am Ende.«

»Jessie, ich habe gehört, sie hat ihn mit dem Messer bedroht.«

»Aiden sagt, sie hätte es nicht mal in Jeremys Richtung gehalten.« Sie schniefte. »Ich hätte sie einfach nicht aus den Augen lassen dürfen. Was sie gesagt hat …«

»Du darfst das nicht ernst nehmen. Sie ist krank.«

»Das ist ja das Komische. Sie klang vollkommen klar.«

»Trotzdem.«

»Es war nicht der übliche Mist, den sie sonst von sich gibt. Jetzt vermisse ich sie nur noch mehr.« Sie sprach leiser. »Wie geht's deiner Mutter? Versteht ihr euch inzwischen besser?«

»Ihr geht es gut, aber besser ist es nicht.« Er sah auf die Uhr. Mit ein bisschen Glück hatte seine Mutter Nachtschicht im Truck Stop. »Kann ich dich irgendwo hinfahren?«

Jessie stand auf und sah über den Parkplatz zum Flathead River, wo sich dünne silbrige Schwaden durch die Bäume woben. »Ich wünschte, ich könnte einfach ins Auto steigen. Immer weiterfahren, bis ich weit weg wäre.«

»Spiel deine Trümpfe aus, dann bringe ich dich irgendwann dorthin.«

Sie legte ihm die Hand auf den Arm, bevor sie aufstand. »Ich muss noch mal bei Jeremy vorbei.«

»Soll ich warten?«

»Nein, schon okay. Aiden hat gesagt, er kümmert sich darum, dass mich jemand nach Hause bringt.«

Dylan umarmte sie, doch sie ließ die Arme schlaff herunterhängen. Eine Sekunde zu lang drückte er die Lippen auf ihre Stirn. Als er endlich ging, wich sie seinem Blick aus.

»Ich komme später vorbei und sehe nach dir«, sagte er und verfluchte sich im Stillen, weil er nie wusste, wann es genug war.

Kapitel 8

Macy hielt Dylans und Tylers Führerscheinfotos hoch. »Was meinen Sie?«

Aiden nahm Tylers Foto und hängte es an die Pinnwand der Einsatzzentrale. »Tyler sieht ziemlich zornig aus.«

»Und Dylan ziemlich kaputt.« Macy betrachtete Dylan Reeds Gesicht. Seit das Foto aufgenommen worden war, war er deutlich gealtert. Sie sah sich das Datum an. Es war erst zwei Jahre alt.

»Abgesehen von Tylers sechsjährigem Neffen Connor hat keiner von beiden ein Alibi für gestern Nacht.«

»Stimmt, aber ich sehe auch kein Motiv. Fährt einer davon einen Achtzylinder?«

»Tyler fährt einen Suburban Chevrolet SUV. Soweit ich weiß, ist es das einzige Fahrzeug, das auf ihn registriert ist.«

»Und Dylan?«

»Er fährt einen Ford F-150 Pick-up, wie jeder Zweite bei uns im Staat. Und offen gesagt sehe ich weder Dylan noch Tyler als Täter.«

Sie legte das Foto zur Seite. »Ich auch nicht, aber wir müssen trotzdem ermitteln.«

»Natürlich.«

»Und wir sollten uns die Bürgerwehren ansehen.«

»Die Gruppen haben in den letzten Jahren derartigen Zulauf, dass ich kaum weiß, wo ich anfangen soll.«

»Die staatliche Datenbank sollte uns sagen, wer hier in der Gegend aktiv ist. Wissen wir schon etwas von Patricia Dune? Vielleicht hat sie Informationen, die uns weiterhelfen könnten.«

»Noch nichts.«

Macy sah sich um. »Wo bleibt Lana Clark? Langsam bezweifle ich ihre Existenz.«

»Sie wartet drüben im Whitefish. Ich dachte, vor Ort kann sie uns genau zeigen, was passiert ist.«

»Ach, übrigens habe ich mit der Therapeutin in Collier gesprochen. Sie hat bestätigt, dass John Dalton sechsmal bei ihr war.«

»Ist sie bereit, mit uns zu reden?«

»Ja, aber sie hält sich an die ärztliche Schweigepflicht.«

»Was bringt es uns dann?«

»Sie ist bereit, über Johns allgemeine Geistesverfassung zu sprechen. Sie verlässt sich darauf, dass wir diskret sind.«

»Immerhin wissen wir schon, warum er zu ihr wollte. Wenn ihr das klar wird, sagt sie vielleicht mehr.«

»Die Hoffnung habe ich auch.« Macy sammelte ihre Sachen ein. »Ich fahre morgen früh nach Collier. Wollen Sie mitkommen?«

»Wenn hier alles unter Kontrolle ist, spricht nichts dagegen.«

»Was halten Sie davon, was Annie John über seinen Vater erzählt hat?«

»Ich teile Dylans Meinung. Ich glaube nicht, dass es stimmt.«

»Aber warum hat es John dann für möglich gehalten?«

Er folgte Macy durch die Tür. »Ich wünschte, ich wüsste es.«

Macy blieb im Eingang des Whitefish stehen, bis sich ihre Augen an das Dämmerlicht gewöhnt hatten. Der Gastraum hatte den Charme einer Garage. Am Ende befand sich eine hufeisenförmige Bar. Rechts und links gab es schwach beleuchtete Nischen. Die Möbel waren aus dunkel gebeizter Fichte, und es roch nach schalem Bier und Schweiß. In der Mitte saß eine junge Frau, deren Haut so weiß war, dass sie zu leuchten schien. Sie trug ein geblümtes Sommerkleid und schwer beschlagene Cowboystiefel, die offensichtlich noch nie ein Pferd aus der Nähe gesehen hatten. Neben ihr stand ein Polizist. Aiden räusperte sich, und als der Polizist aufblickte, hatte er ein Grinsen auf den Lippen. Doch das Lächeln verschwand schnell.

»Dean, du hast heute genug Zeit mit Lana verbracht. Fahr raus zum Waldo Canyon. Sie haben ein ausgebranntes Fahrzeug gefunden. Vielleicht findest du eine Fahrzeugnummer.«

Macy musste anerkennen, dass Lana Clark schön war. Es war Hochsommer, doch auf ihrer Haut war keine Sommersprosse, kein Leberfleck oder sonst ein Makel zu sehen. Sie trug tiefroten Lippenstift, und ihre eisblauen Augen wurden von dichten Wimpern umrahmt. Kastanienbraunes Haar türmte sich auf ihrem Kopf zu einem kunstvollen Knoten. Macy setzte sich auf den freien Stuhl ihr gegenüber und reichte ihr die Hand.

»Lana, ich bin Detective Macy Greeley. Tut mir leid, dass Sie warten mussten.«

»Kein Problem«, sagte sie und schniefte in ein zerknülltes Taschentuch. Ihre Stimme war rau und leise, und ihr Akzent war schwer einzuordnen. »Ich weiß nur nicht, wie ich Ihnen helfen kann. Ich habe Aiden schon alles erzählt, was ich weiß.«

Macy schlug ihr Notizbuch auf. »Vielleicht finden wir gemeinsam noch etwas heraus. Möchten Sie etwas essen oder trinken, bevor wir anfangen?«

»Nein danke.« Sie verschränkte die Hände zwischen den Knien und drehte sich zu Aiden um, der sich auf einem Barhocker postiert hatte. »Aber ich hätte nichts gegen etwas Stärkeres. Ist das erlaubt?«

»Sie sollten einen klaren Kopf haben.«

»Es würde mich beruhigen.«

Macy hätte selbst gern etwas getrunken, aber das musste warten. Später würde sie sich ein sehr großes Glas Rotwein gönnen. Als sie aufsah, starrte Lana sie an.

»Lana, wenn wir hier fertig sind, können Sie so viel trinken, wie Sie wollen, aber jetzt brauche ich Ihre volle Konzentration. Soweit wir wissen, waren Sie die Letzte, die John Dalton lebend gesehen hat.«

»Ich war hier, als der Schuss fiel. Ich hatte nichts damit zu tun.«

»Erzählen Sie mir der Reihe nach, was passiert ist. Nicht mehr und nicht weniger.«

»Ich und Jean, der Manager, machten gerade die Kasse. Wir dachten erst, es wäre eine Fehlzündung gewesen, aber dann hob Marty seit ungefähr einer Woche zum ersten Mal den Kopf vom Tresen und erklärte, dass es ein Schuss war. Er war in Vietnam, ich schätze, er weiß, wovon er spricht. Doch wir dachten, er spinnt, und haben ihn ignoriert.«

»Wie lange hat es gedauert, bis John Dalton gefunden wurde?«

»Eine Viertelstunde vielleicht. Jean kam schreiend hereingerannt und rief, ich soll die Polizei rufen.«

»Sind Sie rausgegangen?«

»Ich wollte, aber Jean hat gesagt, ich soll bleiben, wo ich bin.« Sie drückte sich das Taschentuch an die Augen. »Da wusste ich noch nicht, dass es John war. Jean wollte nichts sagen.«

»Haben Sie John gestern Abend erwartet?«

»Wir waren nicht verabredet, wenn Sie das meinen. Ich war sogar überrascht, ihn zu sehen. In den letzten Wochen ist er ziemlich auf Distanz gegangen.«

»Wie ernst war es Ihnen mit der Beziehung?«

»So ernst wie nötig. John hat so oft seine Meinung geändert, dass ich es aufgegeben habe, durchblicken zu wollen.«

»Wie meinen Sie das?«

»Gestern zum Beispiel. Er taucht aus heiterem Himmel hier auf und erwartet, dass ich so tue, als wäre alles klar zwischen uns.«

»Und was haben Sie getan?«

»Ich habe getan, als wäre alles in Ordnung. Egal, wie sehr er sich danebenbenahm, ich wollte nicht, dass er mitkriegt, wie weh es mir tat.«

»Sie fanden also, John benahm sich daneben?«

»Ja, mal was Neues: Der heilige John Dalton konnte ein Arschloch sein.« Sie hielt inne. »Dabei glaube ich nicht, dass er es mit Absicht machte. Er hatte sein ganzes Leben geplant. Er wusste einfach nicht, wie ich da hineinpasste. Ich hatte Angst, was seine Eltern von mir halten würden. Ich glaube, er auch.«

»Warum?«

Sie zuckte die Schultern. »Ich bin eine dahergelaufene Fremde. Tanya kommt aus einer guten Familie. Sie ist von hier. Sie kennen sich schon ewig.«

»Wie lange waren Sie zusammen?«

»Mit Unterbrechungen, seit ich im März hergezogen bin. Ein paar Monate lief es ziemlich gut, und er sprach schon vom Heiraten. Da habe ich irgendwie Panik bekommen. John wollte eine Frau, die mit ihm auf die Ranch zieht. Ich habe gesagt, ich bräuchte Zeit, aber anscheinend wollte er nicht warten. Er fing wieder was mit Tanya an. Ich hatte den Eindruck, er kam zu mir, wenn ihm langweilig wurde. Ehrlich gesagt glaube ich, das Leben hier war ihm ein bisschen zu abgeschieden, nachdem er so lange weg gewesen war, und – das ist jetzt nicht böse gemeint, aber Tanya ist nicht gerade eine Frau von Welt.«

»Was meinen Sie damit?«

»John und ich redeten über die Welt außerhalb des Flathead Valley. Er wollte sich engagieren. Sich für die Veteranen einsetzen. Hier im Tal gibt es nur wenige, mit denen man reden kann, für den Rest scheint die Welt draußen überhaupt nicht zu existieren.«

»Das Flathead Valley ist ziemlich weit weg von Georgia.«

»Ich will nicht behaupten, dass es dort besser war. Man kann in New York City leben und die übrige Welt ignorieren. Es ist Kopfsache. Aber John war anders. Ich glaube, die Zeit beim Militär hat ihm die Augen geöffnet.«

»Soweit ich weiß, haben Sie John in Fort Benning kennengelernt. Sind Sie seinetwegen hergekommen?«

»Nein. Die Leute behaupten, wir hätten damals schon was gehabt, dabei hatten wir uns nur ein paarmal getroffen, bevor er hierher zurückkam. Ich habe ihn und Dylan kennengelernt, als sie ihre Grundausbildung machten. Tyler war ihr Vorgesetzter. Wir sind in Kontakt geblieben. Als ich in Georgia Probleme bekam, schlug John vor, dass ich hier raufzog. Er hat mir geholfen, diesen Job und eine Wohnung zu finden.«

»Was war in Georgia los?«

»Ich wurde von einem Exfreund bedroht und musste eine Verfügung gegen ihn erwirken. Dann sind ein paar Sachen passiert, aber es konnte ihm nichts nachgewiesen werden, und sie ließen ihn laufen. Danach wurde es noch schlimmer.«

»Dreitausend Kilometer weit wegzuziehen, ist eine extreme Reaktion.«

»Ich hatte Angst, und nichts gegen Sie, Aiden, aber die Polizei war vollkommen nutzlos.« Sie lachte nervös. »Sie haben mir doch tatsächlich geraten, ich solle mir einen Hund anschaffen, und die Schultern gezuckt, als ich sagte, ich hätte schon einen. Mein Auto wurde zerkratzt, und ich wusste, dass er mich stalkte. Manchmal rief er an und blieb in der Leitung, ohne ein Wort zu sagen. Eines Nachts zündete er meine Veranda an.«

»Haben Sie deswegen die Stadt verlassen?«

»Ich habe es noch eine Woche ausgehalten, dann hat er meinen Hund vergiftet. Da konnte ich nicht mehr. Ich dachte, ich wäre die Nächste. Ich war so in Panik, dass ich mich nicht mal ans Packen erinnere. Ende Februar kam ich hier rauf. Wilmington Creek kam mir so idyllisch vor.« Ihre Stimme kippte. »John hat gesagt, es sei der sicherste Ort auf der Welt.«

»Kann Ihr Exfreund irgendwie rausbekommen haben, wo Sie jetzt leben?«

»Ich war sehr vorsichtig, mit wem ich Kontakt halte. Ich gebe niemandem meine Adresse, aber wahrscheinlich gibt es immer einen Weg, so was rauszufinden. Von meinen Freunden weiß ich, dass Charlie ein paar Monate nach meinem Umzug von der Bildfläche verschwunden ist.«

»Und seitdem hat keiner mehr von ihm gehört?«

Sie blinzelte. »Nichts, als wäre er vom Erdboden verschwunden.«

»Ich brauche seinen vollen Namen.«

»Charlie Lott.«

»Haben Sie irgendeine Ahnung, wo wir ihn finden könnten?«

»Nachdem ich ihn rausgeschmissen hatte, ist er bei Freunden eingezogen. Sie können den Fallbearbeiter kontaktieren. Der kann Ihnen alles sagen.«

»Das mache ich.« Macy ging ihre Notizen durch. »War Charlie Lott auch mit John befreundet?«

»Ja, wir sind immer alle zusammen rumgehangen. Irgendwann hat er John Gitarrestunden gegeben.«

»Wusste er, dass sich zwischen Ihnen und John eine Beziehung entwickelte?«

»Ich glaube nicht. Wie gesagt, in Georgia waren wir wirklich nur Freunde.«

»Haben Sie sich gefreut, als John gestern Abend kam?«

»Es war gemischt. Ich hatte den Eindruck, er erwartete, dass ich ihm dankbar bin.«

»Das klingt verbittert.«

»Eher enttäuscht. Als John und ich zusammenkamen, hatte ich das Gefühl, dass er ein echt toller Typ ist. Bei unserem dritten Date führte er mich zum Essen aus und lud mich zu einem Konzert ein.« Sie verschränkte die Hände und stützte das Kinn darauf. »Im Auto hielt er meine Hand. Er grinste die ganze Zeit. Ich dachte wirklich, ich würde ihm was bedeuten. Nach fünf Monaten war alles anders.«

»Inwiefern?«

»Also, gestern Abend zum Beispiel. Ich bin mir ziemlich sicher, dass er wieder mit mir Schluss machen wollte. Es wäre nicht das erste Mal gewesen. Ich hatte echt keine Lust mehr, das noch mal zu erleben.«

»Sind Sie sicher, dass er darüber sprechen wollte?«

»Er hat es nicht ausgesprochen, aber ich ging davon aus.

Ich habe gesagt, er soll rausgehen und hinter dem Whitefish auf mich warten.«

»Sind Sie zu ihm rausgegangen?«

»Nein, ich war sauer und wollte ihn zappeln lassen. Strafe muss sein.«

»Und jetzt ist John tot.«

Lana sah auf ihre Hände. »Wenn ich das gewusst hätte.«

»Denken Sie genau nach. Ist Ihnen in den letzten Monaten jemand in der Bar aufgefallen, der Ihnen irgendwie verdächtig vorkam?«

»Es kommen fast nur Stammkunden. Wir sind hier nicht am Highway, es kommen also kaum Fremde vorbei.«

»Der Manager sagte, ein Typ namens Nick hätte Sie belästigt?«

»Ach, das war nichts weiter.«

»Das würde ich lieber entscheiden.«

»Seit die Waldbrände angefangen haben, kamen immer ein paar Feuerwehrleute rein. Nick war einer davon.«

»Der Manager sagte, er hätte gehört, wie er zu Ihnen sagte, Sie sollten froh sein, dass es Männer gibt, die überhaupt noch dafür zahlen. Anscheinend ließ er nicht locker.«

Lana wurde rot. »Er dachte wohl, Frauen, die in Bars arbeiten, sind automatisch Prostituierte. Nicht, dass ich so was zum ersten Mal erlebe, aber Jean hat es mitbekommen, und da hat er Nick und seinen Kumpel rausgeschmissen. Ich weiß nicht, wie er mit Nachnamen heißt, und ich habe keine Ahnung, wie sein Freund heißt. Er saß eigentlich nur da und starrte mich an.«

»Wusste dieser Nick, dass Sie mit John zusammen waren?«

»Ich habe es nicht rausposaunt, aber vielleicht hat er uns mal gesehen.«

»Wollte mal jemand mit Ihnen über John reden?«

»Bis auf die bösen Kommentare von Tanyas Freunden hat mir gegenüber niemand über John gesprochen, außer Dylan. Er ist ein lieber Kerl.«

»Ich habe heute Morgen mit ihm gesprochen.«

»Es bricht mir das Herz, dass es ihm so schlechtgeht.«

»Was ist mit Tyler?«

Sie legte die Hände flach auf den Tisch und holte tief Luft. »Gott weiß warum, aber Tyler hasst mich. Ich habe ihm nichts getan, außer dass ich mich gut mit seinem Freund verstanden habe.«

»Sie sagten, Ihre Beziehung mit John war nicht konstant. Gab es noch einen Mann?«

»Ist das wichtig?«

»Wir reden mit vielen Leuten, Lana. Wenn es etwas gibt, das ich wissen müsste, würde ich es lieber von Ihnen hören.«

»Es geht Sie aber nichts an. Es geht niemanden was an.«

»Wenn Sie Informationen zurückhalten, die für die Ermittlungen relevant sein könnten, kann ich Sie wegen Behinderung der Polizeiarbeit belangen.«

Lana sah zu Aiden hoch. »Nichts für ungut, aber das Angebot hier ist ziemlich mager.«

Macy ließ nicht locker. »Das ist keine Antwort auf meine Frage.«

»Ich will niemandem Ärger machen.«

»Also ist er verheiratet.«

»Vier Kinder, das fünfte ist unterwegs. Er sagt, er würde seine Frau verlassen, aber ich glaube ihm nicht. Ein Mann, der seine Frau betrügt. Ich wäre bescheuert, wenn ich ihm glauben würde.«

Macy runzelte die Stirn. »Ich brauche einen Namen.«

»Sind Sie diskret?«

»Ich tue mein Bestes.«

»Bob Crawley.«

Nun meldete sich Aiden doch zu Wort. »Verdammt, Lana. Das ist so was von falsch.«

»Ich habe nie behauptet, ich wäre ein Engel.«

Macy tippte mit dem Kuli auf den Notizblock. »War er je eifersüchtig?«

»Er ist extrem entspannt. Außerdem ist er verheiratet. Er kann nicht von mir erwarten, dass ich ihm treu bin.«

»Sie hat recht«, sagte Aiden. »Bob Crawley ist entspannt.«

»Wir müssen trotzdem wissen, wo er gestern Abend war.« Macy kreiste seinen Namen mehrmals ein. »Lana, welchen Eindruck hatten Sie davon, wie sich John im Zivilleben zurechtgefunden hat? Würden Sie sagen, seine Erfahrungen in Afghanistan haben ihn verändert?«

»Sie meinen wie Dylan?«

Macy nickte.

»Soweit ich sehen konnte, war alles in Ordnung.«

»Hat er sich mit seiner Familie verstanden?«

Lana schürzte die Lippen. »Im Großen und Ganzen ja. Irgendwas war zwischen ihm und seiner Schwester. Ich habe nachgefragt, aber er sagte, es hätte nichts mit ihr zu tun.«

Kapitel 9

Aiden hielt entschuldigend das Telefon hoch. »Es ist der Officer, den ich zu Patricia Dune geschickt habe.«

Macys Teller war leer, und sie schenkte sich noch ein Glas Wein ein. Die Kopfschmerzen waren endlich abgeklungen, und allmählich verspürte sie einen angenehmen leichten Rausch. Sie lächelte mehr, und ihr Lachen klang beinahe echt. Im Stillen mahnte sie sich zur Zurückhaltung. Auch wenn Aiden mit fortschreitender Stunde unterhaltsamer wurde, war es keine gute Idee, sich mit ihm zu betrinken. Sie schob das Glas beiseite und dachte an das Telefonat mit ihrer Mutter am frühen Abend. Luke hatte bereits geschlafen. Nicht, dass es eine Rolle spielte. Man konnte sich noch nicht mit ihm unterhalten. Es war Ellen, die von den Ereignissen des Tages berichtete. Sie waren beim Arzt gewesen und im Schwimmbad, und die Nachbarskatze war vorbeigekommen. Wenn Luke ganz still dasaß, setzte sie sich neben ihn. »Ich habe ihn noch nie so lange still sitzen sehen.«

Macy hatte gelacht. »Guter Trick. Die Katze sollte öfter vorbeikommen.«

»Ach, das hätte ich fast vergessen. Ich muss morgen nach

Kalispell, um einen Sessel beim Restaurator abzuholen. Wollen wir uns am Nachmittag dort treffen? Gegenüber der Werkstatt ist ein Park.«

»Ich werde es versuchen. Gibst du mir die Adresse?«

Aiden legte das Telefon auf den Tisch und griff nach seinem Besteck.

»Der Briefkasten quillt über. Anscheinend ist Patricia Dune seit ein paar Tagen nicht zu Hause gewesen. Es steht kein Auto in der Garage, und alle Lichter sind aus.«

»Vielleicht ist sie weggefahren.«

»Schwer zu sagen. Morgen versuchen wir, jemanden an ihrer Uni zu erreichen, der vielleicht etwas weiß.«

Macy nahm ihr Wasserglas. »Die SMS an Annie stellt alles auf den Kopf. Es fällt mir schwer, einen Zusammenhang zwischen dem Mord an John und der Bürgerwehrbewegung herzustellen. Es wirkt eher persönlich.«

»Ich weiß, was Sie meinen, aber vielleicht war die SMS ein Ablenkungsmanöver.« Er wischte sich mit der Serviette den Mund ab und trank einen Schluck Bier.

»So schlau sind sie selten. Wer steht noch auf unserer Liste?«

»Bob Crawley. Ihn können wir wahrscheinlich schnell streichen. Ich habe nur keine Lust, diskret zu sein.«

»Was sieht eine Frau wie Lana in einem Mann mit vier Kindern und dem fünften unterwegs?«

»Sie meinen, außer den Dotcom-Millionen?«

Macy beugte sich vor. »Er ist stinkreich?«, flüsterte sie.

Aiden sprach noch leiser: »Und ziemlich gut ausgestattet, wie ich höre.«

Lachend lehnte sie sich zurück. »Das ist witzig.«

»Das erzählen die Damen hierzulande jedenfalls.«

»Lana ist also nicht die Erste.«

»Und auch nicht die Letzte. Ich glaube, er amüsiert sich zu gut, um ans Aufhören zu denken.«

»Und dann sind da noch Tyler Locke und Dylan Reed.«

»Beide kann ich mir als Täter nicht vorstellen.«

»Nein? Dylan ist ein gebrochener Mann. Verstehen Sie mich nicht falsch, ich mag den Jungen, aber ich streiche ihn noch nicht von der Liste. Er hat Blackouts. Und dann Tyler. Dem möchte ich schon aus Prinzip auf den Zahn fühlen. Beide hätten John zum Whitefish folgen können.«

»Ich verstehe Sie, aber ich halte es für Zeitverschwendung. Außerdem haben Sie Tylers Neffen Connor vergessen, der bei ihm übernachtet hat.«

»Connor ist erst sechs, also nicht gerade ein verlässlicher Zeuge. Bei dem Druck, unter dem wir stehen, müssen wir in alle Richtungen ermitteln.«

»Außerdem sind da Lana Clarks Exfreund, ein Feuerwehrmann namens Nick und ein Dotcom-Millionär namens Bob Crawley.«

»Ich setze auf Charlie Lott. Es ist beunruhigend, dass er abgetaucht ist. Was hat er die ganze Zeit getrieben? Hat er im Auto gewohnt?«

»Obsession ist ein starker Antrieb. Lana ist eine schöne Frau.«

»Das stimmt.«

»Da ist nur ein kleines Problem. Warum würde Charlie Lott eine SMS an Johns Mutter schicken?«

»John und er kannten sich aus Georgia.«

»Ich bezweifle, dass sie sich so nahestanden.«

Macy nippte an ihrem Wein. Das Restaurant hatte sich geleert, und die beiden waren die letzten Gäste. Sie sah aus dem Fenster. Ihr Motel war direkt gegenüber. Sie hatte eingecheckt, aber sie war noch nicht in ihrem Zimmer gewesen. Das Gebäude hatte eine klassische 50er-Jahre-Fassade und sah nicht sehr vielversprechend aus. Ihr Zimmer lag im ersten Stock zur Hauptstraße hinaus.

Sie trank noch einen Schluck. »Sie arbeiten wahrscheinlich sieben Tage die Woche.«

»Stimmt.«

Sie betrachtete seine Hand und bemerkte, dass er immer noch keinen Ehering trug. »Und was sagt Ihre Frau dazu?«

»Wir sind seit drei Jahren geschieden.«

»Das tut mir leid.«

»Mir auch.«

»Wohnt sie hier?«

»Nein, sie ist nach Billings gezogen. Sie wollte neu anfangen. Hier sind wir uns ständig begegnet. Es war zu leicht, in alte Gewohnheiten zu fallen, die keiner von uns wollte.« Er sah von seinem Teller auf. »Wie ich höre, haben Sie ein Kind?«

»Ja. Wenigstens eins habe ich richtig gemacht.«

»Und wie kommen Sie zurecht? Ihre Arbeitszeiten sind auch nicht gerade kinderfreundlich.«

»Wir wohnen bei meiner Mutter. Sie kann ihr Glück kaum fassen.«

»Sie haben nicht geheiratet?«

»Scheint mir nicht bestimmt zu sein.«

Er schob den Teller weg und nahm sein Bier. »Der Kommentar heute Morgen über verheiratete Männer tut mir leid. Das war daneben. Ich weiß, wir kennen uns kaum.«

»Keine Sorge, ich sage mir das Gleiche auch immer.«

»Sie scheinen eine tolle Frau zu sein. Sie haben was Besseres verdient.«

Macy trank das Glas aus und schenkte sich nach. »Haben wir das nicht alle?«

Die Kellnerin stellte Aiden noch ein Bier hin, und er hob die Flasche. »Na dann, Prost.«

»Außerdem war es keine Absicht. In solche Situationen rutscht man irgendwie rein. Man hat lauter Bilder im Kopf, wie das Leben aussehen soll, aber dann arrangiert man sich.«

»Sie müssen nicht darüber reden, wenn Sie keine Lust haben.«

»Ich möchte es nur erklären. Ich will nicht, dass Sie mich verurteilen.«

»Ich bin nicht in der Position, irgendwen zu verurteilen.«

»Es ist kompliziert. Er ist der Vater meines Kindes.«

Er pulte das Etikett von der Bierflasche und lächelte. »Jetzt müssen Sie es mir erklären.«

Macy holte tief Luft und versuchte, sich zu konzentrieren. Wenn sie ihm schon ihre Geheimnisse anvertraute, wollte sie es wenigstens der Reihe nach tun.

»Als er sich das erste Mal von seiner Frau trennte, waren sie fast zwei Jahre auseinander. Ein paar Monate nach der Trennung kamen wir zusammen. Leider haben sie sich wieder versöhnt.«

»Und Sie waren schwanger.«

»Ich bereue es nicht. Luke ist das Beste, was mir je passiert ist. Außerdem hat der Mann kürzlich erklärt, dass er seine Frau endgültig verlassen und unsere Beziehung wiederaufnehmen will, aber nach acht Monaten wohnt er immer noch zu Hause, und ich sehe ihn kaum.«

»Sie wissen, was das für einen Eindruck macht.«

»Egal, was ich tue, ich habe Schuldgefühle.«

»Haben Sie mal darüber nachgedacht, dass er all dies vielleicht nur sagt, damit er mit seinem Sohn zusammen sein kann?«

»Der Gedanke ist mir gekommen. Ich habe versucht,

mich zu distanzieren, aber es ist schwierig. Er ist der Vater. Irgendwie hätte ich gern, dass es funktioniert.« Sie hielt inne. »Warum fühlen wir uns zu Menschen hingezogen, die uns weh tun?«

»Ich weiß es nicht, Macy. Ich schätze, es hat damit zu tun, dass wir etwas spüren wollen. Vielleicht wäre es leichter mit jemandem, mit dem man fröhlich an der Oberfläche dahingleitet, aber wer will das schon? Das Problem an Ihrer Situation ist, dass sie nicht ausgeglichen ist.«

»Ich weiß nur eins, ich will nicht mehr leiden.« Macy streckte sich und unterdrückte ein Gähnen. Wenn sie nicht aufpasste, schlief sie am Tisch ein. Aiden wirkte nachdenklich.

»Tut mir leid«, sagte sie. »Das war wohl ein ernstes Thema.«

»Ja.« Er klopfte auf den Tisch. »Bei ernsten Themen brauche ich einen ernsten Drink. Sie auch?«

Macy schwenkte den Wein in ihrem Glas und nickte.

Auf dem Weg zum Motel stießen sie mehrmals mit den Schultern aneinander. Beide hatten die Hände tief in den Taschen. Er half ihr, die Tasche aus dem Wagen zu holen, der auf dem hinteren Parkplatz stand. Sie zeigte auf die überdachte Treppe zum ersten Stock.

»Ich glaube, ab hier schaffe ich es.«

»Zu gefährlich. Vielleicht verirren Sie sich.«

Macy war sich nicht sicher, wer anfing. Eben gingen sie nebeneinanderher, und im nächsten Moment standen sie knutschend am Fuß der Treppe an der Wand.

»Keine gute Idee«, murmelte er, als er an den Knöpfen ihrer Bluse nestelte.

»Überhaupt keine gute Idee«, sagte sie und küsste ihn fester.

Er schob die Hand unter ihre Bluse. »Aber es ist schön.«
»Sehr.«

Plötzlich vibrierte das Telefon in seiner Hosentasche, und er hielt inne. Er lehnte seinen Kopf an ihre Schulter. »Ich schätze, das ist mein Gewissen.«

»Schade, dass du eins hast.«

»Ich gehe jetzt besser.«

Sie drückte ihn an sich. »Wahrscheinlich eine gute Idee.«

Er küsste ihre Schulter und seufzte, bevor er sich von ihr löste. Beinahe stolperte er über die Treppe.

Macy lachte. »Du fährst nicht mehr, oder?«

Er zeigte zur Straße. »Ich wohne nur eine Ecke weiter. 23 Sutter Street, falls du es dir noch anders überlegst.«

Sie salutierte. »Ich werde es mir merken.«

»Können wir morgen so tun, als wäre nichts passiert?«

»Das wäre wahrscheinlich das Beste. Schlaf gut, Aiden Marsh.«

»Du auch, Macy Greeley.«

Macy richtete sich auf und hielt sich am Geländer fest, als sie die Treppe hinaufging. Sie ging zweimal an der Tür vorbei, bevor sie ihre Zimmernummer fand. Wahrscheinlich lachte sich Aiden auf der anderen Straßenseite kaputt. Sie musste zugeben, sie mochte die Art, wie er lachte.

»Und er küsst gut«, murmelte sie, als sie die Tür hinter sich schloss.

Das Zimmer war wie eine Zeitkapsel aus den 1950er Jahren. Alles, von den Vorhängen über die Tapete und die Möbel, war retro, aber es war sauber und roch nicht nach früheren Gästen. Sie sank aufs Bett und zog ihr Telefon aus der Jeans. Rays SMS waren im Lauf des Abends immer drängender geworden. Sie sah auf die Uhr. Es war erst kurz vor zehn. Mit ein bisschen Glück konnte sie acht Stunden schlafen. Sie holte tief Luft und tippte eine Nachricht, die sie zweimal Korrektur las.

Bin endlich im Motel. Ruf an. Wir müssen reden.

Mit Nachdruck tippte sie auf Senden, dann ging sie ins Bad, um sich die Zähne zu putzen und ein paar Ibuprofen zu schlucken, zog sich aus und warf ihre Kleider in einem Haufen auf den Boden. Als sie ins Bett stieg, wartete eine Nachricht von Ray auf sie.

Tut mir leid, geht nicht. Wie war dein Tag?

Macy starrte das Telefon an und warf es aufs Bett. Als sie gerade die Augen geschlossen hatte, summte es wieder.

Macy? Noch wach?

Als sie sich aufsetzte, drehte sich alles. *Ja, noch da.*

Was ist los?

Interessiert es dich?

Komm schon.

Du kannst nicht anrufen, das ist los. Mit dem Rest will ich gar nicht erst anfangen.

Es ist zu spät für so was. Ich rufe morgen an.

Warum nicht jetzt?

Ich kann nicht, und das weißt du.

Wenn deine Frau weiß, dass du sie verlässt, was hält dich zurück? Ihr wohnt in einem Riesenhaus, verdammt. Geh runter in die Küche. Ich muss mit dir reden.

Tut mir leid. Ich rufe morgen an, versprochen.

Jetzt.

Ich muss gehen.

Dann geh endlich.

Alles in Ordnung?

Ich weiß nicht.

Macy löschte das Licht und zog sich die Decke über den Kopf. Der Rausch war verflogen. Sie war einfach nur wütend.

Sie schloss die Augen und sank tiefer in die Kissen, dann rollte sie sich auf den Bauch und kuschelte sich ein, als das Telefon wieder summte. Diesmal ignorierte sie es.

Kapitel 10

Jessie stand am Fenster im Wohnzimmer und beobachtete, wie Wade über den Hof auf den Bungalow zuging, in dem er wohnte, seit seine Farm vor achtundzwanzig Jahren bankrottgegangen war. Er bückte sich steif, um einen Stock aufzuheben und ihn für die Hunde zu werfen. Fünf Labradore rannten im Kreis um seine Beine und warfen ihn fast um. Normalerweise waren sie nachts im Zwinger, aber Wade hielt es für das Beste, sie heute Nacht laufen zu lassen. *Falls jemand auftaucht und Ärger machen will.* Am liebsten hätte er im Haus auf dem Sofa geschlafen, aber Jessie hatte ihm erklärt, dass sie allein zurechtkam. Sie kontrollierte, ob alle Türen und Fenster verschlossen waren, bevor sie nach oben ging. Als sie den ersten Treppenabsatz erreichte, zitterte sie. Zwei Stufen weiter bekam sie kaum Luft. Die letzten Stufen nahm sie auf allen vieren und schleppte sich in den Flur. Dort lag sie lange auf dem staubigen Teppich, der nach nackten Füßen roch. Zum ersten Mal, seit sie von Johns Tod erfahren hatte, gestattete sie sich zu weinen. Sie erinnerte sich an Hunderte von Situationen. Bilder stürzten über sie herein, manche glücklich, andere schmerzhaft. Es gab keinen Anfang und kein Ende. Es war der Gedanke an Tara, der Jessie schließlich wieder auf die Füße brachte. Sie stolperte über den Flur. Eine Fährte herumliegender Spielsachen führte direkt zum Kinderzimmer.

Vor dem Ostfenster stand ein Ventilator und saugte frische Luft herein. Draußen warfen die Flutlichter bizarre Schattenrisse auf den Boden. Die Äste der Bäume sahen aus wie Spinnennetze, in denen plötzlich die Hunde auftauchten, als sie über die Wiese ausschwärmten. Weiter hinten schimmerte der Swimmingpool grünlich blau. Einer der Hunde stellte sich an den Beckenrand und trank, ein anderer bellte das aufblasbare Krokodil an, das über dem tiefen Ende trieb. Jessie nahm die glimmende Taschenlampe von Taras Bett. Auf der Brust ihrer Tochter lag ein zerlesenes Comicheft, das sich mit jedem Atemzug hob und senkte. Jessie legte das Heft auf den Nachttisch, dann schloss sie die Tür und ging in ihr Zimmer auf der anderen Flurseite. Sie zog ihr Hemd aus und warf es mit den anderen Kleidern in den Wäschekorb, aber nach dem Zähneputzen beschloss sie, doch noch nicht ins Bett zu gehen. Die Gelegenheit, die Sachen ihrer Mutter durchzugehen, bot sich wahrscheinlich so bald nicht wieder. Im Krankenhaus hatten ihr die Ärzte Annies persönliche Dinge ausgehändigt, darunter der Schlüssel zu ihrem Zimmer. Barfuß, in T-Shirt und Boxershorts, ging Jessie über den Flur. Annies Zimmer war gleich an der Treppe, und wie gewöhnlich war es abgeschlossen. Jeremy schlief seit Jahren unten im Arbeitszimmer.

Nur mit einem schmalen Bett und einem Schreibtisch eingerichtet, wirkte das Zimmer so spartanisch wie eine Klosterzelle. Am Wandschrank fehlte die Tür, und es hingen nur wenige Kleider darin, seit Annie den Großteil ihrer Habe vor zwei Jahren in einem großen Lagerfeuer verbrannt hatte. Die Wände waren kahl bis auf die Bilder, die Tara unter ihrer Tür durchschob. Die Scheibe des vergitterten Fensters war aus

Plexiglas. Bei einem besonders hitzigen Streit mit Jeremy hatte Annie das alte Fenster mit bloßen Händen eingeschlagen. Im Krankenhaus hatte sie behauptet, Jeremy hätte versucht, sie umzubringen. Als man sie später dazu befragte, behauptete sie, es nicht so gemeint zu haben, aber da war es zu spät. Man hatte Jeremy schon aufs Revier gebracht. Am gleichen Tag war er aus dem gemeinsamen Schlafzimmer ausgezogen.

Die meisten von Annies Tagebüchern standen auf dem Bücherbord. Jessie nahm eines in die Hand, das offen auf dem Tisch lag. Die Seiten waren zwar nicht datiert, aber Jessie nahm an, dass es aktuell war, denn es war noch nicht voll. Die Handschrift war klein und sehr kontrolliert. Die Sätze waren wohlkomponiert. Annies Wortschatz war reich und ihr Stil elegant. Wieder einmal überraschte sie, wie vernünftig ihre Mutter wirken konnte. An einer Stelle beschrieb Annie bis ins Detail ihr Elternhaus in Connecticut, angefangen bei der Haustür und dann der Reihe nach durch alle sechzehn Zimmer, bis sie an der Hintertür zum Schluss kam. Das Haus war ganz anders als der Neubau, den Jessie aus den Sommerferien kannte. Da waren ihre Großeltern längst nach Florida in eine Rentnergemeinde gezogen, wo es für Kinder nichts zu tun gab, außer im Einkaufszentrum herumzuhängen oder bei gedämpfter Lautstärke fernzusehen. Als beide kurz hintereinander beerdigt wurden, hatte John gewitzelt, ihre Großeltern hätten sich zu Tode gelangweilt.

Jessie begann den nächsten Abschnitt zu lesen, der ebenfalls undatiert war. Ihre Mutter beschrieb eine heiße Quelle, die sie irgendwann besucht hatte, etwa dreißig Kilometer nördlich der Stadt an einem Seitenarm des Flathead River, westlich der Whitefish Range. Es musste Ende Frühling gewesen sein, *als die Blätter in vollem Grün standen und die Welt voller Verheißung war.* An einem Baum hinterließen die Besucher Opfergaben, die *unter dem kristallklaren Sternenhimmel funkelten.* In den Quellen zu baden sei, wie neu geboren zu werden. Wer dort starb, wurde unsterblich. *Ich hinterließ meine Opfergabe und tauchte den Kopf unter, doch Er sagte, meine Zeit sei noch nicht gekommen. Er hüllte mich in Baumwolltücher, und ich kehrte nach Hause zurück, um dem langsamen Tod entgegenzutreten, der mich dort erwartete.* Annie hatte eine Landkarte gezeichnet, in der die genaue Stelle markiert war. Jessie klappte das Tagebuch zu und starrte vor sich hin. Sie hatte keine Ahnung, wer *Er* sein könnte.

Auf der Suche nach Hinweisen blätterte sie auch die anderen Tagebücher durch. Irgendwo sprach Annie von seinem dichten dunklen Haar, an anderer Stelle von seiner Freundschaft mit Jeremy. Manchmal schwelgte sie derart in erotischen Einzelheiten, dass Jessie ganze Seiten übersprang. Jessie versuchte, die Tagebücher chronologisch zu ordnen, aber es war unmöglich zu erraten, ob die Affäre vor kurzem oder vor sehr langer Zeit stattgefunden hatte. Sie wusste nicht einmal, ob das Ganze nicht eine Ausgeburt von Annies Phantasie war. Irgendwann ließ sie das letzte Tagebuch aufs Bett fallen und stellte sich ans Fenster. Das Plexiglas war verschmiert von getrocknetem Atem und Fingerabdrücken. Sie spuckte auf ein Taschentuch und wischte es sauber, dann wanderte ihr Blick hinüber zu den Nebengebäuden am anderen Ende der Wiese. In Wades Bungalow brannten alle Lichter. Jessie wartete. Sie konnte Wade zwar nicht sehen, aber sie hatte das Gefühl, dass er über sie wachte. Er war schon immer für sie da gewesen. Oft hatte er zwischen Jeremy und Annie vermittelt. Vielleicht hatte Annie ihre Phantasiewelt um Wade herumgesponnen, wenn sie hier aus dem Fenster sah. Oder es steckte mehr in Wade, als Jessie ahnte.

Jessie erinnerte sich nicht, wie er ausgesehen hatte, als er jünger gewesen war und volles Haar gehabt hatte. Jetzt war nur noch ein weißer Haarkranz übrig, den er sorgfältig kurz schor. Er war Ende sechzig, und sie konnte sich nicht vorstellen, dass er je attraktiv genug gewesen wäre, um Annies Aufmerksamkeit auf sich zu ziehen. Sie hatten ihn immer Wade genannt, nie Onkel Wade, wie gelegentlich verlangt wurde.

Sie ging zurück ins Wohnzimmer, wo die Fotoalben in einem Schrank standen. Die mit Plastik überzogenen Seiten quietschten, als sie die älteren durchblätterte. Die Fotos waren orange- und gelbstichig und hatten Farbe und Konturen verloren. In manchen Alben fehlten fast auf jeder Seite Fotos. Zurück blieben nur Schatten und durchgestrichene Untertitel. Auf den Familienfotos stand Wade immer am Rand, mit Hut, verschränkten Armen und einem gekünstelten Lächeln auf den Lippen. Sie nahm das nächste Album, und zwischen den Seiten rutschte ein Foto heraus. Jeremy stand zwischen zwei Männern, von denen der eine vielleicht Wade war. Jessie drehte es um. Ihre Großmutter väterlicherseits hatte eine schöne Handschrift. Sie hatte das Bild sorgfältig mit Datum und Namen versehen. Jeremy vor zweiunddreißig Jahren auf der Jagd mit Wade Larkin und Layton Phillips, der jetzt Gouverneur von Montana war. Damals war Laytons Haar voll und rot gewesen. Heute hielt es jeder für gefärbt, denn es hatte die Farbe von verdorbenem Lachs. Wades Haar dagegen war rabenschwarz, und er war ziemlich attraktiv.

Jessie schob das Foto zurück zwischen die Seiten und ging ins Arbeitszimmer ihres Vaters am anderen Ende des Flurs. Er bewahrte die Personalakten in einem hohen Aktenschrank auf. Sie machte Licht und ging die Namensschilder durch. Wades Akte enthielt noch den ursprünglichen Brief an Jeremy, in dem er fragte, ob er bei Jeremy anheuern dürfe. Das war im Jahr 1982 gewesen, kurz nach der Zwangsversteigerung seiner Farm. Er schrieb, seit seine Frau Alice vor ein paar Jahren bei einem Brand ums Leben gekommen sei, habe sich das Glück von ihm abgewandt. Jessie schloss die Schublade wieder und sah sich um. Unter dem Schreibtisch war ein kleiner Schubladenschrank mit Jeremys persönlichen Akten. Er war abgeschlossen, aber Jessie fand den Schlüssel in einer kleinen Schale. Sie bekam Gänsehaut, als sie mit ihrer Suche begann. Sie fand eine Akte über Ethan Green. Sie nahm sie heraus und legte sie auf den Tisch. Niemand in der Familie oder von Jeremys Angestellten durfte Ethans Namen erwähnen. Die beiden hatten sich wegen irgendeiner geschäftlichen Angelegenheit zerstritten, als Jessie noch ein Baby gewesen war. Jetzt öffnete sie die Akte und blätterte durch einen Stapel von Briefen zwischen ihrem Vater und einem Anwalt namens Giles Newton, der eine Kanzlei in Collier hatte. Giles vertrat Ethan Green. In keinem der Briefe wurde erwähnt, worum es ging. Sie verhandelten über einen Geldbetrag, den Ethan erhalten sollte. Ethans Anwalt sprach von Schadensersatz, Jeremy nannte es Erpressung. Der Ton war knapp. Die Korrespondenz ging über drei Monate. Am Ende stimmte Ethan einer Summe von 30 000 Dollar zu. Im Gegenzug sollte er alle Verbindungen zur Familie Dalton kappen. Fünf Monate nach Johns und Jessies Geburt wurde das Geld auf ein Privatkonto bei der Flathead Savings and Loan überwiesen.

Jessie notierte sich den Namen und die Adresse des Anwalts in Collier, bevor sie die Akte zurücklegte und die Schublade abschloss. Sie sammelte die übrigen Tagebücher ein. Wenn Jeremy zurückkam und sie fand, würde er sie lesen, und dann käme Annie nie mehr nach Hause zurück. Jessie versteckte die Tagebücher unter den losen Dielen in ihrem Zimmer und kroch ins Bett. Die Vorhänge leuchteten gespenstisch weiß, und ab und zu bellte ein Hund. Es war vollkommen windstill. Sie strampelte die Laken weg und lag schwitzend in der Dunkelheit. Ihre Eltern waren fast dreißig Jahre zusammen gewesen, doch es schien keinem von beiden mehr viel zu bedeuten. Jeremy übernachtete meistens bei seiner Freundin Natalie in der Stadt, und Annie träumte immer davon, was hätte sein können, bevor ihre Kinder zur Welt gekommen waren. Jessie schloss die Augen und spürte ihre müden Glieder. Auch wenn sie sich nicht vorstellen konnte, dass der Anwalt ihr verraten würde, was zwischen Ethan und Jeremy vorgefallen war, wollte sie ihn am Morgen in Collier anrufen. Und wenn das nichts brachte, fragte sie ihre Mutter.

Als der Schlaf endlich kam, war er tief und voller Träume. Ethan Green packte sie und zog sie unter Wasser, als sie in der Nähe des Rastplatzes im Darby Lake schwamm. Dichtes schwarzes Haar waberte um sein blasses Gesicht, und er riss gierig den Mund auf. Jessie schrak auf und schnappte nach Luft. Sie hatte im Traum den Atem angehalten. Ein lauter Knall hatte sie geweckt, als hätte jemand geschossen. Sie lauschte, und Sekunden später knallte es wieder. Jessie kämpfte sich aus dem Bett, doch sie blieb mit dem Fuß im Laken hängen. Als sie der Länge nach hinfiel, polterten die losen Dielen wie klappernde Zähne. Sie spähte in den Flur, dann rannte sie zu Taras Tür. Tara schlief immer noch fest. Ihre Haut glänzte schweißfeucht. So leise wie möglich schloss Jessie die Tür wieder und ging zurück in ihr Zimmer.

Wade kam erst beim zweiten Versuch ans Telefon.

»Wade. Was ist da draußen los?«

Er keuchte. »Nichts. Geh wieder ins Bett.«

»Was soll das heißen, nichts? Ich habe mich zu Tode erschreckt.«

Wade rief etwas, doch er hielt die Hand vor das Telefon, so dass sie nichts verstand.

»Wer ist bei dir?«

»Ein paar von uns halten heute Nacht die Augen offen. Tyler und Dylan sind auch da.«

»Und worauf schießt ihr?«

»Tyler dachte, er hätte was am südlichen Zaun gesehen. Ich bin mir nicht sicher. Der Kerl hat einen lockeren Zeigefinger. Er hat genug Munition, um halb Wilmington Creek über den Haufen zu schießen. Ich hoffe, wir finden morgen keine toten Kühe.«

»Er meint es gut.«

»Ich versuche, dran zu denken.«

Jessie hielt die Taschenlampe umklammert, als sie den dunklen Flur betrat. Sie fand den Lichtschalter, doch das Licht blieb aus.

Sie konnte kaum sprechen. »Wade, du musst herkommen. Der Strom ist ausgefallen.«

»Geh in Taras Zimmer und schließ von innen ab. Wir sind gleich da.«

Jessie kehrte ins Zimmer ihrer Tochter zurück, stellte sich ans Fenster und lauschte. Es war totenstill, wenn der Strom ausfiel. Die Flutlichter brannten noch. Vielleicht war nur die Sicherung herausgeflogen. Das kam vor. Das Haus war alt und nicht besonders gut in Schuss. Vögel nisteten unter dem Dach, und Mäuse hausten unter den Dielen. Sie fraßen alles, auch die Kabel. Jessie tippte gegen die Taschenlampe, und das Licht wurde heller. Der Sicherungskasten war in der Waschküche.

Auf Zehenspitzen schlich sie nach unten und blieb alle paar Meter stehen, um zu lauschen. Die Fliesen in der Küche fühlten sich sandig und kühl unter ihren Füßen an. Äste schlugen leicht gegen die Fenster. Draußen hörte sie Hundegebell und das Röhren von Quads. Sie mussten auf der Höhe der Ställe sein. Der Wasserhahn röchelte, und ein Rinnsal lief ins leere Becken. Jessie richtete die Taschenlampe in die dunklen Ecken. Es war niemand da. Die Waschküche hatte eine Tür zum Hof. Es war stockdunkel und roch nach Waschpulver und Hunden. Sie richtete die Taschenlampe auf die Hoftür. Sie war verschlossen, und der Schlüssel steckte im Schloss. Sie öffnete den Sicherungskasten. Die Hauptsicherung war rausgeflogen. Sie schaltete sie wieder ein, und sofort wurde es hell. Hinter ihr sprang der Heißwasserboiler an. Über ihr summten die Neonröhren. Sie knipste die Taschenlampe aus und bückte sich nach einer Socke. Plötzlich klopfte es an der Tür, und sie schrie.

»Ich habe mir gedacht, dass die Sicherung rausgeflogen ist, und ich hatte ja auch recht. Mir geht es gut. Tara geht es gut. Das ist das Wichtigste.« Jessie ließ den Kaffeebecher sinken und erwiderte Tylers Blick. Sie hatte sich schon mit Wade angelegt, weil sie nicht in Taras Zimmer gewartet hatte, und mit Tyler würde sie es auch aufnehmen.

Dylan stellte sich zwischen sie und nahm sich einen Apfel aus der Obstschale auf dem Küchentisch. »Ist ja nichts passiert. Wir haben das ganze Haus abgesucht. Es scheint keiner da gewesen zu sein.«

Wade knurrte. »Die Sicherung fliegt ständig raus. Eines Tages geht das ganze Haus in Flammen auf.«

Jessie stellte den Becher auf die Theke. »Ich sehe nach Tara.«

Dylan öffnete ihr die Tür. »Ich komme mit.«

»Nicht nötig.«

Er griff nach dem Gewehr, das an der Wand lehnte. »Doch.«

»Mit dem Ding will ich dich nicht im Zimmer meiner Tochter sehen.«

»Hatte ich nicht vor.«

Oben blieben sie in der Tür stehen und sahen Tara beim Schlafen zu.

Jessie lehnte den Kopf an den Türrahmen. »Hast du je von einer heißen Quelle gehört, ungefähr dreißig Kilometer nach Norden?«

»Nein, warum?«

»Annie hat was darüber in ihr Tagebuch geschrieben.«

»Damit hast du die Nacht verbracht?«

»Mehr oder weniger.«

»Ich meine es nicht böse, aber meinst du, du kannst alles glauben, was deine Mutter sagt?«

»Sie hat eine Landkarte gezeichnet.«

»Zeig her.«

Er fragte nicht, warum sie die Tagebücher unter den Dielen versteckt hatte. Mit dem Finger fuhr er die grobe Skizze nach. »Ich erkenne ein paar Stellen. Hast du Wade gefragt? Er weiß so was.«

»Das kann ich nicht.«

»Warum nicht?«

»Ich glaube, meine Mutter hatte eine Affäre. Ich bin mir ziemlich sicher, dass es lange her ist, aber möglicherweise war es Wade. Ich kann auf keinen Fall mit ihm darüber sprechen.«

Dylan hielt die Landkarte ins Licht und sah sie sich genauer an. »Wenn du willst, können wir mal rausfahren und uns umsehen. Warum interessiert dich das so?«

»Ich will wissen, ob sie die Wahrheit schreibt. Wenn dieser Ort existiert, stimmt vielleicht auch das andere Zeug, von dem sie redet.«

Jessie wachte in Taras Bett auf. Ihre Tochter flocht ihr das Haar. Jessie lächelte, als sie Tara summen hörte. Sie roch nach Milch und frischem Brot. Sie atmete durch den offenen Mund.

»Hallo, Mami.«

»Hallo, mein Schatz.«

»Warum schläft Onkel Wade auf dem Sofa?«

Jessie versuchte, sich aufzusetzen, aber Tara hielt ihr Haar fest.

»Warst du unten?«

»Halt still. Du machst alles kaputt.«

Jessie lehnte sich zurück ins Kissen.

»Jemand hat dir ein Geschenk dagelassen.«

»Was?«

»Es lag auf der Veranda.«

»Hast du es aufgemacht?«

Sie schüttelte nachdrücklich den Kopf. »Das wäre geschummelt.«

»Wo ist es denn?«

Tara rutschte vom Bett und lief zur Kommode. Als sie zurückkam, hielt sie Jessie eine kleine Schachtel hin. »Siehst du, da steht dein Name drauf.«

Jessie schüttelte es vorsichtig. Es wog fast nichts. Sie zog die Karte heraus und drehte sie um. Es stand nichts dabei.

Tara hauchte in ihr Ohr. »Warum kriegst du ein Geschenk? Du hast doch gar nicht Geburtstag.«

Jessie riss das Papier auf. »Es gibt viele Gründe, warum Leute Geschenke bekommen. Manchmal macht man jemandem ein Geschenk, um ihn zu trösten.«

Tara wischte die Träne weg, die Jessie über die Wange lief. »Ich habe dich lieb, Mami.«

Jessie hielt ein paar Sekunden die Luft an. »Ich habe dich auch lieb. Hast du ein Taschentuch?«

Tara zog eins aus der Schachtel auf dem Nachttisch und hielt es ihr hin. »Wir werden lange traurig sein, oder?«

»Ja.«

»Glaubst du, es hat dir jemand geschenkt, damit du nicht mehr so traurig bist?«

Jessie öffnete den Deckel der Schachtel und nahm etwas heraus. »Ich glaube schon.«

Tara streckte die Hand aus und hob die Kette hoch. »Die ist aber hübsch.«

Jessie schwieg.

Tara betrachtete sie eingehend. »Das kleine Ding, das zugeht, ist kaputt.«

Jessie versuchte, ganz ruhig zu sprechen. »Lass mich mal sehen.«

Das herzförmige Medaillon fühlte sich schwer an. Es war aus Silber und ganz schlicht.

»Ist da ein Bild drin?«

Jessie zuckte zusammen, als Tara danach griff. »Lass das Mami machen, Schätzchen.«

Jessie drückte den Daumennagel in die Kerbe, und das Medaillon öffnete sich.

»Mami, bin ich das?«

»Ja, das bist du.«

»Wie alt war ich da?«

Jessie bekam kaum Luft. »Ich glaube, du warst vier.«

»Bist du jetzt nicht mehr so traurig?«

Jessie schüttelte den Kopf.

»Warum weinst du dann?«

Kapitel 11

Macy fuhr durch das Industriegebiet am Stadtrand von Collier, ohne sich weiter umzusehen. Seit dem Winter, als sie im hiesigen Krankenhaus ihren Sohn zur Welt gebracht hatte, war die Main Street saniert worden. Jetzt wurde die Route 93 umgeleitet, und die Bewohner im Zentrum hatten ihre Ruhe. Macy parkte in der Nähe des Marktplatzes und trat hinaus in die Hitze. Auch wenn die Sattelschlepper verschwunden waren, klebte der Ruß noch an den Bürgersteigen und Fassaden. Bordsteine und Mauern hatten Risse. Ein paar Häuser waren gestrichen worden, aber die meisten Geschäfte wirkten so farblos wie der Himmel. Der rauchige Dunst war über Nacht dicker geworden. Auf der Fahrt von Wilmington Creek war die Sicht schlecht gewesen, und ihr waren mehrere Krankenwagen entgegengekommen.

Es war zehn Uhr morgens, doch der Asphalt kochte bereits. Macy lief über die Straße, um so schnell wie möglich in den Schatten zu kommen. Plötzlich schoss ein Wagen aus der Seitenstraße und fuhr direkt auf sie zu. Hupend bremste er wenige Schritte vor ihr. Macy warf in aller Ruhe einen Blick auf das Nummernschild, während der Fahrer auf der anderen Seite der Windschutzscheibe wild gestikulierte. Sein Blick machte klar, dass er Macy nichts Gutes wünschte. Sie lächelte matt und hob entschuldigend die Hand. Erst als er das Fenster herunterließ und sie eine blöde Kuh nannte, zog sie die Polizeimarke heraus.

»Sind wir jetzt fertig?«, fragte sie und hielt ihm die Marke vors Gesicht. »Wir können den ganzen Tag über meine Blödheit reden. Menschliches Versagen an einem ansonsten perfekten Tag. Sie machen natürlich nie einen Fehler, oder? Ich sehe, was für ein vorbildlicher Bürger Sie sind, wenn ich mir Ihre abgelaufenen Kennzeichen ansehe. Vielleicht sollten wir mal darüber reden?«

Der Mann wollte das Fenster wieder hochkurbeln, doch Macy war noch nicht fertig.

»Wenn wir uns das nächste Mal treffen, bin ich vielleicht die, die durch die verkehrsberuhigte Zone rast.« Sie hob die Stimme. »Sie erkennen mich daran, dass ich nicht bremse.«

Ihr war schlecht. Als sie um drei Uhr früh aufgewacht war, hatten alle Lichter gebrannt. Sie hatte noch ein Ibuprofen genommen und war wieder ins Bett gewankt, aber am Morgen hatte sie den Wecker verschlafen. Als sie endlich wieder zu sich kam, hatte sie mehrere Anrufe von Ray verpasst, doch er hatte keine Nachrichten hinterlassen. Sie hatte sich noch einmal die SMS vom Abend durchgelesen, was ihre Laune nicht verbessert hatte. Trotz ihrer fortgeschrittenen Realitätsverweigerung war selbst ihr klar, dass die Situation ungut war. Wieder einmal schwor sie feierlich, das Trinken aufzugeben, Ray zu vergessen und ihr Leben wieder in den Griff zu bekommen. Sie schämte sich für ihr Verhalten am Abend. Es war ihr so peinlich, dass sie nicht mal bei Aiden auf dem Revier vorbeiging, bevor sie nach Collier fuhr. Als sie ihn anrief, versuchte sie, natürlich zu klingen, aber sie war nicht sehr überzeugend.

»Hallo, Aiden.«

Er war in Eile. Im Hintergrund hörte sie Sirenen. »Guten Morgen. Ich dachte, ich höre früher von dir.«

»Ich habe verschlafen, und da dachte ich, ich fahre lieber gleich nach Collier.«

»Auch gut. Hier ist viel los. Der Wind hat sich gedreht, und der Brand im Süden droht, die Route 93 zu überspringen. Wir hatten heute Morgen einige Evakuierungen.«

»Hoffentlich gibt es keine Verletzten.«

»Das hoffe ich auch. Bis jetzt haben wir nichts gehört.«

Macy entspannte sich. »Wie geht's deinem Kopf?«

»Empfindlich. Und deinem?«

»Ebenso.« Sie schwieg einen Moment, dann sagte sie es einfach. »Wegen gestern Abend. Es ist alles okay, oder?«

Er lachte. »Ich bin ein bisschen frustriert, aber ich komme drüber weg.«

»Bestellt und nicht abgeholt.«

»So ungefähr.«

Dann schwiegen beide.

»Also, ich melde mich dann, wenn ich mit Johns Therapeutin gesprochen habe.«

»Vielleicht habe ich eine Weile kein Netz. Ich bin auf der 93 in Richtung Süden.«

»Na gut. Dann hören wir uns später.«

Janet Flute, die Therapeutin, war Mitte vierzig, mit blassen Augen, blutleeren Lippen und einem Kurzhaarschnitt. Klein von Statur und ohne Schmuck, war sie ein Mensch, der nicht weiter auffiel. Ihr Ausdruck war stoisch, und ihre Antworten waren so bedacht, dass in den langen Pausen unwillkürlich lauter ungebetene Informationen aus Macy heraussprudelten. In wenigen Minuten hatte sie gestanden, dass sie verkatert, gestresst und enttäuscht von ihrem Liebesleben war. Janet blinzelte einmal, und Macy nahm an, dass sie damit ihrem Schock Ausdruck verlieh.

»O Gott«, sagte Macy und riss sich zusammen. »Das war nicht sehr professionell.«

Janet neigte den Kopf minimal zur Seite, als wollte sie Macy einladen fortzufahren.

»Ich schätze, das passiert Ihnen ständig. Menschen, die beichten.«

Janet lächelte beinahe. »Das ist wohl die Idee der Therapie, auch wenn manche Menschen empfänglicher sind als andere. Haben Sie einen Therapeuten?« Sie griff nach einer Visitenkarte und reichte sie Macy. »Vielleicht wäre es etwas für Sie.«

Macy starrte die Karte an. Im Gegensatz zu der aus John Daltons Brieftasche war diese sauber und weiß. Sie steckte sie ein und konzentrierte sich auf ihren Job.

»Vielen Dank, dass Sie sich zu diesem Gespräch bereit erklärt haben. Ich versichere Ihnen, dass alles, was gesagt wird, unter uns bleibt.«

»Ich möchte helfen. John Dalton war ein sehr anständiger junger Mann. Es ist ein großer Verlust für die Gemeinde. Er wäre weit gekommen, wenn er die Chance gehabt hätte.«

»Sie sagten am Telefon, Sie würden mir von seinen Besuchen erzählen.«

Die Therapeutin schlug eine dünne Akte auf. »John war nur ein halbes Dutzend Mal hier, das heißt, mein Eindruck von ihm ist relativ beschränkt. Vielleicht stimmt er nicht einmal. Manchmal dauert es eine Weile, bis man die wahren Probleme eines Menschen erkennt. Vielleicht können Sie mir sagen, was Sie wissen wollen.«

»Kam er traumatisiert aus Afghanistan zurück? Gab es Verhaltensweisen, die ihn in Gefahr gebracht haben könnten?«

»In jüngerer Zeit gab es viel schlechte Presse über Kriegsveteranen. Aber in den Schlagzeilen landen nur die, die Probleme haben – über die große Mehrheit, die sich im Zivilleben gut zurechtfindet, wird sehr wenig geschrieben.«

»Ich schätze, in meiner Branche habe ich eher mit den Problemfällen zu tun, also ist mein Bild vielleicht verzerrt. Häusliche Gewalt, Drogenmissbrauch und Selbstmord stehen ganz oben auf der Liste. Ich muss wissen, ob John zu denen gehörte, um die man sich Sorgen machen musste.«

Anstatt gleich zu antworten, warf Janet einen Blick in ihre Aufzeichnungen. »Entschuldigen Sie, ich will nur sichergehen, dass ich nichts Falsches sage. Nicht, dass ich etwas durcheinanderbringe.«

Macy lehnte sich im Stuhl zurück und unterdrückte den Impuls, auf ihr Telefon zu sehen. »Lassen Sie sich Zeit.«

»Ich hatte den Eindruck, John Dalton passte sich dem Zivilleben gut an. Wie viele junge Männer und Frauen, die mit einem ausgeprägten patriotischen Pflichtgefühl und dem festen Glauben an die militärische Struktur zur Armee gehen, war er auf die Belastungen in Afghanistan gut vorbereitet. Er hat die Entscheidung getroffen, Soldat zu werden. Er ging weder aus wirtschaftlichen noch aus gesellschaftlichen Gründen. Es war seine Art, sich selbständig zu machen und sich zu beweisen. In Anbetracht der Kriegshandlungen, die er miterlebt hat, würde ich sagen, er hatte Glück, körperlich und geistig unversehrt zurückzukehren. Er zeigte keinerlei Anzeichen von selbstzerstörerischem Verhalten oder posttraumatischem Stress. Man könnte sagen, die Tatsache, dass er aus freiem Willen zu mir kam, um gewisse Fragen von, sagen wir, existentieller Natur zu klären, war ein Zeichen, dass es um seine geistige Gesundheit gut bestellt war.«

»Das widerspricht dem, was eine ihm nahestehende Person über ihn sagt.«

»Ich kann nur das beurteilen, was ich gesehen habe.«

»Sie sollten wissen, dass ich mit Dylan Reed gesprochen habe. Er sagte mir, er habe John empfohlen, zu Ihnen zu gehen.«

»Hat er Ihnen gesagt, warum?«

Macy nickte. »Dylan sagte, die Beziehung zu seiner Mutter sei zunehmend belastend für John gewesen. Unter anderem habe Annie ihm erzählt, dass Jeremy nicht sein biologischer Vater sei.«

»Wie Sie vielleicht wissen, leidet Johns Mutter seit längerer Zeit an präseniler Demenz.«

Macy wartete.

»Sie neigt zu Wutausbrüchen und Wahnvorstellungen. Es ist schwer zu unterscheiden, was Wahrheit und was Einbildung ist. John war skeptisch gegenüber dem, was seine Mutter ihm sagte, doch als er an die Probleme seiner Eltern in all den Jahren dachte, erschien es ihm plötzlich plausibel. Aber John liebte Jeremy als Vater. Er fühlte sich illoyal wegen seiner Neugier herauszufinden, wer vielleicht sein richtiger Vater war. Das und die jüngsten Veränderungen in seinem Leben – die Entlassung aus dem Militärdienst, die Heimkehr, das Ende einer langjährigen Beziehung – trugen dazu bei, dass er sich etwas entwurzelt fühlte. Er kam hierher, weil er mit jemandem im Vertrauen sprechen wollte.«

»Ich schätze, Annie hat ihm nicht gesagt, wer sein richtiger Vater war.«

»Falls es nicht doch Jeremy ist. Annie ist krank. Eine schwierige Ehe ist nicht automatisch eine untreue.«

»Hat sie ihm diese Enthüllung erst kürzlich gemacht?«

»Ja, nachdem er im Dezember aus der Armee entlassen wurde.«

»Das könnte erklären, warum er so distanziert seiner Schwester gegenüber war.«

»Er hatte etwas herausgefunden, das sie zutiefst erschüttern würde. Das kann sein.«

»War John letzte Woche hier?«

»Ja.«

»Wie ging es ihm hinterher? War er guter Dinge?«

»Er hatte seinen Frieden gemacht. Vielleicht war Jeremy nicht sein biologischer Vater, aber er war sein Leben lang für ihn da gewesen. Für John war Jeremy sein echter Vater.«

»Hat er die Suche nach dem Mann, von dem seine Mutter sprach, aufgegeben?«

»Er hat es nicht ausgesprochen, aber ich hatte den Eindruck, er war schon vor einer Weile dahintergekommen. Er hat nur Zeit gebraucht, es zu akzeptieren und mit seinem Leben weiterzumachen.«

»Er hat sich Ihnen nicht anvertraut?«

»Nein, tut mir leid. Da kann ich Ihnen nicht helfen. Ich kann nur sagen, dass er bei seinem letzten Besuch entschlossen schien, dieses Kapitel abzuschließen. John Dalton war ein willensstarker junger Mann. Ich bezweifle nicht, dass es ihm gelungen wäre.«

Macy schloss einen Moment die Augen. »Hat John je über seine Beziehungen außerhalb der Familie gesprochen?«

»Ich denke nicht, dass ich zu viel verrate, wenn ich sage, in persönlichen Dingen stand er vor einer Entscheidung. Ich glaube, die Enthüllungen über seine Eltern haben ihn wachgerüttelt. Er hat angefangen, die Gültigkeit langer Beziehungen zu hinterfragen. Ich habe seine Beziehung zu Lana als Akt der Rebellion gesehen, aber auch als Versuch, die Grenzen seiner Erziehung zu überschreiten. Sie forderte ihn intellektuell heraus. Das war eine erfrischende Veränderung.«

»Was ist mit seinen Freunden? Dylan zum Beispiel.«

»Dylan ist mein Patient, ich kann also nicht über ihn sprechen. John mochte ihn sehr. Er liebte ihn wie einen Bruder.«

»Und Tyler Locke?«

»Tyler war Johns Freund und Vorgesetzter. Sie hatten großen Respekt voreinander. John bewunderte Tyler, aber er machte sich auch Sorgen um ihn.«

»Hat er gesagt, warum?«

»Er ist nicht ins Detail gegangen. Ich nehme an, sie waren bei ihren Einsätzen sehr stark aufeinander angewiesen. Es ist eine logische Konsequenz, dass sich diese Art von gegenseitiger Abhängigkeit im Zivilleben fortsetzt. Tyler war weiter in Gefahr, doch John war nicht mehr dabei, um ihn zu beschützen.«

Macy begann, ihre Sachen zusammenzupacken. »Wissen Sie, ob John mit seiner Schwester über das, was Annie ihm erzählte, geredet hat?«

»Soweit ich weiß, hat sie es nicht erfahren.« Sie zögerte. »Ich hoffe, ich konnte Ihnen weiterhelfen. Johns Tod war ein ziemlicher Schock für sie.«

»Wie gesagt, wir haben widersprüchliche Informationen zu Johns geistiger Verfassung. Die Quelle ist ernst zu nehmen, also muss ich weiter alle Möglichkeiten in Betracht ziehen. Im Moment habe ich keine Ahnung, ob die Frage nach Johns biologischem Vater bei seinem Tod eine Rolle gespielt haben könnte, aber vielleicht tauchen neue Hinweise auf.«

»Halten Sie mich auf dem Laufenden?«

»Auf jeden Fall. Und bitte entschuldigen Sie noch einmal wegen vorhin. Manchmal ist meine Zunge schneller als mein Kopf.«

»Ich habe den Eindruck, dass Sie ziemlich unter Druck stehen.«

»Ich bin alleinerziehende Mutter, ich arbeite viel, und der Gouverneur ist ein enger Freund von Jeremy Dalton. Der Druck ist enorm.«

»Sie müssen sich davon befreien, was Sie nicht beeinflussen können. Wer kümmert sich um Ihren Sohn, wenn Sie nicht da sind? Ist er in guten Händen?«

»Ja, da ist alles in Ordnung. Er ist bestens aufgehoben.«

»Und Ihr Liebesleben?«

»Das war kein Witz. Es ist eine Katastrophe.«

»Was ist mit Alkohol? Die Arbeit bei der Polizei ist sehr belastend. Sie wären nicht die Erste, die ein Glas Wein zu viel trinkt.«

Macy rieb sich die Augen. »Whiskey trifft es eher.«

»Sie sollten ernsthaft versuchen, weniger zu trinken. Alkohol verschlimmert die Probleme nur, sowohl berufliche als auch private.«

Fast hätte Macy gesagt, dass bei ihr beides auf das Gleiche hinauslief, doch diesmal behielt sie ihre Gedanken für sich. Sie stand auf und hielt Janet die Hand hin. »Natürlich haben Sie da recht. Ich werde es versuchen.«

Zum ersten Mal lächelte Janet. »Das freut mich.«

Macy saß in Aidens Büro und ging ihre Aufzeichnungen durch. Es nützte nicht viel, dass die Tür zu war. Jedes noch so leise Geräusch löste ein schmerzhaftes Echo in ihr aus. Am liebsten wäre sie nach Hause nach Helena gefahren und hätte drei Tage durchgeschlafen. Sie sah auf die Uhr. Man hatte ihr versichert, dass John Daltons Kommandant ihren Anruf entgegennehmen würde. In Johns Militärakte hatte sie nichts gefunden, was auf irgendeine Art von Zusammenbruch hindeutete. Während sie wartete, bis man sie durchstellte, trank sie von ihrem Wasser. Lieutenant Colonel Paul McDonalds

Bataillon war auf der Bagram Air Base im Osten Afghanistans stationiert. Irgendwie hatte sie mit einem Haudegen wie aus einem alten Kriegsfilm gerechnet, der ins Telefon bellte, aber sie lag völlig falsch. Als er von Johns Tod hörte, brauchte der Lieutenant lange, bis er sich wieder gefasst hatte. Macy war nicht darauf vorbereitet, einen dreifach dekorierten Soldaten weinen zu hören.

»Vielleicht sollte ich später noch mal anrufen. Es ist ein großer Schock für alle Beteiligten.«

»Nein, nein. Schon gut. Ich brauche nur einen kleinen Moment.«

Macy blätterte durch Johns Militärakte. John hatte drei Jahre unter Paul McDonald gedient. Sie würde warten.

Er sprach mit sanfter Stimme. »Wir sind hier alle wie eine Familie, aber John war etwas Besonderes. Er war wie ein Sohn für mich.«

»Wenn man bedenkt, wo Sie die meiste Zeit verbringen, ist es wahrscheinlich schwer, emotionale Distanz zu halten.«

»Ich atme jedes Mal auf, wenn sie unversehrt nach Hause gehen. Können Sie mir sagen, was passiert ist? War es ein Unfall?«

»Gestern in den frühen Morgenstunden hat ihm ein unbekannter Täter einmal in den Kopf und zweimal in den Rücken geschossen. John war sofort tot.«

»Ein Raubüberfall.«

»Es wurde nichts gestohlen.«

»O Gott.«

»Ich spreche mit allen, die ihm nahestanden. Ich versuche nicht nur, Johns letzte Wege zu rekonstruieren, sondern auch seine Verfassung zu verstehen. Aber ich habe widersprüchliche Informationen, und ich hatte gehofft, Sie können mir helfen. Ich habe seine Akte gelesen, und nichts weist darauf hin, dass er während der Zeit in Afghanistan Schwierigkeiten hatte.«

»Weil es keine gab.«

»Kann es sein, dass er eine ungewöhnliche Angst vor Streifgängen entwickelte, oder gab es irgendwelche Hinweise auf einen psychischen Zusammenbruch?«

»Ich habe ein ganzes Bataillon unter meinem Kommando. Fast 800 Soldaten. Ich kann mich umhören, aber ich sage Ihnen, John Dalton war in guter Verfassung, als er hier wegging. Wie es ihm zu Hause ging, steht auf einem anderen Blatt. Nicht allen fällt das Einleben leicht. Hier draußen stehen sie konstant unter Extrembelastungen. Wir trainieren sie darauf, stets auf der Hut zu sein, ganz gleich, wie klein die Bedrohung ist. Ich werde mich dafür nicht rechtfertigen. Es sichert ihr Überleben. Aber was in einer Kriegszone richtig ist, kann zu Hause Probleme verursachen. Ich habe erlebt, dass junge Leute einfach überschnappen. Es ist nicht ihre Schuld. Was sie hier erleben, ist nicht normal. Glücklicherweise hat die große Mehrheit der Soldaten keine Schwierigkeiten bei der Anpassung zu Hause.«

»Machte sich John irgendwelche Sorgen wegen seiner bevorstehenden Heimkehr? Hat er je irgendein Problem erwähnt?«

»Daran hätte ich mich erinnert. Ich stamme auch aus einer Rancherfamilie. Wir haben alle genervt, weil wir so viel davon redeten. Er schien die Arbeit mit seinem Vater zu vermissen. Und er hat auch oft von seiner Schwester geredet. Ich glaube, sie waren Zwillinge.«

»Ja, das stimmt. Sie heißt Jessie.«

»Ich glaube, sie hatte mal irgendwelche Probleme. Drogen oder so etwas.«

»Heute ist sie clean.«

»Das ist gut.«

»Wem in seinem Zug stand John am nächsten?«

»Das ist leicht zu beantworten. Tyler Locke. Die beiden sind zusammen groß geworden.«

»Ich kenne Tyler.«

»Ja, soviel ich weiß, ist er jetzt auch zu Hause.«

»Gibt es noch jemanden außer Tyler, mit dem ich sprechen könnte?«

»Hmmm. Da sind ein paar Jungs, aber sie sind zurzeit auf einem Außenposten stationiert.«

»Wissen Sie, wann sie zurückkommen?«

»Das ist geheim.«

»Können Sie dafür sorgen, dass sie sich so bald wie möglich mit mir in Verbindung setzen?«

»Das könnte schwierig werden. Aber ich gebe es weiter. Irgendwie bekommen Sie die Information, die Sie brauchen, das verspreche ich Ihnen.«

»Es ist vielleicht weit hergeholt, aber könnte irgendwas da draußen passiert sein, das John bis nach Wilmington Creek verfolgt hat? Ich weiß nicht, was. Hat sich versehentlich ein Schuss gelöst? Gab es Streit mit einem Kameraden? Es wird sicher auch mal Krach gegeben haben.«

»Ich sage Ihnen, John war so etwas wie ein Friedensstifter. Aber ich frage noch einmal nach. Vielleicht hat jemand was gehört.«

»Das wäre nett.«

Als sie auflegte, kam Aiden herein. Er sank in den Stuhl und warf seinen Hut auf den Tisch. Dann zeigte er auf den kleinen Kühlschrank in der Ecke. »Kannst du nachsehen, ob irgendwas zu trinken da ist? Ich bin am Verdursten.«

Macy hielt ein 7 Up hoch, und er nickte dankbar.

»Genau das Richtige.«

Sie gab ihm die Flasche, und er trank sie auf einen Zug aus. »Noch eine?«

»Ja, bitte. Gott, es ist heiß draußen.« Er fuhr sich mit beiden Händen über das Gesicht und hinterließ dabei schwarze Spuren.

Macy reichte ihm ein Taschentuch und noch eine Limonade. »Du bist voll Ruß.«

»Kein Wunder. Da unten ist die Hölle los. Die Feuerwehr konnte gerade noch verhindern, dass das Feuer über die Route 93 springt. Wir haben zehn Wohnhäuser verloren.« Er klopfte auf die Tischplatte. »Bis jetzt keine Toten.«

»Drei Waldbrände kurz hintereinander. Habt ihr darüber nachgedacht, ob vielleicht Brandstiftung dahintersteckt?«

»Der Gedanke ist uns gekommen, aber es gibt keine Hinweise. Die Leute denken immer, Brandstifter wären dumm, weil nur die Dummen gefasst werden, aber das stimmt nicht. Wie war dein Vormittag?«

»Ich habe mir eben Lanas Fallbericht ausgedruckt. Der Beamte, der die Stalking-Klage betreut hat, ruft nach dem Mittagessen zurück.«

»Und was ist mit der Therapeutin?«

»Janet Flute hat bestätigt, dass John bei ihr war, um mit dem, was Annie ihm erzählt hat, zurechtzukommen.«

»Hatte sie einen Einblick, warum John Annie überhaupt geglaubt hat?«

Macy stand auf und schloss die Tür. »Janet hat John geraten, Annies Beichte mit Vorsicht zu genießen, aber offenbar hatte er Grund zu glauben, dass die Möglichkeit bestand. Janet ging nicht ins Detail, aber sie sagte, John wäre mit der Sache im Reinen. Er war loyal zu Jeremy. Nichts konnte daran etwas ändern.«

»Hat John je rausgefunden, von wem Annie sprach?«

»Die Therapeutin hatte den Eindruck, dass er es seit einer Weile wusste, aber er hat es ihr nicht erzählt.«

»Ich glaube nicht, dass es eine Rolle spielt, es sei denn, der Vater wollte unbekannt bleiben, und wie wahrscheinlich wäre das?«

»Genau das vermute ich auch. Jedenfalls hat sie nicht bestätigt, was Tyler sagte, aber John war erst sechsmal bei ihr, und sie sagt, es sei unmöglich, sich in so kurzer Zeit ein verlässliches Bild von jemandem zu machen. Andererseits schwört auch Johns ehemaliger Kommandant in Afghanistan, dass John keine Probleme hatte. Er will mich noch mit ein paar anderen Jungs in Verbindung bringen, die ihm nahestanden. Aber er hat mir auch gesagt, Tyler und John hätten sich am nächsten gestanden und man könne nie vorhersehen, wie sich jemand ans Zivilleben gewöhnt.«

»Also gehen wir weiter davon aus, dass Tyler am besten in der Lage ist, uns ein Bild von Johns Verfassung zu geben.«

»Ja, aber wohin bringt uns das? Angenommen, John litt unter Stress. Das erklärt nicht, warum ihm jemand eine Kugel in den Kopf jagt und seiner Mutter eine Entschuldigung schickt.«

»Hast du eine Kopie von Lanas Fallbericht?«

»Liegt vor dir auf dem Tisch.«

Er gähnte in die Faust, während er aufstand. »Ich brauche einen Kaffee. Kommst du mit?«

»Nein danke. Ich habe meine Tagesdosis vor ein paar Stunden erreicht.«

»Wie du willst. Ich bin in einer halben Stunde zurück.« Er griff nach der Akte und ging, ohne die Tür hinter sich zu schließen.

Macy starrte die offene Tür an. Sie hatte keine Ahnung, ob Aiden beleidigt war oder nicht. Er wirkte genauso verkatert wie sie, vielleicht sogar ein bisschen gereizter, aber das war verständlich nach dem Vormittag, den er hinter sich hatte. Sie stieß die Tür zu und setzte sich wieder an ihren Schreibtisch. Obwohl sie nichts falsch gemacht hatte, hatte sie immer das Gefühl, sie wäre diejenige, die bestraft wurde. Drei Jahre war sie Ray Davidson treu gewesen, doch er schien keinen Schritt weiter zu sein als am Anfang, als er sich das erste Mal von seiner Frau getrennt hatte. Der einzige Fortschritt, den er in letzter Zeit gemacht hatte, war, seinen Sohn Luke anzuerkennen, aber die Art, wie er es tat, frustrierte Macy noch mehr. Plötzlich wollte er, dass Luke seinen Nachnamen trug, und war überrascht, als Macy nicht sofort losstürmte, um die Geburtsurkunde ändern zu lassen. Ray hatte Luke seit seiner Geburt nur viermal gesehen. Beim ersten Mal war Macy ihm und seiner Frau zufällig bei einem Barbecue begegnet. Damals war Luke acht Monate alt, und die Ähnlichkeit mit Ray war frappierend. Seine Frau zögerte, bevor sie Macy gratulierte. Macy wusste, dass sie im Kopf nachrechnete. Sie war eine intelligente Frau. Ihr musste sofort klargeworden sein, dass Luke in der Zeit gezeugt worden war, als Ray und sie getrennt lebten. Als Ray sie gebeten hatte, die Geburtsurkunde zu ändern, hatte auch Macy zu rechnen angefangen. In den 19 Monaten seit seiner Geburt hatte Ray weniger als vier Stunden mit ihm verbracht. Ihr Sohn würde niemals Luke Davidson heißen. Macy sah über die Schulter zur geschlossenen Tür. Sie hatte gelogen. Sie brauchte dringend noch einen Kaffee. Sie schob Lanas Bericht in die Tasche und stand auf, um sich auf die Suche nach Aiden zu machen.

Kapitel 12

Das Haus, das Tyler von seiner Großmutter geerbt hatte, stand am Ende der Tucker Road, die am östlichen Ufer des Flathead River in einer Sackgasse auslief. Rund um das windumtoste Grundstück waren Schilder aufgestellt. Das Haus hatte leer gestanden, seit seine Großmutter vor sieben Monaten ins Krankenhaus gekommen war, und egal, wie lange Tyler durchlüftete, der Geruch ihrer letzten Jahre hier saß tief. Seine Mutter sagte, sie sei zu stur gewesen, um ganz auszuziehen. Tyler sagte, sie sei zu stur gewesen, um den Kolostomiebeutel zu wechseln.

Dylan klopfte mehrmals, bevor er die Fliegengittertür aufdrückte.

»Hey, Tyler, bist du da?«

Der Fernseher zeigte das flimmernde Standbild eines Videospiels. Auf dem Sofa lag unordentlich eine Decke, und der Aschenbecher quoll über. Pornohefte, Videospiele und leere Bierflaschen stapelten sich auf dem Sofatisch. Dylan ging in die Küche und hielt die Hand an die Kaffeekanne. Sie war noch warm, und er schenkte sich eine Tasse ein. Dann ging er durch den Flur nach hinten, um nachzusehen, ob Tyler zurück ins Bett gegangen war.

»Tyler, ich habe deine Nachricht bekommen.«

Die Schlafzimmertür war angelehnt, und durch den Spalt sah er das ungemachte Bett. Er klopfte, doch er bekam keine Antwort. Er drückte die Tür auf. Auf dem Boden lag schmutzige Wäsche. In einer Ecke lag ein Militärseesack, dessen Inhalt herausquoll. Durchs Fenster war Musik zu hören. Dylan zog die Vorhänge auf. Die Seitentür der Garage stand offen. Er ging ins Wohnzimmer zurück und fand einen Zettel an der Schiebetür, auf dem stand, er solle nach hinten zur Garage kommen. Er trat auf die Veranda. Vor einer tiefen Grube parkte ein Bagger. Am Zaun stapelten sich Schlackesteine auf Holzpaletten.

Dylan klopfte laut genug, um trotz der Musik gehört zu werden. Tyler saß nur in Boxershorts und Flipflops auf einem Hocker an der Werkbank; sein breiter tätowierter Rücken war schweißnass. Er drehte die Lampe weg, die über ihm an der Wand hing, und stellte die tragbaren Lautsprecher leiser.

»Hey, Dylan.«

»Hey.«

»Konntest du schlafen?«

»Ein bisschen. Und du?«

»Kaum.«

Dylan lehnte sich gegen die offene Tür, wo es ein wenig kühler war. Wegen der Narben trug er seit seiner Verwundung keine Shorts in der Öffentlichkeit. Nach dem gleißenden Sonnenlicht gewöhnten sich seine Augen nur schwer an das Dunkel in der Garage. Tylers Großvater hatte jedes einzelne Werkzeug ordentlich an die Wand gehängt. Tyler hatte die Pläne des Atombunkers danebengeheftet, den er im Garten aushob. Als Tyler ihnen von der Bauanleitung erzählte, die er von einer Survival-Website heruntergeladen hatte,

hatten Dylan und John gelacht, und er hatte sie wütend ange-
funkelt.

Mal sehen, wer zuletzt lacht.

Tyler war gerade dabei, orangefarbene Sprengschnur von
Spulen zu rollen und in gleich lange Stücke zu schneiden. In
einer Kiste auf dem Boden lagen acht Pentolit-Zylinder zu je
drei Pfund und ein elektronischer Zünder. Es war die gleiche
Bauart, die sie in der Armee verwendet hatten.

»Anscheinend ist Wayne nicht der Einzige, der Zeug mit-
gehen lässt.«

Tyler zuckte die Schultern. »Sie haben mir auch keine gol-
dene Uhr geschenkt oder so was.«

»Hast du alles, was du brauchst?«

Tyler hob einen der Zylinder hoch und sah durch das Loch
in der Mitte. »Du müsstest sehen, wie es bei Wayne aussieht.
Wenn er noch mehr abräumt, wird er erwischt.«

»Kann das Zeug zu ihm zurückverfolgt werden?«

»Wenn die Dinger planmäßig hochgehen, besteht kein
Grund zur Sorge.«

»Und wenn nicht?«

»Ich sorge dafür, dass sie sauber sind.« Tyler fädelte die
Sprengschnur der Länge nach durch den Zylinder und ver-
knotete das Ende, bevor er den Rest der Schnur aufwickelte
und mit schwarzem Isolierband sicherte. Dann legte er das
Bündel zur Seite und begann mit dem nächsten.

»Ist das nicht viel zu viel?«

»Wir haben nur einen Versuch. Ich möchte nichts riskieren.«

»Wade hat heute Morgen angerufen.«

Tyler runzelte die Stirn. »War noch was los, nachdem wir
weg waren?«

»Nein. Er wollte sich für die Hilfe bedanken.«

»Recht so.«

»Er ist heute Morgen die Koppel abgegangen. Vielleicht freut es dich zu hören, dass du kein Tier erschossen hast.«

»Ich habe mir das nicht eingebildet. Ich habe was gesehen.«

»Ich glaube dir.«

Tyler zeigte auf den Abisolierer. »Gibst du mir den mal?«

»Wie lang hast du die Sprengschnüre gelassen?«

»Fünfzig Fuß.«

»Reicht das?«

»Ja. Da oben gibt es jede Menge Deckung. Außerdem muss ich den Scheiß tragen.«

»Ich helfe dir.«

»Nimm's nicht persönlich, Dylan, aber ich gehe zu Fuß. Du würdest mich nur aufhalten.«

»Wann gehst du los?«

»Wenn nichts dazwischenkommt, morgen früh. Ich habe einen Freund, der südlich vom See eine Hütte hat. Von dort breche ich auf.«

»Ach ja? Wer ist das?«

»Ein Typ namens Lacey, den ich aus dem Irak kenne. Er leitet unten in Arizona ein paramilitärisches Trainingscamp an der mexikanischen Grenze und will, dass ich so lange auf sein Haus aufpasse. Kommt mir gerade recht.«

»Ich wusste nicht, dass da draußen jemand wohnt. Ziemlich abgeschieden.«

»Hübsches Plätzchen. Taucht auf keiner Karte auf. Nur ein Ziehweg führt hin.« Er warf Dylan einen Blick zu. »Wie geht's dir? Besser als gestern?«

»Schätze schon. Tut mir leid, wenn ich ein Arschloch war. Ich weiß, dass du nur helfen wolltest.«

»Muss dir nicht leidtun. Stoß mich nicht weg. Ich bin für dich da.«

»Das weiß ich. Es ist eben schwer. Die ganze Zeit hat sich John um mich gekümmert. Und jetzt ist er tot, und du gehst auch bald weg.«

»Ein Einsatz noch, dann komme ich nach Hause.«

»Wirklich? Ich dachte, du würdest nie aufhören.«

»Ich habe genug. Vielleicht werde ich Berater wie Lacey. Er sackt jede Menge Kohle ein.«

»Es wäre schön, wenn du hier wärst.«

»Bis dahin musst du die Ohren anlegen. Ich weiß, dass du es kannst. Du bist stark, Dylan. Du hast es nur vergessen. Aber du kommst wieder hin, und dann wird alles gut.« Er schwieg kurz. »Nimm nicht so viel Medikamente. Das kann nicht gut sein.«

»Das ist schwerer, als du denkst.«

»Ich habe von Leuten gehört, die den Scheiß genommen haben, bis sie aus Versehen an einer Überdosis krepiert sind.«

»So kann man es auch nennen.«

»Wie meinst du das?«

»Vielleicht haben sie die Überdosis extra genommen. Passiert ständig.«

»Denk nicht mal dran, Dylan.«

»Tu ich nicht.«

»Dann ist ja gut.«

»Und wie geht es dir?«

»Ich habe ein bisschen Angst, dass sie mich noch mal aufs Revier bestellen. Aiden ist cool, aber dieser Ermittlerin aus Helena wird nicht gefallen, dass ich vorbestraft bin.«

»Das ist doch Jahre her.«

»Soweit ich weiß, haben sie keinen Verdächtigen außer Lanas Ex und irgendeinem Feuerwehrmann. Die werden jeden unter die Lupe nehmen, der John nahestand.«

»Ich habe munkeln hören, dass sie Bob Crawley verhören.«

»Warum das?«

»Lana war ein paarmal mit ihm zusammen.«

Tyler, der dabei war, die Enden der Sprengschnüre abzuisolieren, hielt inne und streckte sich. Er starrte ins Leere, als er sagte: »Das hat sie nie erzählt.«

»Ist nichts, womit sie hausieren gehen würde. Er ist verheiratet.«

»Gib mir den Zünder.«

»Ich habe gedacht, du würdest eine Düngerbombe bauen.«

»Bei der Hitze mit dreißig Kilo Ammoniumnitrat auf dem Buckel wandern zu gehen ist nicht sehr verlockend.«

»Du hast Schlimmeres hinter dir.«

»Ja, aber da habe ich Befehle ausgeführt. Keiner schleppt das Zeug freiwillig durch die Gegend.« Er hielt einen Zylinder hoch. »Diese bösen Jungs wiegen weniger und sind viel zuverlässiger. Außerdem kann ich sie einfach in die Risse im Fels stecken. Ich muss keine Löcher bohren.«

»Hast du mal was von einer heißen Quelle irgendwo im Norden der Stadt gehört?«

»Ist mir neu. Warum?«

»Jessie hat im Zimmer ihrer Mutter eine Landkarte gefunden.«

»Und ich habe gedacht, Jessie hätte im Moment andere Sorgen.«

»Das habe ich auch gesagt.«

»Wie schätzt du sie ein?«

»Es ist die Hölle für sie.«

»Hast du sie nach Ethan gefragt?«

»Ja, aber sie meint immer noch, sie erinnert sich an nichts.«

»Hauptsache, sie hält die Klappe.«

»Bestimmt. Sie will uns auf keinen Fall in die Scheiße reiten. Ich glaube, sie ist froh, wenn der Felsen gesprengt ist.«

»Siehst du sie heute noch?«

»Ja. Halb Wilmington Creek fährt heute raus zur Ranch. Kommst du mit?«

»Meine Mutter will, dass wir als Familie hingehen, also warte ich, bis mein Vater von der Arbeit kommt.«

»Wie geht es Connor?«

»Keine Ahnung. Er ist still geworden, als müsste er darüber nachdenken. Ich weiß nicht, wie viel er versteht.«

Kapitel 13

Aiden gähnte. »Willst du noch mehr Kaffee?«

Macy warf Charlie Lotts Foto auf den Tisch. Er war untersetzt und hatte langes dunkles, seitlich gescheiteltes Haar. Sein halbes Gesicht war von einem Bart bedeckt. Es ließ sich kaum sagen, wie er unter dem Bart aussah.

»Im Moment würde mir nur noch eine Mütze Schlaf helfen.«

»Tut mir leid. Der Whiskey war meine Idee.«

»War nicht schwer, mich zu überzeugen.« Sie sah das Telefon an. »Ich bin überrascht, dass bei der DNA-Analyse noch nichts rausgekommen ist.«

»So wie Johns Truck aussah und bei den ganzen Kippen in der Gasse haben sie wahrscheinlich alle Hände voll zu tun. Das kann noch Tage dauern.«

Macy blätterte noch einmal die Akte durch. »Lana hat nicht übertrieben.«

»Ich gebe zu, ich hatte Zweifel, aber anscheinend hatte sie Grund, Angst zu haben.«

»Vielleicht ist es weit hergeholt, aber mir ist noch was eingefallen. Mr Walkers Hund starb genau an dem Tag, als John ermordet wurde. Sein Herrchen sagte, er hat ziemlich viel gebellt.«

»Du meinst, vielleicht ist er auch vergiftet worden?«

»Wenn Charlie Lott den Hund seiner Freundin vergiftet hat, hätte er bestimmt keine Skrupel, den Hund eines Fremden zu töten. Er ist im Garten beerdigt.«

»Denkst du, wir sollten ihn exhumieren und ein paar Tests machen?«

»Ich weiß nicht. Hunde sterben ständig eines natürlichen Todes. Es wäre nicht richtig, Mr Walker aufzuregen, solange wir keinen handfesten Grund haben, an einen Zusammenhang zu glauben.«

»Vielleicht hast du recht. Sonst gibt es keine Parallelen. In Georgia wurde niemand erschossen.«

»Damals hatte Lana ja auch keinen neuen Freund. Vielleicht hat es Charlie in Georgia gereicht, sie zu beobachten und ihr kleine Geschenke zu hinterlassen, damit sie wusste, dass er sie stalkt.«

»Aber dann eskaliert es. Innerhalb einer Woche beschädigt er ihr Auto, zündet ihre Veranda an und vergiftet ihren Hund. Kein Wunder, dass sie abgehauen ist. Das ist echt bedrohlich.«

»Wahrscheinlich hat sie immer noch Angst. So was vergeht nicht so schnell.«

Er tippte auf das Foto. »Wir müssen ihn finden.«

Macy schob ihren Stuhl zurück. »Ich bin erstaunt, dass sie mit dem Kontaktverbot durchgekommen ist. Es gibt nichts, was ihn direkt mit den Vorfällen in Verbindung bringt. In der Nacht, als ihre Veranda brannte, haben seine Freunde ausgesagt, er wäre bei ihnen gewesen.«

»Umso wichtiger, dass wir ihn aufspüren und von unserer Liste streichen. Wann telefonierst du mit Lanas Fallbearbeiter?«

Macy sah auf die Uhr. »In zehn Minuten. Ich gehe ins Büro. Könntest du bitte noch mal im Labor Druck machen? Sprich mit Priscilla Jones. Vielleicht hat sie schon ein paar Ergebnisse. Und wir brauchen den Zeichner. Robert war die letzte Stunde bei Jean und Lana.«

»Ich kümmere mich drum.«

»Haben wir schon eine Liste der Feuerwehrmänner, die in der Gegend arbeiten?«

»Eine vorläufige. Es gibt mehrere Jungs, die Nick heißen. Wegen der vielen Brände sind Leute aus verschiedenen Staaten gekommen. Es gibt also mehrere Listen.«

Sie stand auf. »Nach dem Telefonat würde ich gern mit Bob Crawley reden.«

»Ich habe ihn heute Morgen angerufen. Er hat ein Alibi für die Nacht, in der John ermordet wurde. Eine gewisse Angela Hutton bezeugt, dass er mit ihr zusammen war.«

»Das müssen wir überprüfen. Mit seinem Vermögen kann er sich wahrscheinlich ein überzeugendes Alibi leisten.«

»Seine Frau und Kinder sind verreist, also habe ich ihm gesagt, wir fahren bei ihm vorbei.«

»Und ich hätte gedacht, du zitierst ihn knallhart aufs Revier.«

»Ich glaube nicht, dass er unser Mann ist.«

»Wir müssen für alles offen bleiben, sonst übersehen wir etwas.«

Er griff nach seinem Hut und setzte ihn auf. »Das könnte ich auch zu dir sagen.«

Aiden bot an zu fahren, und Macy ließ ihn gewähren. Er war der Sheriff. Der Platz auf dem Beifahrersitz passte wahrscheinlich nicht zu seinem Image. Aber sie weigerte sich, sich von ihm die Tür aufhalten zu lassen.

»Ich komme mir hier vor wie in den 1950ern.«

»So was nennt man gute Manieren.«

»Wie lange dauert die Fahrt?«

»Etwa eine halbe Stunde nach Osten.«

Im Wagen herrschten über 40 Grad. Macy drückte auf den Knöpfen am Armaturenbrett herum. »Welcher davon ist für die Klimaanlage?«

Aiden griff über sie hinweg und stellte etwas ein. »In ein paar Minuten ist es kühl. Benimm dich nicht wie ein kleines Kind.«

»Wenn ich eins wäre, würde ich zum Jugendamt gehen. Ich könnte hier drin sterben.«

»Stell dich weiter so an, und du gehst zu Fuß.«

»Oho. Jetzt bist du auf einmal knallhart.«

Er blätterte in den Papieren, die auf dem Sitz in der Mitte lagen. »Ich habe den Zeichner gefunden. Das Porträt muss hier irgendwo sein.«

Macy hielt das Phantombild von dem Feuerwehrmann hoch, der Lana belästigt hatte. »Ich muss mir Robert mal vornehmen«, sagte sie. »In letzter Zeit sehen alle meine Verdächtigen richtig teuflisch aus. Stechende Augen, Glatze und Ziegenbart. Nicht sehr originell.«

»Ich habe ein PDF ans Forstamt geschickt. Sie sollten ihn schnell identifiziert haben.«

»Hattest du Glück im Labor?«

»Noch nicht. Diese Priscilla hätte mir fast den Kopf abgerissen.«

»Deswegen wollte ich, dass du anrufst. Irgendeine Ahnung, wann sie fertig ist?«

»Sie war ziemlich gestresst. Ich wollte sie nicht hetzen.«

»Was Neues von der Ballistik?«

»Sie haben noch nicht zurückgerufen.«

Macy richtete die Belüftungsschlitze von sich weg. »Toll, jetzt erfriere ich.«

»Wie war das Telefonat mit Lanas Fallbearbeiter in Georgia?«

»Kurz.«

»Warum?«

»Es gab nicht viel zu sagen außer dem, was im Bericht steht. Als ich nachgehakt habe, räumte er ein, dass die Beweislage gegen ihren Exfreund dürftig war, aber weil Lott Lana in der Vergangenheit öffentlich bedroht hatte, hatten sie hinreichend Grund für das Kontaktverbot. Der Vollständigkeit halber: Lott ist auch wegen Medikamentenmissbrauchs aktenkundig.«

»Überrascht mich nicht. Das scheint im Moment die Geißel des amerikanischen Landlebens zu sein. Hatte er eine Ahnung, wo wir Mr Lott finden könnten?«

»Seine Großmutter väterlicherseits lebt anscheinend in der Nähe von Spokane. Vor ein paar Jahren hat er sie auf einer Bewerbung als Notfallkontakt angegeben.«

»Das sind nur ein paar Stunden von hier.«

»Ja, es wäre nicht allzu weit. Trotzdem finde ich es merkwürdig, dass er so lange abgetaucht ist. Lanas Fallbearbeiter war noch eine Weile dran. Doch seit Monaten hat keiner seiner Bekannten von ihm gehört.«

»Zeit, sich bei Granny Lott zu melden.«

»Ich habe es versucht. Sie ist nicht rangegangen. Ich habe die Behörden in Spokane kontaktiert. Sie schicken eine Streife vorbei.«

»Sehr effizientes Zeitmanagement.« Er zeigte nach vorne. »Siehst du den See dahinten?«

»Ja. Was ist damit?«

»Na ja, er gehört Bob Crawley, und dazu noch so ziemlich alles andere von hier bis zur Grenze von Idaho.«

»Jede Menge Platz, um eine Leiche verschwinden zu lassen.«

»Auch eine Möglichkeit, eine schöne Aussicht zu genießen.«

Ein restaurierter Eisenbahnwaggon diente am Tor des Crawley-Anwesens als Portiershäuschen. Zwei Wachmänner saßen darin, und es gab drei Überwachungskameras. Eine lange von Pappeln gesäumte Auffahrt führte zu einem Haus, das sich den sanften salbeigrünen Hügeln perfekt anpasste. In den drei Stockwerke hohen Panoramafenstern spiegelten sich die dunstigen Gipfel der Whitefish Range. Durch die Fenster sah Macy auch den Swimmingpool hinter dem Haus durchblitzen. Im Gegensatz zum Rest der Landschaft leuchtete er unnatürlich türkis. Bob Crawley öffnete die Tür barfuß in Badehose und T-Shirt. Schlank und erstaunlich jugendlich für seine fünfundsechzig Jahre, hielt er einen großen gelben Mastiff am Halsband fest, der an Aiden hochspringen wollte.

Er schüttelte Aiden die Hand. »Irgendwie scheinen Sie neulich beim Barbecue Busters Herz erobert zu haben.«

»Vielleicht lag es an dem Hamburger, den ich ihm gegeben habe.«

»Das muss es gewesen sein.«

»Bob, das ist Detective Macy Greeley. Sie leitet die Ermittlungen.«

»Sehr erfreut, Detective Greeley. Ich wünschte nur, die Umstände wären erfreulicher.«

»Wir danken Ihnen für Ihre Kooperation.« Macy sah an ihm vorbei zum Swimmingpool. Eine Frau lag oben ohne auf einem der Liegestühle und sonnte sich. »Ist das Ms Hutton?«

»Die einzig Wahre. Sie ist eine alte Freundin der Familie.«

»Wir müssen auch mit ihr sprechen.«

»Sie fährt morgen früh nach New York, Sie müssten sich also beeilen.«

»Aiden, hättest du was dagegen?«

Aiden schob sich die Sonnenbrille auf die Nase und ging mit Buster im Schlepptau auf die Schiebetür zu. »Überhaupt nicht.«

»Sie und Ms Hutton waren am Donnerstagabend zusammen?«

»Ja, wir haben hier zu Abend gegessen. Danach habe ich das Grundstück nicht mehr verlassen. Ich lasse Ihnen von meinem Assistenten die Überwachungsvideos zukommen.«

»Das wäre hilfreich. Wir müssen in alle Richtungen ermitteln. Können wir uns irgendwo unterhalten?«

»Gehen wir in mein Arbeitszimmer.«

Obwohl Bob Crawley ein junges Gesicht hatte und sich ständig die blonde Mähne zurückstrich, hatte er sowohl das Geld als auch die Manieren eines gesetzten Herrn. Macy setzte sich ihm gegenüber und versuchte, sich nicht von der schönen Aussicht und den edlen Möbeln ablenken zu lassen. Beim Hereinkommen hatte sie einen Picasso gesehen. Sie bezweifelte, dass es ein Druck war.

»Mr Crawley …«

Er hob die Hand. »Mr Crawley ist mein Vater. Bitte nennen Sie mich Bob.«

»Wie ich höre, unterhielten Sie seit April dieses Jahres eine außereheliche Beziehung mit Lana Clark.«

»Wollen Sie mich wirklich verdächtigen? Ich kann beweisen, dass ich hier war.«

»Sie haben Mittel, von denen andere nur träumen. Auch wenn es noch so abwegig ist, muss ich die Möglichkeit in Betracht ziehen, dass Sie den Mord an John arrangiert haben.«

»Geld ja. Motiv nein. Meine Beziehung mit Lana war nichts

Ernstes. Sie ist eine bildschöne Frau, die sich gern amüsiert. Ende der Geschichte. Fragen Sie Lana, wenn Sie mir nicht glauben.«

»Ich habe Lana gefragt.«

»Dann wissen Sie es ja.«

»Vielleicht hatten Sie sie ein bisschen zu gern?«

Bob Crawley blickte Macy von seiner Seite des Tischs an. Das aufgesetzte Lächeln entglitt ihm, genau wie der jugendliche Ausdruck. Plötzlich wirkte er sehr müde. Macy sah eine Erschöpfung in seinem Blick, die ihr vorher nicht aufgefallen war.

»Ich habe nichts mit John Daltons Tod zu tun. Ich habe ihn bewundert. Ich hatte gehofft, er würde bei den nächsten Wahlen kandidieren. Er hätte ein bisschen Schwung in dieses Nest gebracht.«

»Ich bin mir sicher, Sie wissen zu schätzen, wenn ich meinen Job gründlich erledige. Ich muss mir die Überwachungsvideos ansehen und mit Ihren Angestellten sprechen.«

»Tun Sie Ihre Pflicht. Ich will nur, dass die Sache so schnell wie möglich geklärt ist.«

»Wir schicken heute Nachmittag einen Videotechniker vorbei. Auch Ihre Angestellten können wir heute noch befragen. Haben Sie Waffen auf Ihrem Grundstück?«

»Ja, aber sie sind eingeschlossen. Soweit ich weiß, wurde seit Monaten kein Schuss mehr abgegeben. Sie können sie sich gerne ansehen.«

»Danke für Ihre Kooperation. Wie sieht es hier mit der Sicherheit aus?«

»Neben der Alarmanlage und der Videoüberwachung ist immer jemand vor Ort. Warum?«

»Falls John Dalton wegen seiner Beziehung zu Lana ermordet wurde, wären Sie ebenfalls ein mögliches Ziel.«

»Wir waren sehr diskret.«

»Das glaube ich Ihnen, aber ob es Ihnen gefällt oder nicht, jetzt ist Ihr Name im Spiel. Das beunruhigt mich. Es sollte Ihnen auch Sorgen machen.«

Er rieb sich die Schläfen. »Und ich dachte, ich müsste mich nur mit meiner Frau auseinandersetzen.«

»Tut mir leid, so einfach ist es nicht.«

»Sie kennen meine Frau nicht.«

Macy schwieg einen Moment. »Darf ich Ihnen eine persönliche Frage stellen? Ich möchte nicht respektlos klingen, und es hat auch nichts mit dieser Sache zu tun. Sie können mich gern zum Teufel schicken.«

»Schießen Sie los.«

»Wenn Sie so unglücklich sind, warum beenden Sie Ihre Ehe dann nicht einfach? Ich bin mir sicher, es gibt jede Menge Mädchen wie Lana da draußen.«

»Wollen Sie die lange Antwort oder die kurze Antwort hören?«

»Die kurze Antwort reicht.«

»Ich liebe meine Frau. Ohne sie wäre ich verloren.«

»Und doch gehen Sie das Risiko ein, sie zu verlieren, indem Sie mit anderen Frauen Verhältnisse haben.«

»Wenn ich wirklich glauben würde, dieses Risiko bestünde, würde ich es niemals tun.«

»Sie meinen, sie verzeiht Ihnen alles?«

»Wir streiten uns eine Zeitlang, aber dann verzeiht sie mir immer.«

»Sie sind ein glücklicher Mann.«

»Das weiß ich.« Er hielt inne. »Aber eine Affäre macht mich nicht zum Mörder.«

Macy kritzelte vor sich hin. »Wann kommen Ihre Frau und Ihre Kinder zurück?«

»Am Samstag.«

»Könnten sie ihre Reise verlängern, bis das hier aufgeklärt ist?«

»Ja, das geht bestimmt.«

»In der Zwischenzeit erhöhen Sie vielleicht Ihre Sicherheitsvorkehrungen.«

»Natürlich.«

»Ist Ihnen etwas Ungewöhnliches aufgefallen? Und wenn es nur das Gefühl ist, verfolgt worden zu sein.«

Er lehnte sich zurück. »Vor ein paar Wochen gab es einen Einbruchsversuch.«

»Das hat Aiden nicht erzählt.«

»Ich habe keine Anzeige erstattet.«

»Was ist passiert?«

»Es war gegen drei Uhr früh. Der Hund hat gebellt, bevor die Alarmanlage ansprang. Es war entweder ein Systemfehler, oder jemand hat versucht, ein Kellerfenster aufzustemmen. Wir wissen es nicht.«

»Auf den Kameras war nichts zu sehen?«

»Es gab auch keine Fußspuren. Unter dem Fenster ist Asphalt.«

Aiden stand in der Tür. »Macy, kann ich dich kurz sprechen?«

»Wir sind gerade fertig.« Macy stand auf und hielt Bob Crawley die Hand hin. »Sehr erfreut, Sie kennenzulernen. Wir schicken ein Team rauf, das mit Ihren Angestellten spricht und sich die Überwachungskameras ansieht.«

»Ms Hutton war überzeugend.«

»Genau wie Mr Crawley.« Macy überquerte die schattige Auffahrt. Der Streifenwagen parkte im Carport. Jemand hatte ihn gewaschen. »Was wolltest du mir sagen?«

»Ich hatte einen Anruf aus Spokane. Charlie Lott wurde seit ein paar Wochen nicht gesehen. Seine Großmutter sagt, es sei nicht ungewöhnlich, dass er manchmal verschwindet. Sie haben sich sein Zimmer über der Garage angesehen. Kein Hinweis, dass er kürzlich dort war. Vor ein paar Monaten hat er ein Auto gekauft.«

»Einen alten Achtzylinder?«

Aiden nickte. »Einen dunkelblauen Chevy Chevelle. Mr Walker hatte recht.«

»Gib Charlie Lotts Foto an die Presse weiter, zusammen mit der Beschreibung seines Wagens. Er sollte leicht zu finden sein.«

»Ein Klassiker.«

»Wie ich höre, findet auf der Dalton Ranch eine Gedenkfeier statt?«

»Ja, ich gehe hin.«

»Sag mir Bescheid, wenn es etwas Neues gibt. Ich fahre nach Kalispell. Meine Mutter hat dort etwas zu erledigen. Wir treffen uns für ein paar Stunden.«

»Das klingt nett. Ich nehme an, sie bringt Luke mit.«

Mary lächelte. »Ja. Ich habe ein schlechtes Gewissen. Sie haben eine lange Fahrt.«

»Übrigens haben wir immer noch niemanden gefunden, der weiß, wo sich Patricia Dune aufhält. An der Uni scheinen die meisten in Urlaub zu sein.«

»Semesterferien. Muss schön sein, an der Uni zu arbeiten.«

»Ja, das habe ich auch gedacht.«

Im Schatten der alten Bäume schlenderte Macy durch den Park und telefonierte. Nach den Überwachungsvideos war Bob Crawley in der Nacht von John Daltons Ermordung zu Hause gewesen. Sie dankte Aiden für die Information und verabschiedete sich. Ihre Mutter saß auf einer Picknickdecke in der Nähe eines kleinen Teichs. Luke hopste auf und ab und lachte die Enten an, die sich vor ihm versammelt hatten. Anscheinend wollte er die Brotbrocken lieber selbst essen, als sie zu verfüttern.

Macy lief auf Luke zu und nahm ihn in die Arme. »Wie geht's meinem Lieblingsjungen?«

Sie küsste ihn auf die Wangen und strich ihm das Haar aus dem Gesicht, während er sich kichernd in ihren Armen wand. Er hielt ihr ein Stück Brot an die Lippen, dann schob er es sich selbst in den Mund und fing wieder an zu lachen.

Ellen behielt ihren Enkel im Auge, während sie in einer Zeitschrift blätterte. »Erinnerst du dich an diesen Park?«

Macy setzte sich Luke auf die Schultern und drehte sich um.

»Sollte ich?«

Ihre Mutter zeigte auf ein Softballfeld am anderen Ende. »Mit vierzehn hast du hier ein grandioses Spiel hingelegt.«

Macy sah sich um. »Sie hätten mir ein Denkmal setzen sollen. Ich sollte mich beschweren.«

Sie setzte Luke auf die Picknickdecke und ließ sich neben ihn fallen. Sekunden später stand er wieder auf und lief zurück zum Teich.

»Wir müssen noch mal herkommen«, sagte Ellen. »Diese Enten faszinieren ihn schon seit einer Stunde.«

»Tut mir leid, dass ich so spät bin.«

»Du hast dich sicher beeilt. Wie geht's in Wilmington Creek?«

»Es ist heiß.«

»Heute Morgen hat die Zeitung in Helena auf der Titelseite einen Artikel über John Dalton gebracht. Er überlebt drei Afghanistan-Einsätze und wird in seinem Heimatort ermordet.

Wilmington Creek wirkt gar nicht wie der Ort, wo so was passieren kann.«

»Stimmt. Der Sheriff hat Angst, dass sich alles verändert.«

»Ich habe mitbekommen, dass du gestern früh mit Ray telefoniert hast. Was hat er mit der ganzen Sache zu tun?«

Ein paar Monate nach Lukes Geburt hatte Macy nachgegeben und ihrer Mutter von ihrer zweijährigen Beziehung mit Ray erzählt, von dem plötzlichen Ende und der unerwarteten Schwangerschaft, die folgte. Ellen war nicht begeistert, als die beiden anfingen, sich wieder zu treffen. Was ihre Mutter anging, konnte man Ray nicht trauen. Seit Monaten hasste sie ihn an Macys Stelle.

»Es war nichts Privates. Ray ist mein Chef. Er tut nur seinen Job.«

»Ich habe das Gefühl, immer wenn er ›Spring!‹ ruft, fragst du: ›Wie hoch?‹«

Macy schenkte sich Orangensaft ein. »Mom, das ist ein wichtiger Fall. Ich springe durch so viele Reifen, wie ich muss.«

»Letzte Woche hast du gesagt, du denkst daran, Schluss zu machen.«

»Das stimmt auch. Aber ich sehe Ray so selten, dass ich ihm nicht mal das sagen kann.«

»Du könntest ihm einen Abschiedsbrief schreiben.«

»Wie romantisch.«

»Bei mir hat es funktioniert.«

»Wie viele Abschiedsbriefe hast du geschrieben?«

»Der Postbote hatte jedenfalls zu tun.«

Macy wickelte das Sandwich aus, das ihre Mutter vorbereitet hatte. »Du warst eine Herzensbrecherin.«

»Dein Vater hat mir immer geschrieben. Es waren wunderschöne Briefe.« Sie sah Luke an und lächelte. »Er hätte

Luke so liebgehabt. Schade, dass sie sich nicht kennengelernt haben.«

Macy berührte das Knie ihrer Mutter. »Es ist zwei Jahre her.«

»Fast auf den Tag.«

»Du bist tapfer.«

»Luke lenkt mich ab. Das ist gut.« Sie hielt inne. »Macy, ich weiß, du hast diese Idee, dass Luke eine Vaterfigur braucht, aber du musst begreifen, dass es Luke gutgeht, solange er von Menschen umgeben ist, die ihn liebhaben. Es muss nicht sein richtiger Vater sein.«

»Ich weiß.« Macy streckte sich auf der Decke aus und schloss die Augen. »Ich habe nur immer vor Augen, was Dad und du miteinander hattet, und das hätte ich auch gern.«

»Und in der Zwischenzeit reißen dein Bruder und seine Frau ihre Familie auseinander. Sie verlangt das volle Sorgerecht. Anscheinend will sie nach Virginia ziehen, um näher bei ihrem Freund zu sein.«

»Das klingt unsinnig.«

»Tom ist fix und fertig. Er leidet jetzt schon darunter, dass er seine Mädchen so wenig sieht.«

»Ist er immer noch mit dieser Fitnesstrainerin zusammen?«

»Er ist völlig besessen von Fitness. Erzählt mir ständig irgendwas von seinem BMI, was immer das sein soll.«

»Bitte erinnere mich, dass ich einen großen Bogen um die Midlife-Crisis mache.«

»Ich meine nur, es ist gar nicht so schlecht, Luke für dich allein zu haben.« Sie griff nach der Hand ihrer Tochter und drückte sie. »Wenigstens kann ihn dir niemand wegnehmen.«

Kapitel 14

Jessie wartete vor dem Zimmer ihres Vaters, während Pfleger und Patienten an ihr vorbeigingen. Auf dem Weg zum Krankenhaus hatte sie bei der Adresse geklingelt, wo Giles Newton einst seine Kanzlei gehabt hatte, doch vor sechs Jahren hatte ein Versicherungsagent den Mietvertrag übernommen. Er riet ihr, sich bei der Anwaltskammer zu erkundigen. Sie bedankte sich und ging mit einer Broschüre über Lebensversicherungen, die sie in den nächsten Mülleimer warf. Im Fahrstuhl des Krankenhauses fuhr sie in den fünften Stock mit einem Patienten im Rollstuhl, der den Aufstieg mit offenem Mund verfolgte. Als die Tür aufging, blieb er regungslos sitzen. Speichel lief ihm aus dem Mundwinkel. Sein Schädel sah aus wie ein angeknackstes Ei. Vom Scheitel bis zur Nase wand sich eine Narbe. Dann kam ein Pfleger und schob ihn weg.

Natalie war bei ihrem Vater und half ihm beim Ausfüllen der Formulare. Sie war nicht nur Jeremys Freundin, sondern arbeitete auch bei der Krankenhausverwaltung. Jessie räusperte sich. Jeremy sah mit blutunterlaufenen Augen auf, ohne ein Wort zu sagen. Es war Natalie, die sich ihr zuwandte und warmherzig lächelte, bevor sie Jessie fest in den Arm nahm.

Natalie hatte damals auch Jessies Drogenentzug organisiert, bei den Versicherungsformularen gezaubert und Jeremy dazu gebracht, den Rest zu bezahlen. Natalie war für sie da gewesen, als Jessie rückfällig geworden war. Sie war in jeder Hinsicht eine tolle Frau. Ihr einziger Schwachpunkt schien Jeremy Dalton zu sein. Jessie verstand einfach nicht, wie Natalie ihren Vater lieben konnte, während sie es kaum in einem Zimmer mit ihm aushielt.

»Du kommst spät«, sagte Jeremy.

Natalie sprach leise. »Jessie, hab Geduld mit ihm. Es nimmt ihn wirklich mit.«

»Mich auch.«

»Ich weiß, aber du bist die Erwachsene von euch beiden. Denk daran.«

»Natalie«, brummte Jeremy. »Du erstickst die Kleine noch, wenn du sie weiter so umklammerst.«

Natalie führte Jessie zum Bett. Jeremy lehnte vollständig bekleidet in den Kissen. »Ihr zwei braucht euch jetzt mehr als je zuvor, also findet einen Weg, euch zu vertragen. Ich lasse die Formulare von einem Arzt unterschreiben, damit du gehen kannst, Jeremy. Sie schicken dir einen Rollstuhl hoch.«

»Ich brauche keinen Rollstuhl.«

Sie küsste ihn auf die Stirn. »Du hast keine Wahl. Das sind die Vorschriften.«

Natalie ging, und Jessie stand ein paar Minuten am Bett ihres Vaters und starrte auf den Parkplatz. Sie lauschte Jeremys regelmäßigem Atem. Die Ärzte konnten noch viel über sein schwaches Herz reden, Jessie war überzeugt, dass er sie alle überleben würde. In seiner Stimme war nichts mehr von der Verletzlichkeit, die sie gestern bemerkt hatte.

»Ich habe gehört, sie haben einen von Lana Clarks Exfreunden im Verdacht. Ein Kerl namens Charlie Lott.«

»John sagte, sie sei seinetwegen aus Georgia weggegangen.«

»John hätte sich nicht mit ihr einlassen dürfen.«

»Er konnte nicht wissen, dass ihr Ex zu so was fähig ist.«

»Sie hätte ihn warnen müssen.«

»Wir wissen beide, dass John nicht auf sie gehört hätte. Ich habe Tanya heute Morgen gesehen. Alle machen sich Sorgen, dass sie Dummheiten macht und sich was antut. Sie hat Beruhigungsmittel bekommen.«

»Sie hätte in Georgia bleiben und auf John warten sollen.«

»John war neun Monate am Stück fort. Sein letzter Einsatz hat fünfzehn Monate gedauert. Sie war einsam.«

»Sie hätte trotzdem warten müssen. Er kam zurück zu ihr. Er musste sich darauf verlassen können, dass sie da war.«

»Ich habe versucht, Mom zu sehen, aber sie darf keinen Besuch haben.«

Jeremy rang die Hände. »Sie kann nicht mehr bei uns bleiben. Sie wird nicht mehr gesund.«

Jessie setzte sich auf den Stuhl am Bett. Jeremy wich ihrem Blick aus. »Klingt, als wäre es beschlossene Sache.«

»Ja. Es gibt eine Einrichtung in Helena.«

»Das ist zu weit weg.«

»Jessie, was zum Teufel soll ich machen?«

Sie antwortete nicht.

»Komm, sag schon. Du hast doch immer eine Antwort.«

»Ich weiß es nicht.«

»John hat gesehen, wie schwierig es geworden ist, seit er das letzte Mal da war. Er hat Natalie gebeten, sich umzuhören.«

»Das hätte er nie getan.«

»Wenn du mir nicht glaubst, frag Natalie.«

Es klopfte, und Jessie sah auf. Wade hatte sein gutes Hemd angezogen. Mit einem entschuldigenden Blick schob er einen Rollstuhl herein.

»Komm, Jeremy. Wir bringen dich nach Hause.«

»In das Ding bringen mich keine zehn Pferde.«

»Es ist der einzige Weg hier raus.«

Jeremy sprang aus dem Bett und packte seine Tasche. »Ihr könnt mich mal.«

Wortlos schob er sich an Jessie vorbei und verschwand im Flur.

Wade seufzte. »Jessie, willst du mitfahren?«

»Nein danke. Ich bin selbst mit dem Auto da.«

»Komm nicht zu spät nach Hause. Wir erwarten viel Familie heute Nachmittag. Und Freunde kommen auch. Anita kümmert sich um alles, und es haben viele ihre Hilfe angeboten.«

»Das ist zu früh.«

»John hat vielen etwas bedeutet. Sie wollen ihre Anteilnahme zeigen.«

Jessie schloss die Augen. Sie wollte einfach nur allein sein, und auch wenn sie ihren Vater hasste, war sie sich sicher, dass es ihm genauso ging.

»Soll ich irgendwas besorgen?«

»Mach dir keine Gedanken. Es ist alles organisiert.«

»Wade, ich muss dich was fragen.«

Wade blickte hinaus in den Flur. »Ich will Jeremy nicht warten lassen. Du kennst ihn.«

Jessie schüttelte den Kopf. »Du hast recht. Es hat Zeit.«

Er legte ihr die Hand auf die Schulter. »Sicher?«

»Ja, sicher. Fahrt nach Hause. Ich komme gleich nach.«

Als Jessie durch die Räume ging, machte sie sich so unsichtbar wie möglich. Freunde und Verwandte standen über kalten Platten zusammen. Warme, gutgepolsterte Körper, die nach Parfum und Schweiß rochen, schlossen Jessie in die

Arme. Manche zogen sie in Ecken, um vertraulich mit ihr zu reden. Eine Zeitlang war Tara an ihrer Seite gewesen, hatte am Saum ihres hellblauen Kleids gezupft und ihr ins Ohr geflüstert, wenn sie etwas wollte, aber dann war sie nach draußen gegangen, um mit ihren Freunden zu spielen. Seitdem fühlte sich Jessie alleingelassen. Die Dielen unter ihren Füßen knarrten wie die Planken eines alten Schiffs. Der Pfarrer wollte unter vier Augen mit ihr reden. Er drückte Jessies Hand und sprach eindringlich auf sie ein, doch er reihte eine abgegriffene Floskel an die andere. Jessie starrte sein Haar an. Es war dunkelbraun mit grauen Wurzeln. Sie stellte sich vor, wie er im Badezimmer stand und die Tönung auftrug, und ihr fiel ein, was Jeremy einmal über ihn gesagt hatte: *Wie kann man einem Mann trauen, der nicht mal in Bezug auf sein Haar ehrlich ist?*

Monica kam mit ihren beiden Kindern im Schlepptau. Sie trug immer noch den gleichen hoch angesetzten Pferdeschwanz wie in der Highschool. Sie nahm Jessie zur Seite und drückte sie auf einen Stuhl, bevor sie ihren Ältesten losschickte, um ein Glas Orangensaft zu holen.

»Jessie, du siehst blass aus. Du musst was trinken.«

Jessie gehorchte.

»Und du wirst immer dünner. Isst du genug?«

Durchs große Fenster sah Jessie, wie Tara über die Wiese rannte. Jemand hatte ihr einen Lutscher gegeben. Sie hielt ihn hoch wie ein Schwert.

Jessie nahm sich Kartoffelchips aus der Schale, die Monica ihr hinhielt. »Wo ist Patrick?«

»Er ist mit dem Baby zu Hause geblieben. Es hat Koliken. Wir schlafen alle nicht viel.«

»Ist es wirklich okay, wenn Tara ein paar Tage bei euch ist? Wird dir das nicht zu viel?«

»Sei nicht albern. Wir freuen uns auf sie. Hast du ihre Tasche gepackt?«

Jessie wollte aufstehen. »Sie steht oben in ihrem Zimmer.«

Monica spannte wieder ihr ältestes Kind ein. »Du gehst rauf in Taras Zimmer und holst ihre Tasche. Beeil dich. Wir müssen los.«

Jessies Stimme zitterte. »Ihr seid doch gerade erst gekommen.«

»Ich muss den Wagen zurückbringen. Der Truck ist in der Werkstatt, und Patrick muss gleich zur Arbeit. Ich rufe dich später an, versprochen.« Sie umarmte Jessie, bevor sie einen Blick in die Menge warf. »Außerdem hast du wohl alle Hände voll zu tun hier.«

Jeremy hatte sein Lager auf dem Sofa im Wohnzimmer aufgeschlagen, und Natalie saß an seiner Seite. Soweit Jessie wusste, war es das erste Mal, dass sich die beiden so offen zusammen zeigten. Jessie sah zu ihm rüber, als sie durchs Zimmer kam. Seine wässrigen Augen huschten durch den Raum, ansonsten war sein Gesicht wie eine Maske. Beide blickten auf, als Bewegung in die Menge kam. Johns Exfreundin Tanya tauchte tränenüberströmt auf und wurde sofort von den Trauernden verschluckt. Sie wurde von Arm zu Arm gereicht. Ihr Gesicht war rot und fleckig. Die Wimperntusche hinterließ Streifen auf ihren Wangen. Jessie schlich zur Tür. Sie hatte ihre eigene Art, mit Trauer umzugehen, und im Moment wurde ihr alles zu viel. Sie hielt sich beide Hände vor den Mund und stürzte hinaus. Sie hatte das Gefühl zu ersticken.

In der Küche verteilten einige Frauen Kartoffelsalat, Nudelsalat und kaltes Roastbeef auf Schüsseln und Platten. Sie redeten durcheinander und eilten geschäftig hin und her. Sie bemerkten Jessie nicht, als sie hinaus auf den Hof stolperte. Das Sofa stand nicht mehr am Pool, und jemand hatte die Deckstühle ordentlich in einer Reihe aufgestellt und die durchlöcherten rosa Flamingos weggeschafft. Ein paar Jungs standen am Poolrand und wetteten darum, wer sich traute hineinzuspringen. Als Jessie in Richtung Westen ging, hörte sie ein Platschen hinter sich, gefolgt von Gelächter.

Du bist so was von tot.

Jessie konzentrierte sich auf einen Punkt am Horizont. Bald streifte das hohe Gras den Saum ihres Kleids. Das Licht der untergehenden Sonne fiel auf die Ähren, und Staub wirbelte durch die Luft. In einer Stunde war die Sonne hinter der Kammlinie verschwunden, und dann umfing Kühle das Land bis zum Morgen. Als sie losgegangen war, hatte sie Dylan auf der hinteren Veranda gesehen. Er folgte ihr, doch sie drehte sich nicht um. Sie fuhr mit den Fingern durch das trockene Gras und hielt es fest. Das schräge Licht blendete sie, und sie stellte sich vor, sie wäre schön. Das Feld fiel sanft zu einem Waldstück ab, wo ein flacher Bach durch die Felsen plätscherte. Sie ging weiter, und Dylan kam hinterher. Als sie den Wald betrat, verlor sie ihn aus den Augen. Der Pfad war steil und schmal, und obwohl sie sich Zeit ließ, konnte er nicht mithalten.

»Ich bin hier«, rief sie. Sie saß auf einem flachen Felsen, der schräg zum Bach abfiel. Sie hatte ihre Sandalen ausgezogen. Das Wasser war eiskalt. Sie rollte die Zehen ein und schlang die Arme um die Knie.

Dylan lehnte sich an einen Felsbrocken und starrte aufs Wasser. Er trug ein helles Button-down-Hemd und frisch gebügelte Khakihosen. Sie mussten neu sein, denn sie waren ihm nicht zu groß wie die meisten seiner anderen Klamotten. Er ließ seine Knöchel knacken. Ein Güterzug donnerte über die Gleise, die die westliche Grenze der Ranch säumten.

Er raste gen Norden nach Kanada. Walnussgroße Bremsen schwirrten durch die Bäume. Dylan verscheuchte eine, die ihm zu nah gekommen war.

Er wollte etwas sagen, doch Jessie sah ihn warnend an.

»Ich bin nicht hergekommen, um zu reden.«

Schweigend stemmte er sich auf den Felsen und streckte die Beine aus.

Alle paar Minuten sahen sie einander an, doch jedes Mal schüttelte sie den Kopf. Die Schatten wurden länger, und die Stille wurde schwerer. Schließlich rutschte sie ein Stück den Felsen hinauf und drückte die Füße gegen den warmen Stein.

»Die vielen Leute machen mich nervös.«

»Du musst nichts erklären.«

Jessie warf einen Stein ins Wasser. »Es geht mir nicht gut.« Sie legte sich die Hand auf die Brust. »Da drin ist so viel Druck, dass es weh tut.«

»Es soll helfen, darüber zu reden.«

»Ich rede ja. Ich versuche es zumindest, aber es ist, als wäre da eine Wand zwischen mir und allen anderen. Ich fühle mich taub. Manchmal frage ich mich, ob ich überhaupt noch lebe.«

Jessie sah zurück in Richtung des Hauses. Sie konnte das Dach sehen. Die Sonne strahlte die Kronen der Eichen an. Es sah aus, als würden sie brennen.

Dylan warf einen Kieselstein ins Wasser. »Wenigstens hältst du es mit den ganzen Leuten in einem Raum aus. Ich schaffe nicht mal das.«

»Du hast nichts verpasst. Glaub mir, *Räume* sind völlig überbewertet.«

»John hat immer gesagt, dass es irgendwann besser wird. Ich müsste nur Geduld haben.«

»Hast du ihm geglaubt?«

»Ich habe zu viel Scheiß erlebt, um noch irgendwas zu

glauben. Wenn ich bei der Armee eins gelernt habe, dann, dass es zu viele Arten von Schmerzen gibt. Die meisten sieht man nicht.«

»Manchmal träume ich von Ethan. Ich wache auf, wenn ich mich gegen ihn wehre.«

»Ich will dich nicht anlügen. Kann sein, dass es nie besser wird.«

Barfuß kletterte Jessie von ihrem Stein und setzte sich neben Dylan.

»Ich erzähle dir was, aber du musst versprechen, dass du mich verstehst, weil es ein bisschen verrückt ist.«

»Ich höre.«

»Es geht um Ethan«, flüsterte sie, als hätte sie plötzlich Angst, es könnte wahr werden, wenn sie es laut sagte.

»Erzähl weiter.«

»Was wäre, wenn er noch lebt?«

»Glaubst du das?«

Sie ließ den Kopf sinken, und ihr Gesicht verschwand hinter einem Vorhang aus Haar. Sie wollte stark sein, aber sie weinte schon wieder.

Dylan berührte ganz leicht ihren Arm. »Du gibst den Stimmen in deinem Kopf zu viel Macht. Ethan ist tot.«

»Was ist, wenn wir einen Fehler gemacht haben? Wenn Ethan noch gelebt hat, als der Truck in den See fiel?« Ihre Stimme kippte. »Vielleicht ist er rausgekommen.«

»Warum quälst du dich so? Er ist über dich hergefallen. Du hast dich verteidigt. Er ist tot.«

Jessie zog die Kette aus der Tasche ihres Kleids. Als sie im Haus durch die Menge gewandert war, hatte sie damit herumgespielt wie mit einem Rosenkranz. Jetzt war die Kette verheddert.

»Siehst du das?« Sie hielt das herzförmige Medaillon hoch

und sah zu, wie es sich drehte. »Es lag heute Morgen in einem Päckchen auf der Veranda. Mein Name stand darauf, sonst nichts. Ich hatte gedacht, ich hätte die Kette in Ethans Truck verloren.« Sie öffnete das Herz. »Es ist ein Foto von Tara. Die Kette war das Einzige, was mich mit Ethans Tod in Verbindung bringen konnte.«

»Vielleicht hat sie jemand auf dem Picknickplatz gefunden.«

»Warum hat er sie mir dann nicht einfach zurückgegeben? Warum hat er sie auf die Veranda gelegt, während ich schlief? Warum hat er keinen Absender auf die Karte geschrieben?«

»Das kann ich dir nicht erklären.«

»Du kannst es mir nicht erklären, weil es keinen Sinn ergibt. Vielleicht stimmt es. Vielleicht ist er noch am Leben.«

»Aber wo war er dann die ganze Zeit? Er wäre verletzt gewesen. Er hätte nicht einfach da rausspazieren können.«

»Vielleicht hat er ein Jahr gebraucht, um wieder auf die Beine zu kommen. Er würde auf Rache sinnen. An John, an mir, an dir, an Tyler. Wir würden alle auf seiner Liste stehen.«

»Du hast zu viele Krimis gesehen. Zusammen hatten John und Tyler acht Einsätze in Afghanistan und dem Irak. Sie wissen, wenn jemand tot ist.«

»Aber du hast Ethan nicht gesehen, oder? Als du kamst, hatten sie ihn schon auf die Pritsche gelegt. Du bist der Sanitäter. Du bist der Einzige, der mit Sicherheit hätte sagen können, ob er tot ist oder nicht.«

»Vergiss es. Ethan hat John nicht umgebracht. Es war jemand anders.«

Sie hielt die Kette wieder hoch. »Dann erklär mir das.«

Kapitel 15

Macy lag mit geschlossenen Augen im Bett. Sie dachte, sie hätte ihren Sohn weinen gehört, aber als sie aufwachte, herrschte Stille. Sie grub ihr Gesicht in die Kissen. Der Stoff war rau und roch nach Zigaretten. Sie hatte Kopfschmerzen. Es war zu warm. Sie strampelte die Decke weg und schlug die Augen auf. Im Dämmerlicht erkannte sie körnige Umrisse an der Wand. Neben dem Flachbildfernseher hing der gerahmte Druck einer Farm. Sie konnte ihren Sohn nicht weinen hören. Er war in Helena, mehrere Hundert Kilometer entfernt, und Macy war in einem Motelzimmer in Wilmington Creek.

Sie rollte sich auf den Rücken. Die Badezimmertür stand offen. Dampf driftete heraus. Ray musste ganz leise aufgestanden sein. Die Digitaluhr an der Minibar zeigte ein Uhr morgens. Macy suchte auf dem Nachttisch nach ihrem Telefon und fand stattdessen seins. Sie ging seine Nachrichten und entgangenen Anrufe durch. Mit finsterem Blick warf sie das Telefon aufs Bett und drückte das Gesicht wieder ins Kissen.

Ray hatte um kurz nach zehn unangekündigt vor der Tür ihres Zimmers gestanden. Sie wollte gerade ins Bett und hatte keine Lust auf Gesellschaft. Ein paar Sekunden lang war die

Sicherheitskette alles, was sie trennte. Er hatte gelächelt, und sie hatte es auch versucht. Sosehr sie sich freute, ihn zu sehen, spürte sie auch die vertraute Enttäuschung. Egal, wie schön die Begegnung wäre, der Kummer danach war garantiert.

»Was machst du hier?«

»Es tut mir leid, dass ich gestern nicht reden konnte. Ich musste dich sehen. Ich muss mich davon überzeugen, dass bei uns alles in Ordnung ist.«

»›In Ordnung‹ ist eine interessante Formulierung.«

»Es war eine lange Fahrt, ich bin müde. Mehr kann ich dir leider nicht bieten.«

»Was wäre, wenn ich dich sehen musste? Anscheinend gelten für uns nicht die gleichen Regeln.«

Er hielt eine Flasche Wein hoch. »Du kannst mich nicht wegschicken. Ich habe einen Freund mitgebracht.«

»Ich versuche gerade, weniger Zeit mit deinen Freunden zu verbringen.«

»Jetzt redest du Unsinn.«

»Ray, du kannst nicht einfach in meinem Leben auftauchen, wenn dir danach ist. Das ist nicht richtig.«

»Ach, komm schon. Ich stehe hier vor aller Augen auf der Hauptstraße. Wie lange willst du mich noch warten lassen, bevor du mich reinlässt?«

Sie hakte die Kette aus, aber sie drehte sich weg, als er sie zu küssen versuchte. »Ich hoffe immer noch, dass ich es irgendwann schaffe, dich zum Teufel zu jagen.«

»Warum sagst du das?«

»Weil es stimmt.«

»Ich habe dich vermisst.«

»Ich habe dich auch vermisst. Aber das ändert nichts.«

»Wenn du willst, gehe ich.«

»Ich wünschte, es wäre so einfach.«

»Hast du nicht gesagt: ›Wenn es zu einfach ist, ist es die Sache nicht wert‹?«

Sie senkte die Stimme zu einem Flüstern. »Geh zum Teufel.«

Er zog sie aufs Bett. »Nur wenn du mitkommst.«

Jetzt kam Ray aus dem Bad und zog sich mit dem Rücken zu ihr an. Wasser tropfte von seinem Haar auf den Kragen seines Hemds und hinterließ einen schmalen dunklen Rand.

»Ich habe mir gestern eine Wohnung angesehen.«

»Ich würde sagen, zieh bei mir ein, aber ich fürchte, meine Mutter könnte etwas dagegen haben.«

»Wie findet sie es, sich den ganzen Tag um Luke zu kümmern?«

Macy hätte Ray beinahe von dem spontanen Ausflug nach Kalispell erzählt, wo sie Luke und ihre Mutter gesehen hatte, doch sie behielt es für sich.

»Ellen findet es toll.«

»Aber es muss anstrengend für sie sein. Du arbeitest so viel.«

»Keine Sorge, Luke ist in guten Händen.«

»Das habe ich nicht bezweifelt. Ich frage mich nur, ob sie genug Unterstützung hat.«

»Wir Mütter können nicht alle zu Hause bleiben. Jemand muss das Brot verdienen.«

»Tut mir leid.«

»Mir nicht.«

»Hast du noch mal darüber nachgedacht, die Geburtsurkunde ändern zu lassen?«

»Jetzt ist nicht der richtige Zeitpunkt, um darüber zu reden.«

»Es ist nur ein Formular. Ich dachte, du möchtest, dass Luke meinen Nachnamen trägt.«

»Das habe ich nie gesagt.«

»Ich verstehe nicht, was du dagegen hast.«

»Allein im Kreißsaal zu liegen hat vielleicht was damit zu tun.«

»Wie oft muss ich noch sagen, dass es mir leidtut?«

»Ich sage dir Bescheid, wenn es genug ist.«

Er setzte sich auf die Bettkante, und Macy rutschte zu ihm, um ihn von hinten zu umarmen.

»Geh nicht«, flüsterte sie.

Er küsste ihr Handgelenk. »Du weißt, dass ich nicht anders kann. Bitte hör auf, das von mir zu verlangen.«

»Ich will es aber. Ich kann nicht aufhören, es zu verlangen.«

Ray beugte sich vor, um sich die Schuhe anzuziehen, und murmelte: »Dann reg dich nicht auf, wenn dir die Antwort nicht gefällt.«

Macy stand auf und spähte durch den Spalt zwischen den Vorhängen. Draußen saß ein Mann allein auf dem Sprungbrett und ließ die Beine über dem nierenförmigen Swimmingpool des Motels baumeln. Es war zu dunkel, um sein Gesicht zu erkennen. Er trank eine Flasche Bier aus, dann stand er auf. Er sprang mehrmals auf und ab, und das Sprungbrett quietschte so laut, dass Macy dachte, es würde abbrechen. Dann blieb er stehen und drehte sich zu ihr um. Erschrocken zog Macy den Vorhang zu und wich zurück ins Zimmer.

Sie schloss die Augen und versuchte, sich an die Fragen heranzutasten, die sie immer stellte. »Du hast gesagt, du hättest mit deiner Frau gesprochen. Sie hat ihre Meinung zu eurer Trennung nicht geändert.«

Ray stand vor dem Bad, seine Silhouette hob sich vor der Tür ab. Im Hintergrund sah Macy den beschlagenen Spiegel.

»Das war der leichte Teil«, sagte er und kniff die Augen zusammen. »Jetzt müssen wir es den Mädchen sagen.«

173

Macy kletterte übers Bett und hielt ihm das Telefon hin. »Deine Frau versucht seit drei Stunden, dich zu erreichen.«

Ray sah sich blinzelnd das Display an. »Übertreib nicht. Die sind nicht alle von ihr.«

»Aber einige.«

»Sie ist die Mutter meiner drei Kinder. Es gibt immer etwas, das wir besprechen müssen.«

»Ich kann nicht vergessen, was beim letzten Mal passiert ist.«

Ray legte die Hand aufs Macys Knie und ließ sie dort. »Macy, du musst mir glauben. Meine Frau und ich kommen nie wieder zusammen. Es ist vorbei.«

Macy sah zu, wie Rays Blick über die Nachrichten glitt. In den letzten Monaten hatte er abgenommen, und sein dunkles Haar mit den grauen Schläfen war inzwischen vollkommen silbern.

»Du hast mir nicht gesagt, wie du mit Aiden Marsh zurechtkommst. Es heißt, er kann schwierig sein.«

»Bis jetzt komme ich gut mit ihm aus.« Sie lächelte fast. »Er war sehr hilfsbereit.«

»Na ja, das kann sich ändern.«

»Warum? Ist etwas passiert?«

»Schwer zu sagen. Vielleicht hat es mit dem Fall zu tun.«

»Erzähl.«

»Wir haben jemanden in Wilmington Creek, der verdeckt für uns arbeitet.«

»Was soll das, Ray? Wenn ihr jemanden hier oben habt, muss ich das wissen. Was, glaubst du, passiert, wenn wir uns auf der Straße begegnen? Kenne ich ihn?«

»Ich glaube, du kennst Lindsay Moore.«

»Na toll. Das ist ja großartig.«

»Ich verstehe. Sie ist nicht dein Liebling.«

»Soweit ich weiß, ist sie niemandes Liebling.«

»Sag so was nicht.«

»Schreib du mir nicht vor, was ich sagen soll. Was macht sie überhaupt hier oben?«

»Sie gibt sich seit sechs Monaten als Studentin aus, die ihre Doktorarbeit über den dramatischen Aufstieg der Bürgerwehren seit der letzten Präsidentschaftswahl schreibt.«

»Lindsay Moore ist Patricia Dune?«

»Woher kennst du ihren Decknamen?«

»Weil er bei den Ermittlungen aufgetaucht ist. Sie wird gesucht. Wir wollen wissen, ob sie etwas gehört hat, das mit dem Fall zu tun haben könnte. Jeremy Dalton hat Drohungen erhalten. Die Leute denken, sie wiegelt mit ihren Fragen die Bürgerwehren auf.«

»Sie versucht, an Informationen über Ethan Green zu kommen.«

»Ich dachte, der sei längst tot.«

»Das dachten wir auch, aber erinnerst du dich an den Polizisten der Highway Patrol, der letzten Sommer in Missoula erschossen wurde? Ein Informant hat Green als den Täter identifiziert. Und das FBI sagt, sie haben stichhaltige Informationen, dass Green seine Bürgerwehr neu aufbaut.«

»Ray, manchmal hast du ein kurzes Gedächtnis. Damals hast du mich der ermittelnden Taskforce zugeteilt. Mein Name steht unter dem Bericht. Es gab keinerlei Hinweise, dass irgendeine Bürgerwehrgruppe involviert war.«

»In der Zwischenzeit hat es neue Entwicklungen gegeben.«

»Ist dein Informant zuverlässig?«

»Wir arbeiten nicht das erste Mal mit ihm. Er hat nie etwas Falsches erzählt. Ich habe Lindsay hier raufgeschickt, weil ich gehofft habe, sie würde Green aufscheuchen.«

»Glaubst du, er könnte etwas mit dem Mord an John Dalton zu tun haben?«

»Ich habe gehört, zwischen Green und Jeremy Dalton hat es böses Blut gegeben. Es wird sich zeigen, ob der Streit eskaliert ist.«

»Was sagt Lindsay? Sie ist vor Ort. Wie ich sie kenne, weiß sie etwas darüber.«

»Das ist das Problem. Seit zwei Tagen haben wir nichts mehr von ihr gehört.«

»Wann habt ihr das letzte Mal gesprochen?«

»Unser letztes Telefonat ist vielleicht eine Woche her, aber ich habe vor wenigen Tagen eine Nachricht von ihr bekommen. Sie sagte, sie habe neue Informationen, ging aber nicht ins Detail.«

»Machst du dir Sorgen?«

»Ja. Es sieht ihr nicht ähnlich, sich nicht zu melden.« Er reichte Macy einen Schlüssel und eine Adresse. »Fahr morgen zu ihr und sieh dich um.«

»Warum ich?«

»Weil du schon hier bist.«

»Ich stecke mitten in einer anderen Sache.«

»Hör zu, wahrscheinlich ist da nichts, aber bitte tu mir den Gefallen. Ich muss wissen, ob ich mir Sorgen machen soll oder nicht.«

Macy schloss die Hand um die Schlüssel. Kurz nachdem Lindsay nach Helena versetzt worden war, hatte Macy sie und Ray überrascht, als sie vor dem Fahrstuhl flüsterten. Sie waren zu dritt nach unten gefahren, und im Fahrstuhl hatte ein unangenehmes Schweigen geherrscht. In wenigen Sekunden war Macys Phantasie mit ihr durchgegangen. Ray und Macy waren gerade erst wieder zusammen, und sie war paranoid. Sie hatte Lindsay im Spiegel beobachtet. Mit ihren fast ein

Meter achtzig und den hohen Schuhen war sie so groß wie Ray. Dass sie eisblondes Haar und eine perfekte Haltung hatte, machte sie nicht sympathischer. Macy kam sich neben den beiden vor wie ein Kind.

Ray strich eine Haarsträhne aus Macys Gesicht. »Ich habe dich nicht verdient.«

»Stimmt.«

»Tut mir leid, dass ich gehen muss.«

»Liegt wohl in der Natur der Sache. Du bist ein verheirateter Mann.«

»Getrennt.«

»Das glaube ich erst, wenn du ausgezogen bist.«

»Es wird ein Riesendrama geben.«

»Nach deinem Auszug musst du ein Jahr lang so tun, als wärst du Single. Nur so haben wir eine Zukunft.«

»Hältst du das wirklich aus?«

»Wir haben keine Wahl.«

Durch den Spalt zwischen den Vorhängen blickte Macy Ray nach, als er wegfuhr. Dann sah sie zum Swimmingpool, doch der Mann auf dem Sprungbrett war verschwunden. Sie ging ins Bad und starrte ihr Spiegelbild an. Bis auf den Zustand ihres Haars sah man ihr nicht an, dass sie die halbe Nacht mit Ray verbracht hatte. Sie stellte sich unter die Dusche. Der Schwindel, der sie immer überfiel, wenn er sie verließ, um zu seiner Frau und seinen Kindern zurückzugehen, raubte ihr fast den Atem. Sie war noch benommen, als sie die Zimmertür schloss und zu ihrem Wagen ging.

Draußen war es kalt, und rauchiger Dunst verdeckte die Sterne. Ihr Dienstwagen stand allein auf dem Parkplatz hinter dem Gebäude. Sie blieb stehen, bis sich ihre Augen ans Dunkel gewöhnt hatten. Sie hätte genauso gut bis morgen warten können. Aber wenn sie an das leere Motelzimmer dachte, wusste sie, dass sie nicht schlafen würde. Sie würde wach liegen und sich den Kopf zermartern, und am nächsten Morgen wäre sie keinen Schritt weiter. Sie sah noch einmal nach, ob sie Lindsay Moores Schlüssel dabeihatte, dann trat sie hinaus auf den schwarzen Asphalt. Der Wagen parkte an einem Maschendrahtzaun, hinter dem ein paar Bäume standen. Durch die Äste sah sie ein zweistöckiges Wohnhaus. Sie drückte auf den Schlüssel, und die Scheinwerfer blitzten auf. Ihr Blick glitt über den Parkplatz und blieb an den Schatten hängen. Plötzlich bewegte sich etwas auf sie zu, doch sie konnte nicht erkennen, woher es kam. Laub raschelte und Äste knackten. Sie hörte ein tiefes Knurren, und dann warf sich von der anderen Seite ein riesiger Hund gegen den Zaun. Er hatte das Maul weit aufgerissen und schnappte mit scharfen weißen Zähnen ins Leere. Macy sprang in den Wagen und verriegelte die Tür. Im oberen Stockwerk des Hauses ging das Licht an, als sie rückwärts losfuhr. Ein Mann riss das Fenster auf und schrie den Hund an.

Die Straßen lagen verlassen da. Sie folgte der Hauptstraße und bog an der dritten Kreuzung in die Tucker Road, dann ging es mehrere Kilometer geradeaus. Draußen vor der Stadt gab es keine Straßenlaternen. Ab und zu tauchte im Scheinwerferlicht eine Einfahrt mit einem Briefkasten auf, aber nicht viel sonst. Lindsays Haus war nicht zu verfehlen. Es stand lichterloh in Flammen. Die Bäume im Garten waren gefährlich nah am Feuer. Macy nahm das Funkgerät und rief die Zentrale, bevor sie Aidens Nummer wählte. Er klang nicht erfreut, von ihr zu hören.

»Weißt du, wie viel Uhr es ist?«

»Du musst kommen. Wir haben ein Problem.«

»Wo bist du?«

»517 Tucker Road.«

»Was machst du da draußen?«

»Im Moment sehe ich zu, wie Patricia Dunes Haus abbrennt.«

»Ich bin unterwegs.«

Macy starrte in die Nacht. Im Scheinwerferlicht war gerade noch zu erkennen, wo die Straße am Flathead River in einer Sackgasse endete. Es gab keinen Durchgangsverkehr, und der nächste Nachbar wohnte einen halben Kilometer in Richtung Stadt. Das Haus hätte bis auf die Grundmauern abbrennen können, ohne dass es jemand mitbekam. Sie stieg aus dem Wagen. Die Hitze schlug ihr ins Gesicht. Die Veranda war fast völlig verbrannt. Glas flog durch die Luft, als die Fenster explodierten. Sie ging um das Grundstück herum und suchte nach einem Weg hinein. Nur ein Teil des Hauses stand noch nicht in Flammen. Sie riss das Fliegengitter heraus und warf mit einem Stein das Fenster ein. Sie musste schreien, um das Feuer zu übertönen.

»Lindsay, bist du da drin? Lindsay!«

Rauch quoll durch die offene Schlafzimmertür. Macy nahm die Taschenlampe und richtete den Lichtkegel durchs Fenster. Die Kommodenschubladen standen offen, und Kleider lagen auf dem Bett verstreut. Sie fegte die Glasscherben von der Fensterbank und beugte sich weiter hinein.

»Lindsay!«

Der Flur stand in Flammen. Es roch stark nach Benzin. Es sah aus, als hätte jemand die Kleider auf dem Bett mit Benzin überschüttet. Macy wollte es genau wissen. Sie streckte sich so weit ins Fenster, wie sie konnte, doch sie kam nicht ran. Dann schwang sie ein Bein durchs Fenster und kippte nach vorn. Es war zu dunkel, um zu sehen, worüber sie stolperte. Sie krachte mit der Schulter gegen den Bettpfosten und schnappte nach Luft. In kürzester Zeit hatte sich das Zimmer mit Rauch gefüllt. Macy riss ein paar der Kleider vom Bett und verließ den Raum auf demselben Weg, wie sie gekommen war.

Ihre Hände stanken nach Benzin. Sie schob die Bluse in eine Beweismitteltüte und versuchte, Ray anzurufen, doch ihre Finger zitterten so stark, dass sie es nicht schaffte, die Tasten zu treffen. Sie drückte die Stirn gegen das Lenkrad und schrie. Vor ihr stürzte ein Teil des Hausdachs ein, Millionen von Funken stoben gen Himmel. Von Wilmington Creek sah sie Blaulicht heraufkommen. Bald war die Nacht von Sirenen erfüllt.

Macy saß in der Tür des Notarztwagens und hatte das Hemd hochgezogen. Der Sanitäter konzentrierte sich auf seine Aufgabe und widerstand jedem Smalltalk-Versuch.

»Wann hatten Sie Ihre letzte Tetanusspritze?«

Macy zuckte die Schultern, dann bereute sie es. »Ich weiß nicht genau. Muss es genäht werden?«

»Nein, der Schnitt ist nicht sehr tief, aber fast zehn Zentimeter lang. Wissen Sie, worauf Sie gefallen sind?«

»Bettpfosten.«

»Es wird ein paar Tage weh tun, ist aber nicht weiter schlimm. Nehmen Sie ein paar Ibuprofen, wenn Sie wollen.«

Aiden kam auf sie zu. »Hey, geht es dir gut?«

»Ja. Alles in Ordnung.« Sie warf einen Blick auf das Haus. Trotz der Unmengen von Löschwasser stand es immer noch in hellen Flammen. »Es war Brandstiftung.«

»Woher weißt du das?«

Macy zeigte ihm die Beweismitteltüte. »Das habe ich im Schlafzimmer gefunden. Es wurde Brandbeschleuniger benutzt. Ich bin mir ziemlich sicher, dass es Benzin ist.«

»Du warst da drin?«

»Ich hab das Schlafzimmerfenster eingeschlagen. Niemand hat auf meine Rufe geantwortet, aber der Geruch war unverwechselbar.«

»Was machst du überhaupt hier?«

»Ich habe nach Lindsay Moore gesucht. Sie arbeitet als Sonderermittlerin für den Staat.«

»Aber das ist das Haus von Patricia Dune.«

»Ihr richtiger Name ist Lindsay Moore.«

»Soll das ein Witz sein?«

»Ich wünschte, es wäre so. Lindsay hat sich als Doktorandin ausgegeben. Sie war auf der Suche nach Ethan Green.«

»Und warum erzählst du mir das erst jetzt?«

»Weil ich bis vor ein paar Stunden selbst keine Ahnung hatte. Ray Davidson hat mich angerufen. Er macht sich Sorgen, weil sie sich nicht wie verabredet gemeldet hat. Er hat mich hergeschickt, um mich umzusehen.«

»Er hat dich mitten in der Nacht angerufen?«

»Wie gesagt, er macht sich Sorgen.«

»Wann ist sie verschwunden?«

»Soweit ich weiß, irgendwann am Dienstag.«

»Das ist drei Tage her. Wir müssen sofort die Fahndung einleiten.«

Sie hob die Hand. »Hast du nicht gesagt, ihr habt vor zwei Tagen einen ausgebrannten Geländewagen gefunden?«

»Ja, in der Nähe des Waldbrands beim Waldo Canyon.«

»Lindsay fährt einen SUV.«

»Verdammt, ich rufe gleich an. Wir schicken sofort ein paar Suchmannschaften raus.« Er hielt inne. »Hat Ray gesagt, warum sie so plötzlich Interesse daran haben, Ethan Green zu finden?«

»Ein Informant hat ihn als Täter bei der Erschießung des

Highway Patrol Officer letzten Sommer identifiziert, und das FBI glaubt, er baut seine Bürgerwehr wieder auf.« Sie rutschte vom Notarztwagen und bewegte vorsichtig die Schulter. »Was ist mit den Nachbarn? Hier draußen ist nicht viel los. Vielleicht hat jemand was gesehen.«

»Das nächste Haus gehört Tyler Locke.«

»Sollte uns das verdächtig vorkommen?«

Er runzelte die Stirn. »Wir müssen in alle Richtungen ermitteln, weißt du noch?«

»Ich bin überrascht, dass er überhaupt ein Haus hier hat, wo er immer im Ausland ist. Wohnt er nicht eigentlich in Georgia?«

»Er hat das Haus seiner Großmutter geerbt. Soweit ich weiß, will er ganz herziehen, wenn er aus der Armee entlassen wird.«

»Gab es je eine Verbindung zwischen Tyler oder Dylan und irgendwelchen Bürgerwehrgruppen?«

»Das haben wir überprüft. Bei keinem von beiden ist etwas bekannt, aber die gehen mit den Namen ihrer Mitglieder auch nicht hausieren.«

»Ist es zu früh, um Tyler zu wecken?«

»Bei dem Krach würde ich sagen, er ist schon wach.«

Aiden klopfte und trat einen Schritt zurück, während sie auf Tyler warteten. In der Küche brannte Licht, und sie hörten durch die Fliegengitter den Fernseher.

»Wer ist da?«

»Tyler, hier sind Sheriff Aiden Marsh und Detective Macy Greeley. Wir müssten mal kurz mit dir sprechen.«

Tyler öffnete in Jeans und T-Shirt die Tür. Eine nicht brennende Zigarette hing in seinem Mundwinkel. »Ich habe euch gerade in den Nachrichten gesehen.« Er hielt ihnen die Tür auf. »Tasse Kaffee gefällig? Klingt, als hättet ihr eine lange Nacht hinter euch.«

»Den könnten wir gut gebrauchen. Wir sprechen mit allen Nachbarn.«

Tyler räumte auf der unordentlichen Küchentheke Platz frei und schenkte zwei Tassen Kaffee ein. »Das dauert wohl nicht lange. Hier draußen lebt kaum noch jemand.«

Macys Blick glitt über das Chaos im Wohnzimmer, dann sah sie sich die Bücher im Regal neben dem Fernseher an. Die meisten waren zerlesene Klassiker. Die Staubschicht verriet Macy, dass sie lange nicht gelesen worden waren. Die Porno-DVDs erzählten eine andere Geschichte. Die Hälfte der Boxen war offen, und die Scheiben lagen überall herum.

Tyler reichte ihr die Kaffeetasse. »Ich bin keine Leseratte. Die Bücher haben meiner Großmutter gehört.«

»Ich nehme an, die Videosammlung ist Ihre?«

»Ein Hobby von mir.«

»Kennen Sie Patricia Dune?«

»Sollte ich?«

Aiden rührte mit einem Löffel, den er im Abtropfgestell gefunden hatte, Milch in den Kaffee.

»Sie hat das Haus der Andersons gemietet. Große blonde Frau Mitte dreißig. Sie fuhr einen dunkelblauen SUV.«

»Ich habe sie ab und zu gesehen, aber wir haben nie ein Wort gewechselt.« Er nahm die Kaffeekanne und schwenkte den Inhalt, bevor er sich den Rest eingoss. »War sie im Haus?«

»Das können wir noch nicht sagen.«

Macy trank einen Schluck. »Sind Sie allein?«

»Darf ich fragen, warum Sie das wissen wollen?«

Aiden schüttelte den Kopf. »Wir wollen wissen, ob du etwas gesehen oder gehört hast. Wenn jemand bei dir ist, müssen wir diese Person auch befragen.«

»Ich hatte die halbe Nacht eine Videokonferenz mit meinem Sergeant, deshalb bin ich seit Stunden wach. Mir ist nichts Verdächtiges aufgefallen.«

Macy schaltete sich ein. »Wenn Sie die halbe Nacht sagen, was heißt das genau?«

Tyler ging zu dem Computer, der im Wohnzimmer stand, und drückte ein paar Tasten. »Es heißt, ich war von halb zwei bis kurz vor vier online.«

»Von Ihrem Computer können Sie durchs Fenster sehen. Haben Sie in der Zeit irgendwelche Fahrzeuge vorbeifahren sehen?«

Er rieb sich das Kinn. »Bis auf den ganzen Verkehr heute Morgen kam das letzte Auto, an das ich mich erinnere, gegen Viertel vor zehn vorbei, auf dem Weg in die Stadt.«

»Sind Sie sich bei der Zeit sicher?«

»Ich war dabei, mir den Wecker zu stellen, um später meinen Sergeant online zu erwischen. Sie sind gerade von der Bagram Air Base zurück, und es ist das erste Mal, dass ich sie erreiche. John war wie ein Bruder für sie. Wie Sie sich vorstellen können, sind alle ziemlich down.«

Aiden stellte die leere Tasse in die Spüle. »In der Richtung kommt nur noch der Fluss. Der Wagen muss also vom Haus der Andersons gekommen sein.«

Macy ging zur Schiebetür, von der aus man in den Garten sah. Bis auf ein schwaches Licht im Garagenfenster war die Aussicht grau und trüb. Ein Bagger und mehrere Paletten mit Bausteinen standen in einer Ecke des Grundstücks. In der Mitte des Gartens war eine tiefe Grube ausgehoben. Sie erkannte nichts Genaues, aber es sah aus, als baute Tyler einen Swimmingpool. Hinter dem Maschendrahtzaun begann der Wald. Sie sah kein einziges Licht.

Tyler stellte sich neben sie. »Ich baue einen Atomschutzbunker. Das wollte ich schon in Georgia machen, aber dort steht das Grundwasser zu hoch. Stattdessen ist ein Teich draus geworden.«

»Sie leben im Norden von Montana. Meinen Sie, ein Bunker ist hier wirklich nötig?«

»Ich glaube schon.«

»Hatten Sie je was mit einer der örtlichen Milizen zu tun?«

»Vor Jahren, als ich noch zur Highschool ging. Warum?«

»Sich aufs Ende der Welt vorzubereiten ist eine Lieblingsbeschäftigung von Bürgerwehrlern.«

Er zuckte die Schultern. »Bei allem Respekt, aber ich hatte sechs Einsätze an den schlimmsten Orten auf der Welt. Wenn ich mich sicherer fühle, weil ich ein Loch in meinen Garten grabe, dann werde ich genau das tun.«

»Sie haben recht.« Macy drehte sich vom Fenster weg. »Es tut mir leid. Sie sollten genau das tun, was sich sicher anfühlt.«

»Ich brauche Ihre Erlaubnis nicht.«

Aus dem dunklen Flur, der nach hinten führte, rief eine Frauenstimme.

»Tyler? Was ist los? Komm wieder ins Bett.«

Macy sah Tyler an. »Sie haben Besuch?«

Er verschränkte die massigen Arme. »Sarah Reed. Sie ist seit gestern Abend um acht hier. Ich nehme an, Sie wollen mit ihr sprechen?«

»Das überlasse ich Ihnen.«

Tyler rief über Macys Kopf hinweg: »Sarah, wann bist du gestern vorbeigekommen?«

»Um acht.«

»Hast du irgendwas Verdächtiges gesehen oder gehört, seit du hier bist?«

»Nein. Wer fragt?«

»Keine Sorge. Geh wieder ins Bett.« Eine Tür wurde zu-

185

geschlagen, und Tyler zuckte die Schultern. »Sie ist ein Morgenmuffel.«

Aiden räusperte sich. »Wir müssen los. Sieht aus, als wärst du beschäftigt.«

Macy sah Tyler zum ersten Mal direkt in die Augen. »Ich hoffe, Sie konnten Ihren Kameraden beistehen.«

»Ich habe getan, was ich konnte. Es liegt alles in Gottes Hand.«

Kapitel 16

Aiden trat ins Büro und schloss die Tür hinter sich. Es war kurz vor neun, und weder er noch Macy hatten in der Nacht ein Auge zugetan. Er verschwand hinter der Schranktür und tauchte mit einem frischen Hemd wieder auf. Er stand vor ihr, doch er sah ihr nicht in die Augen.

»Ich muss rüber zum Waldo Canyon. Eine der Feuerwehrmannschaften, die uns bei der Suche nach Lindsay Moore helfen, hat eine Leiche gefunden.«

Macy sah nicht von ihrem Laptop auf. »An der Stelle, wo ihr vor ein paar Tagen den ausgebrannten SUV gefunden habt?«

»Nicht direkt, aber in der Nähe.«

Sie sah auf die Uhr. »Ich erwarte einen Anruf von ein paar Jungs aus John Daltons Einheit. Wenn ich fertig bin, komme ich nach.«

»Du glaubst, dass es Lindsay Moore ist.«

»Wird sonst noch jemand vermisst, der einen SUV fährt?«

»Keine Ahnung. Vielleicht ein Wanderer oder ein Feuerwehrmann.«

»Das glaubst du selbst nicht.«

»Ich rufe dich später an und sage dir, wo wir uns treffen.«

Über der Route 93 flirrte die Luft, und am Horizont verschmolz das schwarze Band des Highways mit dem Himmel. Die Bergkämme im Westen kochten in der Mittagssonne, und graue Rauchfahnen streckten sich in den Himmel. Das Feuer hatte sich bis zur Straße vorgearbeitet. Kilometerweit sah man nichts als kahle Bäume und schwarzes Unterholz. Macy entdeckte einen Briefkasten, eine Einfahrt und die Überreste einer Schaukel. Das Haus, das nur ein paar hundert Meter von der Straße entfernt gestanden hatte, war bis auf die Grundmauern niedergebrannt. Durch die verkohlten Bäume sah Macy den dunklen Kamin.

Sie griff nach dem Telefon und rief zum zweiten Mal in der letzten Stunde ihre Mutter an.

»Mom, tut mir leid, dass ich dich vorhin abwürgen musste. Vielen Dank noch mal, dass ihr gestern gekommen seid.«

»Das war kein Akt.«

»Trotzdem, es war eine schöne Überraschung. Es hat mir so gutgetan. Und vielen Dank fürs Zuhören.«

»Macy, ich habe die halbe Nacht wach gelegen und nachgedacht. Ray tut dir nicht gut. Du musst die Sache beenden.«

Macy warf sich ein paar Aspirin in den Mund und spülte sie mit dem letzten Schluck Diet Coke hinunter.

»Er stand gestern Abend einfach so vor meinem Motelzimmer.«

»Bitte sag mir, dass du ihn weggeschickt hast.«

»Ich habe es versucht.«

»Das reicht nicht.«

»Ich weiß.«

»Kannst du am Wochenende kommen?«

»Sieht nicht so aus. Wir haben noch eine Leiche gefunden.«

»Ich dachte, du hast gesagt, Wilmington Creek wäre ein sicherer Ort.«

»Anscheinend haben sie eine schlechte Woche.«

»Bist du vorsichtig?«

»Immer. Wie geht es Luke?«

Auch ohne dort zu sein, sah Macy vor sich, wie Ellen durchs Kinderzimmer ging, das sie in der Kammer neben Macys Zimmer eingerichtet hatte. Wahrscheinlich hatte sie Luke auf dem Arm.

»Ihm geht es bestens.«

»Bist du nicht zu müde?«

»Lieber Himmel, nein. Außerdem kommen am Wochenende die Mädels. Da habe ich reichlich Hilfe.«

»Pokerabend?«

»Hat der liebe Gott nicht dafür den Samstag erfunden?«

»Behalte Abby im Auge. Sie hat mich letzte Woche ausgenommen.«

»Weil sie schummelt.«

Macy beugte sich blinzelnd vor. In der Ferne schwebte ein Kruzifix über der geschwärzten Landschaft. Erst als sie näher kam, erkannte sie, was sie vor sich hatte. Der Fuß eines Strommasts war abgebrannt, und der obere Teil baumelte an den Leitungen, die an den Isolatoren festhingen.

Macy bog auf den Picknickplatz ein und hielt vor dem ausgebrannten Blockhaus, das einmal das Besucherzentrum gewesen war. »Mom, ich muss los. Ich rufe später noch mal an.«

Es herrschten fast 40 Grad, und bis auf das Ticken des Motors war es totenstill. Der Verkehr, der normalerweise über die Route 93 rollte, war umgeleitet worden, und der gewohnte schrille Chor der Zikaden schwieg. Macy geriet beinahe ins Stolpern, weil sie den Blick nicht von dem Kruzifix losreißen konnte. Als sie das letzte Mal hier gewesen war, flogen bei jedem Schritt Schwärme von Fliegen auf, und in der Luft hing Verwesungsgeruch. Hinter dem Toilettenhäuschen hatte jemand die Leichen von vier osteuropäischen Mädchen entsorgt, die im Laderaum eines Sattelschleppers erstickt waren. Macy würde den Gestank nie vergessen. Es war ihr erster großer Fall, und Ray hatte die Ermittlung geleitet. Er hatte Macy unter seine Fittiche genommen, und ihr Leben hatte sich von Grund auf verändert.

Ihr dünnes Baumwollhemd bot keinen Schutz vor der sengenden Sonne. Sie hatte das Gefühl, wenn sie noch länger in der Hitze stand, würde sie anfangen zu brennen. Schwindelig kehrte sie zum Wagen zurück. Sie setzte sich hinter das Lenkrad und fischte noch eine Dose Diet Coke aus der Kühlbox. Während die Klimaanlage auf höchster Stufe vor sich hin brummte, kühlte Macy ihre Stirn mit der eiskalten Dose.

Die Ausfahrt zum Waldo Canyon war nur ein paar Kilometer weiter. Aidens Dienstwagen stand am Straßenrand. Er tippte sich an den Hut und bedeutete Macy, ihm zu folgen. Macy war froh, dass sie allein im Wagen saß. Sie hatte keine Lust zu reden. Sie starrte in die verkohlte Landschaft und versuchte, sich zu konzentrieren. Ray hatte angerufen, um mitzuteilen, dass er John Daltons Obduktionsbericht nach Wilmington Creek bringen würde, um die Ergebnisse persönlich zu besprechen. Am Telefon wollte er nicht sagen, was los war. *Es ist komplizierter geworden. Das muss ich dir persönlich sagen.*

Sie kamen nur langsam voran. Mehrmals mussten sie am Rand anhalten, um Trucks mit Feuerwehrleuten vorbeizulassen. Ihre Gesichter waren so verrußt, dass sie alle gleich aussahen. Während ihrer Collegezeit hatte Macy ein paar Sommer bei der Feuerwehr gejobbt. Manche der Typen, mit denen sie arbeitete, jagten ihr mehr Angst ein als die Feuersbrunst. Sie achtete stets darauf, nie mit ihnen allein zu sein. Sie hatte Kriminalpsychologie studiert, und jeder, dem sie begegnete, war eine potentielle Fallstudie.

Nach einer Kurve öffnete sich der Blick. An den höheren Hängen ragten die schwarzen Baumstümpfe aus der Landschaft. Sie verließen die geteerte Straße und rumpelten knapp zwei Kilometer über einen Kiesweg, bis sie den ausgebrannten SUV erreichten.

Macy verschwendete keine Zeit mit Smalltalk. »Ist das Lindsays Wagen?«

»Die Fahrzeugnummer stimmt überein. Das letzte Mal wurde Lindsay Moore am Dienstagmittag in einem Diner in Walleye gesehen. Laut Aussage der Kellnerin war sie allein.«

»Hat es am Dienstagnachmittag hier in der Gegend gebrannt?«

Er wischte sich mit dem Ärmel über die Stirn und setzte den Hut wieder auf. »Das Feuer hat sich schnell ausgebreitet. Sie hätte nie hier heraufkommen dürfen.«

»Vielleicht war sie verabredet.«

»Möglich, ich weiß nicht, ob wir das je erfahren werden.«

Von dem SUV war nur ein Gestell aus versengtem Metall und zerbrochenem Glas übrig. Unter den Felgen hatten sich schwarze Pfützen geschmolzenen Gummis gebildet, und im Innern klebten die Reste der verkohlten Polster. Der Schaumstoff hatte sich verflüssigt und war auf den Boden getropft.

»Irgendeine Spur von einem Telefon oder Laptop?«

»Wir haben die ganze Gegend abgesucht und nichts gefunden. Wann hat sie sich das letzte Mal gemeldet?«

»Anscheinend letzte Woche.«

»Man hätte denken können, dein Chef hätte sie besser im Auge.«

»Das ist nicht unbedingt sein Stil.«

»Ich arbeite nicht für ihn, ich kenne mich nicht aus.«

»Aiden, falls du es noch nicht gemerkt hast, wir arbeiten alle für Ray.« Sie sah sich das Umfeld des Wagens an. Während manche Bäume von der Wurzel bis zur Spitze verbrannt waren, waren andere unversehrt. Nur wenige Schritte von der Heckstoßstange entfernt entdeckte sie sogar Blumen, und auf einer Lichtung nur etwa fünfzig Meter weiter stand eine grüne Wiese voller hüfthoher Lupinen und gelber Balsamwurzeln. Es war vollkommen unlogisch. »Wann hat der Waldbrand im Waldo Canyon angefangen?«

»Ein Pilot hat ihn am Mittwoch gemeldet. Der Brandherd liegt etwa acht Kilometer weiter westlich, in der Nähe des Prospect Lake.«

»Ist dir aufgefallen, dass der Bereich um den Wagen nicht abgebrannt ist wie der Wald weiter oben am Hang?«

Aiden drehte sich um und spuckte auf den Boden. »Weiter oben sind nur noch schwarze Stümpfe.«

Macy versuchte, sich zu konzentrieren, doch die Hitze machte es schwer. »Rund um den SUV hat sich das Feuer unsystematisch ausgebreitet. Manche Bäume sind unversehrt, andere völlig niedergebrannt. Ein paar Meter vor der Stoßstange wachsen Blumen, aber auf der anderen Seite des Wagens ist alles weg. Bei einer Feuerwalze wäre die Zerstörung viel gleichmäßiger und nur noch Asche übrig. Aber das hier sieht aus wie ein Muster, das man eher vom Anfang eines Brandes kennt, bevor er seine eigene Kraft entwickelt.«

»Wie gesagt, vor Dienstag hat es hier noch nicht gebrannt.«

»Ich glaube, bei dem SUV wurde Brandbeschleuniger benutzt.« Sie zeigte aufs Unterholz. »Das Brandmuster ist viel zu geradlinig. Es sieht aus, als wäre jemand herumgegangen, hätte Brandbeschleuniger verteilt und ihn anschließend angezündet.«

»Vielleicht hat jemand Benzin aus dem Tank gezapft.«

»Die Spurensicherung soll sich das noch einmal ansehen.« Sie hielt inne. »Sind sie noch in der Schlucht?«

»Ja, und nicht sehr glücklich darüber. Anscheinend kochen sie in der Schutzausrüstung. Lindsay Moores Leiche wurde vor etwa einer Stunde mit einem Helikopter abgeholt. Wahrscheinlich ist sie schon in der Gerichtsmedizin.«

Macy warf einen Blick in ihre Notizen. »Sie hat mit dir geredet. Was denkst du? Ist es möglich, dass sie in irgendwas Gefährliches hineingestolpert ist?«

»Ich hatte den Eindruck, sie war ziemlich streitlustig, was jetzt, wo ich weiß, wer sie wirklich war, natürlich passt. Jedenfalls hatte sie keine Angst, sich mit den Leuten hier anzulegen. Wir haben uns in einer Bar getroffen, und sie hat nur Wasser bestellt. Sie kam mir vor wie jemand, der das Leben etwas zu ernst nimmt.«

Macy steckte den Kopf in das kaputte Fenster des SUV. Es war unmöglich zu erkennen, ob Lindsay mit Gewalt herausgezerrt worden war. »Hatte sie hier oben einen Freund?«

»Nicht, dass ich wüsste. Warum?«

Macy strich sich das Haar aus dem Gesicht. Ein dünner Schmutzfilm klebte an ihrer Haut. »Nur so. Sie war immer irgendwie verschlossen. Sie hat sich nie privat mit Kollegen getroffen. Ich muss zugeben, dass ich neugierig war.«

»Jedenfalls hat sie den Leuten gern ans Bein gepinkelt. Nicht gerade die nette Art.«

»Nett oder nicht nett. Keiner verdient zu sterben.« Macy sah den Hang hinauf und seufzte. »Ich schätze, mit dem Wagen kommen wir nicht weiter.«

Aiden griff nach seinem Rucksack. »Nein, ab hier gehen wir zu Fuß. Wir müssen vorsichtig sein. Das Feuer kann immer wieder aufflammen.« Er warf einen Blick auf ihre Tasche. »Hast du Wasser?«

»Ja.«

Er breitete eine Landkarte auf der Motorhaube seines

Wagens aus. Jemand hatte den Bereich des Feuers im Waldo Canyon eingezeichnet. »Wir sind hier.« Mit dem Finger folgte er einer langen blauen Linie, von der Mündung des Bachs in den Flathead River bis zu der Stelle, wo sie Lindsay gefunden hatten.

»Warum sollte sie in Richtung des Feuers laufen, wenn jeder normale Mensch in die andere Richtung rennen würde?«

»Vielleicht wurde sie verfolgt.«

Sie machten sich auf den Weg die Lichtung hinauf, bis sie nach ein paar Minuten den Wald erreichten. Das Laubdach war abgebrannt, und Macy konnte direkt in den Himmel sehen. Sie blieb dicht hinter Aiden. Es gab keine Orientierungspunkte, doch Aiden schien zu wissen, wo es langging. Er erzählte ihr, dass er während der Schulzeit im Sommer beim Forstamt gejobbt hatte.

»Früher kannte ich mich ziemlich gut aus hier oben, aber bei all der Verwüstung ist es schwer.« Er streifte die glimmenden Reste eines umgefallenen Baums. Weiße Asche stob auf, darunter kam rotglühende Kohle zum Vorschein. Aiden trank einen Schluck Wasser und bedeutete Macy, das Gleiche zu tun. »Ich habe das Gelände noch nie so ausgetrocknet gesehen.«

Macy nickte. Sie konnte kaum atmen, geschweige denn sprechen. Der Pfad führte jetzt abwärts, und sie stiegen über enge Serpentinen vorsichtig in die schmale Schlucht hinab. Das Flussbett war voll mit Trümmern und Geröll. Rings um ein schwarzes Wasserbecken lagen verkohlte Baumstümpfe und Felsbrocken. Macy hatte Fotos des Fundorts über E-Mail erhalten und erkannte die Stelle wieder. Das Wasser war so von Asche gesättigt, dass man nichts gesehen hatte außer Lindsay Moores Gesicht. Ihr Ausdruck war leer. Kein Anzeichen von Panik oder einem letzten qualvollen Hilfeschrei.

Es sah aus, als hätte sie einfach die Augen geschlossen und wäre gestorben.

Macy und Ryan Marshall, der Gerichtsmediziner, arbeiteten schon so lange zusammen, dass er sich nicht mit Förmlichkeiten aufhielt.

»Ich weiß nicht genau, was hier passiert ist. Bei der vorläufigen Untersuchung haben wir eine Wunde an der rechten Schulter gefunden, höchstwahrscheinlich eine Schussverletzung. Es gibt Abschürfungen an den Händen, möglicherweise Abwehrverletzungen. Und Striemen an den Handgelenken, die Fesselspuren sein könnten. Bei den extremen Temperaturen ist der Todeszeitpunkt fast unmöglich festzusetzen, aber Aiden zufolge hat es hier zwischen 17 und 18 Uhr am Dienstagnachmittag gebrannt.«

»Haben wir eine Todesursache?«

»Ich glaube nicht, dass die Wunde an der Schulter lebensbedrohlich war. Ich würde sagen, Rauchvergiftung. Aber wir müssen die Obduktion abwarten, um sicher zu sein.«

Aiden sah an der Felswand hinauf. »Vielleicht hat sie sich verirrt und ist einfach in den Abgrund gestolpert.«

Im Osten konnte Macy das Flathead Valley erkennen. »Habt ihr ein Handy gefunden?«

»Wir fangen gerade an, im Wasser zu suchen. Ein paar unserer Leute haben den Bereich um das Fahrzeug mit der Lupe abgesucht, aber da war nichts.«

»Dein Team soll sich den Wagen noch mal ansehen. Ich glaube, es wurde Brandbeschleuniger benutzt.«

»Du bist der Boss.«

»Wenn es so wäre, würde ich zu Hause sitzen und die Füße hochlegen. Aiden, wie heiß soll es heute werden?«

»Über 40 Grad.«

Ryan öffnete den Kragen seines Schutzanzugs. »Hier drin

sind es fünfzig. Wir müssen uns beeilen, sonst gibt es noch mehr Tote.«

Macy sah sich in der Schlucht um. »Vielleicht hat sie die Schlucht gesucht. Sie führt direkt ins Tal.«

»Könnte sein.«

Macy kniete sich ans Wasser. Die Klippe lag hoch über ihr. »Wenn sie gekonnt hätte, wäre Lindsay gerannt. Ich glaube, sie hat sich beim Sturz verletzt.«

Ryan schälte sich aus seinem Anzug. »Das werden wir bald wissen.«

»Wir brauchen die Verbindungsdaten ihres Handys. Sie muss einen guten Grund gehabt haben, hier rauszukommen.«

Aiden und Macy stiegen schweigend aus der Schlucht. Er ging jetzt schneller, und sie hatte Schwierigkeiten mitzuhalten. Sie versuchte, sich die Anstrengung nicht anmerken zu lassen.

Als sie aufholte, ging es wieder abwärts. »Aiden, ich weiß, es gefällt dir nicht, auf diese Art von Lindsay zu erfahren, aber ich möchte eins klarstellen. Bis gestern Abend hatte ich auch keine Ahnung, dass sie in Wilmington Creek war.«

»Du musst dich nicht entschuldigen. Das ist Rays Aufgabe.«

»Da kannst du lange warten. Er entschuldigt sich nie.«

»Wie lange kennst du ihn schon?«

»Ray? Fast zwölf Jahre. Er hat mich rekrutiert.«

»Ich hätte mir denken können, dass mit dieser Patricia Dune irgendwas nicht stimmt.«

»Wieso?«

»Weil ich sie zusammen gesehen habe.«

»Wann war das?«

»Anfang Mai. Es war spät, und ich habe seinen Wagen angehalten, weil er zu schnell war. Schöne Überraschung, den

Chief der State Police hier bei uns im Norden beim Rasen zu erwischen. Patricia Dune saß auf dem Beifahrersitz. Er hat mir nicht gesagt, dass sie Polizistin ist, also ging ich davon aus, dass da was anderes lief.«

»Du dachtest, sie haben eine Affäre?«

»Ein verheirateter Mann mit einer attraktiven Frau um die Uhrzeit. Was hätte ich sonst denken sollen?«

»Aber du hast dich geirrt.«

Aiden drehte sich zu ihr und sah sie an. »Ich gebe dir einen Rat. Du solltest aufhören, mit deinem Chef zu schlafen.«

»Du gehst zu weit.«

»*Du* gehst zu weit.«

»Hast du mich beobachtet?«

»Du warst nicht sehr diskret. Dein Motel ist einen Häuserblock vom Sheriff's Office entfernt. Deine Zimmertür geht direkt auf die Main Street.«

Sie erinnerte sich an den Mann auf dem Sprungbrett. »Und du hast zufällig davorgesessen?«

»Sei nicht albern. Ich habe die Protokolle der Befragungen bei Crawley aufs Revier gebracht. Als ich sah, dass du Besuch hast, bin ich nach Hause gefahren.«

»Es ist nicht so, wie du denkst.«

»Ist Ray Davidson der Mann, von dem du neulich abends erzählt hast?«

»Ja.«

»Dann ist es genau so, wie ich denke.«

»Haben wir jetzt ein Problem, zusammenzuarbeiten?«

»Wenn Lindsay Moores Haus nicht abgebrannt wäre, hättest du mir dann gesagt, dass sie hier ist?«

»Natürlich. Aber Lindsay war verschwunden, und ich musste schnell handeln. Ray wollte wissen, ob er sich Sorgen machen muss.«

»Und da schickt er seine Freundin, um sich umzusehen.«

»Jetzt hör mal zu. Es ist eine Sache, mein Privatleben zu verurteilen, aber wage es nicht, mir zu sagen, wie ich meinen Job machen soll. Ich bin verdammt gut. Ich habe jedes Recht, hier zu sein. Wenn ich arbeite, bin ich niemandes Freundin.«

Aiden schob die Hände in die Taschen. »Okay, tut mir leid. Das war daneben.«

»Deine Probleme mit Ray sind nicht neu, oder?«

»Wir haben keine Probleme. Mir gefällt nur sein Stil nicht. Er ist mir zu sehr Politiker.«

Macy überholte ihn. »Ich habe nie gesagt, er wäre ein Heiliger.«

»Ich habe auch nicht gesagt, ich wäre einer.«

»Reden wir einfach nicht mehr davon. Lindsay war auf der Suche nach Ethan Green, und jetzt ist sie tot. Ob es dir gefällt oder nicht, er ist ein Tatverdächtiger.«

»Nach der Geschichte zwischen Green und Jeremy Dalton gibt einem das zu denken.«

»Weißt du, warum sie sich zerstritten haben? Jeremy hörte sich so an, als wären sie mal Freunde gewesen.«

»Es gibt Gerüchte, aber keiner weiß Genaues. Manche sagen, es war was Persönliches, andere sagen, es war politisch. Ethan hat seine Bürgerwehr Mitte der Siebziger gegründet. Wir müssten eine Kopie der ursprünglichen Satzung in den Akten haben. Er war gegen Staatsinterventionismus und den Privatbesitz von Nutzflächen. Jeremys Familie gehörte zu den größten Grundbesitzern im Tal. Natürlich waren sie Gegner. Doch der Konflikt spitzte sich erst mit der Belagerung von Ruby Ridge zu.«

»Was hatte Ruby Ridge damit zu tun?«

»Jeremy verteidigte das Handeln der Regierung öffentlich, was Ethan Green für eine Kriegserklärung hielt.«

»Ist Jeremy bei seiner harten Linie geblieben? In Ruby Ridge haben die Behörden schwerwiegende Fehler gemacht, die zum Tod von Randy Weavers Sohn und Frau geführt haben, beide vollkommen unschuldig. Wie kann er das Verhalten der Regierung verteidigen?«

»In Waco war es genauso schlimm. Anscheinend hat niemand daraus gelernt.«

»Wie viele Mordfälle habt ihr hier im Schnitt pro Jahr?«

»Einen, vielleicht zwei, aber das gilt für das ganze Tal.«

»Wie hoch ist die Chance, dass diese beiden Fälle nicht zusammenhängen?«

»Fast null.«

»Vielleicht hat Lindsay Ethan Green gefunden.«

»Wenn, dann hat sie in ein Wespennest gestochen.«

»Gibt es seine Bürgerwehr noch?«

»Es gab einen Machtkampf, und dann hat sich die New Montana Militia unter anderer Führung neu gebildet. Ethan landete auf der Ersatzbank. Er hat ein paar Getreue mitgenommen. Nach Oklahoma haben sie weitere Mitglieder verloren. Erst in den letzten Jahren hatten sie wieder Zulauf.«

»Hat Ethan Green Leute mobilisiert?«

»Wie gesagt, letzten Sommer ist er komplett von der Bildfläche verschwunden. Ist dieser Informant von dem Highway-Mord verlässlich?«

»Ich weiß es nicht, weil er nicht für mich arbeitet, aber ich höre mich um. Was ist mit dem Grundstück, auf dem Ethan gelebt hat? Läuft es noch auf seinen Namen?«

»Im Moment noch. Er ist mit der Grundsteuer in Verzug. Ich habe gehört, es wird versteigert.«

»Warst du in letzter Zeit mal da?«

»Nein, seit gut einem Jahr nicht.«

»Und was ist der andere Grund?«

»Was meinst du damit?«

»Du hast gesagt, es gäbe vielleicht einen persönlichen Grund für den Streit zwischen Ethan und Jeremy.«

»Es gab immer Gerede über Annie und Ethan. Es heißt, sie hätten eine Affäre gehabt. Andererseits wird über Annie viel gesagt. Sie war hierzulande nie besonders beliebt.«

Macy zog die Brauen hoch. »John war nicht sicher, ob Jeremy sein richtiger Vater ist. Vielleicht ging es darum.«

»Auf jeden Fall wirft das ein neues Licht auf die SMS, die Annie von Johns Telefon bekommen hat.«

Sie traten auf die Lichtung und stiegen über die aufgeschüttete Erde einer frisch ausgehobenen Brandschneise. Obwohl die Sonne hoch am Himmel stand, war es auf dem offenen Gelände ein bisschen kühler. Nach zweihundert Metern sah Macy, wie sich das Licht in den Windschutzscheiben ihrer Fahrzeuge spiegelte. Sie konzentrierte sich auf die letzte Dose Diet Coke in der Kühlbox. Die Aussicht darauf mobilisierte ihre letzten Reserven.

»Du hast gesagt, die Leiche wurde von Feuerwehrleuten gefunden.«

»Sie haben uns bei der Suche geholfen.«

»Frag nach, ob einer von denen, die Lindsay gefunden haben, Nick heißt. Man weiß nie. Der Mann, der Lana im Whitefish belästigt hat, war Feuerwehrmann.«

»Ich rufe mal an.«

Aiden griff nach dem Telefon, doch Macy ging weiter.

»Wenn es dir recht ist, gehe ich vor. Ich breche zusammen, wenn ich nicht schnell was Kühles zu trinken bekomme.«

Ein paar Minuten später kam Aiden nach. Ihr Motor lief, und sie hatte die Klimaanlage auf Maximum gestellt. Sie reichte ihm eine Wasserflasche aus der Kühlbox. »Sieht aus, als hättest du es nötig.«

200

»Vielleicht haben wir Glück. Bei den Leuten, die die Leiche gefunden haben, war ein Nick Childs. Anscheinend passt das Phantombild auf ihn. Ich habe ihn und seinen Freund Peter Lane aufs Revier bestellt. Ich schicke ihre Fotos an Lana und Jean im Whitefish.«

»Das wäre ein großer Fortschritt.«

»Manchmal machen sie es uns leicht. Was haben eigentlich die Kameraden aus John Daltons Einheit gesagt?«

»Dieselbe Geschichte. John war ein ausgeglichener Typ. Keine Streits mit irgendwem. Ein Friedensstifter.«

Aidens Telefon klingelte. Er drückte es sich ans Ohr und rieb sich die Augen.

»Okay. Okay. Ich verstehe. Schreib ihn zur Fahndung aus und schick ein paar Leute zu dem Campingplatz, wo er übernachtet hat. Ich treffe sie dort.« Er legte auf und sah Macy an. »Nick Childs ist vor ungefähr einer Stunde weggefahren, in südlicher Richtung. Sie haben seinen Namen durchs System laufen lassen. Er ist vorbestraft. Sexuelle Belästigung und bewaffneter Raubüberfall.«

»Haben wir sein Kennzeichen?«

»Ja, wir finden ihn. Sein Freund Peter Lane ist auf dem Weg zur Wache.«

»Ich fahre gleich hin und nehme ihn mir vor.« Macy stieg in den Wagen. »Ruf an, wenn du was Interessantes auf dem Campingplatz findest.«

Kapitel 17

Auf dem Weg zum Verhörraum blieb Macy am Snackautomaten stehen. Sie hatte schnell im Motel geduscht. Ihr Haar war noch nass, und ihr war kalt. Sie drückte die Taste für einen Schokoriegel, als ihr Telefon klingelte. Es war Aiden. Sie stellte sich ans Fenster, wo das Netz besser war. Die Sonne fiel in Streifen durch die Jalousien.

»Aiden, hier müsstest du mich besser hören.«

»Laut und deutlich. Nick Childs wurde ein paar Kilometer nördlich von Kalispell angehalten. Die örtliche Polizei hat ihn festgenommen. Er hatte keine Waffe dabei.«

»Die hätte er überall zwischen hier und Kalispell loswerden können.«

»Ich bin noch auf dem Campingplatz. Sieht aus, als wäre er überstürzt aufgebrochen.«

»Wann können wir ihn verhören?«

»Sobald er erkennungsdienstlich erfasst ist. Sie bringen ihn rauf.«

»Das ist sehr freundlich.«

»Anscheinend ist nicht viel los in Kalispell.«

»Sag ihnen, sie sollen nachsehen, ob er ein Navi im Wagen

hat. Falls es an war, kriegen wir vielleicht raus, wo er sich in der Nacht, als John ermordet wurde, aufgehalten hat.«

»Mache ich. Übrigens fährt er keinen Achtzylinder. Es ist ein ganz normaler Pick-up.«

»Montanas Liebling, der Ford F-150?«

»Ganz genau.«

»Ray hat sich gemeldet. Er ist in einer Stunde hier, um über den Fall zu sprechen.«

»Meinst du, er will sich entschuldigen?«

»Bestimmt nicht. Ich habe das Gefühl, die Spurenermittlung ist auf etwas Unerwartetes gestoßen. Ich habe angerufen, um nachzufragen, aber sie haben gesagt, ich soll mit Ray reden.«

»Als wäre es nicht kompliziert genug.«

»Ich habe den Zugangscode für Lindsays Berichte auf dem Hauptcomputer. Bis jetzt ist da nichts, das aussieht, als hätte sie auch nur eine Spur von Ethan Green gefunden. Im Gegenteil, sie war überzeugt, dass er entweder tot oder weggezogen ist. Wir brauchen schon einen handfesten Beweis, wenn wir ihn mit ihrem Tod in Verbindung bringen wollen.«

»Es wäre schön, wenn uns Nick Childs weiterhilft. Was haben wir über ihn und seinen Freund?«

Macy warf einen Blick in ihre Aufzeichnungen. »Sie sind nur im Sommer bei der Feuerwehr. Childs seit Jahren, Peter Lane war das erste Mal dabei. Childs hat an dem Nachmittag, als Lindsay Moore verschwand, draußen am Waldo Canyon gearbeitet.«

»Was Zufall sein könnte.«

»Ich habe auch ein paar Jahre bei der Feuerwehr gejobbt. Es ist schwierig, unbemerkt wegzukommen.«

»Wir reden mit jedem aus dem Team. Was machen sie den Rest des Jahres?«

»Im Winter ist Nick Childs Liftwart unten im Big Sky Resort, und Peter Lane ist Englischlehrer an der Bozeman Highschool.«

»Hast du schon mit ihm gesprochen?«

»Ich wollte gerade zu ihm. Ich berichte dir, was ich rausfinde.«

Als sie den Verhörraum betrat, stand Peter Lane auf und wischte sich die Hände an den Shorts ab. Er war erst 31, doch er wurde schon kahl. Seine Finger waren mit Pflasterband umwickelt.

»Mr Lane, mein Name ist Detective Macy Greeley.«

Er schüttelte ihr fest die Hand. »Sehr erfreut.«

Macy schaltete das Aufnahmegerät ein. »Ich versichere Ihnen, das ist reine Formalität. Mr Lane, würden Sie uns Ihren vollen Namen und Ihr Geburtsdatum nennen?«

Er stotterte leicht. »Bin ich … verhaftet?«

»Mr Lane, Sie haben darauf verzichtet, einen Anwalt hinzuzuziehen. Haben Sie Ihre Meinung geändert?«

»Geht es um die Leiche, die wir gefunden haben?«

»Auch darüber möchte ich mit Ihnen sprechen, aber bevor wir fortfahren können, muss ich Sie bitten, Ihren Namen und Ihr Geburtsdatum zu nennen.«

Peter beugte sich zum Aufnahmegerät und sprach langsam hinein. »Peter Lane, geboren am 3. Juni 1983.«

Macy lächelte. »Das war nicht schwer, oder?«

»Nein, Ma'am. Die Frau, die wir gefunden haben. Geht es darum?«

Macy legte einen Hefter auf den Tisch und nahm ihr Notizbuch heraus. »Wir glauben, dass sie beim Waldbrand ums Leben gekommen ist.« Sie zog ein Foto von Lindsay Moore aus der Akte und schob es über den Tisch. »Reine Neugier, Mr Lane, was für einen Wagen fahren Sie?«

Peter Lane starrte das Bild an. Lindsay trug ihre volle Uniform und sah direkt in die Kamera. »Ich habe einen Volvo-Kombi«, sagte er, bevor er zu Macy aufblickte. »Wer ist das?«

»Sie haben sie nie gesehen?«

Er schüttelte den Kopf.

»Lassen Sie sich Zeit. Sie sollen ganz sicher sein.«

»Ich bin mir sicher. Wer ist sie?«

»Das ist die Frau, deren Leiche Sie im Waldo Canyon gefunden haben.«

Seine Stimme rutschte eine Oktave nach oben. »Sie war Polizistin?«

Macy tippte mit dem Zeigefinger auf das Foto. »Lindsay Moore war Sonderermittlerin der State Police.«

»Ich habe nichts damit zu tun.«

»Sie haben sie nur gefunden?«

»Eigentlich hat Nick sie gefunden, nicht ich.«

»Warum steht es anders im Bericht?«

»Nick hat eine Exfrau, die Geld von ihm will. Er hatte Angst, dass sein Name in der Zeitung landet.«

Macy sah in ihre Aufzeichnungen.

»Wussten Sie, dass Ihr Freund Nick als Zeuge in einem Mordfall gesucht wurde?«

Peter Lane sah sie verständnislos an.

Macy lehnte sich zurück. »Vor ein paar Tagen wurde hinter dem Whitefish ein Mann erschossen. Soweit ich weiß, kennen Sie das Lokal. Sie sind häufig mit Ihrem Freund Nick dort gewesen.«

»Ja, aber ...«

»Und Sie wurden beide des Lokals verwiesen, nachdem sich eine Frau, die dort arbeitet, über Sie beschwert hat.«

»Damit hatte ich nichts zu tun.«

»Das scheint ein Muster zu sein, Mr Lane. Offensichtlich sind Sie öfter mit Nick Childs an Orten, an denen Sie nicht sein sollten, und immer wenn etwas passiert, hat es nichts mit Ihnen zu tun. Wissen Sie, dass Ihr Freund im Gewahrsam der Polizei in Kalispell ist?«

Peter schüttelte den Kopf. An seinem Hals waren rote Flecken zu sehen. Weinroter Ausschlag kroch unter seine Bartstoppeln. Er rieb sich das Gesicht.

»Mr Childs ist weggefahren, bevor wir Sie beide zur Befragung aufs Revier bestellen konnten.«

»Nick hat mir gesagt, er fährt ein paar Tage weg, aber er hat nicht gesagt, warum.«

»Natürlich macht er sich damit verdächtig. Ich muss nur herausfinden, was er zu verbergen hat.«

Peter begann, an dem Pflasterband herumzuzupfen.

»Mr Lane, ich würde gern wissen, warum Lana Clark sich bei ihrem Manager beschwert hat, nachdem Sie beide die Bar besucht hatten. Können Sie mir helfen?«

»Ich weiß nicht.«

»Überzeugt es Sie vielleicht, mit uns zusammenzuarbeiten, wenn Sie wissen, dass Nick Childs wegen verschiedener Delikte Haftstrafen verbüßt hat, darunter sexuelle Belästigung und bewaffneter Raubüberfall?«

»Das wusste ich nicht!«

»Sie sind Lehrer und Vater von zwei kleinen Kindern. Sie sollten sich von Leuten wie ihm fernhalten.«

Wieder überschlug sich seine Stimme. »Er hat gesagt, er kennt Lana von früher. Die ersten paar Male war sie freundlich, aber dann ist sie ausgerastet, weil Nick sagte, früher hätte sie nie ein Problem damit gehabt, Geld für ihre Dienste zu nehmen, und wieso sie sich so anstellt. Ich wollte dazwischengehen, aber da waren wir schon rausgeflogen. Seitdem habe ich einen großen Bogen um die Kneipe gemacht. Für Nick kann ich natürlich nicht sprechen.«

»Hat Nick irgendetwas gesagt, das das, was er über Lanas Vergangenheit sagte, für Sie glaubhaft machte? Hat er irgendeinen Namen oder Ort genannt?«

»An dem Abend, als wir aus dem Whitefish rausgeflogen sind, hat er sie gefragt, ob Charlie wüsste, wie sie das College wirklich bezahlt hat.«

»Charlie?«

Er zuckte die Schultern. »Mehr hat er nicht gesagt.«

»War er wütend über das Lokalverbot?«

»Überhaupt nicht. Ich hatte den Eindruck, er fand es lustig.«

»Mr Lane, Sie scheinen ein netter Mann zu sein. Angesichts von Nick Childs' Verhalten wundere ich mich, dass Sie mit ihm befreundet blieben.«

»Nick hat sich um mich gekümmert. Ich war das erste Mal bei der Feuerwehr und hatte keine Ahnung, wie es da lief. Ich war Nick dankbar, aber seit dem Abend im Whitefish bin ich misstrauisch geworden. Ich habe versucht, auf Abstand zu gehen.«

Macy nahm Lindsays Foto und schob es zurück in die Akte. »Mr Lane, vielen Dank für Ihre Kooperation. Vielleicht habe ich noch ein paar Fragen, deshalb bleiben Sie bitte noch hier. Geht das?«

»Ja, ich schätze schon. Ich fahre erst morgen nach Hause.«

»Kann ich Ihnen ein Sandwich oder so was besorgen?«

»Danke. Egal was. Ich esse alles.«

Macy schloss die Tür und rief Aiden an.

»Lana hat gelogen. Nick Childs kannte sie aus Georgia. An dem Abend, als er aus dem Whitefish flog, hat er Charlie Lotts Namen erwähnt.«

»Glaubst du, es stimmt, dass sie als Prostituierte gearbeitet hat?«

»Wir müssen noch einmal mit ihr sprechen.«

»Besteht die Möglichkeit, dass Nick Childs unser Mörder ist?«

»Ich bin mir nicht sicher.«

»Wir haben den Zeltplatz abgesucht, aber nichts gefunden. Niemand hat bemerkt, dass er sich an dem Nachmittag, als Lindsay verschwand, von der Gruppe entfernt hätte.«

»Gut, halt mich auf dem Laufenden. Ich sehe mal, ob Ray schon da ist.«

Macy fand Ray an Aidens Arbeitsplatz. Er hatte die Füße auf den Tisch gelegt und las die Zeitung. Sie musterte ihn ein paar Sekunden, bevor sie hineinging und die Tür schloss.

»Hast du lange gewartet?«

»Nein. Ich bin hergeflogen. Nachdem ich erst um vier wieder in Helena war, schien mir das am vernünftigsten.«

»Muss eine nette Abwechslung von der ständigen Fahrerei gewesen sein.«

»Sie haben mir gesagt, du hast einen möglichen Zeugen befragt.« Er entfernte eine Fluse vom Hosenbein. »Und da dachte ich, ich warte hier.«

Als sie an ihren Schreibtisch ging, hielt er sie am Handgelenk fest und versuchte, sie zu küssen.

Sie riss sich los. »Ray, das ist nicht dein Ernst.«

Er lachte. »Manchmal bist du so eine …«

»Denk nicht mal daran, den Satz zu beenden.« Sie setzte sich und schaltete den Laptop ein. Während ihrer Abwesenheit hatte sie 126 E-Mails erhalten, und keine davon von der Gerichtsmedizin. »Bitte sag mir, dass du den Obduktionsbericht dabeihast und etwas von der Ballistik.«

Er klopfte auf den Aktenordner, der auf dem Tisch lag. »Ich habe alles hier.«

»Und?«

»Und ich glaube, wir sollten auf Sheriff Marsh warten.«

»Er lässt den Campingplatz eines Verdächtigen durchsuchen. Es dauert noch Stunden, bis er wieder da ist.«

»Wir haben gerade telefoniert. Er ist unterwegs.«

Macy reichte Ray das Phantombild von Nick Childs. »Ich habe Peter Lane befragt. Anscheinend kannte Nick Childs Lana Clark und ihren Freund Charlie Lott aus Georgia. Wir müssen noch klären, ob er etwas mit dem Mord an John Dalton zu tun hatte.«

»Negativ.«

Macy faltete die Hände im Schoß. »Du machst es echt spannend, oder?«

»Ja.«

»Und das nur, weil ich dich nicht geküsst habe?«

»Ja.«

Sie zeigte auf seine Füße. »Falls du nicht wie ein echter Rüpel rüberkommen willst, würde ich die Schuhe von Aidens Schreibtisch nehmen.«

»Du bist so empfindlich heute.«

»Das hast du dir wohl anders vorgestellt.«

»Wollen wir uns den ganzen Nachmittag angiften?«

»Keine gute Idee.«

»Die letzten vierundzwanzig Stunden waren lang. Du musst nett zu mir sein.«

Sie sah auf den Computerbildschirm. »Hast du nicht gesagt, du kanntest Lindsays Vater?«

»Ja, er war ein enger Freund von mir. Er war für mich da, als ich neu in der Truppe war. Seit seinem Tod war Lindsay ziemlich allein. Sie ist wie Familie für mich.«

»Keine Mutter?«

»Die beiden reden nicht miteinander. Es war eine hässliche Scheidung, und Lindsay hat sich auf die Seite ihres Vaters geschlagen.« Ray stellte die Füße auf den Boden und drehte den Stuhl, so dass er Macy direkt ansah. Fast berührten sich ihre Knie. »Ihre Schwester hat zu ihrer Mutter gehalten, als die Familie in die Brüche ging. Ich weiß nicht, wo sie zurzeit ist. Ich habe gerade mit der Mutter telefoniert. Immerhin weiß sie jetzt, dass ihre Tochter tot ist.«

Macy senkte die Stimme. »Musst du heute Abend noch zurück?«

»Das Flugzeug startet in einer Stunde.«

»Du könntest eine Ausrede erfinden.«

»Tut mir leid, es geht nicht.«

Macy las weiter ihre E-Mails.

»Macy, sei nicht sauer.«

Sie schüttelte den Kopf. »Ich bin nicht sauer, Ray. Es ist mir egal.«

»Das klingt noch schlimmer.«

»Ist es auch.«

»Hör auf damit. Ich war gestern Abend hier. Ich habe nur ein paar Stunden geschlafen.«

»Schön für dich. Ich habe überhaupt nicht geschlafen.«

Es klopfte, und Ray erhob sich, als die Tür aufging. Aiden stellte seinen Rucksack auf den Boden, dann schüttelte er Ray die Hand. Er lächelte nicht.

»Lange her.«

»Ja. Detective Greeley hat mich auf dem Laufenden gehalten.«

»Tut mir leid, dass wir keine besseren Nachrichten haben.«

»Es ist ein tragischer Verlust. Lindsay war eine gute Polizistin.«

Aiden warf Macy einen Blick zu, doch sie sah nicht von ihrem Laptop auf. »Macy sagte, Sie hätten Informationen im Fall Dalton?«

»Es gab eine ballistische Übereinstimmung mit der Waffe, mit der letzten Sommer der Highway Patrol Officer Timothy Wallace erschossen wurde. Ethan Green wurde deswegen zwar nie belangt, aber bekanntlich wurde er inzwischen von zuverlässiger Quelle als Täter identifiziert.«

Aiden setzte sich an den Schreibtisch. »Und ich hatte gehofft, Green hätte ins Gras gebissen.«

»Da ist noch mehr. Ich habe eine Eiluntersuchung der Kugel aus Lindsays Schulter vornehmen lassen. Die Techniker haben sie mit den Kugeln, die Dalton getötet haben, verglichen. Sie stammt aus derselben Waffe.« Ray reichte Macy und Aiden Kopien des Ballistikberichts. »Ethan Green war ziemlich beschäftigt.«

Macy zog eine Braue hoch. »Ich habe mich ein bisschen umgehört. Ich bin mir nicht so sicher wegen eurer Quelle. Ich halte es für übereilt, alles Ethan Green anzuhängen.«

»Macy, dieser Informant arbeitet schon sehr lange für uns. Er ist auch eine Quelle des FBI. Ethan Green baut anscheinend seine Miliz wieder auf, und er plant eine große Sache. Deswegen haben wir Lindsay hierhergeschickt.«

Aiden blätterte im Bericht. »Meinen Sie, der Mord an Dalton war eine Art politischer Anschlag?«

»Könnte sein.«

Macy runzelte die Stirn. »Die SMS an Annie ist immer noch ein Indiz, dass es etwas Persönliches war. Was hat die DNA-Analyse ergeben? Es ging mal das Gerücht, Annie und Ethan hätten eine Affäre gehabt. Sie hat John überzeugt, dass Jeremy nicht sein richtiger Vater war. Vielleicht war es Green.«

»Wir haben die Ergebnisse noch nicht, aber sie haben versprochen, dass wir spätestens morgen etwas bekommen.«

Macy klickte auf eine neue E-Mail der Gerichtsmedizin und öffnete den Anhang mit Lindsay Moores Obduktionsbericht. Ihre Verletzungen passten zu dem Sturz. Ihre Wirbelsäule war verletzt, und in den Abschürfungen an den Händen hatte man Pflanzenfasern gefunden. Der toxikologische Befund war sauber. Es gab keinen Hinweis auf gewaltsamen Sex. Sie war an Rauchvergiftung gestorben.

Ray rieb sich die Augen und gähnte. »Vielleicht hat Annie nicht nur mit John geredet.« Er sah Aiden an. »Was ist mit der Schwester?«

»Soweit wir wissen, hat sie keine Ahnung.«

Macy scrollte zum Ende des Berichts auf dem Bildschirm. »Vielleicht zählt sie inzwischen selbst eins und eins zusammen.«

Ray stand auf und ging in dem kleinen Büro auf und ab. »Selbst wenn an den Gerüchten nichts dran ist, würde es einen Sinn ergeben. Green musste ja nicht wissen, warum John herumschnüffelt. Er wusste nur, dass Lindsay Moore auch etwas suchte. Vielleicht ist er paranoid geworden und hat beschlossen, beide aus dem Weg zu räumen.«

»Was passiert als Nächstes, Ray?«

»Macy geht heute Nachmittag an die Presse. Wir müssen öffentlich machen, dass wir Ethan Green suchen, und seinen Wagen zur Fahndung ausschreiben.«

»Nach seinem Wagen wird seit fast einem Jahr gefahndet. Ohne Erfolg.«

»Wir müssen auch sein Grundstück durchsuchen.«

»Es sind über 40 Hektar. Wir brauchen mehr Leute.«

Ray griff nach dem Telefon. »Kein Problem.«

Macy drehte sich auf ihrem Stuhl um, um beide anzusehen.

»Ray, wann wolltest du uns eigentlich sagen, dass Lindsay im vierten Monat schwanger war?«

Ray seufzte. »Darauf wollte ich gerade kommen.«

»Hatte sie einen Freund?«

»Nicht dass ich wüsste.«

»Die Zeugung hat stattgefunden, nachdem sie schon hier war. Vielleicht ist es jemand aus der Gegend. Woher wissen wir, dass die Schwangerschaft nichts mit ihrem Tod zu tun hatte? Die meisten Morde sind persönlich motiviert.«

»Ihre Anrufliste ist unauffällig.«

»Das muss nichts heißen. Heutzutage gibt es viele Kommunikationswege, die sich kaum zurückverfolgen lassen. Vielleicht haben sie das Internet benutzt.«

»Du scheinst zu vergessen, dass wir eine ballistische Übereinstimmung mit der Kugel haben, mit der Ethan Green einen Polizisten getötet hat.«

»Und du scheinst zu vergessen, dass Ethan Green deswegen nie schuldig gesprochen wurde. Dein Informant hat einen Deal angeboten bekommen und muss im Gegenzug Informationen liefern. Wir wissen doch beide, dass das nicht reicht. Wir brauchen sehr viel mehr, bevor wir Ethan Green all das anhängen können.« Macy klappte den Laptop zu und ging zur Tür. »Ich arbeite an einer Presseerklärung. Wenn ihr mich braucht, ich bin im Verhörraum.«

Macy hatte gerade den ersten Entwurf der Presseerklärung ausgedruckt, als Ray hereinkam und leise die Tür hinter sich schloss. Macy blickte nicht auf. Sie überflog die Berichte, die Lindsay Moore zu dem Fall abgespeichert hatte.

»Was ist los, Ray?«

»Mir gefällt dein Ton nicht. Ich dachte, wir stünden auf einer Seite.«

Macy starrte ihn einen Moment an, bevor sie sprach. »Wie bitte?«

Er senkte die Stimme. »Egal, was zwischen uns läuft, ich bin dein Vorgesetzter. Ich erwarte deine Loyalität. Du hast dich da drüben sehr unprofessionell verhalten.«

»Ich bin die leitende Ermittlerin in diesem Fall. Meine Meinung zählt etwas, ob du sie teilst oder nicht. Du kannst nicht einfach hier raufkommen, mir all das vor die Nase setzen und erwarten, dass ich kusche.«

»Ich setze dir überhaupt nichts vor die Nase.«

»Ray, ich war bei der Taskforce, die im Mord an dem Highway Patrol Officer ermittelt hat. Ich habe den Bericht nicht nur gelesen, ich habe ihn mitverfasst. Ich habe guten Grund, die Aussage deines Informanten anzuzweifeln. Er ist des Mordes angeklagt, und weil er Informationen über Bürgerwehren liefern muss, nennt er Ethan Green als Schützen. Das Opfer wurde mitten in der Nacht auf dem Highway südlich von Missoula ermordet. Wie soll es da Zeugen gegeben haben?«

»Ich bin nicht der Einzige, der seine Aussage für glaubwürdig hält. Auch das FBI ist der Meinung. Unser Mann war damals in der Gegend aktiv. Sein Handy wurde in einem Umkreis von zwanzig Kilometern um den Tatort geortet.«

»Kaum überraschend, wenn euer Informant in Missoula lebt. Ich sage gar nicht, dass es nicht Ethan Green war, ich bezweifle nur, dass ihr einen Zeugen habt.«

»Was macht das, wenn wir am Ende den Richtigen drankriegen?«

»Ich möchte mit dem Informanten sprechen, bevor wir eine Presseerklärung abgeben. Und ich will, dass die ballistische Untersuchung wiederholt wird. Es hängt zu viel davon ab. Wenn wir falschliegen, verlieren wir wertvolle Zeit.«

»Wir liegen nicht falsch. Ich war bei der ballistischen Untersuchung anwesend. Ich habe ihnen die Kugel, die in Lindsays Schulter gefunden wurde, persönlich gebracht. Diesmal musst du mir vertrauen, Macy. Ethan Green ist unser Mann.«

»Gib mir bis morgen Nachmittag Zeit, dann gebe ich viel lieber eine Presseerklärung ab.«

Ray legte die Hand auf den Tisch. »Lindsay hat etwas entdeckt. Sie hat mich letzte Woche angerufen.«

»Ich bin ihre Aufzeichnungen durchgegangen, Ray. Ich habe alle ihre Berichte und Notizen der letzten Wochen gelesen. Es gibt nichts. Am Tag vor ihrem Tod schrieb sie, sie sei immer mehr der Überzeugung, dass Ethan entweder tot oder weit, weit weg ist.«

»Warum hat sie mich dann angerufen und mir etwas völlig anderes erzählt?«

»Vielleicht wollte sie einfach länger hierbleiben. Es gab einen Mann in ihrem Leben. Vielleicht wohnte er hier, und sie war noch nicht bereit zu gehen.«

Ray sah auf die Uhr. »Uns läuft die Zeit davon. Ich will in die 18-Uhr-Nachrichten.«

»Ich würde es gern auf morgen verschieben.«

»Du willst riskieren, dass er entkommt oder, schlimmer, noch einmal zuschlägt.«

»Ich will nicht riskieren, dass die Ermittlungen kompromittiert werden. Wenn wir einen großen Namen wie den von Ethan Green verbreiten und uns irren, verlieren wir das Vertrauen der Öffentlichkeit. Warten wir noch.«

»Kann ich den Entwurf für die Presseerklärung sehen?«

Macy reichte ihn ihm.

»Wenn du es nicht tust, tue ich es. Ethan Green ist unser Mörder, und je schneller die Öffentlichkeit davon erfährt, desto besser.«

Macy warf den Kuli auf den Tisch. »Ich schätze, das ist deine Show.«

»Bilde dir bloß nicht ein, ich wüsste nicht, was hier wirklich los ist. Du hast immer gesagt, du würdest Berufliches und Privates nie vermischen.«

»Jetzt gehst du zu weit. Das habe ich nie getan, und ich tue es auch jetzt nicht.«

Ray machte sich am Rand des Entwurfs Notizen. »Macy, es reicht. Ich halte die Pressekonferenz ab, und dann fahre ich nach Hause. Ich glaube, du bist übermüdet. Ich rate dir, dich auszuschlafen und mich morgen früh anzurufen.«

Er ging, ohne sich zu verabschieden.

Kapitel 18

Annie winkte Jessie an ihr Krankenbett, ohne von ihrem Buch aufzusehen. »Wird auch Zeit, dass du auftauchst.«

»Ich wollte früher kommen, aber sie haben mich nicht zu dir gelassen.«

»Wo ist meine Enkelin? Du hättest sie mitbringen sollen.«

»Sie verbringt ein paar Tage bei Monica und ihrer Familie. Ich wollte nicht, dass sie auf der Ranch bleibt. Es ist so deprimierend zu Hause.«

Annie starrte ihre Tochter verständnislos an.

»Monica ist meine beste Freundin aus der Highschool. Wir sind zusammen aufgewachsen.«

»Mochte ich sie?«

»Sie war dein Liebling«, log Jessie.

Annie zeigte auf die Papiertüte, die Jessie in der Hand hielt. »Was hast du mitgebracht?«

Jessie stellte die Tüte aufs Bett und packte sie aus. Der Arzt hatte das Glas Himbeermarmelade konfisziert und bei dem gerahmten Foto von Tara das Glas entfernt. Nichts, was als Waffe dienen könnte, war erlaubt. Jessie verhaspelte sich.

»Das sind nur ein paar Sachen, die ich an den Ärzten vor-

217

beischleusen konnte. Deine Lieblingskekse. Ein paar Bücher. Eins deiner Tagebücher.« Sie stellte das Foto von Tara auf den Nachttisch.

»Sie haben Angst, dass ich mich umbringe.« Annie schlug das Buch zu und legte es sich auf den Schoß. »Ich wollte ein Zimmer im fünften Stock mit Balkon, aber sie haben sich geweigert.«

»Bitte mache über so was keine Witze.«

»Warum? Galgenhumor ist eine der wenigen Freuden, die mir noch bleiben.«

»Ich versuche, dich hier rauszuholen.«

»Spar dir die Mühe.«

»Willst du einfach aufgeben?«

Annie strich sich eine Strähne aus dem Gesicht. »Jessie, du solltest wirklich besser aufpassen. Egal, was Jeremy sagt, ich habe mir das nicht ausgesucht. Manchmal glaube ich, du denkst, das alles gehört zu einem Masterplan, mit dem ich meine Familie ins Unglück stürzen will.«

»Immerhin hat es funktioniert.«

Sie fächelte sich Luft zu. »Siehst du.«

»Tut mir leid. Ich finde nur, du hättest vielleicht früher Hilfe suchen sollen. Du hast dich vollkommen abgekapselt. Wir haben nicht verstanden, was los war. Wir haben nur gemerkt, dass du uns nicht mehr um dich haben wolltest.«

Annie strich über den Buchumschlag. »Irgendwann war es leichter, nichts zu tun. Selbst ein Käfig kann bequem sein. Außerdem weiß ich schon seit langer Zeit, dass ich nicht für das Glück gemacht bin … was immer Glück ist. Manchmal wird man vom Leben gebrochen.«

»Du musst es weiter versuchen.«

»Und manchmal muss man zugeben, dass es hoffnungslos ist. Mein Herz war gebrochen, in tausend Stücke. Ist das nicht eine Zeile aus einem Lied?« Ihre Finger flatterten an ihre Lippen, und sie begann leise zu summen.

»Warst du je glücklich?«

»Bekomme ich Punkte, wenn ich so tue?«

»Ich habe deine Tagebücher gelesen. Der Mann, mit dem du die Affäre hattest. Du nennst ihn nie beim Namen.«

Annie hörte zu summen auf. Ihr Blick wurde wieder scharf. »Ich wollte nicht, dass ihr von ihm erfahrt.«

»Du hast ihn geliebt. Er hat dich glücklich gemacht. Das hast du in dein Tagebuch geschrieben.«

»Das war keine Kunst. Mit Jeremy war es grauenhaft.« Sie schüttelte den Kopf. »Ich war so weich. So dumm. Ich habe diesen Mann bis zur Besessenheit geliebt.«

Jessie saß auf dem einzigen Stuhl. Ihre Mutter las ein zerfleddertes Exemplar von *Das Jahr magischen Denkens* von Joan Didion.

»Warum bist du bei Jeremy geblieben?«

»Ich hatte keine Wahl.«

»Das ist albern. Viele Leute lassen sich scheiden.«

»Kennst du den Ausdruck *zu groß zum Scheitern*? So war es bei Jeremy und mir. Ich hatte alle meine Hoffnungen und all mein Geld in diese Ehe gesteckt. Ich hatte keinen Notfallplan.« Sie schwieg einen Moment. »Außerdem war ich schwanger, und der Mann, von dem ich besessen war … er ließ mich eiskalt sitzen. Ein Tag war voller Versprechen, und der nächste war leer.«

Jessie dachte ein paar Sekunden nach, bevor sie antwortete. »Jeremy ist nicht unser Vater?«

»Jeremy kann niemandes Vater sein. Er spricht nicht darüber, aber er ist unfruchtbar.«

Jessie wollte etwas erwidern, doch ihre Mutter kam ihr zuvor.

»Ich sage dir dasselbe, was ich John erzählt habe. Such nicht nach deinem echten Vater. Ich habe zu spät erfahren, dass er ein grausamer Mensch ist.« Sie senkte die Stimme. »Nach all den Jahren tut es immer noch weh. Was ist bloß mit mir los?«

»Du bist ein Mensch.«

»Ich sage dir eins: Er war kein Mensch. Niemand lässt einen Menschen derart herzlos sitzen.«

»Seit wann wusste John Bescheid?«

»Seit ein paar Monaten. Er hat mir gesagt, es hätte keine Bedeutung. Er liebte Jeremy wie einen Vater, und Jeremy liebte ihn wie einen Sohn.« Sie streckte die Hand aus und berührte Jessies schwarzes Haar. »Dein Problem ist, dass du deinem echten Vater zu ähnlich siehst. Die gleichen dunklen Augen und das gleiche dunkle Haar. Keiner in Jeremys Familie hat solches Haar.« Sie schlug die Hände vors Gesicht, als wollte sie die Erinnerung löschen. »Jeremy hat uns im Bett erwischt. Seinen alten Freund mit seiner Frau. Danach konnten wir nicht einfach so weitermachen.«

Jessie stand langsam auf. Ihre Beine waren so schwer, dass sie nicht wusste, ob sie es aus dem Zimmer schaffte.

»Ich muss gehen«, sagte sie und machte einen unsicheren Schritt auf die Tür zu.

»Hast du mir zugehört?« Annie versuchte, Jessies Hand zu greifen, aber Jessie riss sie weg. »Du musst mit den Anwälten sprechen. Lass dich von Jeremy nicht über den Tisch ziehen. Dir gehört die Hälfte von allem. Verstehst du? Die Hälfte von allem.«

Jessie wollte nichts mehr hören. Sie konzentrierte ihre ganze Energie darauf, aus dem Zimmer zu kommen.

»Ich muss gehen«, wiederholte sie.

»Such nicht nach deinem Vater. Er ist nicht der, für den ich ihn gehalten habe.«

In der Tür warf Jessie ihrer Mutter einen Blick zu.

»Ich komme bald wieder.«

Annie nahm das Buch und schlug es an der vorherigen Stelle auf. »Und bring nächstes Mal etwas Scharfkantiges mit.«

Tylers Gesicht war knallrot. »Du kapierst es nicht, oder, Jessie? Als ich heute Morgen um drei die Sirenen gehört habe, dachte ich, sie kommen, um mich einzubuchten. Ich hatte einen Rucksack voller Dynamit im Auto, bereit für die Abfahrt.« Er hielt den Daumen und den Zeigefinger zusammen, so dass sie sich fast berührten. »Ich war so nah dran, verknackt zu werden.«

Er stand in der Küche mit einer grünen Mülltüte, die er mit leeren Flaschen und Pizzakartons füllte, bevor er im Wohnzimmer weitermachte. Dann beugte er sich über den Couchtisch und entsorgte Pornohefte, Zigarettenkippen und noch mehr Flaschen. Vom Gestank nach abgestandenem Bier und Zigaretten wurde ihr übel.

Jessie blieb draußen auf der Veranda. Die Fliegengittertür stand offen, und sie wartete, dass er sie hereinbat. Es war spät am Nachmittag, und die Sonne wärmte ihren Rücken. Tyler ging an ihr vorbei, um den vollen Müllsack in den Garten zu werfen. Das feuchte T-Shirt klebte ihm auf der Haut, und dicke Schweißtropfen rollten in seinen Nacken. Er stank.

»Mach die Tür zu, sonst kommen die Fliegen rein.«

Sie trat ein, aber sie blieb bei der Tür stehen. Sie war nicht gern in Tylers Nähe, wenn er wütend war. Er erinnerte sie zu sehr an Jeremy.

»Wo ist Dylan?«

»Er ist draußen und spielt mit dem Hund.« Er hob ein T-Shirt vom Boden auf und roch daran, bevor er es in den Flur warf. »Was weißt du über Dylans Zustand?«

Sie zuckte die Schultern. »Ich weiß, dass er Schmerzen hat.«

»Das ist nicht das Schlimmste. Er nimmt Pillen für alles – Schlafen, Wachsein, Schmerzen, Angst, noch mehr Schmerzen. Er hat erzählt, manchmal sieht er Tote. Wenn du mich fragst, ist er ein totales Wrack.«

»Ich wusste nicht, dass es so schlimm ist.«

Er zeigte auf seine Schläfe. »Du musst aufhören, ihm Unsinn einzureden. Warum drehst du durch, weil dir jemand deine Kette zurückgegeben hat? Kannst du nicht dankbar sein wie ein normaler Mensch? Ethan ist tot und begraben. Lass ihn in Frieden ruhen.«

»Wer kann es sonst gewesen sein? Es war kein Brief dabei. Nur mein Name stand darauf.«

»Jessie, verschwende meine Zeit nicht mit so einer Scheiße. Ich habe genug echte Probleme, um die ich mich kümmern muss.« Er deutete mit der Zigarette in ihre Richtung. »Ethan hat John nicht umgebracht. Es war jemand anderes. Das ist der Hurensohn, vor dem wir Angst haben müssen.«

»Ich dachte, du wolltest heute Morgen die Klippe sprengen.«

Er nahm die Decke vom Sofa, schüttelte sie aus und faltete sie zusammen.

»Jess, ich bin heute zweimal verhört worden, und sie haben direkt vor meiner Haustür die Straße gesperrt. Du glaubst doch nicht im Ernst, dass ich mit zehn Kilo hochexplosivem Sprengstoff im Kofferraum irgendwohin fahre? Das muss warten.«

Er griff nach der Fernbedienung und schaltete den Fernseher auf einen örtlichen Nachrichtensender. In der Mitte des Bilds sah man den Briefkasten am Ende seiner Einfahrt. Daneben stand Jessies zerbeulter Kleinwagen. Die Kamera schwenkte über die Landschaft, bevor ein blutjunger Reporter ins Bild kam. Er zeigte auf die Straßensperre, die die Polizei errichtet hatte, und fasste zusammen, was sie bis jetzt wussten. Dann verkündete er die Breaking News.

Tyler rief nach Dylan. »Dylan, beweg deinen Arsch hier rein. Das musst du sehen.«

Dylan blieb an der Tür stehen. »Das ist doch der Typ, der direkt vorm Haus steht. Vielleicht sollten wir hingehen und winken.«

Tyler zeigte mit der Fernbedienung auf den Fernseher. »Sehr witzig.«

Der Reporter starrte in die Kamera und las seinen Text ab.

»Bei der Leiche, die in einem abgebrannten Waldstück im Waldo Canyon gefunden wurde, handelt es sich um Lindsay Moore, Sonderermittlerin der State Police Helena. Aus der örtlichen Polizei nahestehenden Quellen heißt es, sie habe unter dem Namen Patricia Dune verdeckt in Wilmington Creek ermittelt. Zunächst bestand der Verdacht, Lindsay Moore sei in ihrem Haus gewesen, das ebenfalls einem Feuer zum Opfer fiel, doch die Brandermittlung konnte schnell feststellen, dass zum Zeitpunkt des Feuers niemand im Haus war. Wir schalten jetzt um zur Pressekonferenz vor dem Sitz des Sheriffs in Wilmington Creek, wo die leitende Ermittlerin Detective Macy Greeley zur Presse spricht.«

Jessie setzte sich auf die Armlehne des Sofas. Tara schwärmte für Macy Greeley. »Sie hat mir ihre Pistole gezeigt. Sie hat einen Sohn, der Luke heißt.« Die Kamera lief, doch von Macy Greeley war nichts zu sehen. Stattdessen trat ein Mann im Anzug aus dem Sheriff's Office. Die Sonne blendete ihn. Er setzte die Sonnenbrille auf und ergriff selbstbewusst das Wort.

»Angesichts der schweren Verbrechen, die sich in Wilmington Creek ereignet haben, habe ich beschlossen, mich persönlich an die Bürger des Flathead County zu wenden. Für die, die mich nicht kennen, mein Name ist Ray Davidson, und ich bin der Chief der State Police. Zuallererst sind unsere Gedanken und Gebete bei Lindsay Moores Familie, Freunden und Kollegen. Lindsay war eine hochangesehene Polizistin, die seit mehr als einem Jahrzehnt stolz war, dem Staat Montana zu dienen. Nun müssen wir die örtliche Gemeinde um Hilfe bei der Suche nach ihrem Mörder bitten.«

Tyler verschränkte die Arme vor der Brust. »Ich habe euch gesagt, dass sie keinen blassen Schimmer haben.«

»Ballistische Untersuchungen haben ergeben, dass es sich bei der Waffe, mit der sowohl auf John Dalton als auch auf Lindsay Moore geschossen wurde, um dieselbe handelt, mit der letzten Sommer der Highway Patrol Officer Timothy Wallace getötet wurde. Auch wenn noch nicht offiziell Anklage erhoben wurde, wurde inzwischen Ethan Green als Täter identifiziert.« Er hielt ein Polizeifoto hoch. »Ethan Green ist der Polizei wohlbekannt. Er ist vorbestraft wegen unerlaubtem Waffenbesitz, Raub, tätlichem Angriff und Körperverletzung.«

Dylan kam näher und sank in den nächsten Sessel. »Ach du Scheiße.«

»Wir bitten die Öffentlichkeit, auf der Hut zu sein. Ethan Green ist gut trainiert und verfügt über ausgezeichnete Kenntnisse der Waldgebiete im und um das Flathead Valley. Viele hier kennen ihn persönlich und wissen von seiner Initiative, eine private Bürgerwehr aufzubauen. Den Quellen der State Police und des FBI zufolge ist er wieder aktiv und plant möglicherweise einen großen Anschlag auf die Regierung. Falls Sie sachdienliche Informationen haben, setzen Sie sich bitte über die Hotline mit den Behörden in Verbindung.«

Tyler schaltete den Fernseher aus. Draußen winselte Dylans Hund und scharrte an der Fliegengittertür. In der Ferne pfiff ein Zug. Tyler ging in die Küche, nahm ein Bier aus dem Kühlschrank und leerte es in einem Zug.

»Das hat gerade noch gefehlt.«

Dylan spielte nervös mit einem Feuerzeug herum.

»Er wird versuchen, uns der Reihe nach umzulegen.«

Tyler zog gierig an seiner Zigarette. »Den Mord an John muss Ethan das ganze Jahr geplant haben. Er hat Geduld.« Sein Blick fiel auf Jessie. »Ich wette, dich hebt er sich für den Schluss auf. Das würde ich jedenfalls an seiner Stelle tun. Bei dir würde ich mir Zeit lassen.«

Dylan schob die Fliegengittertür auf, und sein Hund stürmte mit einem Tennisball im Maul herein. »Tyler, lass das. Jessie hat schon genug Angst.«

»Ist doch wahr. Genauso macht er es. Du oder ich sind als Nächstes dran, und als Letzte kommt Jessie.«

Jessie sprach leise. »Dylan, wir müssen zur Polizei gehen.«

Tyler kam aus der Küche und packte sie am Arm. »Denkst du, ich bin taub oder so was? Ich weiß, was du vorhast, aber Dylan ist nicht so blöd und hört auf dich, wo du uns die ganze Scheiße überhaupt eingebrockt hast.«

»Du und John habt es verbockt.«

Tyler ohrfeigte sie so fest, dass ihr Kopf zurückflog und gegen ein Foto von Tylers Großeltern krachte. Es fiel zu Boden, und die Scherben verteilten sich im Raum.

»Wir haben es verbockt? *Wir* haben es verbockt? Was ist mit dir los? Übernimmst du auch mal die Verantwortung für die Kacke, die du immer anrichtest?«

Dylan packte Tyler an der Schulter. »Das reicht, Tyler. Lass sie los.«

Doch Tyler schubste sie noch einmal gegen die Wand.

»Dylan, pass besser auf sie auf, sonst tue ich es.« Er hielt die brennende Zigarette Zentimeter vor Jessies rechtes Auge. »Niemand geht hier zur Polizei. Wir kümmern uns selbst darum.«

Jessie drehte den Kopf weg. »Hör auf, mir zu sagen, was ich tun soll. Ich gehe zur Polizei, Tyler! Kapiert?«

Tyler packte sie an der Kehle. »Wenn du zur Polizei gehst, sind wir alle dran.«

»Tyler, ich habe gesagt, lass sie los! Hör auf mich.«

Jessie begann zu schreien. »Ich sage den Bullen, es waren nur John und ich. Ich halte euch da raus.«

»Dass ich nicht lache. Du knickst ein, wie immer.«

Dylan versuchte, Tylers Arm loszureißen. »Verdammt, du erwürgst sie. Hör auf.«

Tyler drückte noch einmal zu, dann ließ er los. Jessie sank keuchend zu Boden.

»Du blöde Kuh.« Tyler stampfte durchs Zimmer und warf dabei den Couchtisch um. »Du machst noch alles kaputt.«

Jessie flüsterte: »Tu ich nicht.«

Dylan stellte sich zwischen sie. »Was soll die Scheiße, Tyler? So kannst du nicht mit ihr umgehen.«

Tyler schlug mit der Faust gegen die Wand und hinterließ ein Loch im Rigips. »Ich muss raus hier.« Auf dem Weg zur Tür warf er Dylan einen Blick zu. »Kommst du mit?«

Dylan versuchte, Jessie in die Augen zu sehen, aber sie hatte sich weggedreht.

»Jessie, ich versuche, mit Tyler zu reden. Ich komme gleich zurück.«

Jessie bewegte sich nicht, bis sie sicher war, dass beide weg waren. Sie fuhr sich durchs Haar. Hinter ihrem rechten Ohr war eine dicke Beule. Ihr Hals tat weh, und das Atmen schmerzte. Sie stützte sich an der Wand ab und kam auf die

Beine. Wenn sie jetzt zu weinen anfing, würde sie nie mehr aufhören. Unter ihren Sohlen knirschten die Scherben. Sie hielt sich am Küchentresen fest und versuchte, den Gedanken an die Nacht am See zu vertreiben, aber sie wurde den Anblick von Ethan Greens Gesicht nicht los. Sie erinnerte sich an den Moment, als sie die Finger um den Stein schloss. Es hatte sich gut angefühlt. Auf dem Frühstückstresen stand eine ungeöffnete Whiskeyflasche. Sie schloss die Finger um ihren Hals. Auch das fühlte sich gut an. Jessie steckte sie in ihre Tasche und verließ das Haus.

Jessie quälte das Getriebe ihres kleinen Wagens, als sie in Richtung kanadischer Grenze fuhr. Je weiter sie kam, desto näher rückten die bewaldeten Hügel. Irgendwann bog sie in eine unbefestigte Straße ab, und der Wagen rumpelte scheppernd nach Osten. Die Landschaft veränderte sich. Als sie schon dachte, sie hätte sich verfahren, endete die Piste am steinigen Ufer eines kleinen Flusses. Bevor sie ausstieg, warf sie einen Blick auf ihr Telefon. Sie hatte kein Netz, also warf sie es zurück in die Tasche und nahm die Whiskeyflasche aus dem Becherhalter. Ein Drittel war bereits geleert. Sie wanderte am Ufer entlang nach Norden und wurde von Insektenschwärmen verfolgt. Ihre Füße sanken in den losen Kies. Das Gespräch mit ihrer Mutter ging ihr nicht aus dem Kopf: »Er hat uns im Bett erwischt. Seinen alten Freund mit seiner Frau.«

Der Baum, den ihre Mutter in ihrem Tagebuch beschrieben hatte, war bis auf wenige rostrote Nadeln vom Borkenkäfer kahlgefressen worden. Er streckte dürre Äste in die Luft, an ihren gekrümmten Enden hingen auch jetzt noch Opfergaben – ausgebleichte Spitzenslips, Schlüssel ohne Anhänger, aus Zweigen geflochtene Kruzifixe und ein Paar Turnschuhe, das weiter oben an den Schnürsenkeln baumelte. Jessie knüpfte ihre Kette an einen niedrigen Ast. Das herzförmige Medaillon drehte sich wie ein Kreisel, bis sie es mit Daumen und Zeigefinger anhielt. Die heiße Quelle war hinter einem Ring glatter Granitfelsen verborgen. Das graue Wasser wirkte ebenso wenig magisch wie der Baum. Jessie setzte die Flasche an, bevor sie in Kleidern ins Wasser watete. Dampf stieg um sie herum auf. Sie ging bis zur Mitte, dann tauchte sie unter, bis nur noch ihr Kopf und die Schultern aus dem Wasser ragten. Sie legte den Kopf zurück, so dass ihr Haar um ihr Gesicht an der Oberfläche trieb. Die Rauchschwaden lösten sich auf. Sie würde die Sterne sehen können.

Annie hatte geschrieben, sie habe die Quelle mit einem Mann besucht, den Jessie als Kind von ferne bewundert habe. In der Zeitung hätten immer Geschichten über ihn gestanden. Für manche sei er ein moderner Volksheld gewesen. Für andere ein gemeiner Verbrecher. Dass Jeremy ihn hasste, steigerte Jessies Sympathie. In all den Jahren hätte sie nicht im Traum gedacht, dass er ihr Vater sein könnte. Sie fragte sich, ob Ethan die Wahrheit über ihre Verbindung kannte – dass er seinen eigenen Sohn ermordet hatte und versucht hatte, seine eigene Tochter zu vergewaltigen.

Am Tag danach hatte sie kaum Schmerzen gehabt, aber das lag vielleicht am Restalkohol. Sie hatte Dylan ausgelacht. »Ach komm«, hatte sie gesagt, verwirrt von dem Ausdruck in seinem Gesicht, »sehe ich so schlimm aus?« Er hatte sie aus seinem Bett gezogen und vor den großen Spiegel gestellt. Bis auf ihren BH und Dylans Boxershorts war sie nackt. Sie berührte die geschwollenen Lippen der misshandelten Fremden im Spiegel. Sie dachte, sie träumte. Dylan hatte entschuldigend die Kamera hochgehalten und gesagt: »Wir brauchen Beweise für den Fall, dass die Polizei dich mit Ethan Greens

Tod in Verbindung bringt.« Sie hatte genickt, aber im Kopf war sie all die blinden Flecken in ihrer Erinnerung an den Vorabend durchgegangen. Es fehlten ihr mehrere Stunden, und egal, wie sie sich anstrengte, sie blieben fort. Sie erinnerte sich nur daran, wie sie auf dem Boden aufgewacht war und Ethan Green auf ihr lag. Er sah nicht aus, als schliefe er. Sein Tod ergab keinen Sinn.

Dylan hatte Fotos gemacht: Großaufnahmen ihrer wunden Knöchel und kaputten Fingernägel; das blaue Auge, verfärbt und geschwollen; die aufgeplatzte Lippe; die schwarzblauen Fingerabdrücke an den Schenkeln; der Stiefelabdruck am Bauch. Sie sah ihren geschundenen Körper an.

»Dylan, wer war das?«

»Ethan Green.«

»Habe ich ihn umgebracht?«

»Erinnerst du dich nicht?«

»Ich weiß es nicht.«

Als Dylan die Kamera weglegte, schützte sie keine Linse mehr vor seinem Blick.

»Jessie, wie lange willst du dich noch kaputtmachen? Wann begreifst du endlich, dass es Leute in dieser Stadt gibt, die dich lieben?«

Sie hatte gewartet, seine Worte sorgfältig abgewogen, versucht, ihr nicht vorhandenes Selbstwertgefühl damit in Einklang zu bringen, versucht, sich über ihn lustig zu machen. Er redete Quatsch. Er hatte die Hand nach ihr ausgestreckt, doch innegehalten, bevor seine Fingerspitzen ihre Haut berührten. Da begriff sie. Sie sah zu ihm auf. Da war es, bedingungslos. Es war das erste Mal, dass sie einen Mann weinen sah. Sie lief ins Bad und übergab sich, bis nichts mehr von ihr übrig war als dünne Haut, die sich über die Knochen spannte. Irgendwann wusch sie ihr Gesicht und berührte vorsichtig das geschwollene Auge und die Lippe. Sie ging aufs Klo, und erst da spürte sie den tiefen, bohrenden Schmerz, der in ihr brannte und ihr den Atem nahm. Krämpfe schossen durch ihren Unterleib. Sie klammerte sich am Waschbecken fest und rief um Hilfe, doch Dylan war weg. Sie hatte sich ins Bett zurückgeschleppt und ans Kissen geklammert. Sich gefragt, ob man sterben konnte, wenn man sich längst tot fühlte.

Jessie sah hinauf in die einbrechende Dunkelheit. Sie hatte Tylers Worte noch im Ohr: »Den Mord an John muss Ethan das ganze Jahr geplant haben. Er hat Geduld. Ich wette, dich hebt er sich für den Schluss auf. Das würde ich jedenfalls an seiner Stelle tun. Bei dir würde ich mir Zeit lassen.«

Als es dunkel war, klärte sich wie erwartet der Himmel. Jessie sah den Satelliten und Flugzeugen nach, die sich ihren Weg durch den Schleier der Sterne bahnten. Sie trank aus der Flasche und wünschte, sie könnte zum Mond fliegen. Dann schüttelte sie sich wach. Wenn sie nicht aufpasste, versank sie im Nichts und wäre keinen Schritt weiter. Die Whiskeyflasche glitt ihr aus der Hand und trieb neben ihr im Wasser. Man würde es Tara erklären, doch sie würde es nicht verstehen. Jessie versuchte, sich zu konzentrieren. Sie musste einfach nur aufstehen und gehen. Das Auto stand in der Nähe. Im Kofferraum lag ein Handtuch, und ein Sweatshirt hatte sie auch noch. Sie würde sich abtrocknen und einfach wegfahren. Sie stellte sich vor, wie sie im Dunkeln am Ufer entlangging.

Als Jessie die Augen öffnete, hustete sie Wasser. Sie war eingeschlafen. Sie hörte, wie jemand ihren Namen rief. Vielleicht träumte sie. Der Lichtkegel einer Taschenlampe glitt über die Kuppen der Felsen, die das Becken umschlossen. Sie setzte sich auf, und das Wasser rann ihr aus dem Haar. Sie spähte in die Dunkelheit. Da war es wieder. Der Lichtkegel hüpfte am Ufer entlang und schien in die Bäume. Sie wartete, halb unter Wasser. Dann rief Dylan wieder ihren Namen, und sie stand zitternd in der aufsteigenden Hitze auf. Diesmal antwortete sie.

Kapitel 19

Nick Childs war erst einundvierzig, aber er sah viel älter aus. Seine Haut war gegerbt von Jahren unter der Sonne, und er hatte zwei weiße Pigmentflecke auf der Stirn. Er hatte die Nacht in einer Zelle im Sheriff's Office von Kalispell verbracht, doch er sollte auf freien Fuß gesetzt werden, sobald Macy mit der Befragung fertig war.

»Mr Childs, wie Sie wissen, wollten wir Sie eigentlich im Zusammenhang mit dem Mord an John Dalton befragen. Doch Sie scheiden als Verdächtiger aus.«

»Heißt das, ich kann endlich gehen?«

»Ich hatte gehofft, Sie würden uns erst noch ein paar Fragen beantworten. Ich bin dabei, eine Zeugenaussage zu überprüfen.« Sie schob die Fotos von Lana und Charlie über den Tisch. »Ich würde gern wissen, woher Sie Charlie Lott kennen, ob Sie wissen, wo er sich aufhält, und ob Sie Lana Clark vor Ihrer Begegnung hier in Wilmington kannten.«

»Anscheinend hat Lana nichts erzählt.«

»Mich interessiert Ihre Version.«

Er nahm Lanas Foto in die Hand und grinste. »Ich habe Lana vor ungefähr vier Jahren kennengelernt. Ich war unten

232

in Georgia, habe ein paar Vettern besucht. Sie hat in einem Stripteaseclub gearbeitet, aber für den richtigen Preis ging sie auch weiter. In dem Sommer habe ich viel Geld für sie ausgegeben.«

»Erinnern Sie sich an den Namen des Clubs?«

»The Night Crawler. Ungefähr fünfzig Kilometer von Fort Benning. Angeblich finanzierte sie ihr Studium damit. Ich habe sie gut behandelt. Verdammt, ich habe ihr sogar Trinkgeld gegeben.«

»Woher kennen Sie Charlie Lott?«

»Einmal kam er in den Nachtclub. Wir unterhielten uns, und ich glaube, er hatte keine Ahnung von Lanas Nebenverdienst. Sie wurde nervös, als sie uns zusammen sah. Am nächsten Abend war sie weg. Ich war überrascht, als ich sie hier im Whitefish wiedersah, und noch dazu bekleidet.«

»Erzählen Sie mir mehr von Charlie Lott.«

»Da gibt es nicht viel zu erzählen. Der Typ kam mir ziemlich entspannt vor. Er dealte, aber nur kleine Mengen. Ich glaube, er machte Musik oder so was.«

»Hat Lana Ihnen erzählt, dass Charlie sie bedroht hat?«

»Ich habe sie nicht fürs Reden bezahlt.«

»Hatten Sie seitdem Kontakt mit ihm?«

»Ich habe ihn nur das eine Mal gesehen. Und daran erinnere ich mich auch nur, weil ich die Situation irgendwie witzig fand. Wir haben zusammen Bier getrunken, und er hatte keine Ahnung, dass ich fünf Nächte hintereinander mit seiner Freundin in einem Motelzimmer gewesen war.«

Macy spähte über den Tresen des Whitefish. Es war elf Uhr vormittags und kein Mensch zu sehen. Unterwegs hatte sie den Manager angerufen, der ihr versichert hatte, dass Lana arbeitete.

»Hallo«, rief sie. »Ist jemand da?«

Die Tür zum Lagerraum ging auf, und Lana kam mit mehreren übereinandergestapelten Kartons herein. Sie sah Macy nicht, bis sie die Kisten auf dem Tresen abstellte. Vor Schreck warf sie fast ein Tablett mit frisch gespülten Gläsern um.

»Mann, Sie haben mir Angst eingejagt.«

Macy entschuldigte sich nicht. »Lana, wir müssen reden.«

Lana nahm ein Teppichmesser und öffnete einen Karton mit Kartoffelchips. »Ich habe Ihnen alles gesagt, was ich weiß.«

»Da bin ich mir nicht so sicher.« Sie zeigte auf die leeren Tische. »Sollen wir es hier erledigen oder wollen Sie lieber mit auf die Wache kommen?«

»Ich dachte, Sie suchen einen Kerl namens Ethan Green. Soweit ich weiß, kenne ich den Typen nicht.«

»Ich habe heute Morgen mit Nick Childs gesprochen.«

»Was hat das mit mir zu tun?«

»Können wir uns setzen?«

Lana nahm ein Glas vom Tresen und schenkte sich zwei Fingerbreit Whiskey ein. »Diesmal trinke ich was.«

»Wie Sie wollen.«

Macy setzte sich in eine Nische. Der Tisch war klebrig. Sie nahm das Notizbuch und einen Kuli aus der Tasche und wartete geduldig, bis Lana ihr Glas ausgetrunken hatte.

»Könnten Sie mir eine Diet Coke mitbringen?«

Lana bewegte sich wie in Zeitlupe. »Eis?«

»Ja, bitte.«

Lana beugte sich über den Tisch und wischte ihn mit einem nassen Lappen ab, bevor sie Macy die Coke hinstellte. »Ich schätze, Nick Childs hat Ihnen von mir erzählt.«

»Ja.«

»In dem Moment, als ich seine Visage im Whitefish sah,

wusste ich, dass die Ratte mein Leben zerstören würde. Ich bin nicht nur nach Montana hergekommen, um mich zu verstecken. Ich wollte einen Neuanfang. Wilmington Creek. Wie hoch sind die Chancen, dass dieses Arschloch hierherkommt?«

»Ironie des Schicksals. Wann war das?«

»Vor ungefähr zwei Monaten.« Sie setzte sich Macy gegenüber und schwenkte den Rest ihres Whiskeys im Glas. Die Eiswürfel klirrten. »Ich habe ihm erklärt, dass ich all das hinter mir gelassen habe, aber er hat gedroht, mich bloßzustellen, wenn ich nicht brav bin.«

»Und mit Bravsein meinte er wahrscheinlich, dass er wieder Ihr Kunde sein wollte.«

»Nein, noch schlimmer. Er wollte es umsonst. Ich hatte solche Angst, dass er reden würde. Er kam mit seinem Freund und setzte sich einfach an die Bar und beobachtete mich. Wenn John da war, versuchte ich so zu tun, als wären wir nicht zusammen. Ich hatte schon genug Angst, dass Johns Familie mich nicht akzeptierte, aber das war viel schlimmer. Wenn Nick Childs den Mund aufmachte, war ich geliefert.«

»Ich habe Johns Familie kennengelernt. Sie hatten nichts zu befürchten. Die Daltons haben ihre eigenen Sorgen.«

»John dachte daran, in die Politik zu gehen. Selbst wenn ich Nick Childs losgeworden wäre, hätte es andere gegeben. Ich hätte für den Rest meines Lebens Angst haben müssen, entlarvt zu werden.«

»Wie haben Sie reagiert?«

»Ich habe John gesagt, ich bräuchte Zeit.«

»Aber das stimmte nicht.«

»Nein, ich habe ihn geliebt. Ich habe ihn mit jeder Faser meines Herzens geliebt.« Sie zog ein Taschentuch aus der Hosentasche und wischte sich die Tränen weg. »Aber ich konnte nicht riskieren, dass er die Wahrheit herausfand. Er hätte es nie verstanden. Ich wollte die Stadt verlassen, aber dann bekam Jean mit, dass Nick mir drohte, und warf ihn hinaus. Ich war mir sicher, dass er wiederkommen würde, aber ich habe ihn nie wiedergesehen. Nach einer Weile dachte ich, irgendwie würde doch noch alles gut werden. Aber mit John lief es nicht mehr so gut. Sein Vertrauen war angeknackst, und er hatte Tanya Versprechungen gemacht. Es ging drunter und drüber. An einem Tag waren wir zusammen, am nächsten machte er Schluss mit mir.«

»Sie sind doch eine intelligente Frau. Sie müssen gewusst haben, dass Ihre Vergangenheit Sie irgendwann einholt.«

Lana schniefte. »Ich brauchte das Geld. Meine Mutter ist schon sehr lange krank. Sie kann nicht arbeiten. Sie ist nicht versichert. Ich habe es für sie getan. Nicht für mich. Für sie. Ich habe gelogen, als ich sagte, ich würde mein Studium damit finanzieren. Ich habe keinen Penny davon gesehen. Ich weiß nicht, was sonst passiert wäre.«

»Das tut mir leid.«

»Und dann, als ich dachte, dass endlich alles gut werden würde, taucht ausgerechnet Nick Childs auf.« Sie senkte die Stimme. »Ich hatte gar nicht viele Kunden. Wenn mir jemand komisch vorkam, habe ich ihn abgewiesen. Nick schien ganz in Ordnung zu sein.«

»Nichts für ungut, Lana, aber Sie haben eine miserable Menschenkenntnis. Nick ist vorbestraft. Er hat wegen verschiedener Delikte im Knast gesessen, unter anderem wegen massiver sexueller Belästigung und bewaffnetem Raubüberfall.«

»Ach du Scheiße.«

»Gelinde gesagt.«

»Was passiert jetzt?«

»Das hängt von Nick Childs ab. Wenn er den Mund hält, erfährt niemand etwas.«

»Ich habe es satt davonzulaufen.«

»Sind Sie sicher? Es gibt nicht nur Nick Childs. Auch Charlie Lott läuft noch irgendwo herum.«

»Das Schlimmste ist passiert. Ich habe keine Angst mehr.«

»Trotzdem. Seien Sie vorsichtig.«

»Es tut mir sehr leid, dass ich es Ihnen nicht gleich gesagt habe. Ich weiß, dass ich Ihre Zeit verschwendet habe.«

»Schon gut.«

»Danke. Das bedeutet mir viel.« Sie trank den letzten Schluck Whiskey. »Ich muss wieder an die Arbeit, sonst dreht Jean durch.«

Macy packte ihre Tasche und ging zur Tür. »Ich höre mich wegen Charlie um. Ich sage Ihnen Bescheid, wenn es was Neues gibt.«

Vorsichtig dem Weg folgend, den die Brandermittler als sicher gekennzeichnet hatten, sah sich Macy in der Ruine von Lindsays Haus um. Inzwischen tropfte kein Wasser mehr von den freigelegten Balken. Vierundzwanzig Stunden nach dem Brand war das Haus wieder staubtrocken. Stellenweise wurde das Dach von frisch zugesägten Kanthölzern gestützt. Von der Küche war kaum mehr übrig als der Linoleumboden. Die Beamten, die draußen postiert waren, hatten ihr gesagt, dass Ryan Marshall im Keller sei. Macy streckte den Kopf durch ein Loch in der hinteren Küchenwand. Staub tanzte im Lampenschein. Die Holztreppe war durch eine Leiter ersetzt worden. Sie holte tief Luft.

»Ryan, bist du da unten?«

»Ja. Pass auf, wo du hintrittst. Es ist das reinste Chaos.«

Ryan stand allein in der Mitte des niedrigen Kellers. Überall hingen Kabel und Lampen. Manche Stellen waren vollkommen verbrannt, andere unberührt. Brandspuren liefen die Wände hinauf, und zum Teil konnte man bis ins Erdgeschoss sehen. Von oben fielen Lichtsäulen herein und zerschnitten den Raum. Die Feuerwehr hatte einen Weg durch den Schutt freigeräumt.

»Wo ist Aiden, dein treuer Knappe?«

»Er koordiniert das Team, das Ethan Greens Grundstück durchsucht. Sie sind seit Morgengrauen draußen.«

»War nicht dein Ding?«

»Zu viel Arbeit.«

»Was läuft eigentlich mit Aiden?«

»Warum? Interessierst du dich für ihn?«

»Vielleicht.«

»Ryan, er ist verheiratet.« Sie hielt inne. »Mit einer Frau.«

»Vielleicht hat er es sich anders überlegt.«

»Ich sage dir, er ist nicht dein Typ.«

»Klingt, als hättest du Insiderinformationen.«

»Vielleicht.«

Er lachte. »Irgendwann musst du mir alles erzählen.«

»Da musst du warten, bis ich meine Memoiren schreibe.«

»Solange du mich in den Danksagungen erwähnst.«

»Ich würde dich nie vergessen. Können wir jetzt arbeiten?«

Ryan knipste die Taschenlampe an und zeigte auf die Überreste eines Aktenschranks. »Wer immer das war, er wusste, was er tat.«

»Was ist das?«

»Der Hausbesitzer ist ein pensionierter Arzt. Statt seine alten Patientenakten zu zerstören, hat er sie hier aufbewahrt.«

»Das ist unheimlich, aber erzähl weiter.«

»Alles wurde ausgeräumt, auf einen Haufen geworfen und mit Benzin übergossen.« Er zeigte auf eine glänzende Substanz, die an den verkohlten Überresten eines Ordners klebte. »Ich bin mir ziemlich sicher, dass das Kerzenwachs ist. Wir haben fast in jedem Zimmer des Hauses welches gefunden.«

»Was hat das zu bedeuten?«

»Weiße Haushaltskerzen kann man in fast jedem Supermarkt oder Drogeriemarkt kaufen. Man schneidet sie auf die gewünschte Länge zu, stellt sie auf etwas Entflammbares und überlässt sie ihrem Schicksal. Haushaltskerzen brennen vier Zentimeter pro Stunde herunter, was dem Brandstifter jede Menge Zeit gibt, sich ein Alibi zu besorgen, bevor das Feuer ausbricht.«

»Hübscher Trick.«

»Lowtech und so gut wie nicht nachweisbar.«

»Hast du sonst noch was gefunden?«

»Nichts, was uns weiterhilft. Wärst du nicht gewesen, hätte man die Brandstiftung wahrscheinlich überhaupt nicht nachweisen können. Außer den Kleidern, die du herausgeholt hast, ist das Wachs alles, was wir haben. Und wahrscheinlich hätte niemand danach gesucht, wenn du nicht den Beweis geliefert hättest, dass Brandbeschleuniger im Spiel war. Das Benzin wurde nur auf weiche Oberflächen wie Polster, Betten und Textilien geschüttet. Der Täter war vorsichtig genug, keine Brandmuster auf dem Boden zu hinterlassen.«

»Anscheinend hat er darauf gezählt, dass wir Lindsays Leiche im Canyon nicht finden. Mit dem Wagen und dem Haus wollte er alle Sachbeweise verschwinden lassen.«

»Sieht so aus.«

»Irgendwie seltsam, dass sich der Mörder bei Lindsay so viel Mühe gab, die Spuren zu verwischen, während er John Dalton in aller Öffentlichkeit getötet hat.«

»Vielleicht gehörte Lindsay nicht zum großen Plan.«

»Was hieße, es gäbe einen großen Plan. Tyler Locke, der

Nachbar, sagt, er habe kurz vor zehn einen Wagen vorbeifahren sehen.«

»Das muss der Brandstifter gewesen sein. Übrigens dachte ich, wir suchen nach Ethan Green. Aber du scheinst dich gegen seinen Namen zu sträuben.«

»Ich habe mir Lindsays Unterlagen angesehen. Sie war weit davon entfernt, Green zu finden. Sie kam sogar immer mehr zu der Überzeugung, dass er die Stadt verlassen hat oder tot ist.«

»Überprüfst du alle, die sie interviewt hat?«

»Bis jetzt bleiben sie bei dem, was sie Lindsay gesagt haben. Seit letzten Sommer hat niemand Ethan gesehen.«

»Wurde auf dem Grundstück irgendwas gefunden?«

»Da oben haben sie kein Netz, ich habe keine Ahnung, was los ist.«

»Könnte es sein, dass jemand aus der Bürgerwehr Ethan beerben will? Früher hatte er viele Anhänger. Vielleicht benutzt jemand seine Pistole.«

»Ray und das FBI sind anderer Meinung. Sie glauben fest, dass Ethan Green hinter alldem steckt.«

»Was hast du als Nächstes vor?«

»Wo ich schon hier bin, gehe ich rüber zu Tyler Locke und rede noch mal mit ihm. Vielleicht ist ihm noch etwas zu dem Wagen eingefallen, den er gesehen hat. Zumindest will ich wissen, was er von Ethan Green hält. Vielleicht hatte John Dalton eine Auseinandersetzung mit ihm. Johns Nichte hat etwas von einem Streit erzählt. Sie konnte Green auf den Fotos zwar nicht identifizieren, aber sie ist auch viel zu jung, um eine verlässliche Zeugin zu sein.«

An der Tür hing ein handgeschriebener Zettel. Tyler war draußen in der Garage. Macy schirmte die Augen gegen das Licht ab, um durch die Scheibe zu sehen. Seit ihrem letzten

Besuch hatte Tyler aufgeräumt. Der schwache Geruch von Reinigungsmitteln und Rauch hing in der Luft. Durchs hintere Fenster sah sie einen Abfallhaufen, der im Garten vor sich hin brannte. Er glühte wie das Ende einer Zigarette.

Das Garagentor war geschlossen, also ging Macy zur Seitentür. Ihr Blick wanderte am Zaun entlang, dann spähte sie in den halb ausgehobenen Schutzbunker. Sie wurde das Gefühl nicht los, dass sie beobachtet wurde. An der Tür blieb sie stehen und spähte in den Garten, doch sie konnte niemanden sehen. Dann klopfte sie an die halboffene Tür und trat ein. Lichtflecken fielen durch die kleinen Fenster an der hinteren Wand. Sie drückte auf den Lichtschalter, doch er funktionierte nicht. Tylers Suburban stand in der Garage, mit der Front zum Garagentor. Durchs Fenster auf der Fahrerseite sah sie seinen kahlen Kopf. Er sah aus, als würde er schlafen. Vorsichtig trat sie einen Schritt vor.

»Tyler Locke, ich bin es, Detective Macy Greeley.«

Tyler bewegte sich nicht. Sie wartete.

»Ich würde gern mit Ihnen über den Wagen sprechen, den Sie neulich abends gesehen haben.«

Macy zog die Waffe aus dem Holster und hielt Abstand, als sie um die Motorhaube herumging. Durch ein Loch im Mauerwerk führten dicke orange Kabel zum Wagenfenster. Tylers Mund und Nase waren mit breiten Streifen silbernem Isolierband zugeklebt. Sein kahler Kopf war unnatürlich blass.

Sie rannte zur Tür. Der Garten war größer, als sie in Erinnerung hatte, und die Sonne brannte heißer. Die Kraft der Explosion riss sie in die Luft, bevor sie in das frisch ausgehobene Loch geschleudert wurde. Sie spuckte Erde und Staub. Nur wenige Handbreit neben ihrem Kopf hatte sich die Stoßstange des Suburban ins feste Erdreich gebohrt, zu einem starren Lächeln verbogen. Macy richtete die Pistole in den

Himmel und scannte den engen Horizont auf Gefahren, doch sie zitterte zu stark, um die Waffe ruhig zu halten. Sie schob sie zurück ins Holster und kletterte den Hang hinauf.

Das Klingeln in ihren Ohren war so laut, dass sie das Gleichgewicht verlor. Sie kämpfte sich auf die Füße und hielt sich den rechten Arm. Sie spürte einen sengenden Schmerz. Die Fenster des Hauses waren geborsten, das tote Gras und die Bäume mit brennenden Trümmern übersät. Die Garage stand in Flammen; zwei Wände waren weggesprengt. Tylers Wagen lag in einem tiefen Krater im Zementboden.

Zwei Gestalten näherten sich durch den Rauch. Zuerst erkannte sie Jessie Dalton. Sie rannte auf Macy zu.

»Wo ist Tyler? Geht es ihm gut?«

Macy schluckte. Langsam konnte sie wieder hören. Sie verstand Bruchstücke von dem, was Jessie sagte, und erriet den Rest. Sie versuchte, die letzten Minuten zusammenzusetzen. Sie versuchte, über Jessies Schulter zu sehen. Dylan lief vor den Überresten der Garage auf und ab. Sein Mund war weit aufgerissen, als würde er schreien. Macys Stimme klang gedämpft in ihren Ohren. Sie musste rufen, um gehört zu werden.

»Sagen Sie Dylan, er soll da wegbleiben.«

»Sie müssen sich setzen.«

Noch mehr Rufe. Die Beamten, die sich um Lindsay Moores Haus gekümmert hatten, waren da. Ryan trug noch seinen Schutzanzug. Ein paar Polizisten versuchten, Dylan von der Garage wegzuziehen, aber er schlug um sich. Als einer ihn packte, riss Dylan sich los. Er wandte sich zur Garage und schrie Tylers Namen. Jetzt konnte Macy ihn deutlich hören.

Jessie ging los. »Ich muss mit Dylan reden.«

Alles drehte sich. Macy sank in die Knie. »Keine gute Idee. Bleiben Sie hier.«

»Auf mich hört er. Ich mache das schon.«

Macy kämpfte gegen den Würgereiz. »Sehen Sie ihn sich an, Jessie. Er weiß nicht, wo er ist. Überlassen Sie es der Polizei.«

»Die kennen ihn nicht.«

Macy schloss die Augen. »Sprechen Sie mit dem Mann im weißen Overall.«

Dylan rannte immer noch vor dem Feuer auf und ab und drehte sich jedes Mal weg, wenn Jessie mit ihm zu reden versuchte. Doch sie wartete, die Hände in den Taschen. Sie versuchte es wieder und wieder. Als sie ihn festhalten wollte, riss er sich los. Er starrte auf das Wrack von Tylers Wagen. Sein Gesicht war verzerrt. Er presste die Hände vor den Mund und senkte den Kopf. Jessie versuchte es noch einmal, und diesmal hörte er auf sie. Ihre Köpfe steckten beisammen, als würden sie beten. Dann führte Jessie ihn zum Haus, wo er sich in den Schatten der Veranda setzte und die Augen schloss. Jessie blieb an seiner Seite und sprach beruhigend auf ihn ein. Unweit von ihnen ließ Macy sich von Ryan verarzten. Soweit sie sah, berührten sich die Freunde kein einziges Mal.

Kapitel 20

Dicht gefolgt von einem Streifenwagen fuhr Dylan in Richtung Collier, bis er den Truck Stop im Süden vor der Stadt erreichte. Es war schon spät, und der Parkplatz füllte sich mit Sattelschleppern. Selbst bei geschlossenem Fenster und Radio hörte er das Röhren der Motoren. Der Boden erbebte, wenn sie vorbeirollten. Sarah stand hinter dem Tresen. Durchs Fenster beobachtete er, wie seine Mutter sich in der Bar bewegte und den Gästen Wasser nachschenkte. Als er jünger gewesen war, war er manchmal vorbeigekommen und hatte sie besucht. Dann bekam er ein Eis, und sie gab vor allen Gästen mit ihm an. Doch seit sein Vater ausgezogen war, war er immer seltener gekommen. Sarah hatte eine Affäre mit einem der Köche angefangen. Er hieß Parker und war eigentlich ganz nett, aber die Beziehung hielt nicht so lange, dass Dylan sich an ihn und den Pommesgeruch seiner Kleider im Haus gewöhnen konnte. Danach waren ein paar andere gefolgt, aber Tyler hatte sich am längsten gehalten. Obwohl er die meiste Zeit außer Landes war, sah Sarah in ihm die große Liebe. Dylan wusste, dass er ihre Gefühle nicht im selben Maß erwiderte, aber seine Mutter wollte seine Meinung zu dem Thema nicht hören. In ihren Augen konnte Tyler keinen Fehler machen.

Er parkte den Truck und stellte den Motor ab. Es war ihm wichtig, ihr die Nachricht persönlich zu überbringen. Falls er noch länger wartete, würde sie es von jemand anderem oder aus den Nachrichten erfahren. Sarah tat immer so tough, aber er kannte sie besser. Sie war ausgelaugt. Ihre Stimme war rau vom Rauchen, und ihre Beine schmerzten, weil sie ein Leben lang im Stehen gearbeitet hatte. Mit sechzehn hatte sie die Schule abgebrochen und angefangen zu kellnern. Mit achtzehn hatte sie bei der Frühstücksschicht Wehen bekommen. Zwei Wochen später arbeitete sie schon wieder. Sie hatte keine Wahl. Sie brauchten das zweite Gehalt und die Krankenversicherung. Sie arbeitete tagsüber, und Dylans Vater schob als Wachmann die Nachtschicht. Natürlich hatten sie als Paar keine Chance gehabt. Und Dylan würde ihr jetzt den Rest geben.

Er ging auf den Streifenwagen zu und sprach durchs Fenster mit den beiden Polizisten, die ihn im Auge behalten sollten.

»Es kann eine Weile dauern. Können Sie bitte draußen warten?«

Sie sagten, er solle sich ruhig Zeit lassen.

An der Einrichtung des Diners hatte sich in den letzten sechsundzwanzig Jahren nicht viel verändert. Den Mief, der sich ins Gebälk gefressen hatte, hätte nur ein Großbrand beseitigen können. Aus Gewohnheit nahm Dylan die Baseballkappe ab und blieb im Eingang stehen. Dies war kein Ort für eine ruhige Mahlzeit. Als Jugendlicher hatte er davon geträumt, seine Mutter hier rauszuholen, aber es war längst zu spät gewesen. Sarah war eins mit ihrem Job. Sie kannte jeden, und jeder kannte sie. Der Truck Stop war der erste Ort, wo man sie mit offenen Armen empfangen hatte.

Dylan fühlte sich ruhiger als in den letzten Tagen. Es war, als wäre er innerlich leer. Die nervöse Energie, die ihn gequält hatte, war versiegt. Das Schlimmste war passiert. Tyler und John waren tot. Diese Tatsache hatte eine seltsame Wirkung auf ihn. Er spürte eine Lebendigkeit wie seit Monaten nicht mehr. Das ganze Adrenalin, das er ständig ausschüttete, hatte plötzlich einen Grund. Er wusste genau, was er zu tun hatte. Er sah sich in dem Gastraum um. Das Haus war voll. Seine Mutter hatte alle Hände voll zu tun. Dann fiel sein Blick auf den Fernseher im Nebenzimmer. Die Nachrichten liefen. Er musste sich beeilen.

Ein Gast, der aussah, als hätte er zu viel getrunken, schob sich an ihm vorbei und schubste ihn gegen den Zigarettenautomaten. Mehrere Augenpaare, darunter das seiner Mutter, richteten sich auf ihn. Sarah nickte zu einem leeren Barhocker und legte ihm die Speisekarte hin.

»Du siehst nicht sehr frisch aus. Setz dich lieber, bevor du mir umkippst.«

Dylan setzte sich, doch er ließ die Speisekarte liegen. Seine Mutter kam zurück und sah ihn fragend an. »Was führt dich her?«

»Können wir irgendwo reden? Vielleicht in Tracis Büro?«

Sie verdrehte die Augen. »Es ist Essenszeit, hier ist die Hölle los. Kann es nicht warten?«

»Nein. Wir müssen reden.«

»Warte einen Moment. Ich frage, ob ich meine Pause jetzt schon nehmen kann.«

In einer Ecke des Restaurants brach Unruhe aus. Ein Mann stand auf und feuerte zwei Trucker an, die über einem Tisch voller leerer Teller in Angriffsposition gegangen waren. Dylan blickte auf, als er seinen Namen hörte. Parker, Sarahs Exfreund, schob zwei Teller unter die Wärmelampen.

Er winkte Dylan lächelnd zu. Das war noch so ein Phänomen bei seiner Mutter. Sie sammelte Exfreunde. Mit Ausnahme von Dylans Vater blieb sie mit jedem Mann befreundet, mit dem sie geschlafen hatte. Dylan sah sich nach ihr um, doch sie war losgezogen, um den Streit zu schlichten. Mit hocherhobenem Kopf und wippendem Pferdeschwanz marschierte sie auf den Tisch zu, an dem die Männer kurz davor waren, aufeinander einzuprügeln. Ein Hilfskellner war unmittelbar hinter ihr. Sarah hatte gelernt, mit solchen Situationen umzugehen. Als Dylan fünf gewesen war, hatte ihr jemand einen Baseballschläger über den Kopf gezogen. Seitdem hörte sie kaum auf dem rechten Ohr, und ihr fehlten zwei Backenzähne. Danach hatte sie an ihren diplomatischen Fähigkeiten gefeilt. Sie konnte eine Situation erfassen wie kein anderer. Sekunden später war der Streit beigelegt, und die beiden Männer saßen wieder. Sarah räumte den Tisch ab und machte Smalltalk. Als sie ging, lachten die beiden. Die Gefahr war vorüber, und die anderen Gäste konzentrierten sich wieder auf ihr Essen.

Dylan sah zum Fernseher. Die Nachrichten zeigten Tylers Haus. Die ausgebrannte Garage war deutlich zu erkennen. Nichtsahnend kam Sarah auf ihn zu. Sie lächelte sogar. Dylan ging ihr entgegen, doch eine Kellnerin namens Tempi schob sich zwischen die beiden. Sie zog an Sarahs Arm und zeigte mit dem Daumen auf den Fernseher.

»Sarah, es ist Tyler. Da ist was passiert. Es kommt in den Nachrichten.«

Sarahs Blick begegnete dem ihres Sohnes, und ihr Gesicht wurde fahl.

Dylan konnte nicht sprechen. Er musste schlucken, doch sein Mund war staubtrocken. Sie starrten sich an. Plötzlich wurde Sarah von Menschen umringt. Alle wollten sie berühren. Dylan kämpfte sich durch die Menge und nahm seine Mutter in den Arm. Sie fühlte sich an wie ein Vogel. Ihre letzte Umarmung war so lange her, dass er es völlig vergessen hatte. Er dachte daran, was Jessie zu ihm gesagt hatte, und wiederholte es Wort für Wort.

»Ich bin für dich da. Ich habe dich lieb. Das darfst du nie vergessen.«

Sie vergrub den Kopf an seiner Brust. Sie zitterte so stark, dass er sie kaum halten konnte. Er küsste ihren Scheitel und strich ihr übers Haar. Alle Augen waren auf sie gerichtet. Niemand sprach ein Wort. Der Lärm war vor der lautlosen Trauer seiner Mutter verstummt.

Dylan saß allein und schwitzend im Wohnzimmer. Sein Hund hechelte in der Ecke. Seit er wieder da war, war der Hund durchs Haus gerannt. Dylan war mit ihm rausgegangen und hatte ihn mit dem Gartenschlauch abgespritzt. Jetzt stank es nach nassem Hund und Sarahs Zigaretten. Die meisten Lichter waren aus, und der Fernseher schwieg. Vor ihm auf dem Couchtisch lag ein geladenes Gewehr. Er sah nach, ob seine Pistole geladen war, und legte sie auf seinen Schoß. Als er das letzte Mal nach seiner Mutter gesehen hatte, lag sie auf dem Bett und klammerte sich an ein zerknäultes Taschentuch. Er hatte das Fenster geschlossen und verriegelt und sie in dem stickigen Zimmer schlafen lassen, in dem es immer nach ihrem Lieblingsparfum roch. Als sie vom Truck Stop gekommen waren, hatten sie zum ersten Mal seit Ewigkeiten miteinander geredet. Sarah hatte eine Zigarette nach der anderen geraucht, er hatte ein Bier nach dem anderen getrunken. Sarah war vollkommen aufgelöst. Nach ihrer letzten gemeinsamen Nacht hatten Tyler und sie sich gestritten. Sie hatte es nicht geschafft, ihn zu besänftigen, was ihr sonst immer gelang. Als sie das Haus verließ, hatte sie irgendwie geahnt, dass sie ihn nie wiedersehen würde.

»Hätte ich gewusst, dass es wirklich das letzte Mal ist, hätte ich mich noch mehr angestrengt.« Sie hatte zu weinen angefangen. »Ich habe nicht einmal ein Foto von uns beiden. Er hat mich nie richtig geliebt«, hatte sie gesagt, die Füße unter sich gezogen, und war tiefer in die Kissen gesunken. Mit jedem Wort wurde ihr Blick schwerer. »Ich war ihm nie genug. Manchmal war ich ihm sicher einfach zu alt.«

Dylan wusste nicht, was er antworten sollte. Seine Meinung zu ihrer Beziehung hatte er immer für sich behalten.

»Ich glaube, es gab noch eine Frau in Georgia. Jedenfalls kam es mir so vor, als ich ihn mal besuchen wollte. Weißt du von ihr? Er muss dir was erzählt haben.«

»Wir haben über so was nicht geredet. Es wäre komisch gewesen.«

»Du bist genau wie dein Vater. Redest nie. Fragst nie nach. Der Mann konnte einen anschweigen, dass es nicht zum Aushalten war.«

»Können wir bitte nicht über Dad reden? Er hat nichts damit zu tun.«

Sie blinzelte, bevor sie ihn wieder ansah. »Ich fühle mich so seltsam. Ich kann kaum die Augen offen halten.«

»Das sind die Pillen, die ich dir gegeben habe.«

Sie lallte ein wenig. »Tyler hat versucht, mir zu erklären, was mit dir los ist. Er hat dich wie einen Bruder geliebt. Wusstest du das? Ich war eifersüchtig. Bin ich immer noch. Ich fasse es nicht, dass er wirklich tot ist.«

»Ich auch nicht.«

»Er hat gesagt, er würde bald ganz nach Hause kommen.«

»Na ja. Mir hat er gesagt, noch ein Einsatz. Das wäre mindestens noch ein Jahr.«

Sie gähnte. »Ich schätze, wir müssen morgen bei seiner Familie vorbeifahren. Seine Mutter hasst mich.«

»Das kann dir egal sein. Tyler hatte nicht viel für sie übrig.«

»Dylan, du gehst nicht weg, oder? Du bleibst noch eine Weile?«

Dylan machte das Licht aus. »Vielleicht. Mal sehen.«

»Ich brauche dich. Ich bin ganz allein.«

Dylan drückte seine Stirn gegen den Türrahmen und schloss die Augen. Sarah schaffte es immer wieder, die Welt ihren Bedürfnissen anzupassen. Sie war nie eine besonders aufopferungsvolle Mutter gewesen. An dem Tag, als sein Vater auszog, hatte sie erklärt, Dylan sei jetzt der Mann im Haus, und hatte ihn mehr oder weniger sich selbst überlassen. Soweit er wusste, war er der einzige Teenager an seiner Schule, der zu Hause Miete zahlte. Ihr schien auch jetzt nicht aufzufallen, dass er gerade die zwei Menschen verloren hatte, die ihm auf der Welt am meisten bedeuteten. Stattdessen deckte er seine Mutter zu, drückte ihre letzte Zigarette aus und sagte ihr, sie solle schlafen. Als sie ihn zu bleiben bat, sagte er, er sei gleich nebenan. Als sie sagte, dass sie ihn liebe, schloss er die Tür.

Ein einzelner Streifenwagen stand vor dem Haus. Durchs Wohnzimmerfenster sah er die Motorhaube, in der sich das Licht einer einsamen Laterne spiegelte. Fünfzig Meter weiter wurde die Asphaltstraße zu einer Schotterpiste und Wilmington Creek zu dem Land unter dem großen Himmel. Er stellte sich an die Tür und spähte in den Garten. Es war nichts zu sehen. Hinter dem Zaun begann der städtische Friedhof. Die Grabsteine hier waren die ältesten und ragten in schiefen Winkeln aus der Erde.

Ein Scheinwerferpaar kroch über die Nordwand des Wohnzimmers, und ein schwerer Motor tuckerte noch ein paar Sekunden, bevor er still wurde. Dylan versteckte die Waffen unter dem Sofa und öffnete die Tür, bevor Aiden Marsh klingeln konnte.

Sie setzten sich in die Küche unter die Lampe aus buntem Glas. Aiden hatte einen Kaffee dabei; Dylan trank Bier aus einem Pint-Glas, das er in einem Flughafen-Pub in England geklaut hatte. Aidens Uniform war zerknittert und staubig. Er hatte Schweißflecken unter den Armen und hatte sich anscheinend etwas über das Hemd gekippt. Er entschuldigte sich für seinen Aufzug und erklärte, er habe den Tag mit der Durchsuchung von Ethan Greens Grundstück verbracht.

»Du hast Tyler nähergestanden als sonst jemand.«

»John und Tyler waren wie Brüder für mich.«

»Wie hältst du dich?«

Dylan zuckte die Schultern. »Wäre es schlimm, wenn ich sage, dass es sich normal anfühlt?«

»Nein, das Gefühl wäre nicht schlimm, aber du weißt, wo du hier bist, oder? Es ist nicht normal für Wilmington Creek.«

»Ich weiß genau, wo ich bin. Hier und jetzt.«

»Da habe ich was anderes gehört.«

Dylan lehnte sich zurück. »Was hast du gehört?«

»Die Officer, mit denen ich gesprochen habe, sagten, du bist aggressiv geworden, als sie versuchten, dich von der Garage wegzuziehen.«

»Ich habe so was nicht erlebt, seit es mich erwischt hat. Es tut mir wirklich leid, was ich gesagt oder getan habe.«

»Die Polizisten wissen, dass du Schwierigkeiten hast.«

»Genau das ist das Problem. Alle scheinen alles zu wissen. Am liebsten würde ich weggehen und noch mal von vorne anfangen.«

»Man sagt, seinen Dämonen kann man nicht entkommen.«

»Das habe ich auch gehört.«

»Hier gibt es Menschen, denen an dir liegt. Sie wollen dir helfen.«

»So wie meine Mutter? Die scheint nicht mal zu merken, dass ich auch trauere.«

Aiden warf einen Blick zum Flur und sprach leiser. »Nein. Jessie zum Beispiel. Ich habe gehört, sie war heute bei dir.«

Dylan trank einen Schluck Bier. Sein linkes Auge zuckte. Er spürte den Puls im unteren Lid vibrieren. Er war sich sicher, dass Aiden es auch sah. Er blinzelte ein paarmal, aber es ging nicht weg.

»Vielleicht nehme ich Jessie mit? Sie könnte auf mich aufpassen.«

»Jetzt erzählst du Quatsch.«

»Ja, das kann ich gut.« Er rieb sich das Auge. »Ich würde neu anfangen, wenn ich könnte. Ich würde lieber alles verlieren als mit dem rumlaufen, was ich im Kopf habe.«

»Ich verstehe nicht, warum du dich freiwillig gemeldet hast. Bei John leuchtet es mir ein, und Tyler hatte keine Wahl, aber du hast nie dorthin gehört.«

»Ich schiebe es auf meinen völligen Mangel an Phantasie.« Er zeigte mit der nicht angezündeten Zigarette auf Aiden. »Was ich gesehen habe ... das war nicht gut.«

Dylans Hund bellte, und sie sahen beide zum Fenster. Ein weiterer Streifenwagen hielt an. Die Beamten unterhielten sich durch die offenen Autofenster.

Aiden sah auf die Uhr. »Die Nachtschicht ist da.«

»Morgen früh bringe ich ihnen Kaffee raus.«

Aiden schob ein Blatt Papier über den Tisch. »Das ist die Aussage, die du am Tatort gemacht hast. Gibt es noch was, das du hinzufügen möchtest?«

Dylans Blick klebte ein paar Sekunden auf dem Blatt, ohne dass er richtig hinsah. »Nein, es steht alles da. Jessie hat gestern Abend hier übernachtet, wir waren den ganzen Tag zusammen. Als wir auf dem Weg zur Ranch waren, bekamen wir beide die gleiche SMS von Tyler. Wir sollten um Punkt 16 Uhr bei ihm sein.«

»War er bei der Uhrzeit immer so genau?«

»Nein, das war neu. Ich habe angenommen, er war gestresst. Wir sind alle durch den Wind wegen der Sache mit John.«

»Wir haben Jessies Wagen auf Ethans Grundstück gefunden. Kannst du uns dazu etwas sagen?«

»Sie hat sich eingebildet, Ethan Green wäre ihr Vater, und wollte ihm Respekt erweisen. Als ich sie gefunden habe, war sie so blau, dass sie kaum laufen konnte. Ihre Mutter hat irgendeinen Mist über eine heiße Quelle in ein Tagebuch geschrieben, und Jessie war auf der Suche danach. Sie dachte, wenn das mit der Quelle stimmt, stimmt vielleicht auch der Rest von dem, was Annie geschrieben hat. Nicht auszudenken, was passiert wäre, wenn ich nicht aufgetaucht wäre. Annie muss aufhören, diesen Scheiß zu verbreiten.«

»Du hast recht. Vielleicht hatten sie eine Affäre, aber Ethan ist nicht Jessies Vater. Die DNA lügt nicht. Wir haben heute Abend das Ergebnis bekommen. Jessie und John sind nicht Ethans Kinder.«

»Das ist krass. Jessie hat es wirklich geglaubt.« Er nahm das Telefon. »Ich muss sie anrufen.«

»Ich habe es versucht, aber sie antwortet nicht.«

»Sie ist ziemlich erschöpft.«

»Das sind wir alle. Eine Ermittlerin liegt im Krankenhaus, und die Polizei aus dem halben Tal ist an irgendwelchen Tatorten. So was passt nicht nach Wilmington Creek.«

Dylan spielte mit dem Feuerzeug, aber er zündete die Zigarette nicht an. »Macy Greeley? Wie geht es ihr?«

»Sie behalten sie über Nacht zur Beobachtung da.«

»Wahrscheinlich wird sie noch eine Weile ein Klingeln in den Ohren haben.«

»Sie wird schon wieder. Keine Gehirnerschütterung, aber ein paar Prellungen von dem Sturz.«

»Sie hatte Glück, dass Tylers Bunker da war. Ironie des Schicksals.«

»Hat er mit dir darüber gesprochen, was er da machte? Bis auf dieses Projekt wirkte er ziemlich normal.«

»Er war auch normal.« Dylan schüttelte den Kopf. »Ich habe es ihm nicht ausgeredet. Ziemlich ambitioniertes Projekt für einen Mann und einen Bagger, vor allem, weil er bald wieder wegmusste. Was ist überhaupt passiert? Ist ein Gastank explodiert oder so was?«

»Es war kein Unfall. Wir haben hinter dem Zaun einen Zünder gefunden. Er wurde manuell ausgelöst. Detective Greeley hat Tyler gesehen. Er saß auf dem Fahrersitz seines Trucks und schien bewusstlos zu sein. Sein Mund war mit Klebeband zugeklebt. Die Textnachricht mit der Aufforderung zu kommen legt nahe, dass auch du und Jessie da sein solltet, als die Bombe hochging. Ich würde gern wissen, warum Ethan Green dich und deine Freunde im Visier hat.«

»Da musst du mit Jessie reden.«

»Wie wäre es, wenn du mir die Fahrt ersparst?«

»Es ist nicht meine Geschichte.«

»Du hast Glück, dass ich zu müde bin, um dich wegen Behinderung der Polizeiarbeit festzunehmen.«

Dylan hielt ihm die Hände hin, die Fäuste geballt. »Ich komme auch so mit. Ich bin zu müde, mich zu weigern.«

Aiden schob den Stuhl zurück. »Meinst du, Jessie erzählt mir, was ich wissen muss?«

»Davon bin ich überzeugt.«

Aiden ging durchs Wohnzimmer und sah sich um. »Halte den Ball flach heute Nacht. Wir haben zwei Polizisten draußen stehen. Ich will nicht, dass du auf sie schießt, wenn sie ums Haus gehen, um nach dem Rechten zu sehen.«

Dylan kippte eine weitere Dose Bier in sein Pint-Glas. »Dann schlage ich vor, du sagst ihnen, sie sollen nicht ums Haus gehen.«

Aiden ging zur Tür. »Versuch zu schlafen. Ich rufe dich morgen früh an.«

Dylans Hund knurrte, doch er bellte nicht. Dylan reckte sich. Er war mit dem Gewehr im Arm auf dem Sofa eingeschlafen. Sein Bein brannte wie Feuer. Er streckte es vorsichtig aus. Der Schmerz ernüchterte ihn. Darauf konzentrierte er sich. Er rieb sich die Augen und sah sich um. Dann stand er umständlich auf und ging mit dem Gewehr auf die Terrasse. Sein Hund kam mit und stellte sich neben ihn. Es gab nicht viel zu sehen. Der Zementboden der Terrasse war kühl unter seinen nackten Füßen. Er trat aufs Gras hinaus und ging am Haus entlang.

Im Zimmer seiner Mutter brannte Licht. Sie hatte das Fenster geöffnet. Eine leichte Brise spielte mit dem Vorhangstoff. Erst dachte er, sie rede im Schlaf. Ihre Stimme war rau und aufgeregt, wurde abwechselnd höher und schneller. Dylan schnappte Bruchstücke auf, doch sie ergaben keinen Sinn. Mehr als einmal sagte sie: »Ich verspreche, dass ich komme.« Vielleicht telefonierte sie mit ihrer Schwester in Boise. Das Letzte, was er von seiner Tante gehört hatte, war, dass sie mit dem dritten Kind schwanger war, aber immer noch allein lebte. Sarah und sie verstanden sich nicht immer gut. Dylan zündete sich eine Zigarette an und wartete, aber das Gespräch war zu Ende. Er ging wieder hinein. Auf dem Handy sah er, dass Jessie angerufen hatte, doch als er zurückrief, ging sie nicht ran. Er wählte Wades Nummer, der nach dem ersten Klingeln am Apparat war.

»Wade, Dylan hier. Wie geht es Jessie? Sie hatte angerufen.«

»Soweit ich weiß, schläft sie.«

»Ist die Polizei da und hält Wache?«

»Ein paar stehen vor dem Haus, und Jeremy hat ein paar der Jungs abgestellt, um die Grenzen des Grundstücks zu bewachen. Ist bei euch alles klar?«

»Aiden war vor ein paar Stunden da.« Dylan spähte aus dem Fenster. »Vor dem Haus steht ein Streifenwagen.«

»Dieser verdammte Ethan Green. Ich konnte das Arschloch nie leiden. Tyler und ich hatten zwar unsere Differenzen, aber das hat er nicht verdient. Niemand hat so was verdient.«

Dylan wusste nicht, was er sagen sollte.

»Dylan, bist du noch da?«

»Ja.«

»Komm her und bleib eine Weile bei uns, bis alles vorbei ist. Es gibt ein Gästezimmer.«

»Nett von dir.«

»Du gehörst zur Familie. Jessie braucht dich. Und für Jeremy wäre es auch gut.«

»Ich überlege es mir. Aber ich habe meine Mutter hier. Sie braucht mich auch.«

»Hauptsache, du passt auf euch auf.«

»Ich tue mein Bestes.«

»Na schön, ich muss los. Es wird wieder eine lange Nacht.«

Dylan sagte gute Nacht und legte auf. Er hatte zwei Stunden tief geschlafen. Es hätte alles Mögliche passieren können. Er ging in die Küche und setzte Kaffee auf. Dann hörte er eine Tür in den Angeln quietschen und trat ins Wohnzimmer. Im Flur brannte Licht, und die Tür des Gästezimmers stand weit offen. Er nahm die Pistole und steckte sie in den Bund seiner Jeans.

»Mom?«

Er hörte einen dumpfen Schlag und drückte sich gegen die Wand. Eine Schranktür wurde zugeschlagen.

»Mom, bist du das?«

Dylan griff nach der Pistole, doch im selben Moment kam seine Mutter aus dem Gästezimmer. Ihr Gesicht war fleckig vom Weinen, und sie hatte einen leeren Koffer in der Hand. Sie starrte zu ihm hoch, ihre Züge waren von der Flurlampe grell erleuchtet. Dann zog sie sich die Kopfhörer aus den Ohren. Ihre Augen waren so wach, dass sie fiebrig wirkten.

»Ich fahre ein paar Tage zu meiner Schwester«, sagte sie und schob sich an ihm vorbei zu ihrem Zimmer. »Ich habe Angst, hier auch nur noch eine Nacht zu verbringen.«

Dylan drückte sich den Revolver ins Kreuz, damit sie ihn nicht sah. Er löste den Finger vom Abzug und schloss die Augen. Sein Herz hämmerte in seiner Brust. Er würde sie nicht aufhalten. Sie hatte recht. Sie war in ihrem eigenen Haus nicht sicher. Sekunden später hörte er das Klappern der Metallkleiderbügel, als sie die Kleider in ihrem Schrank durchging. Dann wurden die Kommodenschubladen aufgezogen. Dylan konnte sich nicht vorstellen, dass sie es lange bei ihrer Schwester in Boise aushielt, aber sie schien zu packen, als hätte sie vor, eine Weile wegzubleiben. Er stand in der Tür und sah zu, wie sie zwischen dem Schrank und dem Koffer hin und her lief. Sie hatte sich die Kopfhörer wieder aufgesetzt und sang. Ihre Stimme war der süßeste Klang, den er seit langem gehört hatte.

Kapitel 21

Aiden stand am Fuß von Macys Krankenhausbett. Sie hatte ein Einzelzimmer im fünften Stock mit Blick über den Dachgarten. Die Morgensonne schimmerte durch den Dunst. Am Horizont zeichnete sich die Whitefish Range ab.

»Ich bin froh, dass du noch ganz bist.«

Macy konzentrierte sich auf einen Punkt an der Wand. Die Kopfschmerzen wurden nicht besser, aber wenigstens hatte der Schwindel nachgelassen. »Es war knapp.« Sie stieg aus dem Bett und taumelte, weil ihre Knie nachgaben. »Wir müssen jeden befragen. Falls Green wirklich unser Täter ist, muss jemand Kontakt mit ihm gehabt haben.«

»Wir sind schon dabei. Brauchst du irgendwas?«

Macy drehte ihm den Rücken zu. »Ich brauche nur eins: Ich muss dieses Krankenhausnachthemd loswerden. Machst du mir die Schleifen auf?«

»Bist du dir sicher, dass es dir gutgeht?«

»Eine Nacht im Collier County Hospital ist mehr als genug.« Sie nahm ihr T-Shirt von der Stuhllehne und hielt inne, als sie Aidens Gesicht sah. »Was ist? Hast du noch nie eine Frau in Unterwäsche gesehen?«

»Du siehst aus, als hätte dich jemand mit einem Baseball-schläger verprügelt.«

»Genauso fühle ich mich auch. Aber es ist nichts gebrochen.« Macy versuchte, sich das T-Shirt über den Kopf zu ziehen, aber sie schaffte es nicht, die Arme zu heben. »Bitte hilf mir.«

»Sie haben den Zünder hinter der Garage gefunden. Er wurde manuell ausgelöst.«

»Was bedeutet, der Täter hat mich kommen sehen und trotzdem auf den Knopf gedrückt.«

»Sieht so aus. Dein Freund Ryan war ziemlich beeindruckt von der Hardware. Militärausrüstung. Richtiges Hightech.«

»Bei Lindsay wurden Kerzen benutzt, um den Brand zu legen. Unser Mörder ist nicht konsequent.«

Aiden half ihr in die Hose. »Vielleicht hat er bei Lindsay genommen, was er gefunden hat, aber bei Tyler hatte er alles geplant?«

»Womit wir wieder beim Motiv wären. Was war das noch mal?«

»Vielleicht hat Tyler was gesehen. Er war Lindsays einziger Nachbar.«

»Aber warum hat er Tyler nicht einfach erschossen? Die ganze Garage ist in die Luft geflogen. Ist das nicht ein bisschen übertrieben? Hast du Dylans und Jessies Geschichte überprüft? Ich habe mir das nicht eingebildet, oder? Sie waren da.«

»Sie kamen, kurz nachdem die Bombe hochging. Tyler hatte beiden vorher dieselbe SMS geschickt, dass sie um vier bei ihm sein sollten. Sie kamen ein paar Minuten zu spät.«

»Ich bezweifle, dass Tyler die Nachricht geschickt hat. Wahrscheinlich sollten Dylan und Jessie mit Tyler in der Garage sein, als die Bombe hochging. Wir müssen rausfinden, warum jemand ihren Tod wollte.«

»Ich war gestern Abend bei Dylan. Die Ersthelfer haben gesagt, er sei durchgedreht. Jessie konnte ihn beruhigen, aber es war knapp.«

»Jetzt erinnere ich mich. Sie war richtig gut. Wie geht es Dylan?«

»Er ist ganz ruhig. Fast zu ruhig. Er hat gesagt, er hat das Gefühl, alles sei normal.«

»Das ist krass.«

»Wir haben eine Einheit vor seinem Haus positioniert. Er ist bewaffnet. Er hat die Waffen vor mir versteckt, aber ich weiß, dass er welche hat.«

»Hast du ihn gefragt, warum Ethan es auf ihn und seine Freunde abgesehen hat?«

»Er wollte nichts sagen. Meinte, es sei Jessies Geschichte.«

»Wird sie reden?«

»Er sagt, ja. Auf dem Weg hierher hat sie mir eine Nachricht geschickt. Sie erwartet uns.«

»Was habt ihr auf Ethans Grundstück gefunden?«

»Keine Spur von Ethan. Randalierer haben so ziemlich alles zerstört. Jede Scheibe ist eingeschlagen. Drogenzubehör liegt rum, leere Bierflaschen, die Toiletten sind verstopft. Sieht aus, als hätte dort jemand zwischendurch eine Drogenküche eingerichtet. Aber es hat seit langer Zeit niemand mehr da übernachtet.«

»Du hast gesagt, das Grundstück ist über 40 Hektar groß? Viel Platz zum Verstecken.«

»Ray hat Wort gehalten. Wir hatten Hundestaffeln, Helikopter und die Hälfte der Elite-Cops aus dem ganzen Tal. Das einzig Interessante, das wir gefunden haben, war Jessie Daltons Wagen.«

»Was hat sie da draußen gemacht?«

»Dylan sagt, sie hat die heiße Quelle gesucht, wo sich Annie und Ethan Green früher getroffen haben. Als Dylan sie gefunden hat, sei sie so betrunken gewesen, dass sie kaum laufen konnte.«

»Sie hat die ganze Zeit geglaubt, Ethan Green ist ihr Vater?«

»Soweit ich weiß, glaubt sie das immer noch. Wir müssen hinfahren und mit ihr sprechen.«

»Haben wir die DNA-Analyse?«

»Ja. Greens Profil ist in der Datenbank. Falls irgendeine Verwandtschaft mit John Dalton bestehen würde, wäre sein Name im Bericht aufgetaucht.«

Vor der Ranch erwartete sie Tara Dalton. Sie saß auf der Terrasse, in zu großen Cowboystiefeln und einem mit Rosen gemusterten Kleid, das ebenfalls ein paar Nummern zu groß war. Halb rannte, halb stolperte sie auf den Streifenwagen zu, als Aiden zwischen zwei Pick-ups parkte. Tara verkündete, dass ihre Mutter in der Sattelkammer sei und sie sie zu ihr bringen solle. Dann nahm sie Aiden und Macy an der Hand und zog sie zu den Ställen.

»Mommy und Grandpa reden nicht miteinander.«

Aiden wuschelte Tara durchs Haar. »Keine Angst. Das wird bald besser.«

Tara sah zu Macy auf. »Bist du immer noch traurig, weil du deinen Sohn vermisst?«

»Ein bisschen, aber ich freue mich, dich zu sehen.«

»Die Frau, die da war, um mit mir über Onkel John zu reden, hat mir einen Sticker geschenkt.« Tara zupfte an einem Aufkleber in Form eines goldenen Sterns. Er rollte sich an den Rändern ein. »Sie hat gesagt, ich war sehr tapfer.«

»Das stimmt auch.«

»Ich finde, Mommy soll auch einen Stern kriegen.«

Tara ließ sie los und rannte zu einer Fuchsstute mit schwarzer Mähne. Das Pferd streckte den großen Kopf über die niedrige Stalltür. Tara stellte sich auf einen Schemel, um es zu streicheln. Es schnüffelte an ihrem Kleid. Tara kicherte.

»Trixie hat Hunger.«

Macy sah sich um. »Ihr habt aber viele Pferde.«

Tara korrigierte sie. »Es sind American Quarter Horses. Ich hatte ein Pony, das Honey hieß, aber es ist gestorben.«

»Das tut mir leid.«

Sie zuckte die Schultern. »Honey war ziemlich alt. Das passiert eben.«

Sie fanden Jessie auf einer langen Holzbank, wo sie Geschirre sortierte. Ihre Handschuhe waren fleckig von dem dunklen Wachs, mit dem sie das Leder einrieb. Die übliche Armreifsammlung bedeckte ihre Handgelenke, und sie hatte sich ein Tuch um den Hals geknotet. Doch das Tuch war verrutscht, und darunter waren blaue Flecken zu sehen. Sie sah nicht aus, als ob sie geschlafen hätte. Ihre Augen waren rot und geschwollen, ihre Hände zitterten. Sie zog die Handschuhe aus und küsste ihre Tochter auf den Scheitel. Ihre Stimme war heiser.

»Da seid ihr ja.«

Tara verdrehte die Augen. »Ich musste ewig warten.«

»Bitte tu mir noch einen Gefallen.«

Tara hängte sich an den Arm ihrer Mutter und riss sie fast beide um. »Ich bin müde.«

»Es ist ganz einfach. Such eine DVD aus, die wir nachher zusammen ansehen. Wenn ich hier fertig bin, komme ich rüber ins Haus.«

»Essen wir dann? Ich will Toastbrot mit Erdnussbutter und Marmelade, und du sollst die Kruste abschneiden.«

»Es ist noch zu früh fürs Mittagessen. Ich mache dir einen Snack.«

Tara winkte, dann hüpfte sie hinaus in den Sonnenschein, wobei ihre Stiefel bei jedem Schritt schlackerten.

Jessie führte sie in Annies Büro. An den Wänden hingen Auszeichnungen und Fotos. Macy betrachtete ein Foto von Annie.

»Das war, bevor sie krank wurde. Manchmal vergessen die Leute, wie stark sie mal war.«

»Schwer zu glauben, dass es sich um dieselbe Person handelt.«

Jessie saß unruhig am Schreibtisch. Wenn sie nicht an ihren Nägeln pulte, spielte sie mit ihrem Haar. Immer wieder sah sie zur Tür. An der Wand lagen ordentliche Stapel von Dokumenten. Daneben lagen zwei volle Müllsäcke.

»Ich habe aufgeräumt.«

Aiden setzte sich neben Macy. »Wirst du das Geschäft übernehmen?«

»Im Moment versuche ich einfach nur, Jeremy nicht in die Quere zu kommen. Hier kommt er grundsätzlich nie rein.«

»Wie geht es dir? Dylan sagte, du warst in keiner guten Verfassung, als er dich vorgestern Abend gefunden hat.«

Jessie verschränkte die Arme vor der Brust. Trotz der Hitze hatte sie Gänsehaut. »Er muss gerade reden. Gestern ist er durchgedreht.«

Macy nahm das Notizbuch aus der Tasche. »Dylan wird die Hilfe bekommen, die er braucht.«

»Wussten Sie, dass bis auf die kleine Klinik in Kalispell das nächste Veteranenkrankenhaus in Helena ist?« Jessie strich sich das Haar aus dem Gesicht und zupfte an ihrem Halstuch. »Die meiste Zeit ist er high von den Medikamenten. Er sollte überhaupt nicht Auto fahren.«

Aiden räusperte sich. »Es braucht Zeit.«

»Ich glaube nicht, dass er noch daran glaubt.«

Macy reichte Jessie einen Zettel. »Wir müssen darüber sprechen, was gestern Nachmittag passiert ist. Das ist Ihre Aussage. Sie erklären, dass Sie mit Dylan zusammen waren, als Sie beide von Tyler eine SMS erhielten, in der er Sie bat, um vier Uhr nachmittags zu ihm zu kommen. Er schrieb, er hätte etwas Wichtiges mit Ihnen zu besprechen, das mit dem Tod Ihres Bruders zusammenhängt.«

Jessie starrte das Blatt an.

»Ist das korrekt, Jessie?«

»Ja. Wir sind zusammen zu Tyler gefahren.«

»Warum dachten Sie, Tyler hätte Informationen über den Mord an Ihrem Bruder?«

»Er hat Freunde bei der Polizei. Ich dachte, er hat vielleicht etwas gehört.«

»Wir glauben nicht, dass die Bombe nur für Tyler bestimmt war. Wer sie gezündet hat, hat auf Sie und Dylan gewartet. Stattdessen hat er beinahe mich erwischt.«

»Glauben Sie wirklich, es war Ethan Green?«

»Wir suchen nach ihm.«

Ihre Stimme kippte. »Bei der Pressekonferenz haben Sie gesagt, er ist der Hauptverdächtige.«

»Das ist er auch.«

»Wussten Sie, dass er mein Vater ist?«

Macy nahm ein weiteres Blatt heraus und reichte es Jessie. »Das stimmt nicht. Gestern ist die DNA-Analyse von der Forensik gekommen. Ethan ist ein verurteilter Straftäter. Wir haben seine DNA in der Datenbank. Es gab keine Übereinstimmung mit John oder sonst einer Spur, die wir am Tatort gefunden haben.«

»Meine Mutter hat gesagt …«

»Es spielt keine Rolle, was Ihre Mutter gesagt hat. Ethan Green ist nicht Ihr Vater.«

Jessie schlug die Hände vors Gesicht und begann so laut zu schluchzen, dass es klang, als würde sie ersticken.

»Wir vermuten, dass John auch glaubte, Ethan wäre sein Vater. Vielleicht hat er nach ihm gesucht. Hat er mit Ihnen darüber gesprochen?«

Jessie griff nach mehreren Taschentüchern. »Nein, kein Wort.«

Aiden beugte sich vor. »Du hast gesagt, du hattest das Gefühl, John hielt etwas vor dir zurück.«

Sie nickte.

»Ich glaube, er wollte dich beschützen.«

Jessie fuhr mit den Fingerspitzen über die Tischkante. Die tätowierte Rose auf ihrem Handrücken war teilweise unter einem Pflaster verborgen. Die Haut darum herum war gelblich. »Ich habe die Tagebücher meiner Mutter gelesen. Sie hatte eine Affäre, aber sie sagt nicht, mit wem. Ich bin die Personalakten im Büro meines Vaters durchgegangen, weil ich dachte, vielleicht war es jemand von der Ranch. Ich habe die Akte gefunden, die Jeremy über Ethan Green führte.«

»Am Anfang waren sie Freunde.«

»In dem Jahr, als John und ich zur Welt kamen, hat Jeremy Ethan 30 000 Dollar gezahlt, damit er sich von unserer Familie fernhielt. Meine Mutter hat Andeutungen gemacht, aber sie hat mir erst vor ein paar Tagen gesagt, Ethan sei mein Vater. Sie hat gesagt, Jeremy könnte keine Kinder zeugen.«

Aiden rieb sich über das Gesicht. »Tut mir leid, Jessie. Ich wünschte, wir hätten die Information früher gehabt. Es hätte dir viel Kummer erspart.«

»Es ist nicht deine Schuld.« Sie nahm einen Stoß Fotos aus einer Schublade und schob sie über den Tisch. »Ethan hat sich nicht wie versprochen von uns ferngehalten. Die hier sind von letztem Sommer. Dylan hat sie aufgenommen.«

Macy legte die Fotos nebeneinander auf den Tisch.

Aidens Stimme kippte. »Hat er dir das angetan?«

»Ich war im Whitefish. Ich war zu betrunken, um zu fahren, und er bot an, mich nach Hause zu bringen. Wir hielten an der Tankstelle, und er hat mir eine Cola gekauft, damit ich wieder nüchtern werde. Ich weiß noch, wie er darauf bestand, dass ich sie trank. Ich dachte, er wollte fürsorglich sein, aber wie immer lag ich falsch. Statt mich heimzubringen, fuhr er mich zum Darby Lake. Um zwei Uhr morgens wachte ich auf, nur halb angezogen, und Ethan lag auf mir. Ich dachte, er wäre tot. Er hatte eine große Beule an der Stirn.«

Macy starrte das Foto von Jessies zugeschwollenem Auge an. »Erinnern Sie sich daran, dass Sie ihn geschlagen haben?«

»Das ist eins der wenigen Ereignisse dieser Nacht, an die ich mich klar erinnere. Ich schätze, ich hätte fester zuschlagen sollen.«

Aiden sprach leise. »Jessie, hat er dich vergewaltigt?«

»Ich glaube nicht. Er hat es versucht.« Sie schloss einen Moment die Augen. »Es war alles so wirr. Ich konnte kaum atmen vor lauter Panik. Ich kann mich nicht an alles erinnern.«

»Warum hast du nicht die Polizei gerufen?«

»Ich rief John an, wie immer, wenn ich Hilfe brauchte. Ich dachte, er regelt alles für mich, aber als er und Tyler kamen, hatten sie andere Pläne. Sie sagten immer wieder, es würde mir keiner glauben, dass es ein Unfall war, und ich würde im Knast landen.«

»Was haben sie getan?«

»John und Tyler haben sich um Ethan gekümmert, und Dylan hat mich nach Hause zu ihm gebracht.«

Aiden hob die Stimme. »Wie genau haben sie sich um Ethan gekümmert?«

»Sie haben seine Leiche im tiefen Ende von Darby Lake versenkt.«

Macy sank in ihren Stuhl. »Es muss ein Schock für Sie gewesen sein, als Sie hörten, dass Ethan unser Hauptverdächtiger ist.«

»Wir dachten alle, er ist tot. Sein Truck ist noch da draußen. Man kann ihn sehen, weil das Wasser so niedrig ist.« Ihre Stimme verlor sich. »Irgendwie ist er rausgekommen, und jetzt will er uns alle umbringen.«

»Bald haben wir Gewissheit. Es besteht immer noch die Möglichkeit, dass es ein Bekannter von Ethan war, der wusste, was passiert war.«

»Keiner von uns hat es irgendwem erzählt.«

»Man kann nie wissen. Vielleicht hat jemand gesehen, wie Sie an dem Abend in Ethans Truck gestiegen sind, oder es war jemand am See. Wir befragen jeden, der mit ihm zu tun hatte.«

»Nach der Pressekonferenz wollte ich zur Polizei gehen, aber Tyler war dagegen. Wir haben uns gestritten. Er fand, wir sollten uns selbst gegen Ethan wehren.« Sie flüsterte beinahe. »Wenn er auf mich gehört hätte, wäre er noch am Leben.«

Macy zeigte auf Jessies Halstuch. »Jessie, was ist mit Ihrem Hals passiert?«

»Nichts.«

»War es Tyler?«

»Ich möchte nicht darüber sprechen.«

Aiden lehnte sich zurück und seufzte. »Hör auf, das Opfer zu spielen, Jessie. Es ist nie okay, wenn ein Mann die Hände um den Hals einer Frau legt.«

Sie wischte ihre Tränen weg. »Ich habe ihn noch nie so wütend gesehen. Wenn Dylan nicht da gewesen wäre, ich weiß nicht, was passiert wäre.«

Macy redete leise. »Darf ich mal sehen?«

Jessie band das Halstuch auf und hob ihr Kinn.

»Das sollte sich ein Arzt ansehen.«

»Ich will nicht, dass Tyler damit in Verbindung gebracht wird. Er war ein guter Mensch. Es ist der Krieg. Der hat ihn verändert.«

Macy klopfte mit dem Kuli auf den Tisch. »Jessie, Sie haben ein schweres Verbrechen vertuscht. Das wird Konsequenzen haben. Wenn Sie überzeugend darlegen können, dass Sie zum Schweigen gezwungen wurden, haben Sie vor Gericht vielleicht bessere Karten.«

»Ich weiß.«

»Sie hätten wirklich zur Polizei gehen sollen. Sie haben nichts falsch gemacht. Sie haben sich nur verteidigt.«

»Verhaften Sie mich jetzt?«

Macy sah Aiden an. »Was meinst du?«

Aiden warf einen Blick auf die Fotos. »Wir überlegen uns was. Ich werde dich deswegen nicht hinter Gitter bringen.«

Macy nahm Aiden das Fernglas aus der Hand und suchte das nördliche Ufer des Sees ab.

Der Fuß der Klippe lag im Schatten. »Da geht es ziemlich tief runter. Falls er noch lebte, als er runterfiel, hätte er den Sturz kaum überstanden.«

»Denk dran, dass der Wasserstand dieses Jahr extrem niedrig ist. Letzten Sommer stand der See mindestens fünf Meter höher.«

»Wann kommen die Taucher?«

»Jeden Moment. Wir brauchen eine Bergungsmannschaft. Den Truck kriegen wir nur mit einem Kran aus dem Wasser. Wenn er zwischen den Felsen eingeklemmt ist, kann es eine Weile dauern.«

Macy setzte sich an einen Picknicktisch im Schatten. Die Temperatur und die Luftfeuchtigkeit waren gestiegen. Es war schwül. In den Nachrichten war Regen angekündigt.

»Ich glaube, ich war noch nie so müde.«

Aiden blickte unverwandt zum See. »Ich habe deinen Streit mit Ray Davidson mitbekommen.«

»Das hatte ich befürchtet.«

»Du kannst dich nicht so von ihm behandeln lassen. Du musst eine Grenze ziehen.«

»Ich finde nicht, dass ich mit dir darüber reden sollte, oder mit sonst wem.«

»Da bin ich anderer Meinung. Du solltest es laut herausschreien. Und nur damit du es weißt, das sage ich nicht aus persönlichen Gründen.«

»Ich hoffe darauf, dass ich irgendwann loslassen kann.«

»Stell dir einfach vor, wie gut es sich anfühlt, wenn du selbst über dich bestimmen kannst.«

Sie schüttelte den Kopf. »Ich glaube, so was ist in einer ganz normalen Beziehung leichter. Da kann man zurückblicken und sehen, ab wann es schiefgelaufen ist, und sich auf die Zukunft konzentrieren. Aber so was hatte ich nie mit Ray. Es ist schwer loszulassen, wenn ich nicht weiß, wo es schiefgegangen ist. Ich habe das Gefühl, dass es noch nicht vorbei ist, und außerdem ist da Luke. Er braucht einen Vater.«

»Luke braucht eine Mutter, die glücklich ist. Und das bist du nicht, bevor du nicht von ihm loskommst.« Aidens Telefon summte, und er las die Nachricht. »Sie sind an der Rampe und laden die Boote ab. Wir sollten runtergehen.«

Die Dämmerung brach bald herein, und Insektenschwärme tanzten über das stille Wasser des Sees. Ein Moskito sirrte an Macys Ohr, und sie verscheuchte ihn. Die Polizeiboote lagen am Fuß der Klippe. Aidan und Macy standen auf dem kleineren Boot und beobachteten, wie sich die Taucher auf den Tauchgang vorbereiteten. Den Pick-up zu finden war leicht. Das Dach des Führerhäuschens lag nur einen guten Meter unter der Oberfläche. Macy versuchte, geduldig zu sein, aber sie verstand nicht, warum sie den Aufwand mit den Taucheranzügen und den Sauerstoffflaschen betrieben. In Helena trainierte sie einmal die Woche im Schwimmbad eines Fitnessstudios nicht weit von der Zentrale der State Police. Ihrer Meinung nach wäre es mit einer wasserdichten Taschenlampe und einer Schwimmbrille getan. Als die Taucher endlich bereit waren, ließen sie sich rückwärts vom Deck fallen, als hätten sie einen Tagesausflug am Great Barrier Reef vor sich. Ein paar Minuten später schwammen beide zurück in ihre Richtung. Der Erste, der ankam, nahm die Maske ab und verkündete die Neuigkeiten.

»Da unten ist eindeutig eine Leiche. Wir haben auch das Autokennzeichen gesehen. Es ist das Fahrzeug, das wir suchen.«

Macy starrte aufs Wasser. Trotz Jessies Aussage hatte sie nicht geglaubt, dass sie eine Leiche finden würden. Sie hatte ein unbehagliches Gefühl. In ein paar Stunden war es dunkel. Sie mussten sich beeilen, aber sie wusste nicht genau, wie sie weiter vorgehen sollten.

Die Taucher warteten auf Anweisungen. »Was sollen wir tun?«

»Was könnt ihr erkennen? Kann man die Leiche irgendwie identifizieren, ohne den Wagen zu öffnen?«

Der Taucher schüttelte den Kopf. »Keine Chance. Kopf und Oberkörper stecken in den Airbags fest. Sie wurden wahrscheinlich ausgelöst, als der Truck auf dem Wasser aufschlug.«

»Es ist bald dunkel. Lasst Lampen bringen, wenn es sein

muss, und macht Fotos.« Sie wandte sich an Aiden. »Wann kommt Ryan? Er hat solche Szenarien sicher schon gesehen.«

»Sie fahren gerade bei Tyler los.«

»Wie schnell bekommen wir einen Kran, der den Truck anhebt? Es wäre besser, wenn wir die Leiche nicht bewegen. Wir dürfen nicht riskieren, dass wir Spuren vernichten.«

»Morgen oder übermorgen, schätze ich. Sieht aus, als steckte er fest. Ich weiß nicht, ob wir ihn in einem Stück da rauskriegen. Es wird schwierig.«

»Ich weiß nicht, ob wir so lange warten können. Ethan Green ist unser einziger Verdächtiger. Wir müssen wissen, ob er es ist oder nicht.«

»Wer soll es sonst sein? Wir kennen den Verbleib von allen anderen, die an dem Abend beteiligt waren.«

»Du hast recht.«

»Vielleicht sollten wir Charlie Lott wieder auf unsere Liste setzen. Er ist immer noch nicht aufgetaucht.«

»Aber er hat mit der Sache nichts zu tun. Bis auf den Mord an John Dalton hat er kein Motiv. Außerdem, wie hätte er an die Waffe rankommen sollen, mit der Ethan Green angeblich den Officer der Highway Patrol erschossen hat?«

Aiden verscheuchte einen Moskito von seinem Arm. »Einer von Ethans Anhängern?«

»Vielleicht hat jemand rausgefunden, was passiert ist, und will sich an ihnen rächen.«

»Was passiert, wenn wir das Dach öffnen und ihn rausziehen?«

»Wir würden Spuren verwischen. Beweise zerstören.«

»Ich rufe Ray an. Er wollte Ethan unbedingt als Verdächtigen. Wer weiß? Vielleicht will er lieber noch warten, bevor rauskommt, dass er falschlag.«

»Er hasst es falschzuliegen.«

»Das ist mir inzwischen ziemlich scheißegal.«

»Wie auch immer. Wir müssen noch mal alle Leute durchgehen, die Ethan kannten, und überlegen, wen wir uns vorknöpfen. Vielleicht gelingt es uns, die Fäden zusammenzuführen.«

Kapitel 22

Aiden setzte sich auf den Stuhl gegenüber von Macy und winkte die Kellnerin herbei. »Tut mir leid, dass wir gestern nicht zusammen zu Abend essen konnten. Aber als wir am See fertig waren, hätte ich kein Wort mehr rausgebracht.«

»Ging mir genauso.«

»Außerdem hast du wahrscheinlich auch mal Zeit für dich gebraucht.«

»Ich habe nur Schlaf gebraucht.«

»Hast du welchen bekommen?«

»Acht Stunden am Stück. Ich fühle mich wie neugeboren.«

»Du siehst erholt aus.«

»Das liegt wahrscheinlich auch daran, dass ich seit drei Tagen keinen Drink angerührt habe.«

»Drei ganze Tage? Ist das ein Rekord?«

Er dankte der Kellnerin für den Kaffee und trank einen Schluck, dann verzog er das Gesicht, weil der Kaffee zu heiß war.

Macy stocherte in ihrem Rührei herum. »Hat Ray sich gemeldet?«

»Nicht seit ich ihm von der Leiche im See erzählt habe.«

Sie senkte die Stimme. »Wahrscheinlich unternimmt er alles, um sich aus der Affäre zu ziehen.«

»Solange er dich nicht mit reinzieht.«

»Keine Sorge, ich habe mich abgesichert. Ich habe meine Vorbehalte wegen der Pressekonferenz in einer E-Mail festgehalten und sie ihm geschickt, bevor er auf Sendung ging.«

»Erinner mich daran, falls ich mich je mit dir anlegen will.«

»Leg dich nicht mit mir an«, antwortete sie trocken.

»Ich merke es mir«, sagte er lachend und griff nach der Speisekarte. »Was ist für heute geplant?«

»Gestern am späten Abend hat Jeremy Dalton angerufen. Er will vorbeikommen und sich auf den neuesten Stand bringen lassen. Er hat beunruhigende Gerüchte gehört. Ich treffe mich mit ihm in der nächsten Stunde auf der Wache.«

»Bis zur offiziellen Identifizierung der Leiche sitzen wir in der Warteschleife. Ich habe ein Team zusammengestellt, das die überarbeitete Liste von Ethans Bekannten durchgeht, aber ich habe keine großen Hoffnungen. Keiner von denen kommt mir so loyal vor, dass er so etwas durchziehen würde.«

»Vor einer halben Stunde ist ein Schwertransporter durch die Stadt gefahren. Ich schätze, das ist der Kran, der den Truck bergen soll.«

»Ich habe ihn auch gesehen. Ein Monsterding. Das Wasser ist ziemlich flach, ich hoffe, er läuft nicht auf Grund.«

»Ich hätte gedacht, man könnte den Truck mit einem Hubschrauber rausziehen.«

»Zu nahe an den Klippen.«

Macy legte die Serviette auf den Tisch. »Ich fand, es wäre anständig, wenn ich Tylers Kommandanten informiere.«

»Traurige Geschichte.«

»Ich verstehe einfach nicht, wie die Jungs auf die Idee kamen, es wäre schlau zu vertuschen, was Jessie in der Nacht erlebt hat.«

»Sie waren auf Gefechtssituationen trainiert. Wahrscheinlich haben sie sich eingebildet, sie hätten alles im Griff.«

»Sie waren aber nicht im Krieg. Jessie brauchte Hilfe. Auf den Fotos sieht sie übel zugerichtet aus. Sie hätte ins Krankenhaus gemusst.«

»Wundert mich nicht, dass sie rückfällig geworden ist nach dem, was Annie ihr über Ethan erzählt hat. Ich hoffe, sie kommt wieder auf die Beine. Die ganze Zeit hat sie so hart daran gearbeitet, clean zu bleiben.« Er sah sich nach der Kellnerin um. »Ich bestelle an der Theke, das geht schneller. Möchtest du noch was?«

»Nur noch einen Kaffee, wenn es geht.« Macys Telefon summte, und sie sah aufs Display. Es war Ray, doch sie ignorierte ihn. Sie öffnete Charlie Lotts Akte auf dem Laptop, scrollte sie durch und sah auf, als Aiden zum Tisch zurückkam. »Uns gehen die Verdächtigen aus.«

»Bist du wieder bei Charlie Lott?«

»Er hat Gitarre gespielt und dealte kleine Mengen, um sich über Wasser zu halten. Er hatte keine Ahnung von Bomben. Außerdem kannte er Lindsay Moore nicht. Es gibt kein Motiv.« Sie lehnte sich zurück. »Ich finde es seltsam, dass sich der Vater von Lindsays ungeborenem Kind nicht gemeldet hat. Jemand hat sie geschwängert, und Lindsay schien mir nicht der Typ Frau für ein turbulentes Liebesleben. Schade, dass die DNA des Fötus keinen Treffer in der Datenbank ergeben hat.«

»Es muss also jemand sein, der nicht polizeibekannt ist. Wir sprechen auch noch mal mit allen, die direkten Kontakt mit Lindsay Moore hatten. Vielleicht bringt uns das weiter.«

»Ethan Green bleibt der Hauptverdächtige, und er ist seit einem Jahr tot.«

»Jessie und Dylan müssen sich wegen Verdunklung verantworten.«

»Sie brauchen Hilfe, keine Haftstrafe.« Macy stocherte wieder in ihrem Rührei. »Manchmal frage ich mich, warum ich zur Polizei gegangen bin.«

»Wenn du in unserem Job den Verstand nicht verlieren willst, brauchst du eine Ausstiegsstrategie.«

»Meinst du?«

»Ich habe meinen Ausstieg genau geplant.«

»Die Zynikerin in mir hat eine Flasche Whiskey und eine geladene Waffe im Sinn.«

»Oje, du brauchst wirklich eine Auszeit.«

»Erzähl mir was Neues.«

»Ich habe ein Grundstück am Flathead River gekauft und ein paar Investoren zusammengetrommelt. Wir bauen eine Angler-Lodge. Könnte hübsch werden.«

»Klingt idyllisch.«

Aiden machte Platz für den Teller, den die Kellnerin vor ihn stellte. Er schob sich ein Stück Bacon in den Mund. »Und du? Hast du einen Ausstiegsplan?«

»Ich bin gerade dabei, ihn umzuschreiben.«

»Hauptsache, er hat nichts mit Whiskey und Schusswaffen zu tun.«

Sie klaute eine Scheibe Bacon von seinem Teller. »Ich halte dich auf dem Laufenden.«

Trotz seiner Körpergröße wirkte Jeremy Dalton irgendwie verloren, als er auf den Stufen vor der Polizeiwache wartete. Macy schüttelte ihm die Hand und führte ihn durch die Glastür. Ein paar Polizisten standen auf, als er an ihren Schreibtischen vorbeikam. Er sah ihnen nicht in die Augen.

Macy schloss die Bürotür und entschuldigte sich, dass

Aiden nicht kommen konnte. »Er muss raus zum Darby Lake. Sie haben dort viel zu tun heute.«

Jeremy nahm den Hut ab und strich sich das Haar hinter die Ohren. »Ich habe gehört, ihr rechnet damit, Ethans Leiche rauszuziehen.«

»Das stimmt.«

»Vor zwei Tagen hat der Chief der State Police im Fernsehen verkündet, Ethan Green sei der Hauptverdächtige bei dem Mord an meinem Sohn.«

Macy zögerte. »Wahrscheinlich hat er sich geirrt.«

»Mir ist aufgefallen, dass Sie nicht zur Presse gesprochen haben.«

»Ich hatte Vorbehalte, in einem so frühen Stadium der Ermittlungen Ethan Greens Namen zu nennen. In Lindsay Moores Recherchen sprach nichts dafür, dass Green in der Gegend noch aktiv gewesen wäre. Sie hatte wohl den Eindruck, er wäre entweder tot oder hätte die Gegend letzten Sommer verlassen. Es besteht die Möglichkeit, dass einer von Greens Anhängern für den Mord an Ihrem Sohn verantwortlich ist. Wir verhören noch einmal jeden, der mit ihm zu tun hatte.«

»Was ist mit Charlie Lott?«

»Wir suchen ihn noch. Er wurde nicht mehr gesehen, seit er letzten Monat das Haus seiner Großmutter in Spokane verlassen hat.«

»Ich will wissen, was letzten Sommer am See passiert ist. Dylan geht nicht ans Telefon, und Jessie und ich reden nicht miteinander.«

»Wir sind immer noch dabei, die Ereignisse der Nacht des dreizehnten Juli zu rekonstruieren. Dylan und Jessie sind die einzigen Zeugen, und ihre Aussagen decken sich. Wir warten, bis wir den Wagen heute Nachmittag geborgen haben, bevor wir unsere Erkenntnisse öffentlich machen.«

»Ich würde es gern jetzt hören.«

»Ich fürchte, es ist ziemlich erschütternd, was ich Ihnen zu sagen habe.«

Seine kleinen Augen blinzelten. »Mein Sohn ist diese Woche ermordet worden. Ich glaube nicht, dass es noch schlimmer werden kann.«

»Mr Dalton, ich fürchte, doch.«

»Das werden wir sehen.«

»Jessie ist letzten Sommer auf dem Parkplatz des White-fish in Ethan Greens Pick-up gestiegen. Es war spät, und sie hatte zu viel getrunken und wollte ihren Rausch im Wagen ausschlafen. Aber dann kam Ethan Green und bot ihr an, sie nach Hause zu fahren. Stattdessen brachte er sie zum Darby Lake.«

»Der Hurensohn.«

»Er hat sie tätlich angegriffen, aber sie erinnert sich nicht, ob sie ihn aufhalten konnte, bevor es zum Äußersten kam. Sie weiß nur noch wenig, außer dass sie ihm mit einem Stein auf den Kopf schlug. Als sie aufwachte, lag er auf ihr. Sie dachte, er wäre tot. Statt die Polizei zu rufen, rief sie John an. Er und Tyler warfen Ethans Leiche in den See, und Dylan nahm Jessie mit nach Hause. Bedanken Sie sich bei Dylan. Er war geistesgegenwärtig genug, um die Verletzungen Ihrer Tochter zu fotografieren.«

»Kann ich die Fotos sehen?«

Macy schüttelte den Kopf. »Ich würde sie Ihnen nicht mal zeigen, wenn ich könnte.«

»Bis letzten Sommer wollte John bei der Armee bleiben. Er war kurz davor, seinen Vertrag zu verlängern, aber dann änderte er plötzlich seine Meinung. Bevor er zu seiner Einheit zurückkehrte, sagte er mir, dass er zu Hause mehr gebraucht würde. Jetzt weiß ich, warum.«

»Wussten Sie, dass Annie John und Jessie erzählt hat, Ethan Green sei ihr Vater?«

»Ist das Ihr Ernst?«

»Wir wissen nicht genau, ob John ihr wirklich glaubte, aber Jessie hat ihr geglaubt. Ich habe ihr inzwischen gesagt, dass die DNA-Analyse die Theorie widerlegt. Ich nehme an, Sie wussten, dass Ihre Frau eine Affäre mit Green hatte, bevor Ihre Kinder zur Welt kamen.«

Er starrte seine Hände an. »Damals war Ethan schwerer Alkoholiker. Ich glaube nicht mal, dass er sich erinnert, aber Annie ist immer noch völlig besessen davon. Sie ist überzeugt, es war die schönste Zeit ihres Lebens. Ich fasse es nicht, dass sie unseren Kindern Lügen erzählt.«

»In ihrem Zustand hält sie es möglicherweise für die Wahrheit. Haben Sie mit Jessie gesprochen?«

»Das ist nicht so einfach. Wir sprechen seit zehn Jahren kaum miteinander.«

»Ich habe die Familienfotos bei Ihnen zu Hause gesehen. Es gab eine Zeit, in der Sie sich nahestanden.«

»Bei Annie hört sich das anders an. Sie hat seit ihrer Schulzeit wegen ihrer bipolaren Störung Medikamente genommen. Manchmal, wenn es ihr gutging, hat sie die Tabletten abgesetzt. Dann war sie in einer Minute euphorisch und in der nächsten kurz vor dem Suizid. Ich weiß, ich hätte mehr Geduld haben müssen.« Er rieb sich über das Gesicht. »Ich habe wirklich versucht, für sie da zu sein, aber irgendwann habe ich es nicht mehr geschafft.«

»Das muss schwer für Ihre Kinder gewesen sein.«

»Jessie kam nicht damit zurecht. Sie fing an, immer länger auszugehen, bis sie gar nicht mehr nach Hause kam. Mit sechzehn geriet sie außer Kontrolle. Sie war ständig blau oder high. Schwänzte die Schule. Ich kann Ihnen nicht beschreiben, wie es sich anfühlt, wenn einem jeden Tag das Herz gebrochen wird.«

»Ich habe gehört, Sie haben ihr irgendwann den Geldhahn abgedreht.«

»Selbst die Therapeutin sah keine Alternative mehr. Danach verschwand Jessie für fast vier Jahre. Wir glauben, sie hat eine Weile in Denver auf der Straße gelebt, und später in Reno. Tara war zwei, als jemand die beiden mitten in der Nacht vor unserer Haustür abgesetzt hat. Jessie bestand nur noch aus Haut, Knochen und blauen Flecken … Ich habe die Narben und Zigarettenabdrücke an ihren Handgelenken gesehen, auch wenn sie versucht, sie zu verstecken.«

»Ich dachte mir schon, dass es einen Grund für die Armreifen gibt.«

»Wir haben ihr das Sorgerecht entziehen lassen und die Vormundschaft für Tara übernommen. Es klingt vielleicht hart, aber nur so konnten wir Jessie zum Entzug bewegen. Sie durfte ihre Tochter erst wiedersehen, wenn sie nüchtern war. Es war sowieso reines Glück, dass Tara gesund war; ich wollte nicht, dass Jessie in ihre Nähe kam, bis sie sich helfen ließ.«

»Ich hoffe, Sie finden einen Weg, sich mit ihr auszusöhnen. Sie braucht Sie jetzt mehr denn je.«

»Wird sie angeklagt?«

»Das liegt im Ermessen der Staatsanwaltschaft.«

»Die Fotos, die Dylan gemacht hat. Sind sie beweiskräftig?«

»Ja. Anhand von Jessies Verbindungsnachweisen haben wir einen Zeitrahmen. Sie erinnert sich nicht, aber sie hatte John aus dem Whitefish eine Nachricht geschickt, um ihn zu fragen, ob er sie abholen kann. Wäre sie in der Nacht zur Polizei gegangen, hätte man ihr nichts vorwerfen können.«

»Es ist meine Schuld. Sie wusste, ich würde ihr Tara wegnehmen, wenn ich rausfand, dass sie wieder trank.«

»Machen Sie sich keine Vorwürfe. Jessie ist abhängig, und es ist richtig, Taras Wohl an erste Stelle zu setzen. Aber ich verstehe nicht, wie Ihr Sohn und Tyler auf die Idee kamen, die Sache zu vertuschen, statt die Behörden einzuschalten.«

»Ich will niemandem was in die Schuhe schieben, der sich nicht mehr verteidigen kann, aber ich glaube kaum, dass es Johns Idee war. John hat immer getan, was Tyler sagte. Tyler war sein Sergeant, und die Rollen hatten sich schon viel früher eingeschliffen.«

»Entschuldigen Sie die Frage, aber Sie scheinen von Tylers Tod nicht allzu betroffen. Standen Sie einander nicht nahe? Immerhin hat er jahrelang auf der Ranch gearbeitet.«

»So nahe, wie es bei Tyler möglich war. Tyler meinte es gut, aber er war sehr reizbar. Ich war absolut dagegen, ihn aufzunehmen, aber Annie war wild dazu entschlossen.«

»Seine Jugendakte ist geschlossen, also weiß ich nicht, was er angestellt hat.«

»So einiges. Annie hat ihn beim Einbruch in eins unserer Lager erwischt, als er fünfzehn war. Er war aus einem dieser Ferienlager für straffällige Jugendliche getürmt, die im Sommer bei Kalispell stattfinden. Statt die Polizei zu rufen, lud Annie ihn zum Abendessen ein. Als ich erfuhr, dass er vorbestraft war, war es zu spät, sie umzustimmen.«

»Haben Sie erfahren, was er verbrochen hatte?«

»Ich glaube, sie haben mir nicht alles gesagt. Er hatte ein paar Autos geknackt und mit geladener Pistole einen Schnapsladen überfallen. Außerdem hat er ein bisschen gedealt.«

»Das konnte nicht gutgehen.«

»Ich bin überzeugt, dass er gelegentlich Geld gestohlen hat, doch ich habe keine Beweise. Annie hat Schmuck vermisst, aber sie hat behauptet, sie hätte ihn nur verlegt. Einmal fühlte sich eine Mitarbeiterin von ihm belästigt. Solche Vorfälle.«

»Was meinen Sie mit belästigt?«

»Karen Walcott arbeitete im Stall. Nachdem sie ein paar Monate bei uns war, kam sie zu uns und sagte, Tyler würde ihr nachstellen. Er hätte sie ein paarmal gebeten, mit ihm essen zu gehen, und akzeptierte ihr Nein nicht. Sie sagte, er würde sie stalken, hing spätabends bei ihr vor dem Haus herum, rief an, ohne etwas zu sagen, und so was. Annie und ich sprachen mit ihm, aber er hat alles abgestritten.«

»Was ist dann passiert?«

»Annie sagte zu Karen, sie würde überreagieren, und da hat Karen gekündigt.« Er hielt inne. »Das Komische ist, irgendwie habe ich ihr geglaubt. Tyler verhielt sich manchmal seltsam bei Frauen. Zu der Zeit damals fingen unsere Eheprobleme wieder an. Ich wollte Tyler nicht mehr bei uns haben. Seinetwegen haben wir uns oft gestritten.«

Macy griff nach dem Stift. »Haben Sie eine Ahnung, wo Karen heute ist?«

»Ich bin ihr letztes Jahr bei einem Rodeo in Cheyenne begegnet, aber sie war ziemlich reserviert. Ich hatte den Eindruck, sie ist immer noch sauer.«

»Wissen Sie, was sie macht?«

»Soweit ich weiß, hat sie nie geheiratet. Von Bekannten habe ich gehört, dass sie in Cheyenne eine Reitschule hat.«

»Ich habe gelesen, dass Sie Tyler wegen Diebstahls angezeigt haben?«

»Eine beträchtliche Menge Dünger fehlte. Das war kurz nach der Bombe in Oklahoma, wir mussten die Sache melden. Es gab Gerüchte, Tyler hätte vor, das Zeug an irgendeine Bürgerwehr unten in Billings zu verkaufen, aber es konnte ihm nichts nachgewiesen werden. Gott weiß, was sie damit gemacht hätten. Nachdem ich die Polizei eingeschaltet hatte, hat Annie monatelang nicht mit mir gesprochen.«

»Sie haben das Richtige getan.«

»Ich muss zugeben, dass ich nach einem Grund gesucht habe, ihn loszuwerden. John war in einem Alter, in dem man sich leicht beeindrucken lässt, und es gefiel mir nicht, dass er Tyler an den Lippen hing.« Er legte seine großen Hände in den Schoß. »Aber auch wenn ich in der Vergangenheit meine Probleme mit Tyler hatte, hat er sich am Schluss gemacht. Er hat einiges für sein Land getan.«

»Gab es Groll seinerseits?«

»Ich glaube nicht. Vor ein paar Jahren kam er zu mir und dankte mir für alles, was wir für ihn getan hatten … und hat sich für sein Verhalten entschuldigt. Ich finde, es spricht für ihn, dass er sich geändert hat.«

»Vielleicht sollten Sie mit Ihrer Tochter auch so großzügig sein.«

»Das würde ich gerne. Ich habe nur Angst, dass sie mir ins Gesicht spuckt.«

»Sie hat so viel verloren. Ich wäre nicht überrascht, wenn sie bereit ist, Ihnen auf halbem Weg entgegenzukommen.«

»Ich habe gehört, dass es Sie gestern fast erwischt hat.«

»Glücklicherweise war da ein Loch mitten im Garten, in das ich reinspringen konnte.«

»Tylers berühmter Atombunker.«

»Ich hatte meine Zweifel, aber jetzt bin ich überzeugt.«

Sie standen auf und schüttelten sich die Hände.

»Danke, dass Sie sich die Zeit genommen haben.«

»Ich berichte Ihnen, was wir heute finden. Leider sieht es so aus, als bräuchten Jessie und Dylan einen Anwalt.«

»Ich kümmere mich darum.«

Nachdem Jeremy das Büro verlassen hatte, klappte Macy den Laptop auf. Karen Walcott betrieb eine kleine Reitschule in einem Vorort von Cheyenne. Auf der Website war ein Foto von ihr. Sie musste Ende dreißig sein. Sie hatte ein sympathisches Lächeln, blasse Haut und dichtes dunkles Haar. Macy rief die angegebene Nummer an und wurde direkt auf den Anrufbeantworter umgeleitet. Eine automatische Stimme erklärte, dass Karen Walcott so schnell wie möglich zurückrufen werde. Macy nannte den Grund ihres Anrufs und hinterließ ihre Nummer. Weniger als eine Minute später klingelte das Telefon.

Sie klang außer Atem. »Detective Greeley, hier ist Karen Walcott. Entschuldigen Sie, tut mir leid, dass ich nicht rangegangen bin.«

Macy schlug ihr Notizbuch auf. »Überhaupt kein Problem. Danke, dass Sie so schnell zurückrufen. Haben Sie einen Moment Zeit?«

»Ja, natürlich.«

»Wie ich höre, haben Sie sich über Tyler Locke beschwert, als Sie für die Daltons arbeiteten. Es ist mehr als zehn Jahre her, also verstehe ich, wenn Sie sich an die Details nicht erinnern, aber ich wäre Ihnen dankbar, wenn Sie mir erzählen könnten, was Sie noch wissen.«

»Oh, so was vergisst man nicht so leicht. Darf ich fragen, warum Sie die Sache nach so langer Zeit ausgraben? Hat Tyler es bei einer anderen auch versucht?«

»Das möchte ich gerade herausfinden.«

»Ich wusste, dass ich nicht die Einzige bleiben würde. Er war wie besessen. Wie er mich angestarrt hat, machte mir Gänsehaut.«

»Ich würde gern wissen, ob da mehr war als Blicke.«

»Vor allem hat er mich verfolgt. Selbst wenn ich bis nach Butte gefahren bin, um auszugehen, hat er mich irgendwie gefunden. Am Anfang blieb ich höflich, aber dann sprach ich ihn bei der Arbeit darauf an. Da beschimpfte er mich und sagte, er wollte nichts mit mir zu tun haben. Er hat ziemlich hässliche Sachen gesagt, aber er ist mir nicht mehr gefolgt, und ich dachte, der Fall wäre erledigt. Ein paar Wochen später entdeckte ich, dass er mich stattdessen zu Hause stalkte. Er fuhr ohne Scheinwerfer am Haus vorbei, aber ich konnte ihn erkennen.«

»Haben Sie daran gedacht, die Polizei zu rufen?«

»Ich bin zu Annie und Jeremy Dalton gegangen. Ich war ja schon ein paar Monate dort. Annie und ich verstanden uns gut. Ich war mir sicher, dass sie ein offenes Ohr für mich hätte. Aber das Gegenteil war der Fall – sie tat so, als wäre ich diejenige, die Tyler belästigte. Ich habe mich noch nie so betrogen gefühlt. Jeremy hat zwar versucht, Annie zu beschwichtigen, aber die Frau ließ einfach nicht mit sich reden. An dem Tag habe ich eine andere Seite von ihr kennengelernt. Es war nicht schön.«

»Haben Sie daraufhin die Stadt verlassen?«

»Allerdings.«

»Hat Tyler Sie danach weiter belästigt?«

»Es gab ein paar nächtliche Anrufe, aber glücklicherweise keine Besuche. Ich wusste, dass er es war, auch wenn er nichts sagte. Es war schon so, als ich noch in Wilmington wohnte. Letztes Jahr habe ich die Reitschule eröffnet und musste meine Adresse und E-Mail ins Internet setzen. Ich hatte ziemliche Angst, aber bis jetzt hat er mich in Ruhe gelassen. Ich schätze, er hat ein neues Opfer gefunden.«

»Eher nicht.«

»Können Sie mir sagen, was los ist?«

»Ich habe Ihre Nummer. Sobald ich den Dingen auf den Grund gegangen bin, rufe ich an und erkläre Ihnen alles.«

Macy sah auf die Uhr, bevor sie in das Büro ging. Ein paar

Beamte telefonierten. Die meisten waren draußen am See oder verhörten potentielle Zeugen. Selbst für Wilmington Creek war es ungewöhnlich ruhig. Der Beamte, den sie bei der Befragung von Lana Clark kennengelernt hatte, legte den Hörer auf und winkte ihr zu. Er hatte eine Nachricht für sie.

»Ich wollte Sie nicht bei Ihrem Telefonat stören. Aiden hat angerufen. Sieht aus, als dauert es noch ein paar Stunden, bis sie den Truck rausgeholt haben.«

»Danke. Sonst noch was?«

»Bis jetzt haben die Befragungen von heute Vormittag nichts Neues ergeben. Alle scheinen für die Nacht, als John ermordet wurde, ein wasserdichtes Alibi zu haben.«

Macy kehrte ins Büro zurück. »Macht weiter. Irgend-jemand muss etwas wissen.«

Sie schloss die Tür und sah aufs Telefon. Immer noch kein Anruf von der Gerichtsmedizin in Helena, aber Ray hatte es dreimal versucht. Sie hatte keine Lust, ihre Mailbox abzuhö-ren. Sie wählte seine Nummer.

»Ray, hier ist Macy.«

»Hallo. Hast du meine Nachrichten bekommen?«

»Ja, ich bin gerade auf dem Weg zum See. In ein paar Stun-den wissen wir, ob es Ethan Green ist.«

»Ich werde mich nicht dafür entschuldigen, wie es gelaufen ist. Meine Entscheidung, die Pressekonferenz einzuberufen, beruhte auf den uns vorliegenden Informationen.«

Macy strich sich das Haar aus dem Gesicht und starrte die Decke an. »Gut, dass ich keine Entschuldigung erwartet hatte.«

»Ich hätte dir nicht vorwerfen dürfen, dass du Beruf und Privates durcheinanderbringst. Das war daneben. Ich wollte dich nicht verletzen.«

»Ray, ich habe keine Lust, jetzt über uns zu reden.«

»Ich möchte nur wissen, was du denkst.«

»Im Moment denke ich gar nichts. Ich will nur diesen Fall lösen, damit ich nach Hause zu Luke fahren kann.«

»Wie geht es dir? Ich habe gehört, dass du im Krankenhaus warst.«

»Nur ein paar Prellungen. Ich habe nicht einmal eine Gehirnerschütterung.«

»Bist du dir sicher? Mute dir nicht zu viel zu.«

Sie hob die Stimme. »Ray, es reicht. Es geht mir gut.«

»Ich mache mir Sorgen.«

»Ich muss los. Ich verspreche dir, wir unterhalten uns, wenn ich wieder in Helena bin.«

»Hältst du mich über die Entwicklungen auf dem Laufenden?«

»Ich rufe dich an, wenn wir mehr wissen.«

Macy trommelte mit den Fingern auf den Tisch. Als Tyler Karen Walcott gestalkt hatte, wie sie behauptete, war er gerade mit der Highschool fertig gewesen. In der Zwischenzeit hatte er fünf Kriegseinsätze hinter sich und bis auf den Düngerdiebstahl eine reine Weste. Seine Militärakte belegte, dass er während der Zeit, als Lana belästigt wurde, in Afghanistan war. Macy rief seinen Kommandanten in Afghanistan an und war nicht überrascht, als sie nur den Anrufbeantworter erreichte. Nachdem sie ihm eine Nachricht hinterlassen hatte, fiel ihr Blick auf das Deckblatt von Tylers Dienstunterlagen. Die E-Mail war von jemandem namens Stuart Long geschickt worden. Unter dem Namen standen Adresse und Telefonnummer der Personalabteilung von Fort Benning. Während sie darauf wartete, zu Stuart Long durchgestellt zu werden, fand sie das Original der E-Mail im Hauptcomputer und lud sie herunter.

»Stuart ist in einem Meeting. Kann ich Ihnen helfen, Ma'am?«

»Ich bin Detective Macy Greeley, Sonderermittlerin im Auftrag des Staats Montana. Ich arbeite gerade an einem Fall, der mit einem aktiven Sergeant namens Tyler Locke zu tun hat. Ich sehe mir gerade seine Akte an, die ich letzten Mittwoch von Ihrem Büro geschickt bekam. Ich muss mit Mr Long sprechen. Ich habe das Gefühl, hier fehlt etwas.«

»Sind Sie sicher, dass es Stuart Long war, der Ihnen die Akte geschickt hat?«

»Ganz sicher. Ich habe seine Original-E-Mail hier vor mir auf dem Bildschirm.«

»Könnten Sie mir die Mail weiterleiten, damit ich mal einen Blick darauf werfe? Normalerweise werden derartige Unterlagen ausschließlich vom U.S. Army Personnel Command Center in Kentucky verschickt.«

»Kann es sein, dass sich jemand in Mr Longs Computer gehackt hat?«

»Das kann ich nicht beantworten. Wenn ich mir die E-Mail ansehen kann, weiß ich mehr.«

Macy tippte die E-Mail-Adresse des Beamten ein und klickte auf Senden. »Falls die Möglichkeit besteht, dass die Daten seiner Einsätze verändert wurden, bräuchte ich dringend sofort eine gültige Kopie.«

»Das muss ich mit meiner Vorgesetzten besprechen. Es kann eine Weile dauern. Wie gesagt, normalerweise werden solche Anfragen vom Command Center beantwortet.«

»Ich habe keine Zeit. Ich stecke mitten in einer Mordermittlung. Ich muss wissen, ob Tyler Locke im Februar dieses Jahres in Georgia war.«

»Ich tue mein Bestes, aber ich kann Ihnen nichts versprechen. Wir melden uns auf jeden Fall heute noch.«

Nachdem sie aufgelegt hatte, versuchte Macy, die Gerichtsmedizin anzurufen.

Priscillas Stimme war scharf. »Wer ist da?«

»Priscilla, hier ist Detective Macy Greeley. Haben Sie einen Moment Zeit?«

»Wenn es um Ihr Bombenopfer geht, das dauert noch. Wir sortieren immer noch die Körperteile. Warten Sie kurz.« Priscilla hielt die Sprechmuschel zu und bellte Anweisungen, bevor sie wieder am Apparat war. »Hören Sie, Macy, ich habe hier zwei Medizinstudenten, die sich die Seele aus dem Leib kotzen. Rufen Sie später noch mal an.«

Im nächsten Moment ertönte das Freizeichen.

Macy rief Lana Clark an, doch sie ging nicht ans Telefon. Dann suchte sie die Nummer des Whitefish heraus und war erleichtert, sofort den Manager zu erreichen.

»Jean, hier spricht Detective Macy Greeley. Wir haben vor ein paar Tagen miteinander gesprochen. Ich wollte wissen, ob Lana heute arbeitet.«

»Eigentlich schon, aber sie hat sich krankgemeldet. Haben Sie es bei ihr zu Hause versucht?«

»Sie geht nicht ran. Auch nicht ans Handy. Haben Sie persönlich mit ihr gesprochen oder hat sie eine Nachricht geschickt?«

»Doch, wir haben gesprochen. Das war ungefähr vor einer Stunde. Heute ist nicht viel los hier, ist also nicht so schlimm.«

»Wie hat sie geklungen?«

»Sie schien ein bisschen durch den Wind, was untypisch ist, aber ich würde nicht sagen, dass sie sterbenskrank ist. Ich schätze, es war einfach alles zu viel. Sie hat versucht, tapfer zu sein, aber sie hat John wirklich gerngehabt.«

»Wenn Sie von ihr hören, können Sie ihr bitte sagen, dass sie mich sofort anrufen soll?«

»Mache ich. Gibt es neue Erkenntnisse? Ich habe das Gefühl, meine Gäste fühlen sich hier nicht mehr sicher. Das ist schlecht fürs Geschäft.«

»Wir tun unser Bestes.«

»Warum tröstet mich das nicht?«

»Schönen Tag noch. Ich melde mich.«

Es klopfte, und der Officer, mit dem Macy schon früher gesprochen hatte, stand in der Tür. Macy bat ihn herein.

»Sie sind Dean, oder?«

»Ja, Ma'am. Ich wollte nur Bescheid sagen. Aiden hat noch mal angerufen. Er sagt, Sie können rauf zum See kommen. Sie kommen schneller voran als erwartet. Wahrscheinlich haben sie den Wagen in der nächsten halben Stunde draußen.«

»Toll. Danke für die Information.« Sie bot ihm einen Stuhl an, aber er blieb stehen. »Haben Sie kürzlich mit Lana Clark gesprochen?«

»Ich habe Sie vor ein paar Tagen gesehen. Warum?«

»Ich mache mir Sorgen. Ich habe versucht, sie zu erreichen, aber sie geht weder ans Handy noch ans Festnetztelefon.«

»Eigentlich hat sie das Handy immer bei sich.«

»Wissen Sie, wo sie wohnt?«

»Klar. Ich war ein paarmal dort.«

»Bitte fahren Sie zu ihr.«

»Meinen Sie, ihr ist was passiert?«

»Wahrscheinlich ist es nichts.«

»Ich fahre gleich hin.«

Macy rief ihn noch einmal zurück, bevor er ging. »Rufen Sie mich an, sobald Sie was wissen.«

»Ja, Ma'am. Ich kümmere mich drum.«

»Und Dean«, sagte sie, während sie ihre Sachen zusammensuchte, »nehmen Sie jemanden mit.«

Macy fuhr über Nebenstraßen zum Darby Lake. Der Himmel war silbergrau, und die Heufelder waren glatt wie ein Binnenmeer. Einsame Häuser flimmerten in der Hitze. Macy hielt an einer Kreuzung und ließ die Autos, die vom See kamen, passieren. Außer für die Presse war der Picknickplatz bis auf weiteres geschlossen. Den Officer, der an der Straßensperre stand, kannte Macy von einem Fall in Collier. Sie schüttelte ihm durchs offene Fenster die Hand.

»Hallo, Gareth.«

»Hi, Macy. Wie geht es Ihnen?«

Sie sah durch die Windschutzscheibe. Hitze flimmerte auf der Straße vor ihr. »War schon mal besser. Die Temperaturen machen mir zu schaffen.«

»Wem sagen Sie das. Noch zehn Minuten, und ich falle um.«

Macy griff zum Beifahrersitz und fischte in der Eisbox. »7 Up oder Diet Coke?«

»Ganz egal.«

Sie reichte ihm eine Dose. »Falls es ein Trost ist, ich glaube, am See sind sie fast fertig.«

Er schob sich den Hut zurück und wischte sich mit dem Ärmel den Schweiß von der Stirn. »Im Winter ist es ganz anders hier.«

»Das kann man sich schwer vorstellen. Schnee scheint ein ferner Traum zu sein.«

Er hielt die Dose hoch. »Vielen Dank.«

»Gern geschehen. Bis bald.«

Der Parkplatz bei der Bootsrampe war mit Flatterband abgesperrt. Im Schatten auf dem Picknickplatz saßen Journalisten. Sie schienen keine Lust zu haben, über den kochenden Asphalt zu laufen. Macy parkte so nahe wie möglich an dem provisorischen Zelt der Spurensicherung. Auf dem Deck eines flachen Boots glitt Ethans Pick-up über das Wasser. Die Bootsrampe war steil, doch der Wasserpegel war so niedrig, dass der Abschleppwagen weit draußen am steinigen Strand mit den Hinterrädern im Wasser stand und auf den Truck wartete. Der Fahrer saß bei laufendem Motor am Steuer. Sie sah den Kran, der das Fahrzeug aus dem Wasser gezogen hatte. Am Fuß der hohen Klippe sah er wie ein Spielzeug aus.

Macy fand Ryan im Schatten in der Nähe des Toilettenhäuschens. Er sah verkatert aus, und sie sprach ihn darauf an. Er nahm die Sonnenbrille ab, um ihr einen finsteren Blick zuzuwerfen. »Natürlich bin ich verkatert. Ich sitze seit einer Woche in Wilmington Creek fest.«

»Hast du heute mit Priscilla gesprochen?«

»Ich habe gehört, einer ihrer Praktikanten hat auf das Beweismaterial gekotzt.«

»Zwei Praktikanten.«

»Man braucht einen starken Magen für das, was wir in der Garage vom Boden gekratzt haben.«

»Zum Glück warst du es, nicht ich. Hat sie irgendwas Ungewöhnliches gefunden?«

Er zuckte die Schultern. »Bei unserem Berufsstand ist das eine ziemlich weit gefasste Frage.«

»Sie ruft nicht zurück.«

»Du weißt, wie es läuft. Königin Priscilla lässt sich nicht hetzen.«

»Wann, glaubst du, hat sie die DNA überprüft?«

»Das kann eine Woche dauern. Hast du Zweifel an der Identität des Opfers?«

»Ich habe mir den vorläufigen Bericht über die Garage angesehen. Dort standen zwei Tiefkühltruhen.«

»Eine war leer. In der anderen waren Eiswürfel und ein paar Tüten gefrorene Erbsen.«

»Wie leicht ließe sich feststellen, ob die Überreste, die wir in der Garage gefunden haben, vorher gefroren waren?«

»Man könnte Eiskristalle im Gewebe nachweisen. Dafür müsste man nur schnell im Mikroskop nachsehen.«

»Du musst Priscilla für mich anrufen und sie bitten, sofort nachzusehen.«

»Wenn es nicht Tyler war, wen haben wir dann in der Garage gefunden?«

»Ich sage lieber nichts, solange wir nicht mehr wissen.«

Macy ging zur Bootsrampe, wo sie schon dabei waren, den Truck auf den Abschleppwagen zu laden. Es brauchte ein paar Versuche, bis er richtig stand. Sie trat zurück, um den Abschleppwagen vorbeizulassen. Der Kühler des Trucks war eingedrückt, und die Reifen waren platt, aber ansonsten schien er intakt zu sein. Stellenweise war die Karosserie verrostet, und die Fenster waren mit Schlamm bedeckt. An manchen Stellen hatten die Taucher den Schlamm weggewischt, um hineinzusehen. Rostiges Wasser lief aus den Türen und vom Fahrwerk auf die Plane, die auf dem Parkplatz und unter dem Zelt ausgelegt war.

Aiden kam herüber und stellte sich neben sie. »Ich habe gehört, du hast Dean zu Lana Clark geschickt. Warum?«

»Jeremy Dalton hat heute Morgen etwas erwähnt. Vielleicht ist nichts dran, aber es hat mich stutzig gemacht. Eine Angestellte der Dalton Ranch hat Tyler beschuldigt, er hätte sie gestalkt. Anscheinend war es so schlimm, dass sie deswegen gekündigt hat.«

»Warum hat uns Jeremy das nicht früher erzählt?«

»Er wusste nicht, dass es relevant sein könnte.«

»Hast du mit der Frau gesprochen?«

»Karen Walcott erinnert sich, als wäre es gestern gewesen. Tyler hat sie verfolgt, ist nachts ohne Scheinwerfer an ihrem

Haus vorbeigefahren, hat angerufen, ohne etwas zu sagen. Kommt dir das bekannt vor?«

»War Tyler nicht in Afghanistan, als Lana gestalkt wurde?«

»Es kann sein, dass wir eine gefälschte Akte von einem gehackten E-Mail-Konto in Fort Benning bekommen haben. Sie schicken uns seine Unterlagen noch einmal zu, damit wir uns vergewissern können.«

»Ich will ja nichts sagen, aber hast du nicht gesagt, Tyler war in der Garage, als sie in die Luft flog?«

»Als ich sah, dass der Truck verdrahtet war, bin ich so schnell wie möglich da raus. Rückblickend habe ich wohl einfach angenommen, dass es Tyler war. Ich war nicht nah genug dran, um sicher sein zu können.«

Ryan kam in seinem Schutzanzug vorbei. »Priscilla hat mir fast den Kopf abgerissen, aber sie macht die Tests.«

»Danke, Ryan. Ich schulde dir einen Drink.«

Aiden nahm die Sonnenbrille ab und putzte sie mit einem Taschentuch. »Wer könnte dann in der Garage gewesen sein?«

»Mein Tipp wäre Charlie Lott.«

Macy hatte die Sonne im Rücken und wartete darauf, dass Ryans Team die Türen von Ethans Pick-up öffnete. Die Fahrertür sprang auf, und Macy trat zurück, als der Tatortfotograf kam, um seine Fotos zu machen. Er besprach sich mit Ryan, bevor er zur Beifahrerseite ging. Mit einer Schere schnitt Ryan den nassen Airbag auf, der den Oberkörper einhüllte. Als der Airbag in sich zusammenfiel, gab es ein saugendes Geräusch, und Ethans Rumpf rutschte aus der Tür. Dunkle Augen starrten aus dem bleichen Gesicht, und Wasser triefte aus dem langen schwarzen Haar, das in der Sonne glänzte wie Öl. Ryan rief Macy und Aiden näher heran. Eine Luftblase formte sich zwischen Ethans geöffneten Lippen. Als sie platzte, musste Macy sich fast übergeben. Sie hatte genug gesehen.

Aiden sprach als Erster. »Das ist eindeutig Ethan Green.«

Ryan schob den Leichnam zurück auf den Sitz, um sich die Wunde an der Stirn anzusehen. »Er hat eine Prellung hier.« Mit dem Handschuhfinger zeigte er auf die Stelle. »Man sieht den Anfang einer bläulichen Verfärbung. Es war aber keine tödliche Wunde.«

Macy lagen die Worte schwer auf der Zunge. Sie bekam sie kaum heraus. »Gibt es noch andere Verletzungen?«

Ryan legte den Kopf schräg und hob ein Haarbüschel an, um die rechte Schläfe freizulegen. »Hier sind noch mehr Verfärbungen, und die Haut ist aufgerissen.«

Als Ryan die nassen Fetzen des Airbags abzog, löste sich auch Ethans Hemd. In seiner nackten Brust klaffte eine Wunde.

»Da haben wir es«, sagte er. »Eine Austrittswunde. Drehen wir ihn mal um.«

Einer seiner Kollegen kam ihm zu Hilfe. Vorsichtig drehten sie Ethans Leiche um. Ryan beugte sich darüber, so dass Macy nichts sehen konnte.

»Es muss noch überprüft werden, aber ich würde sagen, mit hoher Wahrscheinlichkeit ist Ethan verblutet. Er hat zwei Schussverletzungen. Eine ist ein glatter Durchschuss, aber mit ein bisschen Glück hilft uns die zweite Kugel, die Waffe zu identifizieren.« Er warf Macy einen Blick zu. »Ich nehme an, du setzt auf eine 9-Millimeter.«

Aiden stützte Macy.

»Alles in Ordnung?«

Sie winkte ab, aber er hielt sie trotzdem.

»Ich brauche nur ein bisschen Luft.« Sie sah zu Ryan auf. »Behalte es vorerst für dich. Das verändert die Lage völlig.«

Aiden führte sie rüber zum Picknickplatz, und Macy setzte

sich in den Schatten und trank gierig, während er vor ihr auf und ab ging.

Macy sah zu dem Pick-up. »Ethan hat das Bewusstsein wiedererlangt und ist mit seiner eigenen Waffe erschossen worden. Tyler kann sie mitgenommen haben. Das erklärt den Zusammenhang mit dem Highway-Polizisten. Sieht aus, als hätte Ray doch recht gehabt.«

Aiden dachte ein paar Sekunden nach. »Also ist Tyler der Hauptverdächtige bei dem Mord an John Dalton. Wir müssen nur noch bestätigen, dass die Leiche in Tylers Garage Charlie Lott war.«

Sie blickte zu Boden. Vor lauter Zigarettenkippen waren kaum Kiefernnadeln zu sehen. Jemand hatte hellrosa Lippenstift benutzt.

Ihr Handy klingelte. »Die Gerichtsmedizin.«

Priscillas Stimme klang, als wäre sie auf Lautsprecher. »Macy, ich habe die Tests gemacht. In dem Gewebe konnte ich Eiskristallstrukturen nachweisen.«

»Sie gehen also davon aus, dass die sterblichen Überreste gefroren waren?«

»Ja, ich bin mir hundert Prozent sicher. Es gibt keine Hinweise darauf, dass die Leiche mehrere Gefrier- und Tauzyklen hinter sich hat. Weitere Tests liefern uns vielleicht einen präziseren Zeitrahmen, aber ich würde sagen, die Leiche war etwa einen Monat gefroren, vielleicht mehr.«

»Wir brauchen sofort eine DNA-Analyse. Ich rufe die Behörden in Spokane an, damit Sie eine Vergleichsprobe bekommen.«

»Haben Sie jemanden im Auge?«

»Charlie Lott ist vor etwa einem Monat verschwunden. Ich glaube, seine Leiche lag die ganze Zeit in der Tiefkühltruhe in Tyler Lockes Garage.«

Aiden versuchte, den Beamten, den Macy zu Lana Clark geschickt hatte, anzufunken, doch er bekam keine Antwort. Dann versuchte er es auf dem Handy, ebenfalls ohne Erfolg.

Macy kam mit, als Aiden zum Wagen ging. »Ich habe Dean gesagt, er soll jemanden mitnehmen. Bitte sag mir, dass er auf mich gehört hat.«

»Anscheinend nicht.« Aiden schlug die Tür zu und startete den Wagen. »Ich habe Verstärkung angefordert.«

»Wie weit ist es zu Lana?«

»Zwanzig Minuten, wenn wir uns beeilen. Wann hast du es das letzte Mal bei ihr versucht?«

»Ich rufe noch mal an.« Macy hinterließ eine weitere Nachricht auf Lanas Mailbox und wählte die Festnetznummer, bevor sie aufgab. »Es geht niemand ran. Können wir einen Helikopter schicken?«

»Ich habe einen in der Luft, aber es gibt keinen geeigneten Landeplatz. Das Terrain ist zu uneben.« Er riss das Lenkrad herum, als sie den Kiesparkplatz verlassen hatten. »Damit hatte ich nicht gerechnet.«

Macy starrte auf ihr Telefon. Es war schwierig, auf dem Display etwas zu erkennen, während sie über die holprige Straße rasten. In ihrem Posteingang befand sich wie versprochen die Akte. »Ich habe gerade die neue Kopie von Tylers Einsatzdaten bekommen.«

»Und?«

»Einen Moment.« Sie versuchte, das Telefon ruhig zu halten. »Ich kann nichts lesen, wenn alles wackelt.«

»Kannst du nicht einfach anrufen?«

»Warte. So. Hier steht, dass Tyler am 28. Januar wegen psychischer Probleme aus Afghanistan ausgeflogen wurde.«

»Er war die ganze Zeit in Georgia.«

»Er ist nicht mal mehr im aktiven Dienst. Sie haben ihn vor

fast einem Monat aus der Armee entlassen.« Macy las weiter. »Sie versuchen, die Quelle der E-Mail zu ermitteln, aber es scheint, als hätte Tyler ein falsches E-Mail-Konto mit dem Namen eines Mitarbeiters der Personalabteilung eingerichtet, um uns die gefälschten Einsatzdaten zu schicken.«

»Das war riskant. Es hätte jemand auf dem Revier merken können.«

»Tyler musste seine Spuren verwischen. Hätten wir gewusst, dass er die ganze Zeit in Georgia war, wären wir ganz anders an die Sache rangegangen. Seltsam, dass hier niemand mitbekommen hat, dass er die ganze Zeit in den Staaten war.«

»John muss es gewusst haben. Sie waren in derselben Einheit.«

»Wahrscheinlich hat Tyler ihn gebeten, den Mund zu halten.«

Aiden trommelte auf das Lenkrad. »Ich bin kein Experte, aber Tyler wirkt irgendwie zu organisiert, um an posttraumatischem Stress zu leiden.«

»Ich weiß, was du meinst. Vielleicht ist er einfach ausgerastet, als er erfuhr, dass John und Lana zusammen waren. Bis auf eine Verwundung war der einzige Weg, schnell zurück nach Fort Benning zu kommen, einen psychischen Zusammenbruch vorzutäuschen.«

»Das wäre eine Erklärung.«

Macy wurde von der Schaukelei übel. Sie sprach langsam und blickte auf die Straße. »Er kehrt nach Georgia zurück und erkennt, dass er mit Lana nicht auf gesellschaftlich akzeptierte Art zusammenkommt. Seine Obsession eskaliert, und er beginnt sie zu stalken. Vielleicht hat er versucht, ihr Angst zu machen, in der Hoffnung, dass sie zu ihm gerannt kommt und ihn um Hilfe bittet.«

»Doch stattdessen kam sie hierher.«

»Sie dachte, hier wäre sie sicher, aber sie ist in der Höhle ihres Stalkers gelandet. Ich wünschte, Jeremy hätte uns früher von Karen Walcott erzählt.«

»Wenn er es damals nicht sehr ernst genommen hat, denkt er Jahre später erst recht nicht mehr daran.«

Aiden fuhr auf die Route 93 und beschleunigte. »Und dann taucht Lindsay auf. Ich weiß nicht, was Tylers Motiv war, sie umzubringen, aber die Gelegenheit hatte er allemal. Er war ihr nächster Nachbar.«

Macy rief wieder bei Lana an. »Nichts. Wie weit ist es noch?«

»Zehn Minuten.« Er überholte einen Sattelschlepper, der an den Rand gefahren war. »Hier müssen wir vom Highway runter. Halt dich fest.«

Er bog scharf ab, und die Hinterreifen brachen aus. Der SUV ruckelte ein paarmal. Macy kramte im Handschuhfach und fand eine leere Beweismitteltüte.

Aiden sah sie an. »Mist. Tut mir leid. Musst du dich übergeben?«

Macy hielt sich die Tüte unters Kinn. »Schon gut. Ich kann nur gerade nicht sprechen.«

»Ich mache das Fenster auf.«

Macy streckte den Kopf aus dem Fenster, und ihr Pferdeschwanz peitschte ihr ins Gesicht. Sie verließen das Tal und fuhren den Hang hinauf. Zwischen den Bäumen spiegelte sich die Sonne im Wasser. Irgendwo da unten war ein Fluss. Macy drehte sich wieder nach vorn und versuchte, sich auf die Straße zu konzentrieren. Am Straßenrand waren Briefkästen aufgestellt, die Häuser versteckten sich hinter den Kiefern. Es war kein einziges Auto zu sehen.

»Sie wohnt mitten in der Wildnis. Nach dem, was in Georgia passiert ist, würde man meinen, sie wäre lieber unter Menschen.«

»Ich glaube nicht, dass sie die Wahl hatte. Wahrscheinlich hat sie nicht viel Geld.«

Sie wurden langsamer, dann bogen sie links auf eine schmale Straße ab.

»Wir sind fast da.« Aiden zeigte aus dem Beifahrerfenster. »Du kannst es durch die Bäume sehen.«

»Ich sehe lieber auf die Straße, wenn du nichts dagegen hast.«

Nach weiteren fünfzig Metern blieb Aiden an einer Abzweigung stehen. Er griff nach dem Funkgerät, rief einen Krankenwagen und ließ auf der Route 93 Straßensperren nördlich und südlich der Ausfahrt einrichten.

Er prüfte, ob seine Pistole geladen war, und sah zu Macy. »Besser?«

Sie log und sagte, es ginge ihr gut.

Er nahm zwei kugelsichere Westen vom Rücksitz. »Die ist dir wahrscheinlich ein bisschen zu groß.«

Macy zog sich die Weste über den Kopf und schloss die Klettverschlüsse. Es fühlte sich an, als steckte sie zwischen zwei Reklametafeln. Sie beobachteten das einstöckige Haus am anderen Ende der kleinen Lichtung. Macy erkannte Lanas hellgrauen Toyota. Deans Streifenwagen parkte links davon mit eingeschaltetem Warnblinker. Die Verstärkung brauchte noch fünf Minuten, aber Aiden wollte nicht warten.

»Ich glaube, Tyler ist über alle Berge.«

»Ich mache mir Sorgen um Dean und Lana.«

»Da sind wir schon zwei.«

»Warst du schon mal hier?«

»Ein paarmal während der Highschool. Das Haus ist von innen größer, als es aussieht. Es gibt mehrere Schlafzimmer.«

300

Er reckte den Kopf, um besser sehen zu können. »Soweit ich mich erinnere, sind hinten noch ein oder zwei Schuppen und eine Garage.«

»Vielleicht steht da noch ein Auto.«

»Ich gehe rechts ums Haus.«

»Ich nehme die andere Richtung, und wir treffen uns hinten.«

Als Macy durch den Wald ging, erhoben sich Schwärme von Moskitos und Kriebelmücken aus dem Unterholz. Sie verscheuchte sie. Ihre Kleidung klebte auf der Haut. Das Herz schlug ihr bis zum Hals. Ein Ast knackte, und sie wirbelte mit erhobener Waffe herum, doch es war nichts zu sehen. Immer wieder spähte sie zum Haus und sah sich um. Es war vollkommen windstill. Als sie aus dem Wald trat, stand sie vor einem kleinen Gemüsegarten mit ordentlich angelegten Beeten. Doch alles war tot. Verdorrte Maishalme überragten sie. Der Boden war staubtrocken. Vorsichtig bewegte sie sich durch die Beete. Am Ende des Gartens führte ein Pfad, auf dem Tierspuren verliefen, zurück in den Wald. Fliegen summten über einem Komposter, der mit einem schweren Metallriegel verschlossen war.

Geduckt näherte Macy sich Deans Streifenwagen und warf einen Blick durchs offene Fenster. Der Schlüssel steckte im Zündschloss. Sie zog ihn ab und verstaute ihn in ihrer Tasche. Als sie am Haus vorbeischlich, spähte sie durch die Fenster. Alles wirkte normal. Sie hörte die mechanischen Lachsalven einer Sitcom durch die Fliegengitter. Aiden wartete auf sie. Sie sprachen flüsternd miteinander.

»Die Garage ist leer.«

»Der Streifenwagen auch. Der Schlüssel steckte im Zündschloss.«

Sie duckten sich, um vom Haus aus nicht gesehen zu werden. Aiden überprüfte die Schiebetür des Wohnzimmers. Sie war unverschlossen. Macy behielt den Garten im Auge. Das Garagentor stand weit offen, aber ein kleiner fensterloser Schuppen war mit einem Vorhängeschloss versperrt. Aiden atmete schwer. Er drückte sich an die Hauswand und schob den Hut nach hinten, um sich den Schweiß aus den Augen zu wischen. Sein Haar war klitschnass und klebte an seiner Stirn.

»Wir sollten reingehen.«

»Warte.« Macy packte ihn am Arm. »Jemand hat den Fernseher ausgeschaltet.«

Durchs Fenster hörten sie eine Frauenstimme. »Lana, bist du das, Schatz? Ich dachte, du wolltest mir was zu essen bringen.«

Macy flüsterte: »Wer ist das?«

»Ich weiß es nicht. Sie klingt älter.«

»Lanas Mutter?«

»Sie hat nie erwähnt, dass ihre Mutter bei ihr wohnt.«

»Lana, lass den Quatsch. Komm und hilf mir. Ich habe Durst.«

Sie schoben die Tür auf und betraten ein mit dunklem Holz getäfeltes Wohnzimmer. Auf einem braunen Cordsofa lagen ein Kissen und eine Decke, die zu Boden gerutscht war. Auf dem Couchtisch stand eine Sammlung von Nagellackfläschchen. Hellrosa Nagellack war auf dem Holztisch ausgelaufen. Es war die gleiche Farbe wie der Lippenstift an den Zigarettenkippen, die Macy auf dem Picknickplatz am Darby Lake gesehen hatte. Aiden ging in die Küche. Jemand hatte eine Mahlzeit vorbereitet. Das Wasser war im Topf verdampft, bis er schwarz wurde. Er schaltete den Herd ab.

Nacheinander kontrollierten sie die Schlafzimmer. Vorsichtig öffneten sie die Türen. Aiden deutete auf Schnappschüsse von Lana an einem Spiegel.

»Das ist Lanas Zimmer.«

Es sah aus, als wäre sie überstürzt aufgebrochen. Die Schubladen waren herausgezogen und geleert worden. Kleiderbügel lagen auf dem Boden. Im Bad am Ende des Flurs stand der Spiegelschrank offen, und der Duschvorhang war zugezogen. Macy hielt den Atem an, als Aiden ihn aufzog. Doch bis auf ein Stück Seife war die Wanne leer.

Vor dem letzten Zimmer warteten sie und lauschten einer Nachrichtensendung, die im Fernsehen lief. Die Sprecherin berichtete live vom Darby Lake. Aiden zählte bis drei, dann drehte er den Türknauf und betrat mit erhobener Waffe den Raum.

»Polizei. Heben Sie die Hände hoch, damit ich Sie sehen kann.«

Zuerst wusste Macy nicht, was sie vor sich hatte. Da war zu viel Fleisch. Die Frau im Bett blinzelte zu ihnen herauf. Dicke Arme wölbten sich an ihren Seiten, als sie vergeblich versuchte, sie hochzuheben. Die Decke war weggestrampelt. Sie trug ein Nachthemd. Ihre Beine hatten den Durchmesser von Baumstämmen, doch ihre Füße waren so zierlich wie die eines kleinen Mädchens. Die Frau sah mit offenem Mund von Aiden zu Macy.

»Wo ist Lana?«

Aiden ignorierte ihre Frage. »Wer ist sonst noch im Haus?«

Ihre Stimme wurde schrill. »Nur ich und Lana. Wo ist sie?«

Macy sah im Badezimmer nach, das sich ans Zimmer anschloss. Es gab eine große ebenerdige Dusche und eine Toilette, über der eine Art Flaschenzug eingebaut war. »Sauber«, meldete sie, als sie ins Schlafzimmer zurückkam.

Aiden ging ans Fenster und zog die Vorhänge zurück. »Die Verstärkung ist da. Ich gehe raus und organisiere die Suche.«

Die Frau blinzelte immer noch. »Warum sagen Sie mir nichts? Wo ist Lana?«

»Ma'am, ich bin Detective Macy Greeley. Können Sie mir bitte sagen, wer Sie sind?«

»Marsha Clark. Was ist hier los?«

»Das versuchen wir rauszufinden. Sind Sie Lanas Mutter?« Macy sah ein leeres Wasserglas auf dem Nachttisch und ging ins Bad, um es aufzufüllen.

Marsha Clark trank gierig aus. »Ja. Ich bin vor einem Monat aus Georgia hergezogen. Ich konnte nicht mehr allein leben.«

»Wann haben Sie Lana zuletzt gesehen?«

»Vor mehr als einer Stunde. Sie wollte mir etwas zu essen machen. Ich muss weggenickt sein. Es ist so heiß.«

»Wohnt sonst noch jemand hier?«

»Nein.«

»Besuch?«

»Sie scheint keine Freundinnen zu haben, aber ich habe ab und zu Männer gehört.« Lanas Mutter sah an sich herunter. »Die stellt sie mir aber nicht vor.«

»War heute jemand da?«

»Ja, der war neu. Ich habe gehört, wie er sich mit Lana gestritten hat. Er wollte hier reinkommen, aber sie hat es ihm ausgeredet. Ich habe gehört, dass sie ihn Tyler nannte.«

»Anscheinend sind Tyler und Lana weggefahren. Haben Sie irgendetwas gehört, das uns helfen könnte, sie zu finden?«

»Ist Lana in Schwierigkeiten? Sein Ton hat mir nicht gefallen.«

»Sie müssen mir sagen, was Sie gehört haben. Hat er gesagt, wo er sie hinbringt?«

»Nichts Genaues. Ich bin weggenickt. Ich wusste nicht mal, dass sie nicht mehr da ist.«

Ein Sanitäterteam erschien in der Tür, und Macy entschuldigte sich.

Macy hoffte, dass sie sich irrte, aber sie hatte ein ungutes Gefühl, seit sie Deans Autoschlüssel gefunden hatte. Sie ging an den Beamten vorbei, die die Zimmer durchsuchten, und entdeckte Aiden bei einer Gruppe von Polizisten, die die Nebengebäude und das umliegende Waldstück absuchen sollten. Unter den Bäumen hinter der schattigen Terrasse stand ein Krankenwagen. Näher am Haus parkten zwei Streifenwagen. Die Sonne ging hinter den Bäumen unter, aber die Temperatur schien nicht zu sinken. Macy überquerte die trockene Wiese in Richtung des Gemüsegartens. Sie blieb vor dem Heck von Deans Wagen stehen und versuchte, sich einzureden, dass er überall sein könnte. Dann öffnete sie den Kofferraum. Sie starrte einen Moment hinein, bevor sie ihn zufallen ließ.

Aiden rief von der Terrasse: »Macy, wir haben Dean im Schuppen gefunden. Er lebt.«

Macy ging ums Haus zu Dean, der von den Sanitätern untersucht wurde. Er war mit einer halben Rolle Isolierband gefesselt worden. Er blutete an der Wange und hatte Beulen an der Stirn. Kaum hatten sie ihm das Klebeband vom Mund entfernt, begann er sich zu entschuldigen.

Aiden unterbrach ihn. »Hast du eine Ahnung, wo Tyler Lana hingebracht hat?«

Dean spuckte Blut. »Nein. Tyler kam raus, und ich war erleichtert, ihn am Leben zu sehen. Als ich ihm sagte, dass ihn alle für tot halten, hat er mir einen Baseballschläger über den Kopf gezogen.«

Macy kniete neben ihm. »Sie haben Glück gehabt.«

»Im Moment fühlt es sich nicht so an.«

Die Sanitäter lösten das Klebeband von Deans Handgelenken und warfen es in die Beweismitteltüte, die Aiden ihnen hinhielt.

»Haben Sie gesehen, welchen Wagen er fährt?«

»Es ist der blaue Chevy Chevelle, nach dem wir gesucht haben. Allerdings mit einem Nummernschild aus Idaho.«

»Was ist mit Lana? Hast du sie auch gesehen?«, fragte Aiden.

»Nein, Sir.« Er befühlte sein Auge. »Ich habe es verbockt, oder?«

Macy berührte sein Knie. »Ich weiß nicht, ob es viel geholfen hätte, wenn Sie zu zweit gekommen wären. Erinnern Sie sich an das Kennzeichen?«

»Irgendwann habe ich das Bewusstsein verloren. In dem Schuppen müssen es über 40 Grad sein.«

»Das Kennzeichen?«

»Ich konnte mir nur merken, dass es auf 2CR4 endete.«

Aiden untersuchte die Reifenspuren im staubigen Boden. »Wahrscheinlich hat er die Nummernschilder von einem Touristen gestohlen, der durch die Stadt kam.«

Macy sah sich um. »Was jetzt, Aiden?«

»Tyler kann nicht weit gekommen sein in den letzten anderthalb Stunden. Bei dem Wagen reicht ein Tank nicht weit, und querfeldein kommt nicht in Frage. Ich wette, er ist noch im Tal.«

Über ihnen kreiste ein Helikopter und wirbelte Staub auf. Macy zeigte zum Himmel.

»Sag denen, wonach wir suchen.«

Er griff nach dem Funkgerät. »Bin schon dabei.«

Kapitel 23

Auf dem Weg zur Dalton Ranch hielten sie an einem kleinen Supermarkt, um sich etwas zu essen zu holen. Macy ertappte Aiden dabei, wie er sehnsüchtig in den Bierkühlschrank starrte. Sie schob ihn den Gang hinunter zum Kaffeeautomaten.

»Dafür ist später jede Menge Zeit.«

»Ich habe das Gefühl, ich habe Lana im Stich gelassen.«

»So geht es mir auch.«

»Bei dir ist es was anderes. Du kanntest Tyler nicht. Ich hätte etwas merken müssen.«

»Ich kann dir viele Gründe nennen, warum du nichts gemerkt hast, aber egal, was ich sage, du wirst trotzdem jede Begegnung mit ihr analysieren.«

»Ich schätze, da bin ich nicht der Einzige.«

»Nein, vermutlich wachen morgen früh viele Leute mit dem Gefühl auf, getäuscht worden zu sein.«

Das Tal glitt vorbei, still und dunkel hinter den Scheiben. Macy unterdrückte den Impuls, Aidens Hand zu nehmen. Sie waren Kollegen. Es gehörte sich nicht. Sie war einfach nur aufgewühlt. Ihr Leben war schon kompliziert genug. Um sich abzulenken, drückte sie auf den Knöpfen der Klimaanlage herum. Sie fröstelte, auch wenn die Temperatur den ganzen Tag kaum unter 30 Grad gefallen war. Ihr kam der Gedanke, dass sie vielleicht einen Hitzschlag hatte. Sie lehnte sich zurück und schloss die Augen.

»Ich hatte das Gefühl, dass irgendwas nicht stimmt. Ich hätte es noch ernster nehmen müssen.«

Aiden sah in den Rückspiegel und überholte auf der rechten Spur ein Wohnmobil. »Du hast Dean gesagt, er soll jemanden mitnehmen, und er hat nicht auf dich gehört. Hast du Tylers Kommandanten erreicht?«

»Er sagte, er habe Tylers psychische Probleme unterschätzt. Er fand es tapfer, dass Tyler zu seinen Ängsten stand. Für Soldaten seines Rangs ist das eher untypisch. Nach Tyler haben sich auch ein paar andere dazu bekannt. Ich habe es nicht übers Herz gebracht, ihm zu sagen, dass Tyler wahrscheinlich simuliert hat.«

»Anscheinend sind Tylers psychische Probleme ganz anderer Natur.«

»Meinst du, er hat Charlie Lott gesucht?«

»Ich glaube eher, dass Charlie herkam, um Lana zu suchen, und stattdessen Tyler fand.«

»Wir müssen jedes Grundstück überprüfen, auf das Tyler je einen Fuß gesetzt hat. Die Fahndung nach Charlie Lotts Wagen läuft, aber vermutlich lässt Tyler sich nicht damit sehen, so auffällig, wie er ist. Bestimmt hat er das Fahrzeug inzwischen gewechselt. Was ist mit seinen Eltern? Kooperieren sie mit uns?«

»Schwer zu sagen.« Er reichte ihr eine Karte. »Sie sind seit drei Generationen hier. Hier sind alle Grundstücke markiert, die dem weiteren Familienkreis gehören. Bis jetzt sind es dreiundzwanzig, aber wir überprüfen das noch mal.«

»Ich frage mich, ob Tyler Jessie zu den Drogen gebracht

hat. Immerhin hat er gedealt. Nichts spricht dafür, dass er damit aufgehört hat. Sie war bestimmt noch sehr jung, als sie anfing. Wie alt war er damals, zwanzig?«

»Möglich.«

»Annie war anscheinend blind, wenn es um Tyler ging.«

»Dazu passt die SMS, die Annie in der Nacht von Johns Tod bekam.«

»Jeremy hat erwähnt, dass er sich oft mit Annie wegen Tyler gestritten hat.« Sie hielt inne. »Aiden, wo war Tyler an dem Tag, als Lindsay starb?«

»Laut seiner Aussage hat er am Dienstagnachmittag mit John auf der Ranch gearbeitet. John hat es Dylan gegenüber erwähnt, aber wir brauchen mehr als Hörensagen. Wir müssen überprüfen, ob jemand sie auf der Ranch zusammen gesehen hat.«

»Wir könnten auf dem Rückweg bei Dylan vorbeifahren.«

»Das ist nicht nötig. Er ist bei Wade Larkin im Gästezimmer eingezogen. Seine Mutter hat beschlossen, zu ihrer Schwester in Boise zu fahren. Sie haben Dylan davon überzeugt, dass es keine gute Idee ist, allein zu bleiben.«

»Wissen wir genau, wo Sarah ist? Sie hat seit Jahren mit Tyler geschlafen. Vielleicht trifft sie ihn irgendwo.«

Aiden warf einen Blick in den Rückspiegel. »Wir lassen das überprüfen.«

»Ich stolpere immer wieder über Lindsay Moore. Wie ist sie in die ganze Sache verwickelt? Tyler bringt nicht wahllos Leute um. Er hat eben bei Lana zwei Zeugen unversehrt zurückgelassen.«

»Das habe ich mich auch gefragt. Lindsay Moore hat Fragen nach Ethan Green gestellt. Vielleicht ist er nervös geworden. Bevor wir Greens Leiche gefunden haben, hatte Tyler Dylan und Jessie unter Kontrolle.«

Macy öffnete ein Päckchen Kaugummi und bot Aiden einen an. »Hat jemand Bob Crawley gewarnt, dass ihn seine Verbindung mit Lana möglicherweise in Gefahr bringt?«

»Wir haben ihm Polizeischutz angeboten, aber er hat abgelehnt.«

»Ich glaube kaum, dass ihm seine Frau diesmal wieder vergibt. Er bringt die ganze Familie in Gefahr. Und vielleicht hat er Lana für Sex bezahlt. Am Ende kommt so was immer raus.«

»Glaubst du das wirklich?«

»Du hast doch gesehen, was mit Lanas Mutter los ist. Lana verdient im Whitefish niemals genug, um für sie beide zu sorgen.«

»Was die Frage aufwirft, warum Lana ihre Beziehung mit Bob Crawley überhaupt erwähnt hat.«

»Vielleicht dachte sie, wenn sie eine Affäre zugibt, kommen die Leute nicht auf die Idee zu hinterfragen, ob etwas anderes dahintersteckte.«

»Möglich. Hast du mit Ray gesprochen?«

»Kurz. Er war höflich, aber natürlich hat er sich nicht entschuldigt. Immerhin hat er zugegeben, dass er sich geirrt hat. Das ist mal was Neues. Seitdem hat er ein halbes Dutzend Mal versucht, mich anzurufen. Ich habe keine Lust zurückzurufen.«

»Pass auf, dass du es dir nicht mit ihm verscherzt. Er ist immer noch dein Boss.«

»Bei den eindeutigen E-Mails, die er mir zum Teil geschrieben hat, glaube ich nicht, dass er es wagt, sich zu beschweren.« Sie schwieg einen Moment. »Angeblich macht er sich schreckliche Sorgen, dass ich mich seit der Explosion übernehme.«

»Abgesehen von heute Mittag am See habe ich den Eindruck, es geht dir gut.«

»Das hatte nichts mit meiner Gesundheit zu tun. Ich bin ein bisschen empfindlich, wenn ich Leichen sehe. Irgendwas setzt mir da zu.«

»Du kannst ja zur Verkehrspolizei gehen.« Er grinste.

»Lach nicht. Ich bin mir sicher, dass Ray genau daran denkt.«

»Das würde er nicht wagen.«

»Warten wir es ab.« Sie seufzte. »So oder so, ich glaube, nach dieser Geschichte nehme ich mir eine Weile frei. Ich habe noch ziemlich viele Urlaubstage.«

»Du solltest Urlaub im Flathead Valley machen. Es ist eine hübsche Gegend, wenn man nicht arbeiten muss.«

»Ja, das habe ich gehört.«

Er warf ihr einen kurzen Blick zu. »War nur ein Vorschlag. Du kannst ihn gerne ignorieren.«

»Aiden«, sagte Macy, »das ist ein schöner Gedanke, aber wahrscheinlich keine gute Idee.«

»Wie gesagt, ist nur ein Vorschlag.«

Sie bogen in die lange Auffahrt zur Dalton Ranch ein. Alle Lichter brannten. Am Anfang der Straße passierten sie einen Pick-up. Ein Mann mit einem Gewehr winkte sie durch.

»Anscheinend geht Jeremy kein Risiko ein.«

»Hier sind zu viele Waffen. Das macht mich nervös.«

»Es hat immer zu viele Waffen hier gegeben. Weiß Jessie schon, dass sie Ethan nicht getötet hat?«

»Ich glaube nicht. Ryan scheint es für sich behalten zu haben.«

»Ich hoffe, Jessie und Dylan haben eine Ahnung, wo Tyler Lana hingebracht hat.«

»Darauf würde ich nicht spekulieren. Tyler scheint die Sache geplant zu haben. Ich bezweifle, dass er ihnen was erzählt hat.«

Aiden parkte neben einem Streifenwagen, der vor dem Haus stand, und wechselte ein paar Worte mit den Beamten, bevor er zur Haustür ging. Jeremy stand hinter der Fliegengittertür, die massigen Arme vor der Brust verschränkt.

»Ihr müsst vollkommen high sein, wenn ihr glaubt, ich würde zulassen, dass ihr meine Tochter wegen des Mordes an diesem Dreckskerl verhaftet.«

Aiden schob die Hände tief in die Taschen. »Jeremy, wir verhaften niemanden.«

Jeremy Dalton wich keinen Zentimeter zur Seite.

Macy spähte durchs Fenster. »Mr Dalton, ist Ihre Tochter da?« Macy hatte Jessies Wagen nicht auf dem Parkplatz gesehen. Sie wusste, dass Jeremy Möglichkeiten hatte, seine Tochter vor den Behörden zu verstecken. Vielleicht war sie längst auf dem Weg nach Kanada.

»Sie ist hier, aber ihr werdet nicht mit ihr reden.«

»Am Telefon haben wir etwas anderes besprochen.« Aiden entdeckte einen Cadillac, der unter den Bäumen parkte. »Wie ich sehe, hast du deinen Anwalt gerufen.«

»Wenn es deine Tochter wäre, hättest du dasselbe getan.«

Macy sah zu Jeremy auf. »Mr Dalton, soweit wir es sehen, hat Jessie Ethan Green nicht umgebracht. Das Schlimmste, was man ihr vorwerfen könnte, ist Verdunklung, und im Vergleich zu dem, was hier los ist, ist das die geringste meiner Sorgen.«

Jeremy trat heraus auf die Terrasse, und die Fliegengittertür schlug hinter ihm zu. »Wovon reden Sie? Ich habe gehört, Sie haben Ethans Leiche gefunden.«

»Ja, das stimmt, und wenn Jessie und Dylan da sind, erzähle ich Ihnen alles.«

Sie versammelten sich im offiziellen Esszimmer. An der Wand stand ein imposanter Schrank aus dunkel gebeiztem

Holz. Er war voller Kristallgläser und filigraner Teetassen, die aussahen, als würden sie nie benutzt. Das Zimmer passte irgendwie nicht zum Rest des Hauses, der einem Labyrinth ineinander übergehender Räume ähnelte, denen jede Form von Ordnung fehlte. Hier traf man sich nur zu besonderen Anlässen. Macy trank einen Schluck Eistee, den man ihr gebracht hatte, und sah sich um. Links von ihr saß Aiden, Jeremy war am Kopfende des Tisches, mit dem Rücken zum großen Fenster zum Garten. Zwischen Jessie und Dylan saß ein missmutiger Rechtsanwalt namens Frank Hobbs. Bis auf den Anwalt wirkten alle, als hätten sie lange nicht durchgeschlafen. Die Tür ging auf, und Wade Larkin kam herein. Er setzte sich Jeremy gegenüber und entschuldigte sich für die Verspätung.

Macy behielt Jessie im Auge. »Jessie, in Ihrer ursprünglichen Aussage haben Sie angegeben, Sie hätten Ethan Green mehrmals mit einem Stein auf den Kopf geschlagen. Wir haben an seiner Stirn Prellungen gefunden, die dazu passen, aber die Verfärbung zeigt auch, dass Ethan Green zu diesem Zeitpunkt noch lebte. Wir glauben nicht, dass Sie ihn getötet haben. Wahrscheinlicher ist, dass er nur das Bewusstsein verloren hat.«

»Ist er ertrunken?«

»Ethan Green wurde von zwei Kugeln aus derselben Waffe getroffen, mit der im letzten Sommer der Highway Patrol Officer Timothy Wallace erschossen wurde. Wir glauben, dass Tyler dieselbe Waffe benutzt hat, um Ihren Bruder zu töten und Lindsay Moore zu verwunden.«

Jessie wollte etwas sagen, doch diesmal hob der Anwalt die Hand, um sie daran zu hindern. »Kein Wort mehr.«

»Wir wissen, dass es nicht Tyler war, der bei der Explosion ums Leben kam. Wir warten noch auf die Bestätigung, aber wahrscheinlich handelt es sich bei den sterblichen Überresten, die in der Garage gefunden wurden, um Charlie Lott. Es gibt Hinweise darauf, dass seine Leiche im letzten Monat in Tylers Tiefkühltruhe gelegen hat.« Macy sah Dylan an. »Tyler hat Lana Clark in Georgia gestalkt, nicht Charlie Lott, wie wir ursprünglich dachten.«

Dylan unterbrach sie. »Das kann nicht sein. Tyler war nicht in Fort Benning. Er war in Afghanistan.«

»Tyler hat auch hier seine Spuren verwischt. Er hat eine E-Mail-Adresse eingerichtet und uns gefälschte Einsatzunterlagen geschickt. Inzwischen kennen wir die Wahrheit. Tyler wurde Ende Januar wegen psychischer Probleme aus Afghanistan ausgeflogen. Er war in Fort Benning stationiert, bis er vor vier Wochen aus der Armee entlassen wurde. Da John in derselben Einheit diente, gehen wir davon aus, dass John davon wusste, aber es für sich behielt.«

Jessie ignorierte den Anwalt. »Das stimmt nicht. Tyler hätte John niemals umgebracht. Sie waren wie Brüder.«

»Ich weiß, es ist schwer, das alles zu begreifen, aber Tyler hat alle an der Nase herumgeführt. Heute Morgen hat er einen Polizisten angegriffen und Lana Clark entführt. Im Moment läuft eine landesweite Fahndung nach ihm. Tyler Locke ist ein hochgefährlicher Mann. Die Bombe sollte wahrscheinlich auch Sie beide töten. Es war Zufall, dass ich vor Ihnen bei Tyler war.«

»Tyler ist Sprengstoffexperte«, sagte Dylan. »Wenn er wollte, dass Sie tot sind, wären Sie tot.«

Frank Hobbs sah von seinen Aufzeichnungen auf. »Hat die Staatsanwaltschaft vor, Anklage gegen meine Klienten zu erheben?«

Macy legte eine Beweismitteltüte auf den Tisch. Darin war eine kleine Plastiktüte mit mehreren losen Kapseln. »Jessie, wissen Sie, was Rohypnol ist?«

Jessie hielt die Tüte hoch. Ihre Hände zitterten. »Das sind Roofies.«

»Haben Sie je welche genommen?«

»Ich weiß es nicht.«

»Aber Sie wissen, dass Roofies in der Szene für Rohypnol stehen, auch bekannt als K.-o.-Tropfen?«

»Ich glaube schon.«

»In Ihrer Aussage erklären Sie, dass Sie die Cola getrunken haben, die Ethan Green für Sie an der Tankstelle kaufte, und wenig später wurde Ihnen schwindelig, Sie bekamen schlecht Luft, und Ihre Erinnerung setzte aus. All das sind typische Symptome nach der Einnahme von Rohypnol. Wir haben in Ethan Greens Jeanstasche dieses Tütchen gefunden. Es ist möglich, dass er Ihnen etwas in das Getränk geschmuggelt hat. Rohypnol hat kaum Eigengeschmack. Sie hätten nicht mitbekommen, dass er Sie unter Drogen setzte.«

Aiden fuhr fort. »Ethan Green wurde von der Polizei wegen eines Vorfalls in Collier gesucht, der sich an dem Abend ereignete, bevor er Sie im Whitefish mitnahm. Beim Drogentest wurde Rohypnol im Blut des Opfers gefunden, und sie hat Ethan Green als den Täter identifiziert. Seitdem wurde nach ihm gefahndet.«

Macy sah den Anwalt an. »Es obliegt der Bezirksstaatsanwaltschaft, ob Jessie und Dylan wegen Verdunklung angeklagt werden, aber in Anbetracht der Umstände und der Drohungen, die Tyler gegen Jessie ausgesprochen hat, bezweifle ich, dass es dazu kommt. Im Moment ist unsere Priorität, Tyler zu finden und Lana sicher und unversehrt nach Hause zu bringen.« Sie breitete eine Landkarte auf dem Tisch aus. »Hier sind die Grundstücke eingezeichnet, zu denen Tylers Familie Zugang hat. Wir nehmen an, dass er noch im Flathead Valley ist, aber es ist ein großes Gebiet. Es gibt viele unbewohnte Häuser, Jagd- und Anglerhütten, in denen Leute leben, die untergetaucht sind. Falls Sie eine Ahnung haben, wo er sich aufhalten könnte, müssen Sie es uns jetzt sagen.«

Dylan zeigte auf einen Bereich südlich des Darby Lake. »Tyler hat zwar nicht genau gesagt, wo, aber er hat ein Haus irgendwo hier erwähnt, wo er nach dem Rechten sieht. Es gehört einem Freund von ihm, der abgetaucht ist.«

»Hat er den Namen genannt?«

»Ich weiß nur, dass er Lacey heißt und zurzeit in Arizona an der mexikanischen Grenze eine Bürgerwehrgruppe trainiert.«

Zum ersten Mal meldete sich Wade zu Wort. »Das müssten die Minute Men sein.«

Jeremy lehnte sich vor, um besser sehen zu können. »Ich habe von Lacey gehört. Ein Exsoldat.«

Aiden runzelte die Stirn. »Das Gebiet ist über fünfzig Quadratkilometer groß. Wir kontrollieren zuerst die Zufahrtsstraßen. Charlie Lotts Wagen schafft dieses Terrain auf keinen Fall. Wenn wir den Wagen finden, sind wir auf der richtigen Fährte.«

Wade schob den Stuhl zurück. »Aiden, ich habe ein paar Freunde unten in Arizona. Ich hör mich mal um.«

»Danke, Wade. Sag Bescheid, wenn du was rausgefunden hast.«

Macy steckte die Beweismitteltüte wieder ein. »Dylan, ich muss Ihnen eine Frage zu Ihrer Mutter Sarah stellen.«

Dylan warf einen Blick auf sein Telefon. »Sie ist heute früh zu ihrer Schwester in Boise gefahren.«

»Ich nehme an, dass sie ziemlich mitgenommen ist. Es ist eine lange Fahrt. Haben Sie mit ihr gesprochen?«

»Nein, aber das ist nicht ungewöhnlich.« Er drückte ein paar Tasten an seinem Telefon.

»Sie machen sich Sorgen, nicht wahr?«

»Ja, Ma'am.«

»Wie war ihr Verhältnis zu Tyler? Würde sie ihm helfen, wenn er sie darum bittet?«

»Ich fürchte, ja.«

»Sie müssen uns Bescheid sagen, sobald Sie von ihr hören.«

»Sie hat gestern Nacht mit jemandem telefoniert. Ich dachte, es wäre meine Tante gewesen, aber vielleicht habe ich mich geirrt. Die beiden verstehen sich nicht besonders gut. Eigentlich wäre es seltsam, wenn sich meine Mutter ausgerechnet an sie wenden würde.«

»Könnte es Tyler gewesen sein?«

»Schwer zu sagen. Nachdem sie aufgelegt hatte, packte sie ihre Sachen.«

»Was für einen Wagen fährt Ihre Mutter?«

»Sie hat den gleichen Pick-up wie ich. Ihrer ist dunkelgrün.«

Macy sah Jessie an. Sie trug immer noch das Halstuch. Sie sah aus, als hielte sie die Luft an.

»Jessie, ich weiß, dass Sie müde sind, aber ich habe noch eine Frage, dann sind wir weg.«

Frank Hobbs faltete die Hände. »Ich glaube, meine Klientin hat Ihnen für heute genug geholfen.«

Jessie blies die Wangen auf. »Frank, es ist in Ordnung. Ich weiß, dass ich nicht antworten muss, wenn ich nicht will.«

»Jessie, da ist etwas, das mir nicht aus dem Kopf geht, seit ich gehört habe, dass Tyler im Jugendgefängnis saß. Hat er Sie zu den Drogen gebracht?«

Sie zögerte, und Frank ergriff wieder das Wort. »Detective Greeley, ich sehe nicht, warum das relevant sein sollte.«

Jessie warf ihrem Vater einen Blick zu. »Ich weiß, es ist kindisch, aber ich hatte das Gefühl, etwas Besonderes zu sein, weil er mich auserwählt hatte.«

»Wie alt waren Sie da?«

»Dreizehn.«

»Wusste Ihr Bruder davon?«

Sie sah ihre Hände an. »Nein, es war unser Geheimnis.«

»Gab es noch mehr Geheimnisse? Hat Tyler Ihnen je etwas erzählt, das uns helfen könnte, ihn zu finden?«

»Er kannte viele zwielichtige Typen hier. Er hat mich in Meth-Labors mitgenommen, verlassene Häuser in den Bergen. Er kannte viele von der Bürgerwehr. Überall lagen Waffen herum.«

Macy schob die Landkarte in Jessies Richtung. »Versuchen Sie sich daran zu erinnern, wo das war.«

Jessie griff nach dem Kuli. »Es ist lange her. Vielleicht ist niemand mehr da.«

»Das ist egal. Lassen Sie das unsere Sorge sein.«

»Es gab ein Haus nördlich von Collier, das sie letztes Jahr ausgehoben haben.«

Macy biss sich auf die Lippe. »Sie waren dort?«

»Ja, Ma'am.«

Sie fuhr mit dem Stift über die Landkarte. »Ich bin nicht so schnell.«

Macy trank einen Schluck Eistee. Mittlerweile war er lauwarm geworden. »Es ist wichtig. Lassen Sie sich Zeit.«

Macy stieg in Aidens Wagen und schnallte sich an. Er hatte mit laufendem Motor gewartet, während sie noch mit Jeremy und dem Anwalt sprach.

»Na«, sagte er, als er ausparkte, »das lief besser als erwartet.«

»Ich kann Anwälte nicht leiden.«

»Ist Ray Davidson nicht auch Anwalt?«

»Eben.«

»Nur zu deiner Information, ich habe mit ihm telefoniert. Sein Flugzeug ist vor einer halben Stunde gelandet. Er erwartet uns auf der Wache.«

»Hast du die Fahndung nach Sarah Reeds Wagen rausgegeben?«

»Ja. Ich kann immer noch nicht fassen, dass sie so dumm ist.«

»Liebe macht blind. Wahrscheinlich hat er ihr erzählt, er wäre reingelegt worden, und sie hat ihm geglaubt.« Sie machte das Licht an und hielt die Landkarte hoch. Insgesamt hatte Jessie die Standorte von einem halben Dutzend Drogenküchen und drei Bürgerwehrlagern eingetragen. »Damit sind wir eine Weile beschäftigt.«

»Ich lasse das überprüfen. Ich bin mir ziemlich sicher, dass die meisten Drogenküchen dichtgemacht wurden. Crystal Meth ist nicht mehr so groß wie vor ein paar Jahren.«

»Ich muss meinen Wagen holen. Er steht immer noch am Darby Lake.«

»Ich fahre dich auf dem Weg in die Stadt vorbei.«

Macy lehnte den Kopf ans Fenster und schloss die Augen. »Ich schätze, das einzig Gute an dieser Geschichte ist, dass Jeremy und Jessie wieder miteinander reden.«

»Habt ihr darüber gesprochen?«

»Jeremy hat ein schrecklich schlechtes Gewissen, weil er Tyler in die Nähe seiner Kinder gelassen hat.«

»Ich frage mich, warum Tyler nicht auch John mit Drogen versorgt hat.«

»Jessie scheint das leichtere Opfer gewesen zu sein. Ich frage mich, wie sie sich noch auf den Beinen hält nach allem, was sie mitgemacht hat.«

»Wie geht es dir?«

»Einigermaßen. Ich bin erschöpft. Mir tut alles weh.«

»Wenn wir dein Auto geholt haben, fährst du am besten direkt ins Motel. Nach allem, was du in den letzten drei Tagen erlebt hast, hat dafür jeder Verständnis. Wir stellen ein Team zusammen, das die Zugangsstraßen südlich des Sees kontrolliert. Sie rücken heute Nacht mit Hundestaffeln aus. Du kannst sowieso nicht mehr tun.«

Macy starrte auf die Straße. Jenseits der Lichtkegel war die Welt schwarz. Sie schloss die Augen und schlief ein.

Das heiße Wasser brannte auf Macys geschundenen Schulterblättern. Sie stützte sich an den Fliesen ab und konzentrierte sich auf den Schmerz. Irgendwann war die Liste von Rays Verfehlungen zu ihrem täglichen Mantra geworden. Sie hatte sich geirrt. Nichts war so viel Kummer wert. Sie stellte das Wasser ab und öffnete die Augen. Es war so heiß im Bad, dass ihr schwindelig wurde. Sie hielt sich an der Stange fest und wartete, bis der Schwindel nachließ. Der Deckenlüfter brummte, und hinter den Wänden tickten und bullerten die Rohre. Sie zog den Duschvorhang zurück und trat vorsichtig aus der Dusche. Der Spiegel war beschlagen, und in dem beschlagenen Spiegel sah ihr eine Fremde entgegen. Mit einem Handtuch wischte sie ein kleines Fenster frei, um ihr Gesicht zu sehen. Ihre Augen waren geschwollen, aber wach. Sie wickelte sich in das Handtuch und öffnete die Tür.

Ray saß auf dem Bett. Er hatte die Beine ausgestreckt, den obersten Hemdknopf geöffnet und seine Krawatte gelockert. Er blickte von seinem Telefon auf und musterte sie. Er lächelte nicht. Macy zog das Handtuch höher und steckte es fest. Auch sie lächelte nicht.

»Wie bist du hier reingekommen?«, fragte sie mit einem Blick zur Tür.

»Willst du das wirklich?«

»Was?«

»Dieses Theater abziehen.«

»Das ist kein Theater, Ray. Ich bin stinksauer.« Sie zeigte zur Tür. »Raus aus meinem Zimmer.«

»Das ist nicht dein Ernst.«

»Ray, geh.«

»Ich gehe nirgendwohin, bis wir geredet haben. Dein Verhalten ist vollkommen unprofessionell. Du ignorierst meine Nachrichten und Anrufe. Wir stecken mitten in einer wichtigen Ermittlung.«

»Die du um ein Haar in den Sand gesetzt hast.«

»Ich habe getan, was zu dem Zeitpunkt richtig war.«

»Nein, Ray. *Ich* habe getan, was richtig war. Und da du deine Anrufe und Nachrichten erwähnst, inwiefern hat ›Macy, wir müssen über unsere Beziehung reden‹ mit der laufenden Ermittlung zu tun? Lass mich in Ruhe. Du bist verheiratet. Wir haben keine Beziehung.«

»Ich lebe getrennt.«

»Getrennt sein ist keine Gemütsverfassung, Ray. Es ist ein physischer Akt. Zieh aus, dann lebst du getrennt.« Sie sprach mit ruhigerer Stimme weiter. »Aber es spielt keine Rolle mehr. Es ist vorbei.«

»Wir haben zusammen ein Kind.«

»Nein, wir haben getrennt ein Kind.«

»Er ist mein Sohn. Er braucht mich.«

»Du hast drei Töchter, mit denen du keine Zeit verbringst. Ständig breitest du ihre Probleme vor mir aus, um dein Verhalten zu entschuldigen. Sie brauchen dich. Luke weiß nicht mal, dass du existierst.«

»Was soll das plötzlich? Vor ein paar Tagen ging es uns noch gut.«

»Dir ging es gut, nicht mir. All die Verzögerungen und zweiten Chancen. Du hast mich einmal zu oft vertröstet. Und dieser Mist mit der Pressekonferenz, den du abgezogen hast, war auch nicht gerade hilfreich. Es ist eine Sache, mir in mein Privatleben zu pfuschen, aber pfusche mir nicht in meine Arbeit. Was du gesagt hast, ist vollkommen inakzeptabel.« Sie zögerte. »Du denkst, du sitzt am längeren Hebel, aber du irrst dich. Ich weiß genug über dich.«

»Drohe mir nicht.«

»Und was machst du hier? Du brichst in mein Hotelzimmer ein, während ich unter der Dusche stehe.« Sie zeigte zur Tür. »Ich habe dir gesagt, dass du gehen sollst, aber du bleibst. Wessen Verhalten ist bedrohlicher?«

Er breitete die Arme aus. »Komm her.«

»Und was von dem, was ich gerade gesagt habe, bringt dich auf die Idee, dass ich in deiner Nähe sein möchte? Es ist vorbei.«

»Das wirst du bereuen.«

»Wie bitte?«

Er seufzte. »Macy, du wirst bereuen, dass du mir keine zweite Chance gibst. Wir waren so nahe am Ziel.«

»So sehe ich das nicht. Wenn überhaupt, hast du dich in den letzten Monaten von mir entfernt. Ich war vorher schon einsam genug. Mir war nicht klar, dass es noch schlimmer werden könnte.«

Er stand auf und rückte sich die Krawatte zurecht. »Dein Problem ist, dass du immer mehr willst.«

»Ich tue so, als hätte ich das überhört.«

Er kam auf sie zu und richtete sich vor ihr auf. Er war fünfzehn Zentimeter größer als sie und doppelt so breit. Sie starrte seinen Krawattenknoten an und wartete, dass er zurückwich. Er strich ihr über die nackten Schultern. Sie bewegte sich nicht. Dann drückte er die Lippen auf ihr feuchtes Haar, bevor er in ihr Ohr flüsterte.

»Es ist nicht vorbei.«

»Für mich hat es nie angefangen. Geh, Ray.«

Er warf eine Schlüsselkarte aufs Bett und ging durch die Tür, ohne sie hinter sich zuzuziehen.

Macy packte schnell. Sie hatte erlebt, wie Ray Zeugen einschüchterte, aber sie hätte nie gedacht, dass es einmal sie treffen könnte. Immer wieder ging ihr Blick zur Tür. Sie hatte die Sicherheitskette eingehängt, aber das reichte nicht. Rays Zimmer war nur ein paar Türen weiter. Sie brauchte Sicherheitsabstand. Sie wollte nicht in derselben Stadt sein, geschweige denn im selben Hotel. Sie saß mit dem Laptop auf der Bettkante. Es gab noch ein Motel auf der Straße zur Dalton Ranch. Sie erinnerte sich an das »Zimmer frei«-Schild. Als sie gerade dort anrufen wollte, kam eine Nachricht von Aiden, der fragte, ob sie noch wach sei. Statt eine Antwort zu tippen, wählte sie seine Nummer.

»Aiden, ich bin es.«

»Tut mir leid, wenn ich dich geweckt habe.«

»Hast du nicht. Was ist los?«

»Wade Larkin hat was rausgefunden. Wir haben einen Namen.«

Macy sah auf die Uhr. Es war 23 Uhr 21. »Bist du auf der Wache?«

»Nein, ich bin nach Hause gefahren.«

»Ich komme vorbei.«

»Bist du sicher?«

»Ich wollte sowieso gerade gehen.«

»Was ist passiert?«

»Was ist noch mal deine Adresse?«

»23 Sutter Street.«

»Ich bin in fünf Minuten da.«

Aidens einstöckiges Haus war zwei Blocks von der Hauptstraße entfernt. Ein einzelner Baum stand in der Mitte des vertrockneten Gartens, und eine niedrige Hecke säumte die Terrasse. Macy parkte auf der anderen Straßenseite und starrte die dunklen Fenster an. Die Vorhänge waren zugezogen, und nur über der Tür brannte Licht. In der Einfahrt stand ein Polizeiwagen mit der Schnauze in ihre Richtung. Sie nahm ihre Tasche und stieg aus.

Aiden öffnete in Jeans und T-Shirt die Tür. Er war barfuß, und sein Haar war noch nass. Er entschuldigte sich für die Unordnung und bat sie herein.

Sie sah sich in einem spartanisch eingerichteten Wohnzimmer um. »Ich würde das nicht Unordnung nennen.«

Über dem Ledersofa hing ein einzelnes Schwarzweißfoto von einer Landschaft. Die Arbeitsplatte in der Küche war leer, auf dem Esstisch waren Ermittlungsunterlagen ausgebreitet. In der Mitte lag eine topographische Karte. Sie betrachtete sie. Im Süden des Darby Lake war ein Gebiet mit gelbem Marker angestrichen. Mehrere Straßen waren farbig markiert. Aiden stand so dicht hinter ihr, dass ihre Arme sich berührten. Sie spürte seinen Atem im Nacken. Er fuhr die Linie zwischen der Route 93 und Lacey Trumans Grundstück nach.

»Truman hat ein 17 Hektar großes Grundstück, das an den Nationalpark grenzt. Der einzige Zugang ist ein Holzwirtschaftsweg.«

»Wissen wir sonst noch was?« Sie beugte sich vor. »Es wäre hilfreich, wenn wir einen Grundriss der Gebäude hätten.«

»Der Besitzer traut den Behörden nicht. Jeremy Dalton

führt die Verhandlungen. Zuletzt habe ich gehört, dass er ihm Geld geboten hat.«

Sie drehte sich um und sah, dass Aiden sie beobachtete.

»Ist er aktenkundig?«

»Er ist nie mit dem Gesetz in Konflikt geraten. Ich habe mir seine Webseite angesehen. Das typische regierungskritische Zeug, aber zur Abwechslung mal gut geschrieben. Er hat Gefechtserfahrung und verdingt sich als Berater für verschiedene paramilitärische Gruppierungen. Leitet Trainingsprogramme in Katastrophenbereitschaft, Kriegsspiele, solche Dinge. Außerdem ist er eingetragenes Mensa-Mitglied.«

»Hoffen wir, dass er schlau genug ist zu kooperieren«, sagte sie und band sich das Haar zu einem Pferdeschwanz. Es klebte ihr im Nacken. »Woher kennt Tyler ihn?«

»Sie waren zusammen im Irak.«

»Gibt es was Neues über die anderen Grundstücke?«

»Wir überprüfen sie noch. Zwei Drogenküchen waren noch aktiv. Bei den Milizen ist es schwieriger. Unsere Verbindungsleute verhandeln über den Zugang. Das Letzte, was wir gebrauchen können, ist ein Streit mit diesen Typen.«

Macy tippte mit einem Kuli auf die Karte. »Er wäre ziemlich eingekesselt, wenn er riskiert, bei Truman Stellung zu beziehen. Sieht aus, als steht das Haus in einer Schlucht.«

»Aber er rechnet nicht damit, dass wir ihn dort finden.«

»Sei dir da nicht zu sicher. Wir dürfen nicht noch einmal den Fehler machen, Tyler zu unterschätzen. Hat irgendjemand Sarah Reed erreicht?«

»Sie geht nicht ans Telefon, und Dylans Tante hat seit Monaten nicht von ihr gehört. Wir sehen uns Sarahs Telefonverbindungen an.« Er zeigte zur Küche. »Möchtest du Kaffee? Ich kann frischen aufsetzen.«

Wieder berührten sich ihre Arme. Sie wusste nicht, ob er es mit Absicht tat.

»Ich weiß nicht. Vielleicht sollte ich lieber gehen.«

Er legte den Kopf schräg. »Du bist gerade erst gekommen.«

Sie strich über seinen Handrücken. Ein Netz von Adern lief über seinen nackten Unterarm. Am Bizeps hatte er die Tätowierung eines keltischen Kreuzes. Ihre Stimme war nur ein Flüstern.

»Ich weiß nicht, was da gerade passiert.«

»Geht mir genauso.«

Sie küsste ihn sacht auf die Lippen und drehte sich zu ihm um. Sein Rücken fühlte sich warm und glatt unter dem dünnen T-Shirt an. Wasser tropfte aus seinem nassen Haar und rann ihr übers Gesicht. Seine Lippen berührten ihren Hals, und er strich mit den Fingerspitzen über ihren Nacken. Dann zog er ihr Hemd aus und beugte sich herunter, um die weiche Haut über ihren Brüsten zu küssen. Sie bemerkte die kahlen Wände und die ungeöffneten Umzugskartons nicht, als er sie durchs Haus trug. Das Schlafzimmer war schwach beleuchtet und das Bett ungemacht. Sie fielen hinein und zogen sich aus, bis nichts mehr da war als nackte Haut. Der Mond schien durch die Jalousien. In der Ecke summte ein Ventilator. Die Digitaluhr zeigte 23:33.

Kapitel 24

Jessie starrte in die Baumkronen. An manchen Stellen konnte sie den sternenklaren Himmel durch das Laub erkennen. Das Gras unter ihr fühlte sich kühl an. Jeremy und Wade telefonierten in der Küche über Lautsprecher. Sie konnte beinahe jedes Wort verstehen. Der Mann schien in einer Kiesgrube zu stehen. Lacey Truman ließ sich nicht leicht überzeugen. Erst nachdem Jeremy ihm Geld angeboten hatte, war er bereit zu kooperieren. Seitdem verhandelten sie über die Summe. Ray Davidson war auch dabei, doch er hatte noch kein Wort gesprochen. Er schrieb nur Zettel, damit Truman nicht mitbekam, dass der Anruf von den Behörden überwacht wurde. Jeremys Stimme wurde je nach Fortgang des Gesprächs lauter oder leiser. Wenn er die Geduld verlor, schwoll seine Stimme jedes Mal an. Vorhin war er hinaus auf die Terrasse gestampft und hatte von Jessie eine Zigarette geschnorrt. Er versprach, ihr welche zu kaufen, wenn sie ihn nicht bei Natalie verriet.

»Geht es dir gut?«, hatte er gefragt.

Sie schirmte die Augen gegen das Terrassenlicht ab. »Ich weiß es nicht so genau.«

»Ich meine ernst, was ich gesagt habe. Ich möchte noch einmal neu anfangen.«

»Ich weiß.«

»Aber ich habe Angst. Ich will nicht, dass es wieder so wie früher wird.«

»Ich möchte nicht lügen. Manchmal wünsche ich mich zurück. Vor allem im Moment.«

»Du weißt, dass nichts Gutes dabei rauskommt.«

»Ich habe daran gedacht, vielleicht noch mal in die Entzugsklinik zu gehen, in die ihr mich vor ein paar Jahren geschickt habt. Nur eine Zeitlang. Bis sich alles beruhigt hat.«

»Wenn du das willst, kümmere ich mich darum.«

Wade hatte Jeremy zurück in die Küche gerufen. Er hatte die Zigarette mit dem Stiefelabsatz ausgetreten, bevor er reinging.

»Jessie, vielleicht solltest du ins Bett gehen. Ruhe täte dir gut.«

»Keine gute Idee. Ich bleibe lieber hier, wo alle sind.«

»Wann hast du das letzte Mal nach Tara gesehen?«

»Vor einer halben Stunde. Sie hat fest geschlafen.«

Jetzt hörte sie wieder Schritte auf der Terrasse. Eine Gestalt bewegte sich durch den Schatten. Ein kräftiger Schritt, gefolgt von einem schleifenden. Sie konnte das Glimmen seiner Zigarette sehen. Auch Dylan hatte wieder zu rauchen angefangen. Er setzte sich in einen Rattansessel und legte das kranke Bein auf den niedrigen Tisch. Eine Weile sagte keiner etwas.

Sie rollte sich auf den Bauch und sah zu ihm auf. Er hielt ein Bier in der einen Hand und die Zigarette in der anderen. Seine Augen waren geschlossen. Sie warf ein Steinchen, das an der Wand neben seinem Kopf landete.

»Hast du es gewusst?«

Er schlug die Augen auf und zog an der Zigarette, bevor er

sie in den Hals der Flasche steckte. Anscheinend hatte er von beidem genug. Er sprach durch die Rauchwolke.

»Ich schwöre dir, ich hatte keine Ahnung.«

Jessie setzte sich auf und schlang die Arme um die Knie. »Die ganze Zeit dachte ich, ich hätte Ethan umgebracht, und John hat kein Wort gesagt. Er muss gewusst haben, was er mir damit angetan hat.«

»Ich schätze, Tyler hat ihn zum Schweigen gebracht.«

»Und wenn sie sich täuschen?«

»Das kann ich mir nicht vorstellen. Es gibt Zeugen. Er hat Lana.«

»Ich meine, dass er John getötet hat.« Ihre Stimme kippte. »Tyler hat John geliebt.«

»Anscheinend hat er Lana noch mehr geliebt.«

»Das kann man nicht Liebe nennen.«

»Tyler ist nicht der, für den ich ihn gehalten habe.«

»Dasselbe könnte ich über meinen Bruder sagen. Er hätte uns die Wahrheit sagen müssen.«

»Ich frage mich die ganze Zeit, was Tyler gegen ihn in der Hand hatte, aber mir fällt nichts ein. Irgendwas muss in Afghanistan passiert sein.«

»Warum wusstest du nicht, dass Tyler die ganze Zeit wieder in Georgia war?«

»Ich hatte zu fast niemandem Kontakt. Ich lese meine E-Mails nicht. Ich rufe die Leute nicht zurück.«

»Und wie geht es dir dabei?«

»Nicht gut.«

»Glaubst du, Sarah ist bei Tyler?«

»Ich hoffe nicht, aber bei ihren Gefühlen für ihn …«

»Die beruhten nicht auf Gegenseitigkeit.«

»Das war ihr egal. Sie wollte einfach nur bei ihm sein.«

»Sie ist so schön. Sie könnte jeden haben.«

»Geht es denn darum?«

»Wahrscheinlich nicht. Bleibst du eine Weile hier?«

Er verzog das Gesicht, als er das Gewicht verlagerte. »Mal sehen. Im Moment ist es besser.«

»Ich gehe für eine Weile in die Entzugsklinik zurück. Es wäre schön, wenn du bei Tara sein könntest«, sagte sie, während sie ein neues Zigarettenpäckchen öffnete. »In letzter Zeit habe ich das Gefühl, ich rutsche wieder ab.«

»Wir sind zwei Wracks, oder?«

»Wahrscheinlich verstehen wir uns deswegen so gut.«

»Nur damit du es weißt, ich gehe vielleicht auch ein paar Monate weg. Das Veteranenamt will mich in eine Klinik in Kalifornien schicken, wo sie an einer neuen Behandlung für traumatisierte Soldaten arbeiten. Ich habe die Broschüre gelesen. Klingt wie gequirlte Hippie-Scheiße, aber schaden kann es nicht.«

Sie pflückte ein Gänseblümchen und drehte es zwischen den Fingern. »Vielleicht flechten sie dir einen Blumenkranz, und du musst Yoga machen.«

»Ich glaube eher, dass ein Haufen Veteranen in einem geschlossenen Raum rumschreit, während sich der Therapeut unter dem Tisch versteckt.«

»Das kenne ich. Veteranen und Süchtige geben sich nicht viel.«

»Es wird hart, das Ganze noch einmal mitzumachen.«

»Willst du es trotzdem machen?«

»Ich glaube, ich muss. Es ist ein großes Glück, einen Platz dort zu bekommen. Den Rest meines Lebens so weiterzumachen ist keine Alternative.«

»Wenn du reden willst, ich bin immer da.«

»Wir können uns Kriegserlebnisse erzählen.«

»Du erinnerst dich wenigstens an deine.«

»Ich möchte dir nicht zu nahe treten, aber wahrscheinlich ist es gut, dass du dich an vieles nicht erinnerst.«

»Ich würde gerne wissen, wer Taras Vater ist. Wahrscheinlich habe ich mit ihm geschlafen, um Drogen zu bekommen, aber wer weiß. Vielleicht war es mehr.«

»Wenigstens hattest du Sex.«

»Ist das deine Art von positivem Denken?«

»Ja. Immer das Gute sehen.« Er grinste.

»Glaubst du, Tyler ist wirklich zum Haus von diesem Lacey gefahren?«

Er zögerte einen Moment. »Schwer zu sagen. Er hat mir von dem Ort erzählt, also …«

»Also was?«

»Er hat sich drauf verlassen, dass ich nichts ausplaudere. Aber nach allem, was er getan hat, wird er nicht ernsthaft annehmen, dass ich ihn schütze.«

»Vielleicht hat er seine eigene Vorstellung von Loyalität.«

»Vielleicht.«

»Anscheinend suchen sie im ganzen Tal nach ihm.«

»Ich hoffe, sie finden ihn. Ich will dem Arschloch noch mal in die Augen sehen. Er schuldet mir ein paar Erklärungen.«

»Er hat eine Polizistin getötet. Sie haben Sondereinsatzkommandos draußen, der halbe Staat ist ihm auf den Fersen. Viele würden ihn gern tot sehen.«

»Das mit der Polizistin ergibt keinen Sinn. Soweit ich weiß, war er an dem Nachmittag, als sie verschwand, mit John zusammen. John hat mir am Abend davon erzählt. Er hatte keinen Grund zu lügen.«

»Er hat nicht gelogen. Ich habe sie gesehen. Sie haben die Zäune an der Ostgrenze der Ranch repariert.«

»Das hast du der Polizei anscheinend nicht erzählt.«

»Ich tue Tyler keinen Gefallen mehr. Nach allem, was er getan hat.«

Dylan zögerte. »Hat er dich wirklich süchtig gemacht?«

Sie klopfte die Asche ihrer Zigarette am Rand eines Blumentopfs ab. »Er war der erste von vielen Dealern.«

»Immer wenn du mit ihm losgezogen bist … ich dachte, ihr hättet was miteinander.«

»So war es nie.« Sie blickte in den Nachthimmel und entdeckte eine Sternschnuppe. »Ich hoffe, Lana geht es gut.«

Dylan nickte zur Küche. »Es ist so still da drin. Glaubst du, sie haben sich geeinigt?«

»Das Letzte, was ich gehört habe, war, dass sie ihm 30 000 Dollar boten.«

»O Gott, das ist viel Geld.«

»Der Typ von der Pressekonferenz ist vor einer Stunde hier aufgetaucht.«

»Das muss Ray Davidson sein. Ich glaube, er ist Chief der State Police.«

»Ich habe gehört, wie er telefoniert hat, als er zum Haus gekommen ist. Hörte sich an, als ob er sich mit seiner Frau gestritten hat.«

»Wahrscheinlich schafft er es nicht oft zum Abendessen nach Hause.«

»Irgendwie kommt er mir bekannt vor. Ich weiß nur nicht, woher.«

»Wahrscheinlich aus den Nachrichten.«

»Vielleicht.« Sie rollte sich auf die Seite. »Erinnerst du dich an die Kette, von der ich dir erzählt habe? Glaubst du, Tyler hat sie mir hingelegt?«

»Er muss es gewesen sein.«

»Aber warum? Es ergibt keinen Sinn.«

»Vielleicht war es seine Art zu sagen, dass es ihm leidtut.«

Sie schauderte. »Wir haben ihn nie richtig gekannt.«

»Bis vor ein paar Stunden habe ich um ihn getrauert. Ich vergesse dauernd, dass ich ihn plötzlich hassen soll.«

»Ich weiß, was du meinst.«

Er gähnte. »Mir kommt es vor, als hätte ich seit drei Tagen nicht geschlafen.«

»Geh ins Bett. Mir geht es gut hier draußen.«

Er presste die Lippen zusammen und stand auf. »Wenn du irgendwas hörst, sag mir Bescheid.«

»Ich bin zu müde, um bis zu Wade zu gehen. Lass dein Telefon an.«

Jessie setzte sich in den Rattansessel, aus dem Dylan eben aufgestanden war, und wickelte sich in die Decke. Das Telefonat mit Lacey Truman war beendet, und die Männer in der Küche warteten auf die Datei mit dem Grundriss des Anwesens. Das Haus stand in einer Schlucht, und im Keller befand sich ein Bunker. Der Lebensmittelvorrat konnte leicht einen Monat reichen. Lacey hatte davon abgeraten, mit schwerem Gerät hineinzugehen. Tyler ließ sich durch Muskelspiele nicht einschüchtern. Er hatte schon alles gesehen. Das Gebiet wurde von Dutzenden von Pfaden und Wildwechseln durchkreuzt, und die einzige Zufahrtsstraße lag in voller Sicht des Hauses. Sie müssten zu Fuß anrücken, wenn sie ihn überraschen wollten.

Die Terrassentür ging auf, und Ray Davidson kam heraus. Er sah sich kurz um, doch er bemerkte Jessie nicht, die mit einer unangezündeten Zigarette im Schatten saß. Sie beobachte ihn aufmerksam. Irgendetwas an seinem Profil kam ihr bekannt vor. Er trat auf die Wiese und starrte in die Ferne. Mehrmals hielt er sein Telefon hoch. Anscheinend ging er seine Nachrichten durch. Dann schlenderte er am Zaun entlang, bis er wieder zum Haus zurückkam und sich auf die

Bank unter den Bäumen setzte. Nach ein paar Minuten nahm er das Telefon wieder. Obwohl er leise sprach, war er so nahe, dass Jessie jedes Wort verstand.

»Macy«, sagte er und sah sich kurz um. »Bitte geh ans verdammte Telefon und sag mir, wo du bist. Es tut mir leid wegen vorhin. Ich will dich nicht verlieren, und unseren Sohn auch nicht.«

Er legte auf und wählte eine andere Nummer. Diesmal gab er sich nicht die Mühe, leise zu sprechen. »Hallo, Schatz. Tut mir leid wegen vorhin. Geht's den Mädchen gut?« Er lauschte. »Hör mal, ich weiß, dass es in letzter Zeit schwierig war, aber jetzt wird alles besser, glaub mir ... ich liebe dich auch. Wir sprechen uns morgen.«

Als er zurück zur Terrasse kam, zündete Jessie ein Streichholz an. Sie hielt die flackernde Spitze an ihre Zigarette. Er blieb ein paar Schritte vor ihr stehen und starrte zu ihr herunter.

»Ich kenne Sie irgendwoher«, sagte sie und zeigte mit der glühenden Zigarette in seine Richtung. »Wohnen Sie in der Gegend?«

»Nein. Sie müssen sich irren.«

»Seltsam. Sie kommen mir bekannt vor.«

»Ich bin manchmal in den Nachrichten«, sagte er und wandte sich zur Tür. »Vielleicht daher.«

Sie zog an der Zigarette. »Wo wohnen Sie denn?«

»Unten in Helena.«

»Mit Ihrer Frau und Ihren Töchtern?«

»Ja.«

»Klingt nach einem perfekten Lügner.«

»Wie bitte?«

»Ich habe gesagt, das klingt nach einem perfekten Leben.« Sie nickte zur Tür. »Ich glaube, die Datei, auf die Sie warten, ist da.«

»Sie haben zugehört?«

Sie zog lange an ihrer Zigarette und sah ihm dabei in die Augen.

»Ich habe alles gehört.«

Kapitel 25

Obwohl Macy erst um eins in ihr Hotel eingecheckt hatte, saß sie um fünf Uhr schon wieder im Wagen. Sie hatte keinen der anderen Gäste gesehen. Auf dem Parkplatz standen mehrere Minivans mit kanadischen Kennzeichen und selbstgemalten Yellowstone-Schildern. Es schien, als würde eine ganze Kolonne nach Süden fahren. Sie sah auf die Uhr. Um sechs sollte eine Einsatzbesprechung in der Aula der örtlichen Grundschule stattfinden. Wenn sie sich beeilte, konnte sie vorher noch frühstücken. Kritisch musterte sie ihr Gesicht im Rückspiegel. Dass sie kaum geschlafen hatte, war nicht zu übersehen. Sie holte tief Luft und konzentrierte sich auf den Tag, der vor ihr lag. Trotz ihrer Bemühungen kreisten ihre Gedanken vor allem um Ray. Es war nur eine Frage der Zeit, bis sie sich wieder gegenüberstanden. Sie musste endlich ihr Privatleben klären, ohne ihre Karriere zu gefährden. Macy hielt an der ersten der drei Wilmingtoner Ampeln und wartete auf Grün. Auf beiden Seiten der Hauptstraße standen Streifenwagen und die Fahrzeuge der Spezialeinheiten. Sie hatten Charlie Lotts Wagen noch nicht gefunden, aber das hielt Ray nicht davon ab, seine Truppen zu versammeln.

Macy fand einen Parkplatz vor dem Whitefish, wo ein junger Beamter die Karten und Blumen betrachtete, die die Leute für John Dalton abgelegt hatten. Das Papier war ausgebleicht, und der staubige Haufen roch nach Verfall. Einige der Kerzen brannten noch, aber von den meisten war nicht mehr übrig als eine Wachspfütze auf dem Asphalt. Sie überquerte die Straße und betrat den Diner. Für die frühe Stunde ging es hoch her. Aiden war nicht da, aber dafür saß Ray mit drei älteren Polizisten, die sie kannte, an einem Tisch in der Nähe des Eingangs. Es war unmöglich, so zu tun, als hätte sie ihn nicht gesehen. Er winkte sie herbei und bot ihr den freien Stuhl zu seiner Linken an. Die drei waren dabei, Strategien auszuarbeiten. Auf dem Tisch lag eine detaillierte Karte des Terrains um Lacey Trumans Grundstück. Das Haus und alle Zugangsmöglichkeiten waren markiert.

»Wo ist Sheriff Marsh?«, fragte Macy und lehnte sich zurück, damit die Kellnerin Kaffee in eine saubere Tasse schenken konnte, die plötzlich vor ihr stand.

»Du hast ihn gerade verpasst.« Ray zeigte auf ihren Stuhl. »Es hat eine neue Entwicklung gegeben. Charlie Lotts Wagen wurde ein paar Kilometer südlich der Zugangsstraße gefunden. Sieht aus, als hätten Tyler und Lana die Nacht im Auto verbracht. Ganz in der Nähe beginnt ein Wanderweg. Frische Spuren weisen darauf hin, dass sie nicht allzu viel Vorsprung haben.«

Ray zeigte auf die Stelle, wo der Wagen stand.

Ein Officer namens Howard Reynolds gähnte in die geschlossene Faust. »Macy, schön, dich zu sehen nach allem, was du erlebt hast. Ray hat gerade gesagt, dass du dich aus der Operation heute raushalten willst. Sehr schade, aber er meint, du lässt dich nicht umstimmen.«

Macy konzentrierte sich auf die Karte und prägte sich die

Wege und Gegebenheiten ein. In ihren Ohren rauschte es. So musste es sich anhören, wenn einem das Blut kochte. Doch sie verzog keine Miene. Die Jahre unter Ray als Vorgesetztem machten sich bemerkbar, wofür sie jetzt dankbar war. Ganz gleich, wie gern sie ihn angeschrien hätte, sie würde seine Autorität nicht vor Kollegen in Frage stellen. Das war weder der richtige Ort noch die Zeit. Sie schluckte. Im Augenwinkel nahm sie wahr, wie Ray seinen frisch nachgeschenkten Kaffee an die Lippen hob. Es kostete sie alle Selbstbeherrschung, ihm die Tasse nicht ins Gesicht zu schütten. Sie sah sich selbst auf die Karte zeigen. Ihre Stimme klang fremd.

»Sagt ihr mir noch einmal, wo ihr den Wagen gefunden habt?«

Howards kurzer Finger folgte der dünnen Linie einer Schotterpiste bis zu einer Gabelung, an der sie nach Süden abbog. »Er stand hier.«

»War er versteckt?«

»Er parkte etwas abseits der Straße. Das ist alles, was wir bis jetzt wissen.«

»Wie weit ist es von da bis zu Trumans Haus?«

Diesmal antwortete Ray. »Es sind etwa zehn Kilometer Fußmarsch, aber das Gelände ist ziemlich unwegsam.« Er seufzte geheuchelt. »Du wirst uns heute fehlen, aber du hast die richtige Entscheidung getroffen. Es wird ziemlich zur Sache gehen.«

Macy folgte einem Weg, der sich durch die Landschaft bis zu dem Haus in der Schlucht wand. Bevor er den Berg hinaufführte, überquerte er einen Bach. »Was ist das für ein Kreuz?«

Howard redete mit dem Mund voll Rührei. »Da haben die Hunde Lanas Fährte verloren.«

Die Kellnerin brachte die Speisekarte, aber Macy schüttelte

den Kopf. Ihr war der Appetit vergangen. »Wie ist das passiert?«

Ray stand auf, und die anderen folgten ihm.

Howard legte die zerknüllte Serviette neben den Teller. »Lässt sich schwer sagen. So was passiert manchmal.«

»Und manchmal gehen Flüchtige auf demselben Weg zurück.«

»Daran haben sie auch gedacht, aber sie haben nichts gefunden. Ein Team fährt gerade rauf zu Trumans Haus, wir werden es also bald wissen.«

»Nicht unbedingt. Das Anwesen ist gesichert wie ein Fort. Vielleicht dauert es eine Weile, bis ihr wisst, wo er ist.«

Ray knurrte: »Er hat eine Geisel, und alle suchen nach ihm. Es gibt nicht viele Orte, an die er gehen kann.«

»Du vergisst Sarah Reed. Vielleicht hilft sie ihm.« Macy sah Howard an. »Kann ich die haben?«

»Von mir aus. Wir haben genug Kopien.«

»Wir gehen rüber zur Einsatzbesprechung«, erklärte Ray. »Du solltest mitkommen für den Fall, dass Fragen auftreten. Du hattest direkten Kontakt mit Tyler Locke.«

Macy nahm die Karte. Ihre Hände zitterten. Sie wandte sich ab und griff nach ihrer Tasche.

»Ich muss nur kurz auf der Wache vorbei. Ich brauche meine Aufzeichnungen.«

Howard klopfte ihr auf den Rücken. »Du hast großartige Arbeit geleistet. Den Rest erledigen wir.«

Mit gesenktem Kopf lief Macy rüber zum Sheriff's Office. Um sie herum hantierten die Polizisten der Spezialeinheiten mit schwerem Gerät. Weiter vorne standen örtliche Polizisten vor ihren Fahrzeugen und unterhielten sich leise, rauchten und tranken Kaffee aus Halbliterbechern. Die Sonne ging gerade auf, als Macy die Tür der Wache erreichte und an den leeren Schreibtischen vorbeiging. Sie schlug Aidens Bürotür hinter sich zu und warf ihre Tasche auf den nächsten Stuhl. Eine größere Version der Karte aus dem Diner hing an der Wand über Aidens Schreibtisch. Sie suchte nach der Stelle, wo die Hunde Lanas Fährte verloren hatten. Dann ging die Tür auf, und sie war erleichtert, als sie Aidens Stimme hörte.

»Hey«, sagte er und griff nach ihrem Arm, als sie zurückwich. »Ist alles in Ordnung? Ray hat gesagt, es geht dir nicht gut.«

Sie sah ihm nicht in die Augen. »Gesundheitlich geht es mir bestens, Aiden.«

»Warum kommst du dann heute nicht mit?«

»Es war Rays Entscheidung, nicht meine. Gestern Abend habe ich ihm gesagt, dass es vorbei ist. Heute Morgen hat er mich vom Fall abgezogen.«

»Das kann er nicht machen.«

»Er hat es gerade getan.«

»Heißt das, du fährst zurück nach Helena?«

»Ich weiß nicht. Ich hasse es, etwas nicht zu Ende zu bringen.«

»Was unternimmst du wegen Ray?«

»Ich weiß nicht, was ich unternehmen kann, ohne meine Karriere zu ruinieren. Er ist ein mächtiger Mann, und es war dumm, mich mit ihm einzulassen. Mal abgesehen davon, wie er diesen Fall angeht.« Sie sah hinauf zu der Landkarte. »So wie ich es sehe, schaffen sie eine Geiselsituation, aus der wir nicht wieder rauskommen. Tyler ist nicht der Typ für Verhandlungen.«

»Der Besitzer hat Vorräte für einen Monat. Das kann dauern.« Er griff nach dem Türknauf. »Wir gehen besser rüber. Das Briefing fängt in ein paar Minuten an.«

»Ich gehe nicht hin. Ich halte es im Moment nicht mit Ray

340

in einem Raum aus. Nachher sage ich was, das ich später bereue.«

»Ich richte ihnen aus, dass es dir nicht gutgeht. Nachdem er das Gerücht selbst in die Welt gesetzt hast, wird es keiner hinterfragen.«

»Danke.«

»Bleibst du in der Stadt?«

Sie nahm den Blick nicht von der Karte. »Mal sehen.«

Als die Tür wieder zu war, studierte Macy die Karte genauer. Anders als auf ihrer Kopie war hier auch der westliche Teil des Tals zu sehen. Mit dem Finger fuhr sie den markierten Weg zwischen der Stelle, wo sie Lanas Fährte verloren hatten, und dem Fundort von Charlie Lotts Wagen nach. Es war eine Strecke von etwa fünf Kilometern, und in der Mitte überquerte der Pfad einen Bach. Der Bach kam aus den Bergen und führte nach Osten ins Talbecken, wo ein gut markierter Weg seinem Bett folgte. Sie folgte seinem Lauf bis zur Mündung in den Flathead River. Bis dahin müssten Tyler und Lana eine Strecke von knapp zehn Kilometern zurücklegen. Sie sah auf die Uhr. Es war gleich zwanzig vor sechs. Sie packte ihre Sachen und überprüfte ihre Pistole, bevor sie das Büro verließ. Bis auf eine verschlafen aussehende Empfangssekretärin war die Wache wie ausgestorben.

Macy passierte die Streifenwagen und die Transporter der Spezialeinheiten, die an der Hauptstraße parkten. An der Grundschule gingen gerade die letzten Polizisten in die Aula.

Sie warf einen Blick in den Rückspiegel. Aiden hatte sie gesehen. Er sprach gerade mit Ray. Selbst aus der Entfernung erkannte Macy, dass es ein angespanntes Gespräch war. Sekunden später klingelte ihr Telefon.

Aidens Stimme klang gedämpft. »Wo fährst du hin?«

»Die Hundestaffel hat Lanas Fährte verloren. Es ist reine Spekulation, aber vielleicht ist Tyler ein Stück zurückgegangen und dann dem Bach gefolgt, der nach Osten führt. Von dort führt ein Weg bis zum Flathead River.«

»Er bräuchte einen Komplizen.«

Macy sah in den Seitenspiegel. »Da kommt Sarah Reed ins Spiel.«

»Du musst mich anrufen, falls du auf etwas stößt.«

»Keine Sorge. Wahrscheinlich ist nichts dran.«

»Das hast du bei Karen Walcott auch gedacht, und denk daran, was passiert ist.«

Macy fuhr auf die Route 93 in Richtung Süden und beschleunigte.

»Behalt es für dich, okay? Ich will nicht, dass die Kavallerie anrückt.«

»Ich schätze, du willst es Ray zeigen.«

»Ehrlich gesagt fürchte ich, das würde alles nur noch schlimmer machen. Ich hoffe, dass ich falschliege.«

Macy überquerte die Eisenbahngleise und kam an eine schmale niedrige Brücke, die den Flathead River überquerte. Im Norden waren die Ufer felsig; hier und da wuchsen Wildblumen. Die Sicht war getrübt im Morgenlicht. Ein dünner Nebel hing über dem Wasser, und Vögel huschten über die tieferen Stellen auf der Suche nach Nahrung. Die Schotterpiste machte einen scharfen Knick nach Norden, bis sie von der stillen Kühle eines dunklen Waldstücks verschluckt wurde. Macy nahm den Fuß vom Gas und ließ das Fenster herunter. Der Duft von frischen Kiefernnadeln vermischte sich mit Holzrauch. Schattige Pfade verzweigten sich in alle Richtungen. Plötzlich verschwanden die Bäume. Der westliche Hang lief flach aus, und die Vegetation war karg. Es wirkte, als hätte es hier irgendwann einen Erdrutsch gegeben. Sie blieb am Ende der Straße stehen und nahm das Fernglas heraus. Ein Fußweg schlängelte sich in engen Serpentinen den Hang hinauf. Sie sah keine Bewegung, und sie hatte keinen einzigen Wagen gesehen, seit sie die Route 93 verlassen hatte. Sie wendete, wo der Weg breiter war, und parkte, um einen freien Blick auf das Gelände zu haben. Dann stieg sie aus. Bis auf das Zwitschern der Vögel und das Rauschen des Wassers war es still.

Falls Tyler beschlossen hatte, Lana hierherzubringen, war es unmöglich zu schätzen, wie lange sie für den Weg brauchten. Der Boden am Ende der Straße war fest und staubig. Überall waren Reifenspuren zu sehen, aber es ließ sich nicht sagen, ob sie frisch waren. Macy stieg zu den Felsen hinab, die den Fluss säumten. Das Wasser war flach genug, dass man sicher zu Fuß hinüberkam. Sie kletterte hinunter in den ausgebleichten Kies und ging bis zu der Stelle, wo der Fluss am schmalsten war. Im nassen Sand war ein einzelner Fußabdruck. Sie ging in die Hocke. Der Absatz war tief und nach hinten abgerundet. Er konnte von einem Cowboystiefel stammen.

Das Gelände auf der anderen Seite stieg bis zum Bahndamm an. Von dort waren es nur ein paar Schritte unter freiem Himmel bis zu einem dichten Kiefernwald. Macy sah nur tiefe Schatten. Es war leicht, hier einen Wagen zu verbergen. Sie nahm die Karte wieder heraus. Das Gebiet war über einen Wirtschaftsweg zu erreichen, der kerzengerade auf die Straße zurückführte, die sie von der Route 93 genommen hatte.

Zu Fuß folgte Macy dem Schotterweg, bis er in eine tief gefurchte Straße überging, die mitten in den mindestens einen Hektar großen Kiefernwald führte. Kürzlich war hier ein Fahrzeug vorbeigekommen und hatte das Gras niedergedrückt. Langsam ging sie mit gezogener Waffe weiter. Von einer kleinen Lichtung konnte sie durch die Bäume fast bis zum anderen Ufer des Flathead River sehen. An einem Stamm war ein Stück Rinde abgeschabt. Sie entdeckte grüne Lacksplitter im Holz. Macy blickte wieder in Richtung Fluss. Sie hätte schwören können, dass sich etwas bewegt hatte.

Geduckt ging sie weiter. Das Unterholz war so dicht, dass es schwer war, sich den Weg zu bahnen. Äste knackten unter ihren Füßen, und über ihr flatterten nervöse Vögel. Sie entdeckte Sarah Reed am Gleisbett. Sarah hatte Macy den Rücken zugekehrt und trug ein langes weißes Brautkleid. Ihre Arme hingen schlaff herunter. Sie hielt eine Pistole in der rechten Hand. Neben ihr stand ein offener Koffer.

Macy verscheuchte einen Schwarm Mücken. »Sarah Reed. Ich bin Detective Macy Greeley. Lassen Sie die Waffe fallen und heben Sie die Hände, so dass ich sie sehen kann.«

Sarah bewegte sich nicht.

»Sarah, bitte nicken Sie, wenn Sie mich hören können.«

Sie nickte.

»Lassen Sie die Waffe fallen, Sarah.«

Sarahs Schultern zitterten. Vielleicht weinte sie.

»Sarah, sind Sie hierhergekommen, um sich mit Tyler Locke zu treffen?«

Sarah schluchzte. »Er hat mich angelogen.«

Macy kämpfte gegen den Impuls, die Waffe sinken zu lassen. »Er hat alle angelogen.«

»Er wollte mich einfach hier stehenlassen.«

»War Lana Clark bei ihm?«

»Sie hasst ihn. Das habe sogar ich gesehen.«

»Sarah, bitte lassen Sie die Waffe fallen. Ich schieße, wenn es sein muss.«

Sarah sah die Waffe in ihrer Hand an, als wäre sie ihr eben

erst aufgefallen. »Er hätte nicht gedacht, dass ich es tue. Er hat gesagt, ich wäre eine dumme Schlampe. Immer schon.« Sie lachte und weinte gleichzeitig. »Also habe ich geschossen.«

»Wissen Sie, wo er jetzt ist?«

»Er hat mich sitzenlassen.«

Der Boden begann zu zittern. Zuerst war es so schwach, dass Macy dachte, sie bildete es sich ein, doch dann lief ein metallisches Schaudern durch die Stahlgleise. Ein Zug kam von Norden, und er kam schnell.

Sarah hob den Kopf. Sie zitterte in dem langen Kleid. Dornen hatten sich in der Spitze verfangen. Ihre Füße waren nackt.

Die Zugpfeife schrillte.

»Sarah, kommen Sie hier rüber, wo es sicherer ist.«

Die Pistole glitt aus Sarahs Hand und schlitterte den Bahndamm hinunter. Mit halb erhobenen Armen drehte sie sich zu Macy um, doch sie blieb dicht bei den Gleisen stehen. Zarte Falten umrahmten ihre Augen. Das Foto aus ihrem Führerschein wurde ihr nicht gerecht. Sie war nicht mehr blutjung, aber eine extrem attraktive Frau. Wieder schrillte die Zugpfeife, laut und eindringlich.

Macy schrie. »Bitte, Sarah, gehen Sie von den Gleisen zurück.«

Die Erde bebte. Die Gleise tickten und zischten. Bremsen kreischten. Sarah sprang in dem Moment, als der Zug heranraste. Macy starrte zu der Stelle, wo Sarah eben noch gestanden hatte. Gegen ihren Willen begann sie zu weinen.

Der letzte Waggon kam mindestens fünfzig Meter weiter zum Stehen, so lang war der Bremsweg. Außer dem Knistern des Polizeifunkgeräts war es still im Wald. Macy hatte Schwierigkeiten, sich verständlich zu machen. Statt langsamer und deutlicher zu sprechen, wurde sie lauter. Die Frau am anderen Ende bat sie, sich zu beruhigen.

»Tyler Locke fährt einen grünen Ford Pick-up, der auf Sarah Reed registriert ist. Zuletzt wurde er in Begleitung von Lana Clark gesehen, siebzehn Kilometer südlich von Wilmington Creek, am Anfang des Devil's Canyon Trail. Er ist möglicherweise angeschossen.«

Sie forderte Unterstützung an. »Nein, ein Krankenwagen ist nicht nötig.«

Macy folgte den Gleisen bis zum Rand des Waldstücks. Die Luft war so klar, dass sie bis nach Kanada sehen konnte. Sie holte tief Luft. Tyler Locke konnte überall sein. Die Aussicht gefiel ihr nicht. Sie drehte um und machte sich auf den Weg zum Ende des Zugs. Der Zugführer kam ihr entgegen. Er ließ die Schultern hängen und hatte seine Baseballkappe tief ins Gesicht gezogen. Er trug dicke Arbeitshandschuhe und sah die Gleise an. Zehn Meter vor der Stelle, wo Sarah gestanden hatte, blieb er stehen und blickte hinaus auf den Fluss. Er sah aus, als trüge er das Gewicht der ganzen Welt auf seinen Schultern.

Macy hielt vor dem Truck Stop und stellte den Motor ab. Der Parkplatz war fast leer. Am Ende des Grundstücks standen drei Wohnmobile. Eines war ausgebrannt, ein anderes hing in der Mitte durch. Das dritte schien bewohnt zu sein. Hin und wieder bewegten sich die Vorhänge. Macy hatte das Gefühl, beobachtet zu werden. Aus reiner Professionalität hatte sie Ray angerufen. Sie war froh, dass er nicht rangegangen war. Sein Assistent sagte ihr, er sei schon auf dem Rückweg nach Helena. Es war ein unheimliches Gefühl, so abrupt abgeschrieben zu sein.

Macy musste ständig an Sarah Reed denken. Sie putzte sich die Nase und schob die Sonnenbrille hoch, um sich im Spiegel zu betrachten. Man sah, dass sie geweint hatte. Sie suchte im Handschuhfach nach Augentropfen und fand stattdessen einen Weihnachtsbaumanhänger, den ihr jemand im Büro geschenkt hatte. Es war ein Foto von Luke, umrahmt von Tannenzweigen. Sie schob es in ihre Handtasche. Sie musste sich konzentrieren. Je schneller sie Tyler fand, desto schneller konnte sie nach Hause.

Das Telefon klingelte, und sie stellte Aiden auf Lautsprecher. Macy war froh, dass er darauf bestanden hatte, zu Dylan zu fahren. Sie hatte das Bild von Sarahs weißem Satinkleid im Kopf, zerknüllt, zerrissen, voller Blut auf der anderen Seite der Gleise. Sarah war durch die Luft geschleudert worden und fast im Fluss gelandet. Sie lag mit dem Gesicht nach unten. Es sah aus, als wäre sie dorthin gekrochen. Macy konnte sich nicht gegen das Gefühl wehren, dass er sie beide im Stich gelassen hatte.

»Hallo, Aiden, wie geht es dir?«

»Ich bin gerade auf dem Weg zu Dylan.«

»Tut mir leid.«

»Mir auch.«

»Ich habe seiner Therapeutin Bescheid gesagt.«

»Das war sicher klug. Ich habe Jessie gebeten, mich dort zu treffen, und auch die Polizeipsychologin bestellt. Konntest du schon mit Sarahs Kollegen sprechen?«

»Ich stehe gerade vor dem Truck Stop.«

»Du musst ohne mich anfangen.«

»Ray ist auf dem Weg nach Helena.«

»Hast du mit ihm gesprochen?«

»Er ist nicht ans Telefon gegangen.«

»Er erzählt allen, dass du dich mit ihm abgesprochen hast, bevor du heute Morgen aufgebrochen bist.« Aiden hielt inne. »Ich glaube allerdings nicht, dass es ihm jemand abnimmt.«

»Howard Reynolds hat angerufen und mir zu meiner schnellen Genesung gratuliert. Ich glaube, er hat gemerkt, dass heute Morgen beim Frühstück etwas nicht gestimmt hat. Er hat mich gebeten, ihn später anzurufen.«

»Was wirst du ihm sagen?«

»Ich weiß es nicht. Ich bin in der Zwickmühle. Beruflich will ich wirklich nicht schlecht über Ray reden.«

»Das musst du auch nicht. Jeder, der aufgepasst hat, weiß, dass Ray in den letzten Tagen ein paar falsche Entscheidungen getroffen hat.«

»Normalerweise mischt sich Ray nicht auf operativer Ebene ein. Ich weiß wirklich nicht, warum er bei diesem Fall ständig aufgetaucht ist.«

»Kann es mit euch beiden zusammenhängen?«

»Gott, ich hoffe nicht. Er ist ein Profi. Er würde nicht zulassen, dass unsere Situation sein Urteilsvermögen beeinträchtigt.«

»So sieht es aber von außen aus.«

»Ich glaube, du ziehst Verbindungen, wo keine sind.«

»Jetzt ist er weg. Du kannst aufatmen.«

»Und Wilmington Creek wird wieder zu dem verschlafenen Ranch-Nest, das es immer war.«

»Der Verkehr hat sich aufgelöst, aber ich glaube nicht, dass jemand gut schläft, solange Tyler auf freiem Fuß ist.«

»Wir müssen uns Sarahs Finanzen ansehen. Wahrscheinlich hat sie in den letzten Tagen viel Geld abgehoben.«

»Ich kümmere mich drum.«

»Hast du Durchsuchungsbefehle für die anderen Grundstücke, von denen Jessie uns erzählt hat?«

»Das war nicht nötig. Die Besitzer kooperieren. Wade hat wieder den Kontakt für uns hergestellt.«

»Wade ist ein interessanter Typ. Die Polizei sollte ihn auf die Gehaltsliste setzen.«

»Oder auf die Beobachtungsliste. Er kennt eine Menge

Leute, die er nicht kennen sollte.« Er schwieg. »Macy?«, sagte er dann.

»Aiden?«

»Ist zwischen uns alles gut?«

Macy fuhr mit dem Finger die Konturen des Lenkrads nach. Es fühlte sich an wie die Kurven einer Wirbelsäule. Sie hätten letzte Nacht reden sollen. Macy hatte das Gefühl, Aiden wollte mehr. Sie war sich nicht sicher, was sie wollte. Sie mochte ihn, aber sie war ein gebranntes Kind.

»Natürlich.«

»Ich will keine Missverständnisse.«

»Ich kann nicht für dich sprechen, aber von mir aus ist alles gut. Letzte Nacht war auf jeden Fall gut.«

»Letzte Nacht war verdammt gut.« Er sprach leiser. »Ich dachte nur, wir sollten vielleicht darüber reden.«

»Aiden.«

»Macy.«

»Mach dir keine Sorgen. Alles ist gut. Ich möchte dich wiedersehen. Ich mag dich.«

»Das freut mich.«

»Es ist nur … ich muss nicht darüber reden. Wenn es funktioniert, will ich es nicht kaputtreden.«

»Okay.«

»Die meisten Männer finden das erfrischend.«

»Vielleicht bin ich nicht wie die meisten Männer.«

»Du bist sensibel. Das merke ich mir.«

Aiden lachte. »Okay, ich verstehe, in welche Richtung es läuft.«

»Ich wünschte, ich hätte deine Zuversicht.«

»Ruf mich an, wenn was passiert.«

»Mache ich.«

Macy steckte das Telefon ein und nahm ihre Tasche. Sie

hatte Sarahs Chefin angerufen, um sich anzukündigen. Sie betrat das Lokal und fragte nach Traci. Die Kellnerin hinter der Theke schenkte ihr eine Tasse Kaffee ein und zeigte auf ein kleines Büro im hinteren Teil. Traci war erst Mitte dreißig, was Macy überraschte, denn ihre Stimme hatte am Telefon sehr verbraucht geklungen. Sie stand auf und schüttelte Macy die Hand, dann schloss sie die Tür. Macy setzte sich und zog ihr Notizbuch heraus.

»Sie sind jünger, als ich dachte.«

Traci ließ sich in den Stuhl hinter dem Schreibtisch fallen. »Meine Mutter hat sich erst letztes Jahr aus dem Tagesgeschäft herausgezogen. Aber ich bin schon viel länger hier. Ich habe in der zehnten Klasse angefangen.«

»Ich nehme an, dass Sie Sarah schon lange kennen.«

»Fast mein ganzes Leben.«

»Wann haben Sie zuletzt mit ihr gesprochen?«

»Ich glaube, am Tag nach … also, am Tag, nach dem wir alle dachten, Tyler wäre gestorben. Sie wollte sich eine Zeitlang freinehmen, was verständlich ist.«

»Es tut mir leid, aber ich habe schlechte Nachrichten. Sarah ist heute früh am Morgen ums Leben gekommen. Sie wurde von einem Zug überrollt. Es war Selbstmord.«

Traci schlug die Hände vors Gesicht.

»Ich habe Sarah an einer einsamen Stelle am Flathead River gefunden. Wir nehmen an, Tyler hat sie dorthin gelockt, weil er einen Wagen und Geld brauchte.« Macys Stimme zitterte. »Ich habe versucht, mit ihr zu reden, aber sie hat nicht auf mich gehört. Ich glaube, sie wusste nicht mehr weiter.«

»Tyler hat einfach den Wagen genommen und sie stehengelassen?«

»Sieht so aus. Lana Clark war bei ihm.«

Traci setzte sich zurück. »Sarah hat sich nach nur einem

Date in dieses Arschloch verliebt. Meine Mutter und ich haben immer versucht, sie zur Vernunft zu bringen, aber sie hat nicht auf uns gehört. Tyler war ihre große Liebe. Sie war von ihm besessen. Es schien ihr egal zu sein, dass er ihre Gefühle nicht teilte. Sie war überzeugt, er würde sie irgendwann zurücklieben.«

»Ich möchte mit ihren Kollegen sprechen. Ich muss rausfinden, wo Sarah die letzten Tage verbracht hat. Vielleicht hat Tyler Lana dorthin gebracht. Kennen Sie einen Ort, an dem die beiden sich manchmal trafen?«

Traci stand auf und ging zur Tür. »Ich bin mir ziemlich sicher, dass da irgendwo eine Hütte ist, aber Tempi weiß mehr als ich. Es war abgelegen. Vielleicht irgendwo im Nordosten.«

»Wo ist Tempi? Ich muss mit ihr sprechen.«

»Sie stand hinter der Theke, als Sie reinkamen. Ich hole sie.«

Tempi sprach durch mehrere zusammengeknüllte Taschentücher, die sie sich vor das Gesicht hielt.

»Sarah hat mich gestern angerufen … Sie hat gesagt, ich soll mir keine Sorgen machen, wenn sie sich nicht meldet. Sie sagte, sie müsste für eine Weile weg.«

»Um wie viel Uhr war das?«

»Es muss gegen fünf gewesen sein.«

»Hat sie noch etwas gesagt?«

»Nichts Genaues. Sie wirkte so ruhig, was seltsam war nach allem, was passiert war. Ich dachte, sie steht vielleicht unter Schock.«

»Hat sie Ihnen von der Hütte erzählt, in der sie manchmal mit Tyler war?«

Tempi zog noch ein Taschentuch aus der Schachtel und putzte sich die Nase. »Da war so ein alter Mann, der immer in den Truck Stop kam, nur um mit Sarah zu reden. Hat nie viel gegessen, aber er hat ihr ewig von seinem Leben erzählt, und von dieser Hütte, wo er immer mit seiner Familie war. Sarah hat ihm Kaffee nachgeschenkt und zugehört. Er wirkte harmlos. Wahrscheinlich brauchte er nur Gesellschaft. Jedenfalls kam vor fünf Jahren oder so ein Brief für Sarah. Darin waren eine Landkarte und ein Schlüssel. Er wusste, dass sie gern auf die Jagd ging. Er sagte, sie könne seine Hütte jederzeit benutzen. Das Komische war, dass wir ihn nie wiedergesehen haben.«

»Wissen Sie, wie er hieß?«

»Lou Bartlett.«

»War er von hier?«

»Ich nehme an, dass er in der Nähe wohnte, weil er immer herkam. Für meinen Geschmack war die Hütte viel zu abgelegen, aber Sarah fand es herrlich dort.«

»Sie kennen sie?«

»Ja, ich dachte, es wäre besser, wenn ich beim ersten Mal mitkomme. Hier tauchen manchmal ziemlich schräge Vögel auf. Ich wollte nachsehen, ob da oben alles in Ordnung war.«

»Tempi, das ist wichtig. Sie müssen mir genau sagen, wo die Hütte ist.«

Aiden fuhr gerade auf den Parkplatz, als Macy aus dem Lokal kam. Sie holte ihre Sachen aus ihrem Wagen und stieg bei ihm ein. Zwischen den Vordersitzen lag eine Übersichtskarte.

»Lou Bartletts Anwesen ist beim Katasteramt eingetragen. Nach den Koordinaten müsste es genau hier sein.« Er beugte sich vor und zeigte auf die Karte.

Macys Blick folgte den Straßen, die dorthin führten. »Das passt zu dem, was ich gehört habe.«

»Gut. Also los.«

Sie schnallte sich an. »Sollen wir Verstärkung anfordern?«

»Unsere Leute nehmen sich die drei anderen Grundstücke vor. Sehen wir erst nach, ob er da ist, bevor wir sie rufen.«

Macy senkte die Stimme. »Wie hat Dylan es aufgenommen?«

»Ein bisschen zu gut für meinen Geschmack. Er wirkt wie betäubt. Er hat keine Reaktion gezeigt.«

»Das ist Fassade. Hat er eine Ahnung, wo seine Mutter in den letzten Tagen war?«

»Ich bin mir nicht mal sicher, ob er weiß, wo er selbst war. Er hat auf meine Fragen einfach nicht geantwortet. Jessie ist bei ihm. Ich weiß aber nicht, ob sie ihm eine große Hilfe ist. Die Polizeipsychologin ist unterwegs.«

Macy setzte ihre Sonnenbrille auf. »Ich musste die ganze Zeit über Tylers Kommandanten und die Jungs von seiner Einheit nachdenken, mit denen ich gesprochen habe. Keiner von ihnen hat erwähnt, dass er wegen psychischer Probleme nach Hause geschickt wurde. Sie haben immer nur von Tyler und seiner Beziehung zu John geredet.«

»Das überrascht mich nicht. Seelische Erkrankungen sind ziemlich stigmatisiert.«

»Das muss sich ändern.«

»Viel Glück.«

Auf der Route 93 kam ihnen ein Streifenwagen entgegen.

»Siehst du mal nach? Ich glaube, in ein paar Kilometern kommt die Ausfahrt.«

Aidens Telefon klingelte, und er stellte den Lautsprecher an. Jessie Daltons Stimme füllte den Wagen. Sie klang gehetzt.

»Aiden, Dylan hat sich auf die Suche nach Tyler gemacht. Ich konnte ihn nicht aufhalten.«

»Hat er gesagt, wo er hin ist?«

»Irgendeine Hütte, zu der seine Mutter den Schlüssel hatte. Er hat irgendwas Verrücktes vor.«

»Wir sind auf dem Weg dorthin. Bleib, wo du bist. Ich melde mich, sobald es Neuigkeiten gibt.«

Aiden bog scharf rechts ab und fuhr nach Osten in Richtung Whitefish Range.

»Vielleicht sollten wir jetzt Verstärkung rufen.« Macy nahm das Funkgerät und sah Aiden an. »Das wird kein gutes Ende nehmen.«

»Kein Wunder, nach dem Anfang.«

Kapitel 26

Dylans Pick-up rumpelte über die Schotterpiste und wirbelte
so viel Staub auf, dass er unmöglich sehen konnte, was hinter
ihm war. Als er die asphaltierte Straße erreichte, trat er aufs
Gas und fuhr mit hunderzwanzig Sachen nach Osten. Die
weiche Federung ließ den Wagen über die Bodenwellen hüp-
fen. Er sah in den Rückspiegel. Er hatte Jessie abgehängt. Sie
war länger an ihm drangeblieben, als er ihr zugetraut hätte. Er
hätte ihr den Autoschlüssel wegnehmen müssen, bevor er das
Haus verließ, aber er hatte nicht klar denken können.

Er war gerade die ungeöffnete Post seiner Mutter durchgegangen, als Aiden in seinem Sheriff-Cruiser vorgefahren
war, gefolgt von Jessie. Dylan ging auf die Terrasse, um sie
zu begrüßen, aber Jessies gesenkter Blick und die Art, wie sie
die Hände tief in die Taschen schob, irritierten ihn. Er führte
sie ins Wohnzimmer, ohne sich zu setzen. Dann hatte er einfach dagestanden, den Blick starr auf die Grabsteine hinter
dem Zaun gerichtet. Sein Hund war ausgerissen und rannte
über den Friedhof, die Schnauze am Boden, und versuchte,
eine Fährte zu erschnüffeln. Dylan hatte die Terrassentür auf-
geschoben und den Hund nach Hause gerufen.

*Aiden, ich weiß, du bist nicht hier, um Tee zu trinken, also
bringen wir es hinter uns.*

Seine Mutter sei *sofort tot* gewesen. Das war der Ausdruck,
den Aiden benutzte. *Sofort tot.* Fast musste Dylan lachen.
Nichts am Tod seiner Mutter war sofort passiert. Er hatte den
Zug seit Jahren kommen sehen.

Aiden ging, nachdem er versprochen hatte, später noch
mal vorbeizukommen, doch Jessie blieb auf dem Sofa sitzen,
wo sie saß, seit sie ins Haus geschlichen kam. Sie beobachtete
Dylan bei jeder Bewegung. Außer *Tut mir leid* hatte sie bis
jetzt nichts hervorgebracht. Doch er war für ihr Schweigen
dankbar.

Auch wenn er sonst immer nervös war, konnte er jetzt nichts
tun, als reglos in der Küche zu stehen und die Wand anzustar-
ren. Zum ersten Mal seit seiner Rückkehr fiel ihm auf, dass sie
die Wände gestrichen hatte. Sie waren blau. Er hätte schwören
können, dass sie früher gelb gewesen waren. Er verstand es
nicht. Seine Mutter hatte die Farbe Blau immer gehasst.

»Ich wusste von dem Brautkleid«, hatte er gesagt. »Mom
hat es mit einem Stapel Hochzeitsmagazinen im Schrank
versteckt. Ich glaube, sie plante seit Jahren ihre Hochzeit mit
Tyler.«

»Glaubst du, er hat sie gefragt?«

»Vielleicht. Das würde erklären, warum sie es eingepackt
hatte.«

»Deine arme Mutter.«

»Er hat sie immer manipuliert. Er ließ sie ganz nah an sich
heran, nur um sie dann wieder wegzuschieben. Sie hat immer
so tough getan, aber gegen ihn hatte sie keine Chance. Ich
hätte mehr versuchen sollen, um es ihr auszureden.«

»Wie hättest du das machen sollen? Soweit ich weiß, hat sie
sich nicht zur Vernunft bringen lassen.«

»Ich hätte zu Tyler gehen können.« Er zuckte die Schultern. »Vielleicht hätte er auf mich gehört.«

»Oder er hätte dir ins Gesicht gelacht.«

»Ich frage mich, wo er ist.«

»Ich hoffe, er verblutet.«

»Das wäre viel zu gut für ihn.«

»Meinst du, deine Mutter hat ein Versteck gefunden?«

Dylan hatte die Schublade aufgezogen, in der Sarah in einer Zigarrenkiste alle Schlüssel aufbewahrte. Der Schlüssel von Lou Bartletts Hütte fehlte. Jessie war in die Küche gekommen und stand neben ihm.

»Du solltest Aiden anrufen.«

»Soll Aiden von selbst darauf kommen.«

Jessie wollte mitfahren, aber er ließ sie nicht einsteigen. Nach allem, was er verloren hatte, war er der Meinung, er habe das Recht, allein mit Tyler abzurechnen. Zwölf Kilometer nördlich von Wilmington Creek hatte er die Route 93 überquert und war in Richtung Whitefish Range gefahren. Die Straße stieg schnell an. Der von der Sonne gebleichte Asphalt flog an ihm vorbei, und Himmel und Landschaft schienen ineinander überzugehen. Die Straße stieg an, dann fiel sie ab, kurz verloren die Reifen den Halt. Der Truck kam hart auf, und ein bohrender Schmerz schoss durch sein Bein. Dylan trat aufs Gas und raste um die Kurve. Das Heck brach aus und schleifte an der Leitplanke. Ein metallisches Kreischen war zu hören, und er bildete sich ein, Funken sprühen zu sehen. Er schaltete herunter, beschleunigte und flog über den nächsten Buckel. Es war nicht mehr weit. Nach der nächsten Kurve warf er einen Blick in die Landschaft. Zackige Gipfel ragten am Horizont auf. Unter ihm stürzten große Felsblöcke in ein Tal, wo ein Bach sich den Weg durch eine tiefe Schlucht gebahnt hatte.

Der Großteil der Zufahrt war von der Hütte nicht zu sehen. An der letzten Kurve sah er eine Felsengruppe, die von Kiefern umgeben war. Dahinter öffnete sich der Blick auf eine hochgelegene Bergwiese. Dylan versuchte nicht einmal, den Truck zu verstecken. Er hielt in Sichtweite der Hütte und blockierte die Zufahrt an der schmalsten Stelle. Der Pick-up seiner Mutter parkte vor dem Haus. Die Fahrertür stand offen.

»Tyler«, rief er. »Bist du da?«

Dylan beobachtete das Haus. Die Läden waren geschlossen, die vordere Haustür ebenfalls. An der Seite hing Wäsche auf der Leine. Weiße Laken flatterten in der Brise. Im Schutz des Pick-ups schlich er sich näher an die Veranda und warf im Vorbeigehen einen Blick in den Wagen. Auf dem Fahrersitz klebte Blut. Es war noch feucht. Geduckt trat er auf die kleine Veranda. Eine Blutspur führte zur geschlossenen Tür. Er drückte sich neben der Tür an die Wand und schlug gegen das Holz.

»Tyler, ich bin's, Dylan. Mach auf.«

Dylan lauschte. Die dicken Wände waren aus schweren Kiefernbalken gezimmert. Er hörte nur seinen eigenen Atem.

»Tyler, ich bin allein. Mach die Tür auf.«

Mit einem metallischen Ächzen wurde der Riegel zurückgezogen. Die Angeln quietschten, als die Tür eine Handbreit aufging. Lana starrte ihn durch den Spalt an. Ihr Haar war offen und klebte ihr an der Stirn. Ihre Augen waren rot, aber hellwach. Tyler stand hinter ihr, eine Hand um ihren Hals gelegt. Dylan sah an Lana vorbei und sprach direkt zu Tyler.

»Wenn ich dich gefunden habe, können die Cops auch nicht weit sein.«

»Geh nach Hause, Dylan.«

Das Weiße von Tylers Augen reflektierte das wenige Licht, das hereinfiel. Sie glänzten und waren von einem feinen Netz geplatzter Äderchen durchzogen. Lana weinte. Dicke Tränen kullerten über ihr Gesicht. Dylans Blick ruhte auf Tyler.

»Ohne Lana gehe ich nirgendwohin.«

Tyler griff mit der Faust in Lanas langes Haar und riss ihren Kopf zurück. Er stützte den rechten Arm auf ihre Schulter und zielte mit einer Pistole auf Dylans Gesicht.

»Und wenn ich dich einfach gleich erschieße?«

Dylan beugte sich vor, bis der Lauf nur Zentimeter von seiner Stirn entfernt war.

»Mal sehen, ob du den Mumm hast, mich abzuknallen, wenn ich dir in die Augen sehe.«

»Fick dich, Dylan.«

»Was ist? Denkst du, ich drehe mich um und mache es dir leicht?«

Tylers Griff um die Pistole wurde fester.

»So war es doch bei John. Wie hast du dich da gefühlt? Und ausgerechnet du redest ständig von Ehre.«

Tyler drückte die Pistole gegen Dylans Stirn. »Halt den Mund.«

Dylan bewegte sich nicht. »Und jetzt hast du Lana hier raufgeschleppt, um glückliche Familie zu spielen. Aber so funktioniert das nicht. Du liebst jemanden. Sie liebt dich zurück. Hör auf mit dem Scheiß.«

Tyler hob die Stimme. »Lana, mach die Tür auf.« Er gab ihr einen Stoß. »Ich habe gesagt, mach die Tür auf.«

Er zielte weiter auf Dylan, während sie auf die Terrasse heraustraten. Lana trug keine Schuhe, und ihre Haut war so rot, dass sie aussah, als hätte sie Fieber. Sie stolperte und schrie auf, als Tyler an ihren Haaren riss. Er trug kein Hemd und blutete stark aus einer Wunde am Bauch. Der Verband war blutgetränkt. Dunkle Flecken breiteten sich vom Bund seiner Jeans bis zu den Oberschenkeln aus.

Dylan warf einen Blick auf Tylers Bauch.

»Meine Mutter hätte höher zielen sollen.«

Die Sonne stand hoch am Himmel und brannte gnadenlos auf alles herunter. Schweiß lief über Tylers Stirn und Brust. Er hatte bei jeder Bewegung Schmerzen und verzog das Gesicht, als er Lana wieder am Hals packte.

Dylan trat ein paar Schritte zurück, und sie folgten ihm aufs offene Terrain.

»Lass Lana gehen, damit wir uns unterhalten können.«

»Dylan, steig verdammt noch mal in deinen Truck und verpiss dich.«

»Und dann was? John und meine Mutter sind tot, und du auch bald. Ich habe dich wie einen Bruder geliebt, Tyler.« Er breitete die Arme aus. »Weißt du eigentlich, was du getan hast?«

»Sarah ist tot?«

Dylan spuckte die Worte aus. »Du hast nicht das Recht, um meine Mutter zu trauern. Nicht nach dem, wie du sie behandelt hast.«

»Als ich ging, lebte sie. Es hat nichts mit mir zu tun.«

»Sie hat sich vor den Zug geworfen. Es hatte alles mit dir zu tun.«

Tyler antwortete nicht.

»Sie trug ein Brautkleid. Hast du ihr versprochen, sie zu heiraten?« Er machte einen Schritt nach vorne, und der Pistolenlauf bohrte sich in seine Brust. »Hatte sie es deswegen dabei? Wolltest du mein Daddy sein?«

»Ich will dir nicht weh tun.«

»Dann lass Lana gehen.«

»Ich kann nicht.«

»Warum nicht? Liebt sie dich?«

»Ja.«

»Sie hasst dich.«

»Das stimmt nicht. Sag es ihm, Lana. Los, sag ihm, was du zu mir gesagt hast.«

Lana wollte etwas sagen, aber dann brach sie ab. Trotzig presste sie die Lippen zusammen. Tyler schüttelte sie so heftig, dass sie fast hinfiel.

»Sag es ihm.«

Doch sie machte den Mund nicht auf.

»Es zählt nicht, wenn du Lana eine Pistole an den Kopf halten musst, damit sie sagt, dass sie dich liebt.«

Dylan machte einen Schritt nach rechts, und Tyler drehte sich mit ihm. Jetzt hatte Dylan freie Sicht auf die Zufahrt. Er meinte in den Bäumen, die um die Felsen standen, eine ganz leichte Bewegung zu sehen, und irgendetwas hatte in der Sonne aufgeglänzt. Seine Stimme wurde ruhiger.

»Du weißt, dass sie dich holen, oder? Du hast eine Polizistin getötet. Du gehst ins Gefängnis.«

Tylers Hand zitterte so stark, dass er kaum die Waffe halten konnte.

»Ich habe die Frau nicht getötet.«

»Das glaubt dir niemand.«

»Ich gehe nicht in den Knast.«

»Hoffst du, dass dich jemand aus deinem Elend erlöst, oder willst du es selbst tun?«

Lana schloss die Augen. Sie murmelte Gebete vor sich hin. Sie hing so schlaff in Tylers Griff, als würde nur er sie auf den Beinen halten.

Dylan behielt das Gelände hinter Tylers breiten Schultern im Auge. Er hatte sich nicht getäuscht. Sie waren nicht allein. Zwischen den Felsen bewegte sich etwas hinter seinem Truck.

»Was ist? Bist du bereit, dich wie ein Mann zu verhalten? Sollen wir für deine Seele beten?«

Tyler liefen Tränen über das Gesicht. »Sag Jeremy, dass es mir leidtut.«

»Wenn ich dir glauben würde, würde ich ihn anrufen.« Er erwiderte Tylers Blick. »Ich bitte dich als Freund. Lass Lana gehen. Nur du und ich. Du kennst mich. Du vertraust mir. Wir können über alles reden.«

»Nein.«

»Es ist nicht zu spät, das Richtige zu tun. Lass Lana gehen und zeige, dass es dir leidtut.« Seine Stimme kippte. »Begreifst du das nicht?«

»Komm.« Tyler drückte Lana die Pistole in die Rippen. »Ich hab genug von dem Scheiß. Wir gehen wieder rein.«

Lana schlug Tylers Hand weg und fuchtelte wild mit den Armen.

»Lass mich gehen. Ich hasse dich. Hörst du, Tyler? Ich hasse dich.«

Tyler versuchte, sie festzuhalten, aber sie riss sich los und stolperte weg, fiel auf die Knie und kroch auf allen vieren weiter. Dylan warf sich auf Tyler, bevor er schießen konnte. Es gab ein widerliches Knirschen, als Tyler Dylan mit dem Kolben seiner Pistole ins Gesicht schlug. Der Knorpel von Dylans Nase war zerschmettert, und Blut strömte ihm über das Kinn. Ringend fielen sie zu Boden.

Im gleichen Moment löste sich ein Schuss.

Ein Knall.

Ein Schrei.

Und der Schmerz, der folgte.

Dylan lag auf dem Rücken und schnappte nach Luft. In seinen Ohren klingelte es, und der bittere Geschmack von Erbrochenem sammelte sich in seiner Kehle. Mit letzter Kraft wand er die Pistole aus Tylers Hand. Dann hielt er sie Tyler an den Kopf, schloss die Augen und tastete nach dem Abzug.

»Drück ab«, sagte Tyler.

Doch Dylan warf die Waffe zu Boden. »Mach es selbst.«

Stimmen. Schritte. Rufe. Das Knistern von Funkgeräten. Dylan starrte in den wolkenlosen Himmel und klammerte sich an das Blau, das er so liebte.

Macy Greeley kniete neben ihm. Lange rote Strähnen hatten sich aus ihrem Pferdeschwanz gelöst, und ihre Haut leuchtete weiß. Sie legte ihm die eiskalte Hand auf die Wange.

»Dylan, hören Sie mich? Hilfe ist unterwegs.«

Sie rief Anweisungen in ein Funkgerät und drückte die andere Hand auf seine verwundete Brust. Blut sickerte durch ihre Finger. Eine feine Gischt von rotem Arterienblut hatte ihr weißes T-Shirt gesprenkelt. Er legte sich zurück und suchte am Himmel nach dem Blau. Über ihnen schwebte ein Helikopter und blendete die Mittagssonne aus.

»Bleiben Sie bei uns.«

Er blickte in ihr blasses Gesicht. Sie hatte Sommersprossen. Er dachte an den Sommer. Er schloss die Augen.

Alles würde gut.

Er war in Sicherheit.

Es war Zeit, nach Hause zu gehen.

Kapitel 27

Kurz nach Mitternacht war die Hitzewelle vorbei. Blitze zuckten, und der Donner rüttelte an den Fenstern und weckte Luke aus seinem ohnehin leichten Schlaf. Er verbrachte den Rest der Nacht in Macys Bett, die Nase an ihre Schulter gedrückt, Arme und Beine weit von sich gestreckt. Als der Wecker klingelte, befreite Macy sich aus den Laken, zog sich an und ging nach unten, um Frühstück zu machen. Ihre Mutter Ellen stand an der Hintertür und sah in den Garten hinaus. Sie zog das Nachthemd enger um sich. Es regnete in Strömen. Die Gullys liefen über, und Wasser ergoss sich schwallartig vom Dach. Ellen wischte das Kondenswasser von der Scheibe.

»In der Nacht hat es gehagelt. Meine Blumenbeete sind zerstört.«

»Ich habe es gehört. Es klang, als prasselten Golfbälle auf unser Dach.«

»Ich weiß nicht, ob ich glücklich darüber bin, dass du Luke mit zu Lindsay Moores Beerdigung nehmen willst. Bist du dir sicher, dass es eine gute Idee ist?«

»Es ist nur der Gedenkgottesdienst. Außerdem bringt er

ein bisschen Fröhlichkeit rein. Soweit ich weiß, hatte Lindsay nicht viel Familie. Viele bringen ihre Kinder mit.«

»Ich schätze, Ray kommt auch mit der ganzen Familie.«

»Damit habe ich kein Problem.«

Macy ging in die Küche, schenkte sich eine Tasse Kaffee ein und bereitete das Frühstück vor. »Mom«, sagte sie und wechselte das Thema. »Der Freund, der zum Abendessen kommt.«

»Aiden Marsh?«

Sie sah von dem Bagel auf, den sie in zwei Hälften schnitt. »Oh, ich hatte vergessen, dass ich dir seinen Namen gesagt habe.«

»Er ist sehr attraktiv. Meine Freundinnen mögen ihn.«

»Woher wissen deine Freundinnen, wie er aussieht?«

Ihre Mutter trank einen Schluck Kaffee. »Wir haben ihn gegoogelt. Du hast mir nicht gesagt, dass er Sheriff ist. Wir hatten viel Spaß beim Mittagessen am Mittwoch.«

Macy ging zu ihrer Mutter und umarmte sie.

»Ich muss aufpassen, dass ich dir keine Namen mehr nenne.«

»Versprichst du mir, dass du nichts überstürzt? Dein Herz muss noch heilen. Die Beziehung mit Ray hat dein Vertrauen zerstört.«

»Ich schätze, ich habe gar keine Wahl. Aiden lebt in Wilmington Creek, und ich lebe hier. Außerdem fühlt es sich anders an. Ich habe ihn gern, aber ich brauche ihn nicht. Wenn ich nichts mehr von ihm höre, wäre es auch okay.«

»Weiß er von Ray?«

»Ja, und bevor du fragst, er weiß auch, dass Ray Lukes Vater ist.«

»Was ist mit deiner Karriere? Glaubst du, Ray legt dir Steine in den Weg? Er ist dein Chef. Er könnte dir das Leben schwermachen.«

»Eben weil er mein Chef ist, würde er das nicht wagen. Ich könnte eine Beschwerde einreichen, und das weiß er auch. Außerdem kann er mir gar nichts nach allem, was passiert ist. Er ist derjenige, der Fehler gemacht hat.«

»Na, wenigstens etwas. Gibt es was Neues von Dylan Reed? Du hast gesagt, du wolltest gestern Abend telefonieren.«

»Ich habe seinen Ärzten eine Nachricht hinterlassen, aber sie haben noch nicht zurückgerufen. Soweit ich weiß, ist er noch nicht wieder aufgewacht.«

»Viele Menschen beten für ihn. Und wie geht es Lana Clark? Sie hat bestimmt für den Rest ihres Lebens Alpträume.«

»Ich glaube, sie nimmt ihr Leben endlich selbst in die Hand. Ich habe gehört, dass man ihr einen Buchdeal angeboten hat.«

Es klingelte an der Tür.

»Das ist früh am Samstagmorgen.«

»Vielleicht die Post. Ich gehe mal nachsehen.«

Macy sah durch den Türspion. Eine Regenkapuze umrahmte Jessie Daltons blasses Gesicht. Macy löste die Sicherheitskette und öffnete die Tür. Sie starrten einander über die Schwelle an. Jessies Jacke war klitschnass. Ein nagelneuer Pick-up-Truck parkte am Straßenrand. Macy erkannte das Logo der Dalton Ranch.

»Jessie, woher wissen Sie, wo ich wohne?«

Sie zog die Kapuze herunter. »Ich war gestern bei Ihnen im Präsidium, um mit Ihnen zu reden.«

»Sind Sie mir nach Hause gefolgt?«

»Eigentlich wollte ich Sie im Präsidium sehen, aber ich habe es nicht über mich gebracht.«

Macy warf noch einen Blick auf den Truck. »Haben Sie im Wagen geschlafen?«

Sie nickte. »Es ist wichtig. Kann ich reinkommen?«

Bevor sie die Tür weiter öffnete, rief Macy ihrer Mutter zu: »Mom, kannst du mal nach Luke sehen?«

»Wer ist da?«

Macy bat Jessie herein. »Jessie Dalton, das ist meine Mutter Ellen. Ellen, Jessie.«

Ellen nahm Jessies Hand. »Sie sind ja eiskalt. Ich setze noch einen Kaffee auf, bevor ich hochgehe.«

Macy führte Jessie ins Wohnzimmer. Falls es möglich war, sah Jessie noch dünner aus. Sie schien zwischen den Kissen, die sich auf dem Sofa türmten, zu verschwinden. Macy zog einen Sessel heran und setzte sich ihr gegenüber.

»Wie geht es Dylan? Ist er aufgewacht?«

»Gestern für ein paar Minuten. Ich war die ganze Zeit bei ihm. Ich musste da sein, wenn er die Augen aufschlug.«

»Hat er etwas gesagt?«

»Nein, er ist noch sehr schwach. Aber er hat mich erkannt. Er hat meine Hand gehalten.«

»Das ist ein gutes Zeichen.« Macy zupfte eine Feder von einem Kissen. »Er hat Glück, dass er überlebt hat.«

»Ich glaube nicht, dass Überleben sein Plan war.«

»Sie werden alle Hände voll zu tun haben, wenn Sie sich um ihn kümmern.«

»Ich weiß.«

»Sind Sie in Helena, um Ihre Mutter zu besuchen?«

»Das hatte ich vor. Ich muss mit ihr darüber reden, was sie gesagt hat. Kann sein, dass nichts dabei herauskommt, aber es wird mir guttun.« Sie sah sich die Familienfotos an, die dichtgedrängt auf dem Regal standen. »Tylers Anwalt hat angerufen. Er will wissen, ob ich Tyler an dem Nachmittag, als Lindsay Moore starb, auf der Ranch gesehen habe.«

»Darüber müssen Sie auch noch bei der Polizei eine Aussage machen. Gibt es einen Grund für Ihr Zögern?«

»Ich weiß einfach nicht, ob ich lügen soll oder nicht. Tyler soll bekommen, was er verdient, und mehr. Wenn er für einen Polizistenmord in den Knast geht, machen sie ihm das Leben zur Hölle.«

»Das stimmt wahrscheinlich.«

»Ich wusste, dass John an dem Tag den Zaun an der Ostgrenze reparierte, und ich bin rausgefahren, um ihn zu besuchen. Als ich über den Hügel kam, sah ich die beiden zusammen arbeiten. Sie hoben Löcher für die Pfosten aus. Tyler hatte das Hemd ausgezogen. All die Tätowierungen und der kahle Schädel. Selbst aus der Entfernung habe ich ihn deutlich erkannt. Er weiß nicht, dass ich ihn gesehen habe. Wenn ich wollte, könnte ich es verschweigen.«

»Warum haben Sie beschlossen, doch die Wahrheit zu sagen?«

»Er konnte es nicht gewesen sein. Es ist nicht richtig, dass ein anderer mit dem Mord an Lindsay Moore davonkommt.«

»Das würde eine Menge Fragen aufwerfen. Es gibt die ballistische Übereinstimmung. Wissen Sie, was das heißt?«

»Ich habe in der Zeitung gelesen, dass sie schwanger war.«

»Ja, zwischen dem dritten und dem vierten Monat.«

»Ich glaube, ich weiß, wer der Vater sein könnte.«

Ellen stand mit einem Tablett mit Kaffeetassen und Keksen in der Tür. »Tut mir leid, wenn ich unterbreche.« Sie stellte das Tablett auf den Sofatisch. »Essen Sie etwas«, sagte sie mit einem strengen Blick zu Jessie. Dann strich sie Macy über den Kopf. »Luke frühstückt.«

»Danke, Mom. Könntest du bitte die Tür schließen?«

Als Macy sich wieder umdrehte, starrte Jessie sie an.

»Sie sind so nett«, sagte Jessie. »Ich will Ihnen nicht weh tun.«

Macy legte den Kopf schräg. »Ich wüsste nicht, wie.«

»In der Nacht, als Ray Davidson auf der Ranch war, habe ich mitgehört, wie er telefonierte. Er hat Ihnen eine Nachricht hinterlassen. Er war aufgebracht, weil er dachte, er würde Sie und seinen Sohn verlieren.«

»Es war eine harte Zeit für uns alle. Ich habe beschlossen, es ist das Beste, nach vorn zu blicken. Er war nicht gut für mich.«

»Ich glaube, er war auch nicht gut für Lindsay Moore.«

Macy stellte den Becher ab. »Was wollen Sie damit sagen?«

»Ich habe sie zusammen gesehen.«

»Da ist nichts dabei. Sie hat für ihn gearbeitet.«

»Das meine ich nicht. Sie waren zusammen.«

Macy spürte ein Flattern in der Brust. Sie räusperte sich. »Erzählen Sie weiter.«

»Kennen Sie eine Bar namens Whispering Pines?«

»Vom Sehen. Soweit ich mich erinnere, ist sie in der Nähe von Walleye Junction. Nicht weit von der Route 93.«

»Genau. Ich war mit ein paar Leuten dort, um den Geburtstag einer Freundin zu feiern. Monica und ich gingen nach draußen, um eine Zigarette zu rauchen. Die beiden waren auch dort. Ich schätze, sie waren betrunken, sonst wären sie diskreter gewesen.«

»Sie hatten Sex?«

»Nein, aber sie haben wild rumgeknutscht. Er hatte sie gegen einen Wagen gedrückt.«

»Sind Sie sicher, dass sie es waren?«

»Als wir wieder in der Bar waren, erkannte ich Lindsay Moore, weil ich sie in der Stadt gesehen hatte. Ich wusste nicht, wer Ray Davidson ist, bis ich ihn neulich auf der Ranch gesehen habe.«

»Erinnern Sie sich an das Datum?«

»Monica hat am dritten Mai Geburtstag.«

»Scheibe.«

»Wie bitte?«

Macy war schwindelig. Sie winkte ab. »Ich versuche, nicht mehr so oft Scheiße zu sagen, wegen meines Sohnes ...« Sie wurde still. Aiden hatte gesagt, er habe Ray Anfang Mai wegen zu schnellen Fahrens angehalten. Lindsay saß auf dem Beifahrersitz. Auch er hatte die beiden für ein Paar gehalten. Sie musste das genaue Datum herausfinden.

Jessies Stimme klang weit weg. »Was tun Sie jetzt?«

»Das ist eine sehr gute Frage. Sie sind absolut sicher, dass er es war?«

»Ich war nicht die Einzige, die die beiden zusammen gesehen hat. Monica sagt, sie bestätigt meine Aussage.«

Macy ging ans Fenster und starrte in den Regen. Sie hörte Luke im anderen Zimmer beim Frühstück kichern. Sie stellte sich vor, wie Ray seinen Sohn auf die Stirn küsste und ihm über das dunkle Haar strich. Sie waren sich so ähnlich.

»Ray Davidson hat sie getötet, oder? Das Baby, das sie erwartete, war von ihm.«

»Ich fürchte, Sie haben recht.«

Macy kehrte an ihren Platz zurück und nahm Jessies Hände. Inzwischen waren sie warm. »Sie müssen sich absolut sicher sein. Rays Anwälte werden versuchen, Ihre Glaubwürdigkeit zu untergraben. Sie werden Ihre gesamte Vergangenheit ausbreiten.«

»Dasselbe könnte ich über Sie sagen. Alle werden erfahren, dass Sie zusammen waren und er Lukes Vater ist.«

»Das darf Ihre Entscheidung nicht beeinflussen.«

»Ich habe mit Jeremy gesprochen. Er unterstützt mich, egal, wofür ich mich entscheide.«

»Das ist schön. Sie werden ihn brauchen.« Macys Blick fiel auf ein Foto von Luke. Er hatte eine Halbschwester oder einen

Halbbruder verloren. »Lindsays Beerdigung findet am Dienstag statt.«

»Wird sie verbrannt?«

»Das war eigentlich ihr Wunsch, aber in Anbetracht der Todesursache fand ihre Mutter, es wäre geschmacklos.«

»Also gibt es noch Beweismaterial.«

»Es gab die ganze Zeit Beweise. Doch anscheinend hat Ray sie hinter den Kulissen manipuliert.«

Es klopfte, und die Tür ging auf. Ellen hatte Luke auf dem Arm. »Tut mir leid, mein Schatz. Er wollte unbedingt zu dir.«

Macy nahm Luke auf den Schoß.

»Ich bin in der Küche, wenn du mich brauchst.«

Macy dankte ihrer Mutter, bevor sie sich wieder an Jessie wandte. »Sie müssen eine offizielle Aussage machen. Ihr Anwalt kann sich direkt mit der Staatsanwaltschaft in Verbindung setzen, um alles in die Wege zu leiten. In Anbetracht meiner Verstrickung werde ich mich wegen Befangenheit aus dem Fall zurückziehen.«

»Werden Sie gefeuert?«

»Nein, aber vielleicht muss ich Urlaub nehmen.«

»Es ist nicht richtig, dass Sie dafür bestraft werden.«

»Das ist schon okay. Ich wollte sowieso eine Auszeit nehmen.«

Jessie griff nach Lukes ausgestreckter Hand. »Hey, Kleiner. Wusstest du, dass du eine sehr tapfere Mami hast?«

Macy drückte einen Kuss auf Lukes Haar. »Das würde ich auch zu Ihrer Tochter sagen, wenn sie jetzt hier wäre.«

Howard Reynolds sah Macy scharf an. »Bist du dir sicher, dass du das schaffst?«

Sie sah hinaus in den Park. Ray war früh gekommen. Er

saß allein auf der Bank, breitbeinig, die Füße fest auf dem Boden. Sie hatte ihn seit Lindsays Gedenkgottesdienst nicht gesehen. Bevor er mit seiner Rede fertig gewesen war, hatte sie sich davongestohlen, und seine letzten Worte gingen ihr immer noch nach.

Zu meinem größten Bedauern konnte ich Lindsay nicht schützen. Ich fürchte, ich nehme den Vorwurf mit ins Grab, dass ich sie im Stich gelassen habe ...

Nachdem Jessie gegangen war, hatte Macy Aiden angerufen. Er bestätigte, dass er Rays Wagen am 3. Mai angehalten hatte. Das Treffen mit Howard hatte länger gedauert. Sie hatten über drei Stunden bei ihm zu Hause im Arbeitszimmer gesessen. Er brauchte mehr Beweise, doch er war bereit, Macy zu helfen, eine interne Ermittlung einzuleiten. Die Tage vergingen. Lindsays DNA wurde an einem Kugelfragment in einer Tüte gefunden, in der eigentlich das Beweismaterial des Mords an dem Highway Patrol Officer sein sollte. Es war nicht einmal eine 9-mm-Kugel, wie vormals angenommen. Lindsay war mit einem Kaliber .22 erschossen worden. Laut Protokoll hatte Ray das Beweismittellager an dem Tag betreten, als Lindsays Leiche nach Helena gebracht worden war. Etwa zur selben Zeit wurde sein eigenes DNA-Profil in der staatlichen Datenbank gelöscht. Weitere Tests wurden gemacht, und Sekunden später gab es einen Treffer. Ray hatte Lindsays ungeborenes Kind gezeugt.

»Wir haben genug Beweise«, sagte Howard jetzt. »Du musst das nicht auf dich nehmen.«

»Wir wissen beide, dass es nicht leicht wird. Wir haben keine Mordwaffe und keine Zeugen. Ich brauche sein Geständnis auf Band.«

Sie machte sich auf den Weg. Es war kühl, doch die Sonne schien warm. Über der Stadt leuchtete ein blauer Himmel.

Sie trug eine leichte Jacke und flache Schuhe. Ihre Schritte knirschten im Kies. Sie bewegte sich mechanisch. Sie hatte keine Ahnung, wie sie das schaffen sollte.

Ray sah auf, und für den Bruchteil einer Sekunde war er Luke. Die Ähnlichkeit war frappierend. Sie zögerte. Sie konnte sich einfach umdrehen und weglaufen. Howard hatte recht. Laut Aussage der Staatsanwaltschaft hatten sie ausreichend Beweise für eine Anklage. Vielleicht würde er nicht wegen Mordes verurteilt werden, aber es gab genug andere Delikte, für die er sich verantworten musste.

Ray stand auf und kam mit ausgebreiteten Armen auf sie zu. Sie hielt still, während er sie lange umarmte. Sie war dagegen gewappnet, dass er der Mann war, der sie in ihrem Motelzimmer bedroht und eine Frau getötet hatte, die ein Kind von ihm erwartete. Aber es war erschreckend, dass er so vieles gleichzeitig sein konnte. Er lächelte.

»Danke, dass du gekommen bist«, sagte er. »Es tut mir alles so leid. Ich habe dich wirklich vermisst.«

Sie ließ sich von ihm führen. Sie spürte seine flache Hand in ihrem Kreuz. Es war, als gerieten eine Million Synapsen gleichzeitig in Bewegung. Plötzlich konnte sie sich nicht mehr daran erinnern, was sie sagen sollte und was sie von ihm hören wollte.

Ray blieb nicht an der Bank stehen.

»Gehen wir ein Stück«, sagte er.

Macy hatte Anweisung, unbedingt in Sichtweite des Überwachungswagens zu bleiben. Ihre Stimme klang hölzern.

»Ich möchte mich setzen«, sagte sie.

Ray wischte die Bank mit einer Zeitung ab, die jemand liegengelassen hatte. Wilmington Creek war immer noch in den Schlagzeilen. Nach Wochen der Ungewissheit rechnete man nun damit, dass Dylan vollständig genesen würde. Auf dem Foto, das ihn in seinem Krankenhausbett zeigte, sah er aus wie ein Held wider Willen.

»Gut, dass es nicht mehr so heiß ist«, sagte sie und war froh, als sie saß. Sie war unsicher auf den Beinen, und ihr war leicht schwindelig. Auf der Bank war es besser. Jetzt musste sie sich nur noch darauf konzentrieren, was sie sagen wollte. Ihre Hände lagen in ihrem Schoß. Sie hoffte, dass sie ihn nicht noch einmal berühren musste. »Ich habe dich mit Jessica beim Gottesdienst gesehen. Heißt das, ihr seid wieder zusammen?«

»Du weißt doch inzwischen, dass es nur Fassade ist.«

»Ich würde dir gern glauben.«

»Macy, du bist der einzige Mensch, bei dem ich ehrlich sein kann. Ich glaube, deswegen habe ich dich so vermisst.«

Sie strich über ihre Jeans. »Es ist extrem wichtig, dass du jetzt auch wirklich ehrlich zu mir bist.«

Er legte sich die Hand auf die Brust. »Wenn du willst, knie ich nieder und schwöre auf die Bibel. Meine Frau und ich lassen uns scheiden.«

»Ray«, sagte sie, und ihre Stimme wurde fast schrill. »Hier geht es nicht um dich und deine Frau.«

Er wollte etwas sagen, aber sie hob die Hand. Wenn sie es jetzt nicht sagte, würde sie es nie herausbringen. Sie suchte sich einen Punkt in mittlerer Entfernung und konzentrierte sich darauf.

»Hier geht es um dich und Lindsay Moore. Ich weiß, dass ihr eine Affäre hattet.«

»Sei nicht albern.«

Sie griff nach seiner Hand. Sie war warm und vertraut. Sie erinnerte sich, wie sie mit den Fingerspitzen die Linien in seiner Handfläche nachgefahren war. *Wusstest du, dass du ein langes Leben hast?*

»Ray, bitte. Wir haben eine Chance, aber du musst wirklich ehrlich zu mir sein.« Sie konnte ihm nicht in die Augen sehen. »Ich habe Angst davor, dass es herauskommt.«

Er räusperte sich mehrmals. »Ich stand unter starkem Stress. Meine Ehe hinter mir zu lassen ist schwerer, als ich dachte.«

»Manchmal glaube ich, ich habe dich zu sehr unter Druck gesetzt.«

»Es ist nicht deine Schuld. Ich schwöre, ich hatte nie geplant, dass es sich so lange hinzieht.«

»Das weiß ich.«

»Lindsay war da, als alles andere zu kompliziert wurde. In dem Moment war alles so einfach.«

»Es stimmt also?«

Er nickte.

»Wie lange wart ihr zusammen?«

»Wir waren nicht zusammen.« Er drückte ihre Hand. »Wir waren uns einig, dass es bei der einen Nacht bleiben sollte. Aber irgendwie bildete sie sich auf einmal ein, dass da mehr war als nur Sex. Ich habe alles versucht. Ich bin sogar körperlich auf Distanz gegangen.« Er hielt inne. »Deswegen habe ich sie nach Wilmington Creek geschickt.«

Die Tränen in Macys Augen waren echt. »Ray, ich weiß, du bist ein guter Mensch, aber ich habe Angst, dass andere Leute dich nicht so verstehen wie ich. Ist dir klar, wie es aussieht, wenn das rauskommt? Lindsay war im dritten Monat schwanger, als sie starb. Die Leute werden dich für den Vater halten.«

Ray wollte etwas sagen, dann brach er ab.

Sie sah ihn an, aber er wandte sich ab. »Ray?«

»Glaub mir. Ich weiß, wie es aussieht.«

»Sag mir, dass es nicht stimmt.«

»Das kann ich nicht.«

»O Gott, Ray, wie konntest du nur so verantwortungslos sein?«

»Sie hat gesagt, sie nimmt die Pille.«

Macy brauchte einen Moment, um ihre Nerven zu beruhigen. Er hatte die Affäre zugegeben. Er gab zu, der Vater zu sein. Sie war fast am Ziel. Sie sammelte sich.

»Dann musst du weiter mit ihr geschlafen haben, als sie schon in Wilmington Creek war.«

»Ich wollte Zeit schinden.« Er fuhr sich durchs Haar. »Es war der größte Fehler meines Lebens.«

»Wir haben die DNA des Fötus getestet. Dein Name ist nicht in der Datenbank aufgetaucht.«

»Ich habe mein Profil gelöscht.«

»Dann hast du nichts zu befürchten. Niemand muss etwas erfahren.«

Er strich mit den Fingerspitzen über ihr Handgelenk. »Wenn die Behörden von der Affäre erfahren, sehen sie noch mal genauer nach. Wie hast du von mir und Lindsay erfahren?«

»Jemand hat euch zusammen gesehen. Ich glaube, ich habe der Person ausgeredet, eine offizielle Aussage zu machen, aber sie kann ihre Meinung jederzeit ändern.«

»Wer?«

Macy zögerte. Er würde ihr nicht vertrauen, wenn sie ihm keinen Namen nannte.

»Jessie Dalton.«

»Sie ist ein Exjunkie. Sie ist nicht glaubwürdig.«

»Es gibt viele, die an deinem Stuhl sägen, Ray. Du weißt, dass sie auf eine umfassende Ermittlung pochen würden.« Sie legte den Kopf an seine Schulter. »Wenn ich dir helfen soll, musst du mir alles sagen. Du musst mir vertrauen.«

Er drückte die Lippen an ihre Stirn. »Lindsay hat gedroht, an die Öffentlichkeit zu gehen.«

»Du hättest alles verloren.«

»Sie rief nachts bei mir zu Hause an und legte auf. Es war nur eine Frage der Zeit, bis sie zu meiner Frau ging. Ich bin nach Wilmington Creek gefahren, weil ich hoffte, vernünftig mit ihr reden zu können, aber sie ist nicht wie du. Sie hat nicht mit sich reden lassen.«

Macy schauderte. Sie zuckte zusammen, als er die Arme um sie legte. Sie konnte nicht klar denken. Verzweifelt suchte sie nach Worten. Dann sprach sie sie aus und betete, dass sie einen Sinn ergaben.

»Was ist geschehen, Ray?«

»Es war wie immer, wenn ich versuchte, mit ihr zu reden. Sie wurde hysterisch. Behauptete, sie bekäme ein Baby von mir.« Er sah Macy an. »Es ist wichtig, dass du das verstehst. Ich dachte, sie hat mich angelogen.«

»Sie hatte Abschürfungen an den Handgelenken.«

»Ich musste sie festhalten, damit sie sich beruhigte.«

»Wie kam sie in den Waldo Canyon?«

»Als sie das Haus verließ, folgte ich ihr. Sie hatte gedroht, nach Helena zu fahren und mit meiner Frau zu reden. Ich glaube, sie hat versucht, mich auf den Nebenstraßen im Süden der Stadt abzuhängen. Plötzlich war überall Rauch. Irgendwann stieg sie aus und rannte los.«

Macys Stimme war rau. »Und da hast du auf sie geschossen?«

»Ich musste sie aufhalten.«

»Wo ist die Waffe?«

»Ich habe sie in den Fluss geworfen.«

Macy schloss ein paar Sekunden die Augen. Sie sah Lindsay vor sich, die allein in dem schwarzen Wasser trieb.

»Wahrscheinlich hast du gehofft, ihre Leiche wird nie gefunden.«

»So ungefähr.«

»Du hattest Glück. Wäre sie nicht von der Klippe gestürzt, hätte sie es vielleicht lebend aus dem Wald geschafft.«

Macy riskierte einen kurzen Blick in Richtung des Überwachungswagens. Dahinter hatten zwei Streifenwagen angehalten. Mehrere Beamte kamen auf sie zu. Ray drückte Macys Hand. Er hatte sie noch nicht gesehen.

»Macy, ich schwöre, wenn ich könnte, würde ich alles rückgängig machen.«

»Ich weiß.« Macy zog die Hände aus seinem Griff und stand ungelenk auf. »Ich muss gehen.«

»Was ist los?«

Sie war die Ruhe selbst. »Du musst das Richtige tun. Es wird für alle die Hölle, vor allem für deine Kinder. Unser Privatleben vor Gericht auszubreiten macht alles nur noch schlimmer.«

Endlich bemerkte er die uniformierten Beamten. Einer hielt einen Haftbefehl in der Hand.

»Bist du verkabelt?«

»Denk darüber nach, was ich gerade gesagt habe.«

»Ich habe dir vertraut.«

Sie ging den Weg zurück und nickte den Polizisten zu, die ihr entgegenkamen. Sekunden später hörte sie, wie sie Ray aufforderten, die Hände zu heben. Macy sah sich nicht um, doch das hinderte sie nicht daran, sich jedes Detail vorzustellen. Howard erwartete sie am Wagen. Er reichte ihr ein Taschentuch. Es war schneeweiß, und seine Initialen waren eingestickt. Sie gab es ihm zurück.

»Es geht schon«, sagte sie. »Haben wir, was wir brauchen?«

»Mehr als genug.« Er warf einen Blick über ihre Schulter. »Ich konnte es kaum glauben, bis er es selbst gesagt hat. All

378

die Jahre, die wir zusammengearbeitet haben, und irgendwie habe ich ihn überhaupt nicht gekannt.«

»Das Gefühl kenne ich. Brauchst du mich noch?«

»Nein, du hast deinen Teil erledigt. Den Rest übernehmen die Anwälte. Meinst du, er hält sich an deinen Rat?«

»Ich weiß es nicht. Ich hoffe es.«

»Sehen wir uns am Montag?«

Sie blies die Backen auf. »Ich glaube, ich sollte eine Zeitlang Urlaub nehmen.«

»Hast du irgendein besonderes Ziel?«

»Ich weiß nicht. Ich habe noch nichts geplant.«

»Nur keine Eile«, sagte er und klopfte ihr auf den Rücken. »Deine Stelle ist noch da, wenn du zurückkommst.«

Es war nach Mitternacht, und alle schliefen. Macy schlich die Treppe hinunter und öffnete leise die Haustür. Aiden sah von der langen Fahrt erschöpft aus. Er umarmte sie und küsste sie aufs Haar.

»Geht es dir gut?«, fragte er.

»Jetzt wieder besser.«

»Es waren ein paar lange Wochen.«

»Das stimmt. Bist du müde oder hast du Hunger?«

»Müde.«

Sie nahm seine Hand und führte ihn die Treppe hoch. »Wie lange kannst du bleiben?«

»Ich weiß nicht genau. Muss den Sheriff fragen.«

»Der Sheriff ist ein Freund von mir. Wenn du willst, lege ich ein gutes Wort für dich ein.«

»Nett von dir. Ich sage ihm Bescheid.«

Sie schloss die Schlafzimmertür, und sie küssten sich lange.

»Komm.« Er zog sie aufs Bett und hielt sie fest. »Du hast keine Ahnung, wie viel Angst ich heute um dich hatte.«

Sie brachte ein Lächeln zustande. »Mir geht es gut. Es ist nichts passiert.«

Er hob ihr Kinn an, um ihr in die Augen zu sehen. »Es kann dir gar nicht gutgehen, also tu nicht so. Wahrscheinlich war heute einer der schwersten Tage deines Lebens.«

Sie drückte das Gesicht an seine Schulter. »Wenn ich anfange zu weinen, kann ich nie wieder aufhören.«

»Mach dir darum keine Sorgen«, sagte er und knipste die Nachttischlampe aus. »Wir hören alle irgendwann auf. Bei manchen dauert es nur etwas länger.«

Macy schloss die Augen und lauschte dem dumpfen Pochen seines Herzens. Gegen ihren Vorsatz hatte sie sich doch noch einmal umgedreht, bevor sie Ray weggebracht hatten. Von zwei Polizisten flankiert, wurde er in Handschellen abgeführt. Sie hatte erwartet, dass er klein wirken würde, doch das war nicht der Fall. Wenn überhaupt, war er noch gewachsen. Die Sache zwischen ihm und ihr war noch nicht zu Ende. Sie wusste, dass er sie die nächsten Jahre in ihren Träumen heimsuchen würde.

Aiden wischte ihr die Tränen von den Wangen. »Versuch zu schlafen«, sagte er und drückte wieder die Lippen in ihr Haar.

»Bist du morgen früh noch da?«

»Anscheinend hast du was echt Nettes zum Sheriff gesagt. Er meint, ich kann bis Mitte nächster Woche bleiben.«

»Ich habe dir gesagt, dass er ein guter Freund von mir ist.«

»Jetzt versuch zu schlafen.«

Macy schloss die Augen und konzentrierte sich auf ihren Atem. Sie zählte im Kopf. Ihre Lider flatterten. Ein Schauer lief durch ihren Körper. Endlich ließ sie los. Endlich schlief sie ein.

Karin Salvalaggio

Eisiges Geheimnis

Thriller.
Aus dem Englischen von
Susanne Gabriel.
Taschenbuch.
Auch als E-Book erhältlich.
www.list-taschenbuch.de

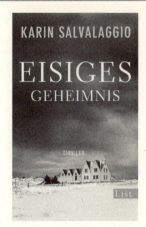

Sie gibt nicht auf

Ein eiskalter Wintermorgen im verlassenen Norden Montanas. Blutüberströmt bricht eine Frau vor dem Haus von Grace zusammen. Beim Versuch, sie zu retten, erkennt Grace in der Toten ihre vor vielen Jahren spurlos verschwundene Mutter. Die hochschwangere Polizistin Macy Greeley übernimmt den Fall. Sie kehrt zurück in die raue, eingeschworene Gemeinschaft nahe der kanadischen Grenze. Vor elf Jahren hat sie vergeblich versucht, Grace' Mutter aufzuspüren. Grace ist in großer Gefahr. Jemand verfolgt sie. Dennoch lässt sie Macy nicht an sich heran. Bis die beiden Frauen dem Mörder immer näher kommen ...

*»Salvalaggio ist eine beeindruckende
neue Stimme in der Spannungsliteratur ...«*
Deborah Crombie

List